KNAUR

*Von Anke Petersen sind folgende Titel bereits erschienen:*
Der Kaffeegarten – Salz im Wind
Der Kaffeegarten – Die Farbe des Meeres
Der Kaffeegarten – Das Leuchten der See

Hotel Inselblick – Wolken über dem Meer
Hotel Inselblick – Wind der Gezeiten
Hotel Inselblick – Stürmische See

*Über die Autorin:*
Anke Petersen schreibt unter anderen Namen erfolgreich historische Romane. Als sie das erste Mal auf der Insel Amrum Urlaub machte, hat sie sich sofort in die Insel verliebt und ist seitdem der Nordsee und ihrem wilden Zauber verfallen. Nach zwei Trilogien über die Inseln Amrum und Sylt führt Anke Petersen die Leser*innen diesmal nach Föhr, die dritte im Bunde der nordfriesischen Inseln.

ANKE PETERSEN

# Sehnsucht nach dem DÜNENHOF

ROMAN

KNAUR

**Besuchen Sie uns im Internet:**
**www.knaur.de**

Aus Verantwortung für die Umwelt hat sich die Verlagsgruppe Droemer Knaur zu einer nachhaltigen Buchproduktion verpflichtet. Der bewusste Umgang mit unseren Ressourcen, der Schutz unseres Klimas und der Natur gehören zu unseren obersten Unternehmenszielen. Gemeinsam mit unseren Partnern und Lieferanten setzen wir uns für eine klimaneutrale Buchproduktion ein, die den Erwerb von Klimazertifikaten zur Kompensation des $CO_2$-Ausstoßes einschließt. Weitere Informationen finden Sie unter: www.klimaneutralerverlag.de

MIX
Papier | Fördert gute Waldnutzung
FSC® C014496

Originalausgabe April 2023
Knaur Taschenbuch

Ein Imprint der Verlagsgruppe
Droemer Knaur GmbH & Co. KG, München

Dieses Werk wurde vermittelt durch die Literarische Agentur Thomas Schlück GmbH, 30161 Hannover.
Redaktion: Clarissa Czöppan
Covergestaltung: ZERO Werbeagentur, München
Coverabbildung: Composing unter Verwendung von Bildern von Joanna Czogala / Arcangel und shutterstock.com
Illustration im Innenteil: flowersmile / Shutterstock.com
Satz: Daniela Schulz, Gilching
Druck und Bindung: GGP Media GmbH, Pößneck
ISBN 978-3-426-52912-6

2 4 5 3 1

# 1. KAPITEL

## Berlin, 18. Juli 1901

»Hier ist er auch nicht«, vermeldete Anni. Sie kniete auf dem Fußboden des Krankensaals und blickte unter das weiße Gitterbett des kleinen Karli.

»Aber wo soll er sonst abgeblieben sein?«, fragte ihre Kollegin Bille. Sie sah den vierjährigen Karli, er war an Tuberkulose erkrankt, mit ernster Miene an.

»Denk nach, Karli. Wo könnte der Gisbert noch stecken? Wenn wir ihn nicht bald finden, musst du ohne ihn auf die große Reise gehen.«

Karli zog den Kopf ein.

»Ohne den Gisbert geh ich nicht auf eine Reise«, antwortete er und verschränkte trotzig dreinblickend die Arme vor der Brust.

Anni, die sich wieder erhoben hatte, stieß einen Seufzer aus und wischte sich eine Staubfluse von ihrer weißen Schwesternschürze. Es waren insgesamt zwanzig Kinder, die in wenigen Stunden die Reise an die Nordsee, genauer gesagt auf die im nordfriesischen Wattenmeer gelegene Insel Föhr antreten sollten. Doch waren sie bedauerlicherweise noch weit davon entfernt, den aufgeregten Hühnerhaufen reisefertig zu haben. Hier fehlte ein Kuscheltier, dort war es ein Schuh, der sich in Luft aufgelöst hatte, bis vor wenigen Minuten hatten sie sogar verzweifelt eines der Kinder gesucht. Die kleine Hilde hatte sich in einem der Schränke versteckt, denn sie wollte nicht an die Nordsee fahren, weil sie Angst vor dem Klabautermann hatte, der sich auf Schiffen rumtreiben würde und kleine Mädchen fraß. So hatte es jedenfalls der zehnjährige Walter erzählt. Und dem konnte man schon glauben, schließlich war sein Vater ein Schiffskapitän, zwar nur auf einem Boot auf der Spree, aber Klabautermänner gab es auf allen Schiffsplanken. Anni hatte mit Engelszungen auf die Kleine eingeredet und ihr versichert, dass es auf den Fähren zur Insel Föhr keine Klabautermänner gebe. Ihr konnte sie in dieser Hinsicht auch mehr glauben als dem Walter, denn sie stammte von der Insel. Es kam ihr immer noch unwirklich vor, dass sie, wenn alles nach Plan lief, noch am heutigen Tag ihre Heimatinsel wieder betreten würde. Die Charité hatte vor einigen Wochen im Bereich der Kinderheilkunde eine Zusammenarbeit mit dem erst vor drei Jahren neu erbauten Nordseesanatorium des Dr. Gmelin in dem Seebad Wyk vereinbart, das sich auf der Insel befand. Von Krankheiten geschwächte Kinder sollten sich in der heilsamen Nordseeluft von ihren Gebrechen erholen. Oberschwester Dorothea war es gewesen, die Anni sogleich für die Kindertransporte nach Föhr eingeteilt hatte. Die resolute Mittfünfzigerin kannte ihre Schäfchen, wie sie die ihr unterstellte Schwesternschaft häufig bezeichnete, gut. Eine Insulanerin als Begleiterin zu haben, die sich mit den Gegebenheiten im Norden auskannte, hielt sie für ein großes Glück. Obwohl Annis Insulanerleben in dem auf Föhr gelegenen Friesendorf Nieblum bereits viele Jahre her war und sie nur noch wenige Erinnerungen an die damaligen Zeiten hatte. Sie war sieben Jahre alt gewesen, als sie gemeinsam mit ihren Eltern Föhr für immer den Rücken gekehrt hatte. Den genauen Grund für den Weggang aus der Heimat hatte Anni nie erfahren. Als kleines Kind hatte sie nicht danach gefragt, später hatte sie nicht mehr die Möglichkeit dazu gehabt. Ihre Eltern waren bei einem Hausbrand ums Leben gekommen. Anni hatte das tragische Unglück nur deshalb überlebt, weil sie von einem Nachbarn gerettet worden war. Damals war sie dreizehn Jahre alt gewesen. Ein befreundetes und in der Nachbarschaft lebendes Ehepaar ihrer Eltern nahm sich ihrer an. Birgitta und Wilhelm Kraus. Er war Lehrer an einem Gymnasium, sie in der Armenhilfe tätig. Durch die Kontakte von Birgitta Kraus war ihr die Ausbildung zur Krankenschwester an der Charité ermöglicht worden, wofür Anni ihr unendlich dankbar war.

So ganz hatte Hilde ihr das Nichtvorhandensein des Klabautermanns auf Schiffsfähren nicht geglaubt, doch immerhin hatte Anni es durch ihre beruhigenden Worte geschafft, das Mädchen aus dem Schrank zu locken. Sie hatte ihr fest versprochen, die gesamte Überfahrt von Dagebüll bis Wyk nicht von ihrer Seite zu weichen.

Eine der Hilfsschwestern betrat den Krankensaal, in Händen hielt sie, zu Annis und Billes Erleichterung, den Teddybären Gisbert.

»Ich hab diesen Burschen im Waschraum gefunden«, sagte sie. »Gehört er vielleicht zu einem eurer Kinder?«

»Gisbert«, rief Karli freudig und streckte sogleich die Ärmchen nach seinem Kuscheltier aus.

»Ein Problem weniger«, kommentierte Bille das Wiedersehen des Jungen mit seinem struppigen Bären. »Dann lass uns zusehen, dass wir fertig werden. In einer Stunde müssen wir los, sonst fährt der Zug ohne uns, und das wäre jammerschade, denn ich will endlich mal das Meer sehen.« Billes Bemerkung brachte Anni zum Lächeln. Ihre Kollegin und Freundin war die letzten Tage das reinste Nervenbündel. Eine Bahnreise an die Nordsee und dann noch eine Schifffahrt mit einer Fähre waren in ihren

Augen das Aufregendste, was sie jemals erleben würde. Bille hatte sich als eine der Ersten für das Projekt Kindertransport Nordsee freiwillig gemeldet. »Da komm ich endlich mal raus aus diesem Moloch«, hatte sie zu Anni gesagt.

Anni und sie hielten seit dem ersten Tag ihrer gemeinsamen Schwesternausbildung wie Pech und Schwefel zusammen. Sie teilten sich im Wohnheim ein Zimmer und achteten sogar darauf, dass sie dieselben Schichten hatten. Bille war in Berlin geboren und aufgewachsen, ihre Eltern betrieben eine Bäckerei, die ihr ältester Bruder Joachim übernehmen sollte. Bille hatte früh entschieden, nicht im Familienbetrieb zu arbeiten. »Ich esse einfach zu gerne Süßes für diesen Beruf«, hatte sie Anni kurz nach ihrem ersten Kennenlernen erklärt. »Stünde ich in der Backstube, würde für die Kundschaft nichts mehr übrig bleiben.«

Ihr äußeres Erscheinungsbild passte zu ihrer Vorliebe für Torten und Kekse. Bille war als füllig zu bezeichnen, was ihr jedoch gut zu Gesicht stand. Ihre runden Wangen umhüllte rotblondes, schimmerndes Haar, auf ihrer Nase saßen stets einige Sommersprossen. Besonders ihre großen blauen Augen, von langen, dunklen Wimpern umrandet, waren ein Hingucker.

»Wenn du Pech hast, ist das Meer sowieso gerade nicht da, wenn wir in Dagebüll ankommen«, antwortete Anni.

»Wie?«, hakte Bille verdutzt nach. »So ein Meer kann doch nicht einfach verschwinden.«

»Man nennt es die Gezeiten«, erklärte Anni, während sie einen von Karlis Pullovern zusammenfaltete und in seinen Koffer verfrachtete. »Sie werden vom Mond gelenkt. Das heißt Ebbe und Flut. Ungefähr alle sechs Stunden zieht sich das Wasser zurück und kommt dann wieder. Herrscht Ebbe, kann man von Föhr über das Watt sogar bis zur Nachbarinsel Amrum laufen.«

»Ein Meer, das kommt und geht, wie es ihm passt. Na, das kann ja heiter werden«, antwortete Bille und schüttelte den Kopf. »Und ich dachte immer, Meer ist halt Meer. So kann man sich irren. Und was ist Watt?«

»Ich zeige es dir, wenn wir angekommen sind«, versprach Anni und schloss Karlis Koffer.

Munter ging es mit dem Reisefertigmachen der Kinder weiter. Mädchen wurden in Kleider gesteckt, Schuhe geschnürt, letzte Koffer gepackt, Jacken gesucht und Zöpfe geflochten. Walter wurde zwischendurch mehrfach ermahnt, keine Schauermärchen mehr zu erzählen. Jedes Kind erhielt einen Beutel mit Reiseproviant. Belegte Brote, einen Apfel und eine Flasche Limonade. Schließlich dauerte die Reise an die See über acht Stunden. Niemand sollte unterwegs hungern müssen. Anni freute sich besonders darüber, dass nicht nur Kinder aus wohlhabenderen Familien in den Genuss des Sanatoriumsaufenthalts kamen. Kleinen Patienten aus ärmlichen Verhältnissen wurde der Kuraufenthalt von Spendengeldern finanziert. Anni wusste, dass gerade diese Kinder bald große Augen machen würden. Ihr Leben in den Arbeitervierteln spielte sich meist in düsteren und trostlosen Hinterhöfen ab, in manch einen von ihnen fiel den ganzen Tag kein Sonnenstrahl, Hauswände versperrten die Sicht auf den Horizont. Bereits die Bahnfahrt bedeutete für diese Kleinen ein Abenteuer. Es galt jedoch auch zu hoffen, dass die noch immer geschwächten Patienten diese gut überstehen würden. Viele von ihnen waren blass und abgemagert, manch eines dem Tode gerade so entronnen. Eine weite Reise konnte in einem solchen Zustand für einen kleinen Menschen beschwerlich sein. Deshalb galt das oberste Gebot, die Kinder stets zur Ruhe zu ermahnen, was besonders bei Walter und seinem Freund, dem achtjährigen Otto, schwierig werden könnte. Die beiden litten an Asthma, Otto hatte eine Lungenentzündung überstanden, Walter eine schwere Bronchitis. Diese Tatsache hinderte die Buben mit den braunen Haarschöpfen jedoch nicht daran, ständig irgendwelchen Unsinn zu machen. Just in diesem Moment war es Otto, der die neunjährige Karla, die an Hauttuberkulose litt und ebenfalls mit an die See reisen würde, an einem ihrer blonden Zöpfe zog und ihr die Zunge herausstreckte. Karla, die erst seit einigen Tagen fieberfrei war, begann zu weinen.

»Heulsuse«, blaffe Otto sie an.

»Otto, bitte«, ermahnte Anni den Buben sogleich. »Was soll das denn? Du entschuldigst dich sofort bei Karla. Ein anständiger junger Mann zieht eine Dame nicht an den Zöpfen.«

»Das ist mir egal«, antwortete Otto und sah Anni herausfordernd an. »Sie hat gesagt, ich bin dumm. Und das nur, weil ich noch nicht lesen kann. Aber ich kann das schon. Ich hab nur keine Lust darauf. Ich finde die Buchstaben eben langweilig.«

Anni verkniff sich einen lauten Seufzer. Karla Glauberg und Otto waren ein gutes Beispiel dafür, dass auf ihrer Kinderstation oftmals Welten aufeinandertrafen. Karla kam aus einem gutbürgerlichen Haushalt, ihr Vater war Arzt, die Mutter kümmerte sich mit Hingabe um die Erziehung ihrer drei Töchter. Sie erhielten Musikunterricht und besuchten eine Privatschule. Karla lernte dort nicht nur Lesen, Schreiben und Mathematik, sondern sogar bereits Fremdsprachen wie Englisch und Französisch. Otto war eines der Hinterhofkinder, sein Vater schlug sich als Hilfsarbeiter durch, die Mutter arbeitete in einer Wäscherei, Zeit für die acht Kinder blieb nur wenig. Otto hatte zwei Monate auf ihrer Station verbracht, nur ein einziges Mal war seine Mutter zu Besuch gekommen. An jenem schrecklichen Abend, als sie gedacht hatten, dass er den nächsten Tag nicht erleben würde. Da hatte sie eine Stunde an seinem Bett gesessen, eine verhärmte Frau, wie es so viele in Berlin gab.

»Schicken Sie einen Boten, wenn er tot ist«, hatte die Frau zu Anni an jenem Abend gesagt und war gegangen. Mit hängenden Schultern war sie den Flur hinuntergelaufen, müde vom Leben. Otto war nicht gestorben, sie hatten keinen Boten schicken müssen. Er war dem Tod von der Schippe gesprungen, und vielleicht geschah ein weiteres Wunder, und er würde eine bessere Zukunft finden. Es war ihm zu wünschen.

»Ach, so langweilig sind Buchstaben gar nicht«, erwiderte Anni. »Wenn man das richtige Buch findet, dann erzählen sie spannende Geschichten. Aber das weißt du ja längst.« Sie zwinkerte ihm zu. Erst neulich Abend hatte sie den älteren Kindern *Die Abenteuer des Huckleberry Finn* vorgelesen, und besonders Otto hatte aufmerksam zugehört.

»Ja, das stimmt«, gab er zu. »Aber trotzdem darf sie mich nicht dumm nennen.« Er deutete auf Karla, die finster dreinblickte.

»Natürlich darf sie das nicht«, pflichtete Anni ihm bei. »Aber du darfst Mädchen auch nicht an den Zöpfen ziehen. Am besten entschuldigt ihr euch beide.« Sie sah von einem Kind zum anderen. Die beiden wanden sich einen Moment. Schließlich war es zu Annis Erstaunen Otto, der als Erster »Entschuldigung« murmelte, was sie erfreute. Nachdem sich auch Karla entschuldigt hatte, wandte sich Anni wieder der eigentlichen Aufgabe des Reisefertigmachens zu. Karlas Koffer war noch nicht vollständig gepackt und lag aufgeschlagen auf ihrem Bett. Es musste noch ihr warmer Mantel hinein. Anni war es schleierhaft, wie das voluminöse Kleidungsstück mit Fellbesatz noch in das Gepäck passen sollte. Otto trug noch keine Schuhe. Die lagen unter seinem Bett neben einem undefinierbaren Haufen, der seine gesamte Garderobe darstellte. Sein Koffer war ihm aus dem Fundus der

Wohlfahrt zur Verfügung gestellt worden und lag leer auf seinem zerwühlten Bett. Es war zum Haareraufen. Wenn das so weiterging, würden sie niemals rechtzeitig zur Abfahrt fertig werden.

Mit vereinten Kräften schafften sie es dann doch. Eine Stunde später befanden sich sämtliche Kinder mit ihrem Gepäck auf dem extra für den Transport zum Lehrter Bahnhof organisierten Wagen, der im hellen Schein der Morgensonne vor dem Eingang der Kinderklinik stand. Ihr Fahrer, Heinz Niebig, er arbeitete bereits seit dreißig Jahren für die Charité, hatte jedes Kind einzeln auf den Wagen gehoben. Er war kräftig gebaut, hatte einen gezwirbelten Schnauzbart und einen strengen Blick. Wenn er einem Kind sagte, dass es ruhig sitzen bleiben solle, dann tat es dies auch. Selbst Otto und Walter blickten nun eingeschüchtert drein.

»Dass ihr mir gut auf die Kleinen achtgebt«, mahnte Oberschwester Dorothea, die es sich natürlich nicht nehmen ließ, ihre erste Nordseereisegruppe persönlich zu verabschieden. Sie drückte Anni, Bille und Gertrud, eine weitere zur Reisebetreuung der Kinder abgestellte Schwester, kurz an sich. Anni glaubte, in den Augen der Oberschwester sogar Tränen auszumachen. So sentimental kannte sie sie gar nicht. Als Anni kurz darauf neben Hilde Platz nahm, zitterten jedoch auch ihre Hände plötzlich vor Aufregung. Es ging zurück nach Föhr, zurück in die Vergangenheit, an die sie nur noch wenige Erinnerungen hatte. In ihren Träumen sah sie manchmal ihre Mutter am Strand an der Wasserlinie stehen und aufs Meer hinausblicken, das herrlich im hellen Licht der Sonne funkelte. Sie trug einen langen Trägerrock aus dunklem Wollstoff, über ihrer Brust war ein gewebtes weinrotes Tuch gekreuzt. Unter dem zu dieser inseltypischen Kleidung gehörenden Kopftuch hatten sich einige Strähnen ihres braunen Haares hervorgestohlen, an denen der Wind zerrte.

Anni hatte es von ihr geerbt, ebenso die großen grauen Augen. Manches Mal sah sie in ihren Träumen aber auch ein altes Friesenhaus, Moos lag auf dem mit Reet gedeckten Dach, und es erweckte den Eindruck, von den Jahrhunderten seines Daseins müde zu sein. Umgeben war es von knorrigen Obstbäumen, ein alter Mann mit Kapitänsmütze saß vor dem Haus, eine Pfeife im Mund. Ihr Großvater, wie sie wusste. Der alte Kapitän Rauert Nissen. Sie wusste nicht, ob er noch am Leben und was aus dem alten Kapitänshaus geworden war. Bald würde sie es erfahren.

# 2. KAPITEL

## *Dagebüll, am selben Tag*

»Und ich dachte, dass diese Schmalspurbahn zuverlässiger ist«, schimpfte Bille, als sie ruckelnd ein kurzes Stück vor ihrem Zielbahnhof Dagebüll anhielt. »Was ist denn jetzt schon wieder? Ständig bleiben wir irgendwo in der Einöde stehen.«

»Hier oben gibt es eben noch richtiges Landleben«, sah sich Anni bemüßigt, den Grund für ihre Verspätung zu verteidigen. »Da kann es schon passieren, dass ein paar Schafe auf den Gleisen stehen und sich Zeit lassen.«

»Schafe«, moserte Bille. »Die müssen ja auch nicht den Fährdampfer zur Insel erreichen. Die können dumm in der Walachei herumstehen. Zwei Stunden haben wir deshalb verloren, und jetzt verpassen wir bestimmt das Schiff. Unter einem Bäderschnellzug verstehe ich etwas anderes.«

»Also, ich mag die Schafe«, sagte Karla, die neben Bille auf der Bank am Fenster saß. »Sie sind so hübsch flauschig.«

»Ja, das sind sie«, bestätigte Anni. »Und auf Föhr wirst du noch eine ganze Menge mehr Schafe sehen. Und noch viele weitere Tiere. Das verspreche ich dir.« Sie rüttelte behutsam an dem Arm des dreijährigen Paul. Er hatte sich durch das Umsteigen am Niebüller Bahnhof nicht in seinem Schlaf stören lassen, Anni hatte ihn getragen, und er schlief selig auf ihrem Schoß. Nun galt es jedoch, wieder munter zu werden. So eine Fahrt mit einem Schiff war eine spannende Sache, und die sollte er auf keinen

Fall verpassen. »Aufwachen, mein Schätzchen«, sagte Anni und stupste ihn auf die Nase. »Wir kommen gleich an. Jetzt geht es auf den Dampfer. Darauf freust du dich doch schon.«

Paul öffnete die Augen und blinzelte in das helle Licht der Spätnachmittagssonne, die durch das Zugfenster ins Abteil fiel.

»Wenn das Schiff durch unsere Verspätung nicht längst fort ist«, fügte Bille in einem bissigen Tonfall hinzu.

Ein Schaffner wollte an ihnen vorübereilen, Anni hielt ihn zurück.

»Warten Sie bitte«, rief sie.

Der Mann, er hatte einen rundlichen Bauch und einen Schnauzbart, sah sie missbilligend an.

»Wann geht es denn weiter? Wir müssten jetzt doch gleich in Dagebüll ankommen, oder? Wie steht es denn mit der Fähre?«, erkundigte sie sich. »Werden wir heute noch die Überfahrt nach Wyk schaffen?«

»Das versuche ich gerade herauszubekommen«, antwortete der Schaffner genervt. Die Frage schien er nicht zum ersten Mal gestellt bekommen zu haben. »Sie könnten Glück haben. Wir haben Ostwind, und der wirbelt bekanntlich die Fahrpläne immer recht ordentlich durcheinander.« Er lief weiter.

»Was hat denn bitte schön der Wind mit den Fahrplänen zu tun?«, fragte Bille sogleich.

»Er drückt das Wasser aus dem Wattenmeer, weshalb die Boote dann oftmals nicht genug Wasser unterm Kiel haben«, erklärte Anni. »Allerdings frage ich mich, weshalb das für uns Glück bedeuten könnte. Wenn wir Pech haben, fährt deshalb heute gar kein Dampfer mehr auf die Insel, und wir müssen die Nacht auf dem Festland verbringen.«

Billes Augen weiteten sich. Anni suchte sogleich zu beschwichtigen: »Aber wenn der Schaffner es als Glück bezeichnet, wird es wohl genau andersherum sein. Ohne den Ostwind hätten wir wegen der Schafe die Fähre vermutlich nicht mehr erreicht. Außer sie hätte gewartet, was sie wohl ab und an tut, wie mir vorhin von einem Mitreisenden versichert worden ist. Immerhin sind die Passagiere aus dem Bäderschnellzug ihre Hauptkundschaft. Aber ewig warten kann sie natürlich auch nicht. Durch den Ostwind könnte sie später fahren.«

Bille gab ein undefinierbares Geräusch von sich, und Charlotte fragte: »Wo schlafen wir denn, wenn kein Schiff mehr fährt?«

Charlotte sprach aus, was sich Anni nicht einmal zu denken getraute. Sie war ein kluges Kind, das musste Anni ihr lassen. Eine Antwort auf diese Frage blieb sie der Kleinen schuldig. Eine Übernachtung in Dagebüll war in der Buchung nicht vorgesehen. Anni hatte es, nachdem der Halt auf den Gleisen immer länger wurde, in den Reiseunterlagen überprüft. Entweder sie kamen auf das Schiff, oder sie standen mit zwanzig Kindern am Hafen und mussten improvisieren. Zu ihrer Erleichterung setzte sich in diesem Moment die Bahn ruckelnd in Bewegung, und der Schaffner erschien erneut. Bereits an seinem freundlicheren Gesichtsausdruck war zu erkennen, dass er gute Nachrichten für sie hatte.

»Wir haben die Meldung erhalten, dass der Dampfer noch vor Ort ist. Es sieht gut für Sie aus. Sie werden mit Ihren Kindern noch heute nach Wyk kommen, Schwester.«

Anni bedankte sich erleichtert.

»Na, Gott sei Dank«, fasste Bille ihre Gefühle in Worte. »Ich hatte schon Sorge, wir müssten bei den Schafen auf der Weide schlafen.«

Der Zug hielt nun am Hafen von Dagebüll, und Hektik setzte ein. Es galt, zwanzig Kinder mitsamt ihrem Gepäck aus der Bahn und auf die Fähre zu bekommen. Zu ihrem Glück erhielten sie vom Bahnpersonal Unterstützung. Zwei junge Burschen kümmerten sich um ihr Gepäck und verluden es auf einen bereitstehenden Wagen. Selbst der Schaffner half, Kinder auf den Bahnsteig zu verfrachten. Eines nach dem anderen hob er mit freundlichen Bemerkungen aus dem Waggon. Anni kontrollierte, nachdem alle die Bahn verlassen hatten, noch einmal die verlassenen Sitzplätze und sammelte letzte vergessene Gegenstände ein. Ein Kuschelhäschen, ein Stoffbeutel und ein Bilderbuch fanden sich noch. Bille und Gertrud hatten die Kinder inzwischen zur nahen und bereits gut gefüllten Fähre gebracht. Die meisten von ihnen waren schon an Bord gegangen. Nur Hilde war vor dem Bootssteg stehen geblieben. Bille, die sich bereits auf dem Schiff befand, winkte sie zu sich, doch Hilde schüttelte den Kopf. Fest umklammerte sie ihre Puppe. Sie wirkte wie erstarrt. Anni eilte sogleich zu ihr.

»Da bin ich, Liebes. Komm.« Sie hielt Hilde die Hand hin. »Wir beide werden dem Klabautermann schon zeigen, wer hier das Sagen hat.« Sie zwinkerte Hilde lächelnd zu, und die beiden traten auf den Bootssteg. Ihnen folgte einer der Schiffsjungen, der ihren kurzen Dialog gehört hatte und es sich nicht verkneifen konnte, einen Kommentar dazu abzugeben.

»Auf unserer Nordfriesland gibt es keinen Klabautermann. Das kann ich Ihnen versichern, meine Damen. Und sollte es sich doch einer mal erlauben, uns heimzusuchen, dann schmeiß ich ihn höchstpersönlich über Bord.« Er zwinkerte Hilde zu und grinste schelmisch. Mit seiner Unbekümmertheit hatte es der Bursche tatsächlich geschafft, Hilde ein Lächeln zu entlocken.

Auf dem Fährdampfer fand sich ein Platz am Heck des Bootes. Die Kinder saßen eng aneinandergedrängt auf den Holzbänken. Die armen Kleinen waren vollkommen übermüdet, einige von ihnen waren bereits wieder eingeschlafen. Gertrud hatte den kleinen Martin auf dem Arm. Er hatte bis eben noch geweint, doch nun beruhigte er sich. Für Anni und Bille gab es keine Sitzplätze mehr. Die Verhältnisse waren als beengt zu bezeichnen. Auf dem Vorderdeck stapelte sich das Gepäck, und auch einige mit Federvieh gefüllte Käfige befanden sich dort, im hinteren Bereich saßen die Fahrgäste dicht gedrängt. Das Schiffshorn ertönte, und die Fahrt begann. Es ruckelte etwas, als sich der Dampfer in Bewegung setzte. Anni hielt sich am Geländer fest und beobachtete, wie sie sich immer weiter vom Anleger entfernten. Nun nahm sie zum ersten Mal ihr Umfeld mit allen Sinnen wahr, und es breitete sich in ihr ein warmes Gefühl aus, das sie so nicht kannte. Es fühlte sich an, als würde ihre Umgebung sie in eine warme Decke des Glücks hüllen. Es war ein milder Sommerabend, das Meer funkelte im Licht der tief stehenden Sonne. Möwen zogen kreischend über ihnen ihre Kreise, und der Geruch von Schlick hing in der salzigen Luft. Anni atmete ihn tief ein, und eine Erinnerung stieg in ihr auf. Sie stand ebenfalls auf einem Dampfer und klammerte sich am unteren Teil des Geländers fest. Doch es war nicht der Anleger von Dagebüll, den sie verließen, sondern es waren die Häuser von Wyk, die, mit jedem Meter, den sie sich entfernten, immer kleiner wurden. Es war ein ähnlich schöner Tag wie der heutige gewesen, als sie von ihrer Heimat an der Hand ihrer Mutter Abschied hatte nehmen müssen. Doch hatte sie es damals tatsächlich als solchen empfunden? Sie wusste nicht mehr, was ihre Mama ihr gesagt, wie sie den Weggang von der Insel erklärt hatte. Sie hatte sie weinen sehen. War das an jenem Tag gewesen? Erinnerungsfetzen, Gefühle und Empfindungen. Plötzlich fühlte sie Beklommenheit. Vielleicht war etwas Fürchterliches geschehen? Ein Unglück, das ihre Mama zum Weinen und ihre Eltern dazu gebracht hatte, ihre Heimat zu verlassen. Oder dachte sie falsch? In diesem Augenblick wünschte sie sich einmal wieder, ihre Eltern wären noch bei ihr. Sie wünschte sich, sie könnten ihre Fragen beantworten. Aber würden ihr die Antworten gefallen? Keike und Jan Nissen, beide geboren in Nieblum, verstorben in Berlin. Trauerte jemand auf dieser Insel um ihre Eltern? Wurden die beiden vermisst? Würde jemand sie als die Tochter ihrer Mutter erkennen? Anni ähnelte ihr. Aber wollte sie überhaupt erkannt werden? Sollte sie den alten Kapitänshof aus ihrer Kindheit suchen? Vielleicht wäre es besser, es bleiben zu lassen. Föhr war ein Teil ihrer Vergangenheit, ihre Eltern hatten sie bewusst hinter sich gelassen. Seit ihrem siebten Lebensjahr lebte Anni in Berlin, die Stadt war ihre Heimat, nicht diese Insel in der Nordsee, die sie doch eigentlich kaum kannte.

Als eine Weile darauf der Hafen von Wyk in Sicht kam, fühlte es sich für Anni trotzdem so an, als würde sie nach Hause kommen. Im Hafen schaukelten die Fischkutter und Ausflugsboote auf den Wellen, am Strand herrschte noch buntes Treiben. Es gab Strandzelte, Strandkörbe, Kinder spielten Ball und bauten Sandburgen. Fröhliche Musik war zu hören. Das Schiffshorn ertönte erneut, und Anni wusste in diesem Augenblick, dass sie nach Nieblum gehen und nach ihrer Vergangenheit suchen würde.

# 3. KAPITEL

## Wyk, 20. Juli 1901

Also, ich finde noch immer, dass es eine dumme Idee ist, dass ausgerechnet du diejenige sein musst, die zwei Wochen hierbleiben und auf die Kinder achtgeben muss«, sagte Bille, während sie ihr Nachthemd zusammenlegte und in ihrer Reisetasche verstaute. »Das hätte doch auch Gertrud machen können. Wie soll ich es bloß so lange Zeit in Berlin ohne dich aushalten? Was ist denn, wenn während deiner Abwesenheit das Wunder geschieht und mich unser Doktor Michels endlich bemerkt und mich vielleicht sogar küsst? Dann habe ich niemanden, mit dem ich darüber reden kann.«

Anni rollte die Augen und schüttelte den Kopf.

»Ich denke nicht, dass das passieren wird. Du solltest dir Michels endlich aus dem Kopf schlagen. Er ist eine Nummer zu groß für einfache Krankenschwestern wie uns.«

»Ich weiß«, gab Bille zu. »Aber erklär das mal meinem Herzen. Es will einfach nicht kapieren, dass er aus reichem Hause stammt und bestimmt die Tochter von irgendeinem Professor aus wohlhabenden Kreisen ehelichen wird. Jedes Mal, wenn er einen Raum betritt, schlägt es wie verrückt, und meine Hände beginnen zu zittern. Ich kann nichts dagegen machen.«

Anni stieß zur Antwort einen Seufzer aus. In Liebesdingen war sie keine gute Beraterin, obwohl sie durchaus schon einmal mit einem jungen Mann ausgegangen war. Allerdings hatte sie dieser an dem Abend, sie waren ins Varieté gegangen, arg gelangweilt, und als er sie zum Abschied hatte küssen wollen, hatte sie ihm eine Ohrfeige verpasst. Einen Mann hatte sie aus der Ferne bewundert, aber da war sie noch ein Backfisch gewesen, und heute sah sie es als Schwärmerei. Er war ebenfalls in der Armenhilfe tätig gewesen, wie ihre Ziehmutter, ein engagierter Kolonialwarenhändler, der immer wieder Spenden gebracht und an so manchen Tagen auch schon mal beim Austeilen der Suppe geholfen hatte. Er hatte schöne Augen, gute Manieren und für jeden armen Menschen ein liebes Wort übrig gehabt. Bedauerlicherweise war er zehn Jahre älter als Anni, verheiratet, und seine Gattin, eine wirklich reizende blonde Frau, erwartete zur damaligen Zeit bereits ihr zweites Kind. Somit war es bei der Schwärmerei eines jungen Mädchens geblieben.

»Irgendwann wird dein Herz mit dem Unsinn schon aufhören«, meinte Anni. »Und du weißt, dass es das besser flott tun sollte, denn Liebesbeziehungen zwischen Ärzten und Schwestern sind strengstens verboten. Wenn die Oberschwester nur den kleinsten Verdacht schöpft, könnte es dich deine Stelle kosten.«

»Deshalb wäre es ja besser, wenn du gleich wieder mit nach Berlin kommen würdest«, sagte Bille. »Mit dir an meiner Seite fallen mir keine Dummheiten ein. Und komm mir bloß nicht auf die Idee, du könntest deinen Aufenthalt auf der Insel verlängern.« Sie hob mahnend den Zeigefinger. »Nicht, dass dich heimatliche Gefühle oder so ein Firlefanz überfallen und du bleiben willst. Obwohl ich mir das nicht vorstellen kann. Wir sind doch Stadtpflanzen. Auch wenn ich sagen muss, dass dieses Sanatorium durchaus einiges zu bieten hat. Dass selbst die Zimmer der Angestellten so luxuriös sind, hätte ich nicht gedacht. Dagegen ist unsere Kammer im Schwesternwohnheim die reinste Absteige.«

In dieser Hinsicht musste Anni Bille recht geben. Ihre Unterbringung war als komfortabel zu bezeichnen. Es gab zwei gemütliche Einzelbetten, jede von ihnen hatte einen Nachttisch mit einer hübschen Lampe darauf, sogar elektrische Beleuchtung gab es, und auf einem Bücherregal hatte sich Lektüre gefunden. Was Anni jedoch am besten gefiel, war das große Fenster mit direktem Blick auf das Meer. Es lag im dämmrigen Licht des heraufziehenden neuen Tages vor ihnen, der, so sah es im Moment jedenfalls aus, mit Sonnenschein beginnen könnte. Bedauerlicherweise hatte sich das Wetter nur bei ihrer Ankunft der Jahreszeit entsprechend verhalten. Bereits am nächsten Morgen war der Himmel bedeckt gewesen, und es hatte kräftige Regenschauer, begleitet von einem böigen Wind gegeben. Föhr hatte sich Bille also nicht von seiner besten Seite gezeigt. Strandspaziergänge oder sogar ein kurzer Ausflug auf die Promenade waren nicht möglich gewesen. Die zurückliegenden Tage hatten sie mit ihren Schützlingen verbracht, gemeinsam mit ihnen das Sanatorium erkundet und bei ersten Aufnahmeuntersuchungen Beistand geleistet. Besonders die jüngeren Kinder würden noch eine Weile zur Eingewöhnung benötigen, Karli hatte am gestrigen Nachmittag geweint und die meiste Zeit auf Annis Schoß verbracht. Aber wenn erst einmal die Sonne herauskam und sie an den Strand gehen konnten, würden die Kinder bestimmt ihre neue Umgebung voller Neugierde erkunden, davon war Anni überzeugt. Sie freute sich schon jetzt darauf, mit den Kleinen Muscheln zu suchen und Strandburgen zu bauen. Stadtpflanzen, wiederholte sie Billes Aussage in Gedanken. War sie das wirklich? Die ersten Jahre ihres nicht in Berlin verbrachten Lebens schlichen sich in ihr Bewusstsein zurück und nahmen immer mehr Raum ein. Oder bildete sie sich das nur ein? Vergangenheit verband man gerne mit Sentimentalität. So hatte es ihre

Ziehmutter erst neulich bei einem Kaffeeplausch gesagt. Rückblickend erschienen viele Dinge besser, als sie es tatsächlich gewesen waren. Verklärten ihre Erinnerungen die Wahrheit? Anni kannte keine Antwort auf diese Frage.

Bille schloss ihre Reisetasche und nahm ihren Mantel von einem Kleiderhaken an der Wand.

»Dann wollen wir mal. Bevor es losgeht, hätte ich gerne noch ein Frühstück. Denkst du, sie werden uns Essenspakete mitgeben? Ich hoffe, dass sich dieses Mal keine Schafe auf die Gleise verirren, oder noch schlimmer, dass der Dampfer wegen des Ostwinds nicht fährt.«

Annis Blick wanderte aus dem Fenster und zu einer der sich am Strand befindlichen Fahnen. Sie flatterte etwas im Wind, der definitiv nicht aus Ost kam.

»Kein Ostwind«, erwiderte sie. »Wie sich die Schafe verhalten werden, kann ich dir leider nicht sagen.«

Bille zog eine Grimasse, dann umarmte sie Anni plötzlich spontan. »Ach, Liebes. Ich werde dich und deine pragmatischen Antworten vermissen.«

Im nächsten Moment klopfte es an die Tür, und die ungeduldig klingende Stimme ihrer Kollegin Gertrud war zu hören, die gemeinsam mit Bille abreisen würde. »Wo bleibt ihr denn? Wenn ihr weiterhin so trödelt, verpassen wir noch das Frühstück.«

Eine Weile darauf stand Anni am Hafen von Wyk und beobachtete, wie der Dampfer aufs Meer hinausfuhr. Am Heck winkten Bille und Gertrud. Anni winkte zurück und ließ ihre Hand erst sinken, als die beiden kaum noch auf Deck zu erkennen waren. Ihr Blick wanderte nach links und schweifte über die vielen Kutter und Boote im Hafenbecken, und sie konnte nicht anders, als zu lächeln. Diese Insel wirbelte ihr Innerstes vollkommen durcheinander. Es fühlte sich so herrlich vertraut an, und gleichzeitig fürchtete sich Anni vor ihren Erinnerungen. Oder war das Unsinn? So viele Menschen verschlug es während ihrer Lebenszeit an unterschiedliche Orte, aus welchen Gründen auch immer. Sie sollte sich nicht grämen oder gar mit den Geschehnissen hadern. Sie war wieder hier und konnte ihren Kindheitserinnerungen für eine Weile den Raum geben, den sie verdienten. Sie richtete ihren Blick erneut auf den Dampfer, doch Gertrud und Bille waren jetzt nicht mehr zu sehen.

Anni beschloss, nicht sofort den Rückweg in das Sanatorium anzutreten, sondern noch ein wenig Wyk zu erkunden.

Sie wandte sich vom Hafen ab und schlenderte zu dem nahe gelegenen Königsgarten. Dieser war im Jahr 1843 von der dänischen Königin Caroline Amalie im Sinne eines Volksgartens zum Lustwandeln angelegt worden. Auf dem sich darin befindlichen und von unzähligen Laubbäumen umgebenen Teich schwammen Enten und Wasservögel. Rosen und andere Blumen blühten in hübsch angelegten Beeten in Hülle und Fülle, und ihr lieblicher Duft erfüllte die Luft. Anni beobachtete lächelnd, wie eine Frau und ein kleines Mädchen die Enten mit Brotkrumen fütterten. An ihrer mondänen Kleidung waren sie gut als Kurgäste zu erkennen. Die Frau trug ein helles Sommerkleid, das an den Ärmeln reichlich Spitze aufwies, ihre Taille war eng geschnürt, auf ihrem Kopf ruhte ein passender, mit Federn besetzter Hut. Das Mädchen trug ein knielanges Matrosenkleid. Ein älterer Herr lief an Anni vorüber und grüßte freundlich. Auch ihm war an seiner Kleidung anzusehen, dass er ein Sommerfrischler war. Es folgten weitere Spaziergänger, ein Ehepaar führte seinen Dackel aus, an ihren Stimmen war zu erkennen, dass sie ebenfalls aus Berlin kamen. Anni schlenderte weiter und durchstreifte die Gassen mit ihren hübschen Häusern. An vielen Hauswänden blühten Rosen, vor Restaurants, Gaststätten und Cafés luden Tische zum Verweilen ein. Zahlreiche Geschäfte boten ihre Waren feil. Anni tauchte in das Gedränge der Badegäste ein und betrachtete Auslagen, bestaunte Porzellan und Steinzeugartikel bei einem Händler in der Mittelstraße. Sie lief zum Sandwall, hier spendeten unzählige Ulmen Schatten. Vor einem Strandbasar stapelten sich Hüte und Mützen, Badeartikel, Spielsachen, Muschel- und Seehundfellwaren. Auch Ansichtskarten wurden verkauft. Anni blieb an einem der Stände stehen und ließ ihren Blick über die hübschen Inselansichten schweifen. Vielleicht sollte sie ihren Zieheltern eine Karte schreiben. Doch sie verwarf den Gedanken wieder. Sie war keine Sommerfrischlerin, die Karten schrieb, sondern zum Arbeiten hier. Sie schlenderte weiter, und plötzlich fiel ihr ein Name ins Auge, und sie blieb stehen. Es war ein Geschäft für Haus- und Küchengeräte, das ihre Aufmerksamkeit auf sich zog. Über dem Eingang stand der Name Magnus Bohn. Sie glaubte, diesen Namen zu kennen. War Magnus Bohn nicht einer ihrer damaligen Spielgefährten in Nieblum gewesen? Sie sah einen braunhaarigen Jungen vor Augen, vielleicht sieben oder acht Jahre alt. Ihr Herz begann, schneller zu schlagen. Sie näherte sich dem Geschäft. Die Ladentür stand offen, und sie konnte nicht anders und trat ein. In dem vollgestopften Laden gab es allerlei Küchengeräte, Handrührer, Brotschneider. Im Angebot befanden sich sogar Kochlöffel und Schöpfkellen mit dem für die Insel typischen Zwiebelmuster. Auch Badewannen, Bidets und Wassertoiletten konnten hier erworben werden. Im Laden war niemand, doch aus dem Hinterzimmer waren Stimmen zu hören. Anni schnappte einige der auf Friesisch gesprochenen Worte auf, und ein Lächeln stahl sich auf ihre Lippen. Sie verstand alles, obwohl sie die Sprache eine gefühlte Ewigkeit nicht mehr gehört oder gesprochen hatte. Die vertrauten Worte erinnerten sie schmerzlich an ihre Eltern, die selbst in Berlin im privaten Umfeld häufig Friesisch gesprochen hatten. Die Erinnerung daran sorgte dafür, dass ihr Tränen in die Augen stiegen. Eine von ihnen kullerte genau in dem Moment ihre Wange hinab, als ein junger Mann den Laden betrat. Er war braunhaarig und trug ein einfaches graues Hemd sowie eine dunkelblaue Weste darüber. Hektisch wischte sie die Träne fort und grüßte auf Friesisch. Er sah sie eine Spur zu lange an, als müsste er überlegen, mit wem er es zu tun hatte. Als hätte er sie erkannt. Oder bildete sie sich das nur ein? Anni überlegte, ob sie ihm sagen sollte, wer vor ihm stand. Sie könnte mit ihm in der vertrauten Sprache sprechen, ihm zeigen, dass sie keine Fremde war. Aber was würde es ihr bringen, dies zu tun? Er lebte sein Leben hier, sie ihres in Berlin. Was sollte sie sagen? »Hallo, ich bin es, Anni. Ich bin zurück. Kennst du mich noch?« Plötzlich fühlte sich ihr Tun töricht an, und sie beschloss, den Laden zu verlassen. Sie sollte zurück zu den Kindern ins Sanatorium gehen und ihre Arbeit verrichten. Schließlich war sie nicht auf die Insel gekommen, um durch Wyk zu streunen und ihrer Vergangenheit nachzujagen. Sie hatte eine Aufgabe und musste sich kümmern.

»Entschuldigung«, sagte sie. »Ich dachte, solch eine Schöpfkelle wäre nett, aber ich habe mich anders entschieden.« Ohne es zu bemerken, hatte sie nun doch Friesisch gesprochen. Der Mann sah sie irritiert an.

»Sie sprechen unsere Sprache«, sagte er und betrachtete sie genauer. »Es ist nicht die Schöpfkelle, die dich zu uns führt, oder?« Ohne groß Federlesens war er zur vertrauten Anrede übergegangen. »Du kommst von hier. Wir kennen uns. Wie heißt du?«

Nun stiegen erneut Tränen in Annis Augen.

»Anni Nissen. Es tut mir leid. Ich hätte nicht herkommen sollen«, entschuldigte sie sich und wandte sich ab. Sie verließ den Laden und rannte die Mittelstraße hinunter. Es war nicht Magnus, vor dem sie fortlief. Es war der tief in ihrem Inneren sitzende Schmerz, der sie immer schneller werden ließ. Sie erreichte den Strand und blieb nach Atem ringend an der Wasserlinie stehen. Sie war dieser Welt entrissen worden, ihrer Heimat, von der sie sooft in Berlin geträumt, nach der sich ihre Mutter vor Sehnsucht jeden Tag verzehrt hatte. Sie hörte ihre friesischen Worte, und sie spürte den Schmerz, den sie so lange verdrängt hatte. Sie hätte nicht herkommen sollen. Sie hätte wissen müssen, dass diese Insel nur Kummer brachte. Oder vielleicht doch nicht? Sie richtete ihren Blick nach vorn und beobachtete einen der Lustkutter auf dem funkelnden Wasser. Der sanfte Wind rüttelte an ihrem Haar und streifte über ihre Wangen. Es schien, als wollte er ihre Tränen trocknen. Vielleicht lag sie ja falsch mit ihrer Annahme, und es war das Schicksal, das sie bewusst nach Hause gebracht hatte. Vielleicht war es endlich an der Zeit, Antworten auf die Fragen eines Kindes zu finden.

# 4. KAPITEL

## Wyk, 25. Juli 1901

Anni hatte darauf gehofft, dass alle ihre Schützlinge die Reise nach Föhr schadlos überstehen würden, doch bedauerlicherweise war eines der Kinder schwer erkrankt. Es war ausgerechnet der freche Walter, der seit gestern mit über vierzig Grad Fieber darniederlag und sogleich auf die Krankenstation des Nordseesanatoriums verlegt worden war. Der arme Junge lag apathisch in den Kissen, seine Wangen waren gerötet. Anni nahm das feuchte Tuch von seiner Stirn, tunkte es noch einmal in die auf dem Nachttisch stehende Schüssel mit kaltem Wasser, wrang es aus und legte es wieder zurück.

»Du wirst bestimmt bald wieder gesund sein«, sprach sie dem Jungen Mut zu. »Und dann wirst du wie die anderen Kinder an den Strand gehen und spielen können. Außerdem musst du ja noch die Freunde von deinem geliebten Klabautermann kennenlernen. Den Meergeist Ekke Nekkepenn zum Beispiel oder die Zwerge, die hier wohnen und gerne mal Dummheiten anstellen. Sie haben hier auf der Insel einen eigenwilligen Namen. Sie heißen Odderbaantjes. Mein Großvater hat mir von ihnen erzählt. Er kannte unzählige alte Inselgeschichten, und natürlich war er Fachmann für Klabautermänner, schließlich ist er selbst zur See gefahren.« Sie verstummte. Ihr Großvater, Rauert Nissen. Erinnerungen kehrten zurück, laute Wortfetzen. Es hatte Streit gegeben, zwischen ihm und ihrem Vater. Sie war im Garten gewesen, das Fenster hatte offen gestanden. Um sie herum hatten unzählige Blütenblätter der alten Birnbäume im Gras gelegen, sie hatte sich gemeinsam mit ihrer Freundin Tesje damit beschäftigt, Blumenketten aus Gänseblümchen anzufertigen. Was aus ihr wohl geworden war? Ihren Eltern hatte damals der Kolonialwarenladen im Ort gehört. Eine gefühlte Ewigkeit hatte Anni nicht mehr an sie gedacht.

»Wie geht es ihm denn?«, riss eine der im Sanatorium angestellten Krankenschwestern Anni aus ihren Gedanken. Sie war blond und in Annis Alter. Anni hatte ihren Namen vergessen, was nicht verwunderlich war. Es gab so viele neue Namen, die sie sich seit ihrer Ankunft merken musste. Von Ärzten und Schwestern, Lehrern und Betreuern. War es vielleicht Merle gewesen?

»Unverändert«, antwortete Anni. »Das Fieber ist noch immer sehr hoch. Und wir dachten tatsächlich, dass er so weit über den Berg wäre, um die Reise an die See bewältigen zu können. Vermutlich wäre es besser gewesen, wir hätten ihn in Berlin gelassen.«

»So sehe ich das nicht«, widersprach die Schwester. »Es kommt häufiger vor, dass Kinder nach der Ankunft Probleme haben. Bei vielen von ihnen ist es vermutlich die Aufregung, die für Rückschläge sorgt. So eine lange Reise auf eine Nordseeinsel ist ja nichts Alltägliches. Bestimmt wird es ihm in einigen Tagen wieder besser gehen, und er kann mit den anderen Kindern den Strand genießen. Waren Sie schon dort? Er ist herrlich, besonders zu dieser Stunde.« Sie deutete zum Fenster, durch welches das warme Licht der Spätnachmittagssonne in den Raum fiel. »Wenn Sie möchten, können Sie etwas frische Luft schnappen gehen. Ich achte währenddessen auf den jungen Mann.«

»Ich weiß nicht recht«, Anni zögerte, und ihr Blick wanderte zum Fenster. Es war geschlossen, doch trotzdem waren die Rufe der Möwen zu hören.

»Sie sollten nach draußen gehen«, bekräftigte die Schwester noch einmal ihre Aufforderung. »Solch einen schönen Strand und so gute Luft wie bei uns auf Föhr werden Sie in Berlin nicht finden. Ihre beiden Begleiterinnen waren recht traurig darüber, unser Inselchen bereits wieder verlassen zu müssen. Sie wären vermutlich längst Muscheln sammeln oder Strandburgen bauen.«

»Könnte sein«, Anni lächelte. »Also gut«, gab sie nach. »Ich wage einen Strandspaziergang, vielleicht schaffe ich es sogar bis Nieblum.«

»Sie kennen Nieblum?«, hakte die Schwester erstaunt nach.

Anni dachte kurz darüber nach, ihr zu sagen, dass sie von der Insel stammte, doch sie verwarf den Gedanken wieder. Was sollte es bringen, dieser jungen Schwester davon zu erzählen? Schon bald würde sie wieder in Berlin sein, und ob und wann sie erneut nach Föhr reisen würde, stand in den Sternen.

»Ich habe nur davon gehört, dass der Ort in diese Richtung liegt«, suchte Anni Zuflucht in einer Ausrede. »Er soll recht hübsch sein, mit vielen Reetdachhäusern.«

»Ja, so ist es«, bestätigte die Schwester. »Es ist anders als in Wyk, wo ich meine Ausbildung im Inselkrankenhaus gemacht habe. Da sind ja alle Häuser mit Schindeln gedeckt, wegen der großen Brände, die es gegeben hat. Aber wir kommen ins Plaudern. Gehen Sie schon, solange das Licht noch so schön ist. Ich bleibe bei dem Jungen.«

Wenige Minuten später verließ Anni die im Jugendstil errichtete Villa, in der die Kinder untergebracht waren. Zu der Anlage des Nordseesanatoriums gehörte das zuerst erbaute und ebenfalls im Jugendstil gehaltene Haus Tübingen, welches das größte Gebäude darstellte. Umgeben war es von einer herrlichen Parkanlage, in der Bäume wuchsen, die niemand auf einer nordfriesischen Insel erwarten würde. Libanon-Zedern, Maulbeeren und Feigen. Doch das milde Nordseeklima schien den Pflanzen zu gefallen, sie gediehen prächtig.

Anni erreichte den Strand. Hier gab es eine für die Gäste des Sanatoriums errichtete Strandhalle und extra für den Kurbetrieb konstruierte Korbliegestühle, die für die Liegekuren zum Einsatz kamen. Am Flutsaum tippelten Austernfischer auf der Suche nach etwas Essbarem auf und ab. Sie gaben ihre typischen Rufe von sich, die in Anni ebenfalls Kindheitserinnerungen weckten. Doch plötzlich schmeckten diese nicht mehr bitter, wie sie es neulich in Wyk getan hatten. Sie atmete tief die salzige Luft ein und hielt versonnen lächelnd ihre Nase in die sanfte Brise. Es war der perfekte Sommernachmittag, und keine Wolke war am Himmel zu sehen. In der Ferne war ein Boot zu erkennen. Vielleicht war es ein Fischer oder einer von den vielen Betreibern von Lustfahrten, Anni hatte hierzu heute Morgen jede Menge Werbeanzeigen am Schwarzen Brett des Hauses entdeckt.

Nachdem Anni den Südstrand hinter sich gelassen hatte, begegneten ihr keine Menschen mehr, was sie nicht verwunderte. Die Einheimischen gingen nur selten an den Strand. Ihr Alltag fand in den Dörfern statt und war meist von harter Arbeit geprägt. Badekarren und Strandkörbe waren für die Kurgäste da. Das Meer zog sich immer weiter zurück und setzte das Sandwatt frei. Anni konnte sich an der vertrauten Landschaft um sich herum gar nicht sattsehen. In der Ferne konnte sie den Leuchtturm der Nachbarinsel Amrum ausmachen. Der Anblick sorgte dafür, dass sich ein Satz ihres Großvaters in ihre Erinnerung schlich. »Von Amrum kommt nix Gutes.« Mit dieser Meinung stand er auf Föhr nicht allein da. Was der Grund für diese Ablehnung war, wusste Anni nicht mehr.

Nachdem sie ein ganzes Stück gelaufen war, erreichte sie einen Strandabgang, der ihr bekannt vorkam, und sie steuerte darauf zu. Sie folgte einer ungeteerten Straße und umrundete einige Pfützen, die der Regen des vergangenen Tages hinterlassen hatte. Am Wegesrand blühten Strandrosen in Hülle und Fülle, auf einer kleinen Weide standen vier schwarz-weiß gefleckte Kühe, denen eine Schar Hühner Gesellschaft leistete. Sie erreichte ein erstes, mit Reet gedecktes Haus, das von einem weitläufigen Gartengrundstück umgeben war. Die Maueranker in der roten Backsteinfassade berichteten davon, dass das Haus im Jahr 1842 erbaut worden war. Die Eingangstür war eine für die Insel typische Klöntür. Der obere Bereich konnte separat geöffnet werden, was für die Durchlüftung der Häuser sorgte, aber auch Licht ins Innere brachte. Außerdem ließ es sich an den halb geöffneten Türen ausgezeichnet stehen und klönen. Eine Tätigkeit, die von den Frauen der Insel äußerst häufig ausgeübt wurde, wie sich Anni erinnerte. Die Tür zu diesem Haus war jedoch vollständig verschlossen. Anni überlegte, ob sie noch wusste, wer es bewohnt hatte. Doch der Name wollte ihr nicht einfallen. Sie beschloss weiterzugehen und erreichte ein Stück weiter einen großen Teich, auf dem einige Enten und Möwen schwammen. Sogleich fiel ihr der Name des hübschen Gewässers ein. De Maare, wurde es von den Einheimischen genannt. Einige Kinder im Schulalter spielten am Ufer, zwei Jungs, Anni schätzte sie auf neun oder zehn Jahre, ließen Schiffchen schwimmen. Ihr Blick fiel auf das dahinterliegende Friesenhaus. In diesem hatte ihr Schulkamerad Arfst Hansen gewohnt. Sie sah ihn vor Augen. Ein strohblonder Junge, der davon geträumt hatte, wie sein Urgroßvater Kapitän auf einem Schiff zu werden und um die Welt zu segeln. Kapitäne und Schiffskommandanten. Ihre Lebensgeschichten und Schicksale waren tief in der Insel verwurzelt. Es gab auf der Insel wohl kaum eine alteingesessene Familie, die nicht einen ihrer Söhne irgendwo auf den Weltmeeren verloren hatte. Von ihren Schicksalen erzählten die vielen alten und oftmals kunstvoll verzierten Grabsteine auf dem Friedhof der St. Johannis-Kirche, deren trutzigen Turm Anni von hier aus sehen konnte. In dieser Kirche war sie getauft worden, auf ihrem Friedhof lagen ihre Ahnen begraben. Eine weitere Erinnerung stieg in ihr auf, die jedoch bitter schmeckte. Es war ein grauer und stürmischer Tag gewesen, die Bäume hatten kein Laub getragen. Sie hatte an einem offenen Grab gestanden, ein winziger Sarg war darin versenkt worden. Die Erinnerung an dieses traurige Begräbnis hatte sie ganz nach hinten geschoben, doch der Anblick des Kirchturms sorgte dafür, dass sie hervortrat und ihr Tränen in die Augen trieb. Es war ihr kleiner Bruder Fröd gewesen, den sie nur wenige Tage nach seiner Geburt an diesem kalten Tag beerdigt hatten.

Plötzlich wurde sie aus ihren Gedanken gerissen.

»Ja, ist das denn die Möglichkeit«, rief eine Frauenstimme hinter ihr auf Friesisch. »Ich muss einen Geist sehen. Dass ich das noch erleben darf. Unsere Keike kehrt heim.«

Verdutzt sah Anni die alte Frau an, die ihr gegenüberstand. Sie erkannte sie wieder.

»Ockeline«, sagte sie ihren Namen.

»Wer sonst, min Deern«, erwiderte die Frau. Ihre Miene wurde plötzlich skeptisch. Sie musterte Anni näher. »Du bist nicht Keike. Du musst die Deern sein. Anni. Meine Güte. Du bist deiner Mutter so ähnlich, gleichst ihr bis aufs Haar.«

Ihre Worte rührten Anni, der von ihrer Mama nur noch die Erinnerungen an ihr Äußeres geblieben waren, denn sämtliche Fotografien waren damals bei dem Feuer vernichtet worden.

»Ja, ich bin Anni. Gud Dai, Ockeline.« Anni antwortete auf Friesisch.

»Ach, du meine Güte«, sagte Ockeline. »Und wir dachten, wir würden von euch niemals wieder jemanden hier sehen. Das war damals ja ein übler Streit zwischen deinen Eltern und deinem Großvater. Wo hat das euch denn hin verschlagen, wie geht es deinen Eltern? Da wird dein Großvater aber gucken. Obwohl ich mir nicht sicher bin, ob er sich freut, dich wiederzusehen. Aber du warst ja noch so lütt damals. Dir kann er nicht böse sein.«

Das war ein wenig viel Rede auf einmal. Die wichtigste Aussage war jedoch die, dass ihr Großvater noch lebte. Wie alt mochte er heute sein, überlegte Anni. Ein übler Streit. Also hatten sie ihre Erinnerungen nicht getrogen.

»Er lebt also noch«, sagte sie und ging auf die weiteren Fragen von Ockeline nicht ein. Ihr Herz schlug plötzlich höher, und ihre Hände begannen zu zittern. Hier gab es einen Verwandten von ihr, jemanden, zu dem sie gehören könnte, richtige Familie.

»Ja, das tut er«, bestätigte Ockeline. »Ich kümmere mich büschen um ihn und um das Haus. Allein ist er damit inzwischen überfordert. Das Gehen fällt ihm schwer, letztes Jahr ist er neunzig geworden. Wenn du magst, können wir gemeinsam zu ihm gehen. Ich wollte eh gerade zu ihm und ihm frischen Kuchen bringen, büschen klönen in der Sonne hinter dem Haus. Das hat er gern. Von dem Kuchen fällt für dich bestimmt auch noch ein Stück ab. Auf dem Weg kannst du mir ja dann erzählen, was dich wieder zu uns auf die Insel verschlagen hat.«

Sie setzte sich in Bewegung, und Anni blieb nichts anderes übrig, als mit ihr zu gehen. Sie folgten der Straße mit dem Namen Bi de Süd, und Anni erfreute sich an den alten Friesenhäusern, jedes von ihnen schien eine Geschichte zu erzählen, und plötzlich kamen ihr unzählige Namen und Gesichter in den Sinn. Sonnenflecken fielen durch die Blätter der Ulmen, die die ungepflasterten Straßen säumten. Anni erzählte Ockeline den Grund für ihre Rückkehr, und dass sie aus Berlin angereist war. Den Tod ihrer Eltern verschwieg sie ihr fürs Erste.

»Na, da hat es unsere Keike und den Jan ja ganz woandershin verschlagen, wie wir angenommen haben. Wir haben gedacht, sie wären nach Amerika gegangen. Da wohnt nämlich Keikes Onkel Tönis mit seiner Familie in New York. Jedenfalls nehmen wir an, dass die noch da wohnen. Wir haben ewig nix gehört. Also die Schwester von der Kreske ist da schon eine treuere Seele. Sie schreibt immer noch jedes Jahr mehrfach, und in jedem Brief erzählt sie von der Sehnsucht nach der Heimat. Ach, so viele sind fort, wegen diesem dummen Militärdienst von den Preußen. Das ist aber auch ein Unfug.«

Anni pflichtete ihr rasch bei. Die Zeiten, in denen viele Föhrer bevorzugt nach Amerika, die hochgepriesene neue Welt voller Möglichkeiten, auswanderten, hatten nach der Annektierung Preußens im Jahr 1864 begonnen. Ab dann wehte ein anderer Wind auf Föhr. Die noch unter dänischer Verwaltung herrschende Befreiung vom Militärdienst der jungen Föhrer galt nicht mehr, und die Männer mussten zu dem sechsjährigen Militärdienst der Preußen antreten. Reiche Föhrer konnten sich für diesen Dienst einen Ersatzmann kaufen, doch die meisten Insulaner konnten sich diesen nicht leisten. Oftmals waren ganze Konfirmandenjahrgänge ausgewandert. Hielt sich ein Wehrpflichtiger länger als fünf Jahre im Ausland auf, verlor er seine deutsche Staatsangehörigkeit und wurde staatenlos. Deshalb nahmen viele von ihnen notgedrungen die amerikanische Staatsbürgerschaft an. Wieso es ihre Eltern nicht nach Übersee, sondern nach Berlin verschlagen hatte, wusste Anni nicht.

»Das Sanatorium von diesem Gmelin also«, kam Ockeline auf den Grund für Annis Rückkehr nach Föhr zu sprechen. »Der ist auch einer von den Auswärtigen, die sich hier neuerdings wichtigmachen. Kommt irgendwo aus dem Süden. Zuerst war der ja auf Amrum bei dem Bodelschwingh. Von dort hat er auch seine Ehefrau angeschleppt. Soll ja alles ganz schick bei dem sein. Hier in Nieblum wird neuerdings auch überlegt, ob wir uns dem Seebadkrams anschließen. Das Geschäft mit den Touristen ist recht lukrativ, könnten wir gut gebrauchen, sonst enden noch mehr von uns im Armenhaus. Aber ich hab das nicht so mit den Fremden. So was für Lütten wäre für den Anfang vielleicht ganz nett. Die Kleinen aus den großen Städten sehen immer recht erbarmungswürdig aus, wenn sie hier ankommen. Neulich hab ich einige von denen in Wyk am Hafen gesehen, wie sie gerade vom Dampfer kamen. Waren alle recht käsig und klapperdürr. Ich nehme an, deine Lütten sehen auch so aus?«

»Ja, das tun sie«, antwortete Anni. »Wir hoffen, dass ihnen die Seeluft hilft. Einige von ihnen sind nur knapp dem Tod entronnen.«

Ockelines Miene zeigte Betroffenheit.

»Na, unsere Seeluft wird sie schon wieder aufrichten. Bestimmt haben sie in ein paar Wochen alle runde und rote Backen.«

Es begegneten ihnen einige Bewohner, Ockeline wurde gegrüßt, Anni neugierig beäugt. Eine Krankenschwester aus Berlin war in dem alten Friesendorf ein ungewohnter Anblick.

Sie erreichten den Babendörpstieg, in dem sich ihr Elternhaus befand, und Annis Herz begann höherzuschlagen. Ockeline schien ihre Aufregung zu spüren, denn plötzlich sagte sie beruhigend: »Das wird schon werden. Ich bin mir sicher, er wird sich über das Wiedersehen freuen, der alte Griesgram.«

Sie erreichten das im Jahr 1792 von Annis Urgroßvater errichtete Kapitänshaus. Das Haus sah noch genauso aus wie in Annis Erinnerung: rote Mauern, Moos lag auf dem mit Reet gedeckten Dach, von den hölzernen Fensterrahmen blätterte die weiße Farbe ab. Es war von einem großen Garten umgeben, der sie durch sein verwildertes Aussehen in seinen Bann zog. Unzählige Laubbäume standen darin, Rotbuchen, Ulmen, Ahorn und Obstbäume spendeten Schatten. Das Gras stand hoch und wuchs auch auf der aus Findlingen bestehenden Mauer, die das weitläufige Grundstück umgab. Dieser Ort übte einen solchen Zauber auf Anni aus. Sie hätte ewig einfach nur an dem alten, etwas schiefen Gartentor aus Holz stehen bleiben und ihn betrachten können.

Sie betraten das Anwesen durch die Vordertür, und die Vertrautheit ihres ehemaligen Zuhauses traf Anni mit voller Wucht. Ockeline durchquerte den Flur und verschwand durch die hintere Tür sogleich wieder, doch Anni folgte ihr nicht, sondern blieb stehen. Sie blickte in die mit hübschen blau-weißen Holländerfliesen gekachelte Wohnstube, sah das alte Spinnrad in der Ecke stehen, der Ofen, der Billegger genannt wurde, befand sich an seinem üblichen Platz. Ihr Blick schweifte zu dem Alkovenbett, in dem sie, wie sie wusste, zur Welt gekommen war. Es schien, als wäre die Zeit in diesem Haus stehen geblieben.

Doch dann hörte Anni plötzlich harsch klingende Worte. Die Stimme erkannte sie sogleich. Es war die ihres Großvaters.

»Ich habe keine Enkeltochter«, hörte sie ihn lautstark schimpfen. »Soll verschwinden, die Deern.«

Seine Ablehnung ließ Anni, die eben wieder in den Flur getreten war, erstarren. Wie hatte sie auch nur einen Augenblick lang annehmen können, dass sie in diesem Haus willkommen sein könnte? Ihre Eltern hatten ihren Großvater im Streit verlassen.

Vermutlich war es besser zu gehen. Sie hätte niemals hierherkommen sollen. Sie wandte sich um und verließ das Haus wieder durch die Vordertür. Doch dann legte sich eine Hand auf ihre Schulter, und Ockelines Stimme war zu hören.

»Schön hiergeblieben, min Deern«, sagte sie. »Wer wird denn gleich fortlaufen, nur weil der alte Kapitän büschen grummelig ist? Komm. Wenn er dich sieht, wird er bestimmt anders denken.«

Sie zog Anni mit sich, und sie traten in den Garten.

Rauert Nissen saß auf der Bank neben dem Hauseingang. Er trug eine abgetragene dunkelgraue Jacke, die er zugeknöpft hatte. Dazu schwarze Hosen, und auf seinem schlohweißen Haar lag eine Kapitänsmütze. Seine Augen waren von tiefen Falten umgeben, sein ebenfalls schlohweißer Bart wirkte etwas ungepflegt.

»Nun sag schon Gud Dai zu deiner Enkeltochter. Ist es nicht ein Segen, dass sie wieder zurück in die Heimat gefunden hat? Sieh nur, wie sehr sie unserer Keike ähnelt. Ist das nicht verblüffend? Sie hat arme, kranke Kinder zu Gmelin gebracht. Stell dir vor: Sie ist eine richtige Krankenschwester in Berlin. Das ist doch großartig!«

Der alte Mann funkelte Anni feindselig an. Er gab nur ein grummelndes Geräusch als Antwort von sich. Anni wusste nicht so recht, was sie tun sollte. Sie beschloss, die Flucht nach vorne anzutreten.

»Gud Dai«, grüßte sie und bemühte sich um ein Lächeln. »Es ist schön, dich wiederzusehen, Großvater.«

Seine Miene wurde noch eine Spur finsterer. Er nahm seine Pfeife aus dem Mund, und sein Blick wanderte von Anni zu Ockeline, die ihn mahnend ansah, was jedoch nur wenig half.

»Berlin also«, sagte er. »Ausgerechnet zu den Preußen hat es ihn verschlagen, meinen feinen Herrn Sohn. Kannst gleich wieder zu ihm zurückgehen, min Deern. Ich hab nix mehr mit ihm zu schaffen, und mit seiner Brut auch nicht. Verschwinde.«

»Also wirklich …«, setzte Ockeline an, Rauert sogleich zu rügen, doch Anni unterbrach sie und antwortete: »Ich kann zurück nach Berlin fahren. Aber meinen Eltern kann ich nicht mehr von unserem Wiedersehen erzählen. Die beiden sind vor Jahren bei einem Hausbrand ums Leben gekommen.«

Da veränderte sich plötzlich die Miene des alten Mannes, und Anni erkannte in seinem Blick nun etwas anderes als Ablehnung. Es war Schmerz.

# 5. KAPITEL

## Nieblum, 28. Juli 1901

Jetzt fettest du den Topf mit halb Butter, halb Talg ein, und dann legst du noch ein paar Scheiben geräucherten Speck auf den Boden«, wies Ockeline Anni an. »Der Teig für unseren Pott ist ja schon fertig, er ist auch perfekt aufgegangen. Neulich hat es so gar nicht funktionieren wollen. Ich sag dir, da war etwas mit der Hefe nicht in Ordnung. Aber heute ist zum Glück alles fein.«

Anni tat wie angewiesen. Nachdem sie die Speckscheiben auf den Boden des Topfes gelegt hatte, beförderte Ockeline den Teig in den eisernen Topf, weitere Speckscheiben wurden obenauf gelegt, und sie verschlossen den Topf mit einem Deckel.

»Jetzt kommt unser Pott in den heißen Torf, und später bringen wir ihn auf dem Weg zur Kirche flott beim Bäcker zum Fertigbacken vorbei. Sonst verbrennt uns unser Mittagessen noch, während wir dem Pfarrer seiner Predigt lauschen. Die Johannisbeersoße dazu hab ich schon vorbereitet.«

Anni nickte und wischte sich die Hände an einem Geschirrtuch ab. Es war das erste Mal in ihrem Leben, dass sie einen Pott selbst backte. An den Geschmack des für die Insel typischen Sonntagsessens konnte sie sich noch gut erinnern. Auch ihre Mutter hatte den Pott früher gebacken und auf dem Weg zur Kirche beim Bäcker abgegeben.

Anni und Ockeline befanden sich in der Küche des alten Kapitänshauses, und Anni plagte mal wieder ein wenig das schlechte

Gewissen, denn sie sollte nicht in Nieblum Pott backen, sondern bei ihren Schützlingen im Sanatorium sein. Andererseits hatten die sich jedoch erstaunlich schnell eingewöhnt, und die Schwestern und Betreuerinnen des Hauses kümmerten sich rührend um sie. Auch Walter hatte sich wieder erholt, worüber sich Anni freute. Der Junge trieb schon wieder Schabernack. Der Tagesablauf der Kinder war genauestens geplant, und Anni kam sich häufig überflüssig vor. So führte sie ihr Weg meist instinktiv irgendwann im Laufe des Tages in den Ort ihrer Kindheit.

»Ockeline«, war plötzlich die Stimme von Annis Großvater zu hören. »Wo steckst du denn schon wieder? Wo hast du meine gute Jacke hingeräumt? Ich kann doch nicht in der alten Joppe zur Kirche gehen.«

»Sie ist da, wo sie immer ist«, antwortete Ockeline und verließ die Augen rollend den Raum. »Irgendwann vergisst er noch mal seinen Kopf.«

Anni zögerte kurz, dann folgte sie Ockeline in die Kammer neben die Döns, der Wohnstube. Rauert Nissen stand vor einem geöffneten Wandschrank. Er trug ein hellblaues Hemd und schwarze Hosen, die von Hosenträgern gehalten wurden. Anni wusste noch immer nicht so recht, wie sie sich ihm gegenüber verhalten sollte. Er redete nicht mit ihr, verscheuchte sie jedoch auch nicht, was Ockeline für ein gutes Zeichen hielt. »Er wird schon noch zugänglicher werden«, hatte sie zu Anni erst neulich wieder gesagt. »Du musst Geduld haben.«

Nachdem Anni ihm von dem Feuer erzählt hatte, hatte er genickt und an seiner Pfeife gezogen. Dann hatte er einen Satz gesagt, der Anni nicht aus dem Kopf gehen wollte und der sie tief im Innersten berührte: »Wären sie mal besser hiergeblieben.«

Wären sie auf Föhr geblieben, wären sie vermutlich noch am Leben, Anni wäre keine Waise geworden, und ihre Mutter hätte ihrer Heimat nicht nachtrauern müssen. Doch sie waren gegangen und hatten sämtliche Verbindungen nach Föhr im Streit abgebrochen. Niemand konnte die Zeit zurückdrehen, auch wenn man es sich noch so sehr wünschte.

Danach hatte eine eigentümliche Stimmung am Tisch geherrscht. Anni hatte von ihrem Teepunsch nur wenig getrunken, denn Ockeline hatte es ihrer Meinung nach mit dem Rum etwas übertrieben. Rauert Nissen hatte geschwiegen und auf die Tischplatte gestarrt, Ockeline hatte wie ein Wasserfall geredet. Unzählige Namen waren an Anni vorübergeflogen. Von Dorfbewohnern und deren Kindern, wer mit wem verheiratet, wer gestorben war, wen es wohin verschlagen hatte. Irgendwann hatte es in Annis Kopf zu dröhnen begonnen, und zu ihrem Glück hatte es Ockeline geschafft, ihr eine Mitfahrgelegenheit nach Wyk zu organisieren. So war sie auf dem Wagen des Bäckers Nomm Nommsen wieder zurück ins Sanatorium gekommen und hatte den Rückweg nicht zu Fuß bewältigen müssen. Nomm freute sich aufrichtig über das unverhoffte Wiedersehen. Er war zwei Jahre älter als Anni und hatte vor vier Jahren die Bäckerei von seinem Vater übernommen. Während der Fahrt hatte er davon erzählt, dass er Pauline Peters, ebenfalls eine Spielkameradin von früher, vor drei Jahren geheiratet hatte. Sie hatten eine kleine Tochter und erwarteten im Herbst das nächste Kind. Anni gratulierte und versprach, sie bald zu besuchen. Nachdem Anni vom Kutschbock geklettert war, hatte sie seinem Fuhrwerk noch eine ganze Weile nachdenklich nachgesehen. Nomm und Pauline hatten geheiratet, sie waren Eltern geworden. An die vielen Veränderungen musste Anni sich erst noch gewöhnen.

»Hier haben wir doch die Jacke«, sagte Ockeline und hielt Rauert das gesuchte Kleidungsstück hin. »Sie hing am üblichen Bügel. Wo hast du nur wieder deine Augen, mein Guter.«

Rauert nahm seine Jacke entgegen und verließ, etwas Unverständliches in seinen Bart nuschelnd, den Raum. Anni rührte die vertraute Szene zwischen den beiden. Nachdem sie damals mit ihren Eltern die Insel verlassen hatte, war Rauert allein im Haus zurückgeblieben. Weitere Kinder gab es nicht, der Bruder ihres Vaters, Fiete, war als kleiner Junge im Watt ertrunken, seine Schwester Seike an einer Lungenentzündung im Alter von vier Jahren verstorben. Ihre Großmutter, Moild, war kurz vor Annis Geburt an Krebs gestorben. Ockeline, sie wohnte in einem winzigen Friesenhaus gegenüber und war bereits seit vielen Jahren verwitwet, hatte sich Rauert angenommen. Auf die Idee zu heiraten waren die beiden nicht gekommen. »Ach, und hier haben wir ja noch etwas«, sagte Ockeline freudig. »Sieh mal, Anni. Hier hängt noch die Sonntagstracht deiner Mutter.« Sie holte ein schwarzes Trägerkleid mit einem hellblauen Saumbesatz aus dem Schrank. »Sie passt jetzt bestimmt dir. Magst du sie nicht zum heutigen Kirchgang anziehen? Das wäre eine Freude. Dann sieht man gleich, dass du eine Föhrer Deern bist.«

Anni sah den Rock wie das siebte Weltwunder an. Hier gab es noch Kleidung ihrer Mutter. Sie konnte es kaum glauben. Genau diesen Rock hatte ihre geliebte Mama auf einer Fotografie getragen, die in Berlin an der Wand gehangen hatte. Sie hatte auf dem Bild vor dem Haus gestanden, Anni auf dem Arm, ihren Vater neben sich, der sich für den Fototermin extra herausgeputzt hatte. Tränen stiegen in Annis Augen. Sie streckte die Hand aus und berührt den festen Wollstoff. Es schien wie ein Wunder. Ockelines Blick wurde mitleidig.

»Ach, min Deern. Da musst du doch jetzt nicht weinen. Hier auf der Insel ist es doch üblich, dass die Trachten weitergegeben werden. Hier hängt auch noch die Alltagstracht, und natürlich ist auch noch die Festtagstracht vorhanden. So etwas Wertvolles gibt man, auch wenn man mit der Familie gebrochen hat, nicht weg. Es ist schön, dass jetzt wieder jemand da ist, der die Kleider tragen wird. Wenn du magst, helfe ich dir gerne beim Anziehen. Wenn wir uns beeilen, schaffen wir es noch rechtzeitig, bevor wir losmüssen.« Ockeline kramte eifrig das passende Schultertuch hervor. »Die Silberknöpfe sind in der Schatulle im Alkoven. Die hol ich gleich noch.« Sie wollte ins Nebenzimmer gehen, doch Anni hielt sie zurück.

»Ich weiß nicht recht, ob ich die Tracht wirklich anziehen soll«, sagte sie. »Ja, sie gehörte meiner Mutter, aber ich finde, es passt gerade nicht. Ich bin doch nur noch für wenige Tage auf der Insel. Schon nächste Woche werde ich nach Berlin zurückkehren. Es fühlt sich irgendwie nicht richtig an. Ich bin doch gar kein Teil dieser Gesellschaft mehr, sondern nur ein Gast. Es wird besser sein, wenn ich so bleibe, wie ich bin. Diese Tracht wäre für mich nur wie eine Verkleidung. Vielleicht wäre es besser gewesen, ich wäre gar nicht erst hierhergekommen, sondern in Wyk im Sanatorium geblieben. Großvater will mich doch eigentlich auch nicht hier haben. Er sieht mich nicht einmal an.«

»Ach, min Deern«, sagte Ockeline und ließ das Trägerkleid sinken. »Was redest du denn da nur? Du bist hier kein Gast und auch keine Fremde. Euer Weggang damals hat hier viele traurig gestimmt. Und das alles nur wegen diesem dummen Streit zwischen deinem Großvater und deinem Vater, wegen nichts und wieder nichts. Sie hatten beide eben denselben Sturschädel.« Sie winkte ab.

»Um was ging es bei dem Streit denn eigentlich?«, stellte Anni nun endlich die Frage, die ihr seit ihrer Rückkehr auf die Insel auf der Seele brannte.

»Das weißt du nicht?«, fragte Ockeline verdutzt. »Na so was. Es ging darum, dass dein Vater nicht zur See fahren wollte.

Rauert hatte extra Geld zurückgelegt, damit sein einziger Sohn die teure preußische Seefahrerschule besuchen konnte. Aber er hat sich geweigert und war lieber bei einem Goldschmied in Wyk in die Lehre gegangen. Das hat Rauert so gar nicht gefallen. ›Ein Nissen fährt zur See‹, hat er immer gesagt. Als Jan sich dann nach der Eheschließung in Nieblum niedergelassen hat, wurde es noch schwieriger. Zu dem großen Streit kam es, als das Haus von Hansen abgebrannt ist. Da hatte dein Vater seine Werkstatt gehabt. Jan hat hier den Stall ausbauen wollen. Der stand ja schon seit vielen Jahren leer. Rauert und Tiere, das hat noch nie zusammengepasst. Aber Rauert hat sich stur gestellt. Den Rest kennst du. Wieso es deine Eltern letztendlich nach Berlin verschlagen hat, weiß ich nicht. Ich vermute, dass es vielleicht zu einem Kontakt über einen der Sommerfrischler gekommen ist. Aus Berlin haben wir ja viele Gäste auf der Insel.«

»Alles nur deshalb, weil Papa nicht zur See fahren wollte?«, sagte Anni fassungslos. »Aber viele Föhrer tun das doch längst nicht mehr, oder?«

»Das ist richtig«, antwortete Ockeline. »Das mit der Seefahrt ist schon lange nicht mehr das, was es früher einmal war. Aber Rauert will das nicht wahrhaben. Er ist zu sehr in seinem Denken gefangen. Aber auch, wenn er es dir nicht zeigt. Er freut sich, dass du wieder hier bist. Dessen bin ich mir sicher.«

»Er hat eine interessante Art, einen diese Freude spüren zu lassen«, bemerkte Anni und zog eine Grimasse.

»Ja, ich weiß«, bestätigte Ockeline. »Der alte Griesgram. Was ist nun? Willst du die Tracht anziehen?« Sie hielt ihr das Trägerkleid hin.

Anni überlegte kurz, dann schüttelte sie den Kopf.

»Es fühlt sich einfach nicht richtig an. Sie gehört einer echten Föhrerin, und die bin ich, so leid es mir tut, nicht mehr.«

Ockeline war die Enttäuschung über Annis Entscheidung kurz anzusehen.

Plötzlich war eine Stimme zu hören.

»Rauert, Ockeline. Wo steckt ihr denn? Wir müssen gleich los. Gehen wir heute nicht zusammen zum Gottesdienst?« Eine ältere Frau in Sonntagstracht erschien. »Ach, in der Kammer habt ihr euch verkrochen. Gud Dai, Anni. Schön, dich zu sehen. Hab schon gehört, dass du wieder auf der Insel bist. Deine Rückkehr ist schon Dorfgespräch im Laden von Ewald. Es wird erzählt, dass Keike und Jan bei einem Brand in Berlin ums Leben gekommen sind. Was für eine Tragödie.«

»Moin, Kreske«, grüßte Ockeline. »Wir sind schon fertig für die Kirche«, ging sie nicht auf das Geplapper ein. »Wir müssen nur noch kurz bei Nommsen vorbei, wie gewohnt, den Pott zum Fertigbacken bringen. Du bleibst zum Essen?«

»Natürlich. Ich hab auch Apfelkuchen zum Nachtisch mitgebracht. Steht in der Küche auf dem Tisch. Du kommst mit in die Kirche?«, fragte sie Anni. »Ich dachte, du arbeitest beim Gmelin. Gibt es da mit den kranken Lütten nicht viel zu tun?«

»Sie hat heute frei«, antwortete Ockeline für Anni, die gerade den Mund aufgemacht hatte und ihn jetzt wieder schloss. »Ist doch nett, wenn sie mitkommt.«

»Ja, das ist es«, befand Kreske. Sie schenkte Anni ein verbindliches Lächeln.

Anni gab sich alle Mühe, aber an die Frau konnte sie sich beim besten Willen nicht erinnern. Es fühlte sich ungut an, von einer Person gekannt zu werden, die einem fremd vorkam. Sie nahm sich fest vor, später genauere Erkundigungen bei Ockeline über Kreske einzuholen. Aber vielleicht kam ja auf dem Weg zur Kirche noch die Erleuchtung.

Sie traten in den Hausflur, und Ockeline holte Rauert von der

Hausbank aus dem Garten, wo er es sich mal wieder mit seiner Pfeife im hellen Licht der Morgensonne gemütlich gemacht hatte. Föhr zeigte sich an diesem Tag von seiner angenehmen Seite. Der Himmel war makellos blau, und es wehte nur ein sanftes Lüftchen.

Als sie wenig später beim Bäcker Nomm Nommsen in der von Ulmen gesäumten Kertelheinallee eintrafen, wurde Anni von einer regelrechten Willkommenswelle überrascht. Sie wurde von unzähligen Frauen, jede von ihnen hatte einen Pott abgegeben, unterschiedlichsten Alters umarmt und herzlich begrüßt.

»Ach, was ist das schön, dass du wieder hier bist, min Deern. Das muss den alten Rauert aber freuen«, sagte eine ältere Frau, die Anni sehr lange und so fest an sich drückte, dass sie glaubte zu ersticken. »Das mit deinen Eltern hat uns alle bis ins Mark getroffen.«

»Ihr habt in Berlin gelebt, oder?«, fragte eine der Frauen, die ein kleines blondes Mädchen mit niedlichen Zöpfen an der Hand hielt, das Anni auf nicht älter als drei schätzte.

»Du bist Krankenschwester, oder? Ockeline hat gesagt, du bist beim Gmelin«, sagte eine weitere Frau, Anni kam ihr Gesicht bekannt vor. Wer war sie nur?

»Bleibst du jetzt für immer hier?«, wollte eine Frau in Ockelines Alter wissen. »Erinnerst du dich noch an mich? Ich bin die Elena. Ich war früher mit deiner Mutter befreundet. Ihr kamt immer zum Aufsitzen zu uns. Ach, was waren das für nette Abende. Obwohl Keike beim Kartenspielen immer gewonnen hat.«

»Mit dem Stricken hatte sie es aber so gar nicht«, warf eine andere Frau ein, die augenscheinlich die sechzig bereits überschritten hatte und ebenfalls eine Sonntagstracht trug. »Ständig hat sie Maschen fallen lassen, und Strümpfe stricken hat sie nie hinbekommen.«

Anni wusste nicht so recht, welcher der Frauen sie zuerst Antwort geben sollte. Es waren so viele Gesichter, Fragen und kurze Anekdoten. Sie fühlte sich überfordert. Zum Glück kam Ockeline ihr zu Hilfe.

»Nun ist aber mal gut, meine Lieben«, sagte sie. »Die arme Anni weiß ja gar nicht, wie ihr geschieht. Ihr werdet alle noch genug Zeit haben, mit ihr einen Klönschnack zu halten. Jetzt sollten wir besser zusehen, dass wir in die Kirche kommen. Ihr wisst, wie sehr der Pfarrer Unpünktlichkeit verabscheut.«

Grummelnd willigten die Damen ein. Es wurden letzte Pötte in der Backstube abgegeben, dann zog die Damengemeinschaft zur unweit gelegenen St. Johannis-Kirche. Annis Herz erwärmte der Anblick des im 13. Jahrhundert erbauten Gotteshauses mit seinem wuchtigen vierkantigen Turm. Anni wünschte sich in diesem Augenblick, sie könnte kurz das linker Hand des Gotteshauses gelegene Familiengrab besuchen, doch dafür blieb keine Zeit, denn der Gottesdienst begann in wenigen Minuten. Die Kirche war bereits gut gefüllt. Wie gewohnt saßen die Männer oben auf der Empore und die Frauen unten im Schiff. Ockeline trat in eine der hinteren Bankreihen und entschuldigte sich sogleich bei ihrer Banknachbarin. Anni erkannte die Frau mittleren Alters wieder, es war Hardina Boyen, mit ihrem Sohn Jens war sie zur Schule gegangen.

»Es macht dir doch nichts aus, wenn wir heute ein wenig zusammenrücken, oder? Unsere Anni ist wieder im Dorf. Du hast bestimmt schon davon gehört. Ich bezahl dir auch den halben Platz, wenn dir das lieb ist.«

Also gab es noch immer den Brauch des sogenannten Steedengripen, dachte Anni. Die Kirchenplätze wurden an die Kirchgänger einmal jährlich verlost. Es gab teure und billige Plätze. Wer einen teuren Platz ausloste und wenig Geld hatte, konnte diesen mit einem vermögenden Gemeindemitglied tauschen. Es gab zu dem Brauch sogar ein Fest. Den sogenannten Steedengripen-Tanz am Nachmittag und Abend der Verlosung. Anni konnte sich noch gut daran erinnern, wie ihre Mutter sich immer darüber gefreut hatte, dass sie in der Berliner Kirche stets die freie Platzwahl gehabt hatten. Dort wäre niemand auf die Idee gekommen, Sitzplätze in Gotteshäusern zu vermieten.

»Liebe Güte, Ockeline. Das musst du nicht. Wie viele Groschen sollen das sein? Gud Dai, Anni, meine Liebe«, wandte sich Hardina an Anni. »Was ist es eine Freude, dich wiederzusehen. Richtig erwachsen bist du geworden. Siehst aus wie deine Mama. Wenn man es nicht besser wüsste, würde man meinen, sie persönlich würde vor einem stehen.«

Im nächsten Moment wurde es auf der Empore unruhig.

»Einen Doktor!«, rief jemand. »Wir brauchen einen Doktor!«

Erschrocken blickten sämtliche Damen nach oben. »Liebe Güte«, sagte Ockeline. »Was ist denn jetzt geschehen?«

Anni beschloss, zu Hilfe zu eilen. Immerhin war sie eine ausgebildete Krankenschwester. Vielleicht konnte sie ja etwas tun. Sie lief die Stufen zur Empore hinauf und blieb an deren Ende erschrocken stehen. Es war ihr Großvater, der, umringt von den anderen Männern, auf dem Boden lag.

# 6. KAPITEL

## Nieblum, 28. Juli 1901

Anni saß auf der Bank vor dem alten Kapitänshaus und beobachtete, wie die eben aufgegangene Sonne ihre goldenen Strahlen in den verwunschenen Garten sandte. Von irgendwoher kam der blechern klingende Ruf eines Fasans, eine sanfte Brise rüttelte an den Zweigen der Bäume. Unter der alten Rotbuche saßen zwei Kaninchen, die sich ein dickes Grasbüschel teilten. Ein Stück von der Rotbuche entfernt stand der alte Birnbaum, unter dem Anni gemeinsam mit ihrer Freundin Tesje umgeben von Blütenblättern im Gras gesessen und aus Gänseblümchen Kränze gebastelt hatte. Ihr wurde bewusst, dass sie der Freundin aus Kindertagen noch gar nicht begegnet war. Lebte sie noch in Nieblum oder auf der Insel? Wenn ja, müsste sie doch längst wissen, dass Anni wieder hier war. Aber vielleicht war ja auch sie nach Amerika ausgewandert. Der Gedanke schmerzte. Ein Wiedersehen mit Tesje wäre schön gewesen.

Die Sonnenstrahlen schlichen sich ans Haus heran. Sie malten Sonnenflecken auf den Boden, die über den zur Eingangstür führenden Weg tanzten. Der hübsche Anblick entlockte Anni ein Lächeln. Es war ein solch besonderer Tagesbeginn, einer, wie Anni ihn in Berlin noch nie erlebt hatte. Wie denn auch? In den düsteren Ecken, Winkeln und Hinterhöfen konnte es keine solche Friedlichkeit wie an diesem Ort geben, der so viele Geschichten aus längst vergessenen Zeiten erzählte. Anni wünschte sich, dass ihr Großvater sich genau jetzt neben sie setzen und mit ihr den Tagesanbruch genießen würde. Rauert Nissen, der alte Kapitän, der am gestrigen Tag in der Kirche an einem Herzinfarkt gestorben war. Sie wünschte sich, sie hätten die Gelegenheit dazu gehabt, miteinander zu reden. Sie wünschte sich, er hätte sie vor seinem Tod noch einmal in den Arm genommen, und sie hätte den rauen Stoff seiner alten Joppe auf der Haut, seine Wärme und Nähe gespürt und seinen Geruch, er hatte stets nach seinem Pfeifentabak gerochen, einatmen können. Sie wünschte sich, er hätte sie so herzlich in ihrer Heimat willkommen geheißen, wie es ein Großvater mit seiner Enkeltochter eigentlich tun sollte. In ihrer Heimat, die sie mit ihrer kargen Schönheit, ihrer Beständigkeit und ganz eigenen Lebenswelt in Empfang genommen und betört hatte, die ihr nun jedoch zeigte, wie grausam sie sein konnte. Eben erst hatte Anni sich darüber gefreut, dass ihr Großvater noch am Leben war, dass es jemanden gab, zu dem sie so richtig gehören könnte, dass sie einen Teil ihrer Familie wiedergefunden hatte. Eben noch hatte sie gehofft, dass ihr Großvater ihr gegenüber bald zugänglicher werden würde. Doch nun war sie erneut die Zurückgebliebene. Sie hatte es am gestrigen Abend nicht fertiggebracht, nach Wyk ins Sanatorium zurückzukehren. Ein Weggang aus Nieblum hätte sich wie Verrat an ihrer Familie angefühlt.

Rauert Nissen war noch am Nachmittag von Ockeline und weiteren Nachbarn aufgebahrt worden. Ockeline hatte Anni Obdach gegeben, denn Anni wollte die Nacht nicht allein mit ihrem toten Großvater im Haus verbringen. Sie schlief in Ockelines Kammer im Alkoven. Auf einer Strohmatratze, in einem Schrankbett, das, auch wenn es nicht das ihrer Kindheit war, so viele Erinnerungen brachte, dass sie kein Auge zutat. Als die ersten Vogelstimmen zu hören gewesen waren und das graue Licht der Morgendämmerung durch die winzigen Fenster in den Raum gefallen war, hatte sie es aufgegeben, in den Schlaf finden zu wollen, und war hierhergekommen. Sie wusste, dass es mit der Ruhe bald vorbei sein würde. Gewiss würde Ockeline gleich zu ihr stoßen, und sie würden sich gemeinsam mit den Nachbarn kümmern. Heute würden viele Verwandte und Freunde von den Dörfern kommen, um Abschied zu nehmen. Es galt, sie mit Wein und Keksen zu bewirten. Die Kunde von Rauerts Tod würden zwei junge Mädchen in schwarzer Tracht zu den Bewohnern Nieblums und den umliegenden Orten tragen. Die Leichenbitter, so war es seit jeher üblich. Anni hatte die Bräuche zur Beerdigung seltsamerweise noch recht gut im Gedächtnis behalten. Vielleicht lag dieser Umstand darin begründet, dass kurz vor ihrem Weggang nach Berlin Rauerts Schwester aus Utersum verstorben war.

Ockeline kam um die Hausecke gelaufen. Sie grüßte knapp, setzte sich neben Anni auf die Bank, und eine Weile lang sagte keine von beiden etwas. Anni konnte sich nicht entsinnen, seit ihrer Rückkehr auf die Insel Ockeline so still erlebt zu haben. Sie konnte nur erahnen, wie sehr sie der Tod ihres Großvaters traf, hatten sich die beiden doch ihr ganzes Leben lang gekannt.

»Vielleicht hätten wir doch heiraten sollen«, sagte Ockeline irgendwann. »Ich glaube, es hat jeder damit gerechnet, dass wir es irgendwann tun. Ich kann nicht sagen, weshalb wir es nicht getan haben. Aber zusammen waren wir ja auch so. Und jetzt hat er mich allein gelassen, mein alter Griesgram.« Sie verstummte, und Anni wusste nicht so recht, was sie sagen sollte. In ihrem Hals bildete sich ein Kloß, und sie schluckte. Bei Ockeline war es klar, um wen sie trauerte. Um den Mann, den sie geliebt hatte. Doch wie war das bei ihr? Jeder Außenstehende würde sagen, sie trauerte um ihren Großvater. Doch wen beweinte sie wirklich?

Einen Fremden, den sie Großvater nannte, ein vages Bild aus ihrer Vergangenheit? Trauerte sie um die Möglichkeit eines Wiederzueinanderfindens, die ihr der Tod genommen hatte?

»Du musst dich noch umziehen, Liebes«, sagte Ockeline irgendwann. Ihre Stimme klang leiser als sonst, es hörte sich an, als wäre sie erschöpft.

»Ich weiß nicht …«, setzte Anni an, doch Ockeline fiel ihr ins Wort.

»Doch, du musst heute die Tracht tragen, und auch die weiße Schürze. Du bist eine der Frauen der Familie, es gehört sich so. Es ist nicht wichtig, wo du die letzten Jahre gewesen bist. Er hat es verdient, dass du so um in trauerst, wie es sich gehört.«

Anni nickte, wissend, dass Widerworte nichts bringen würden. Sie würde die Tracht ihrer Mutter anlegen, und, wie es bei Beerdigungen üblich war, die weiße Schürze tragen.

Kreskes Stimme war aus dem Haus zu hören.

»Ockeline, Anni, wo steckt ihr denn?«

Sie trat in den Garten. Ihr folgten zwei in schwarze Trachten gekleidete Mädchen, Anni schätzte sie auf zehn oder zwölf Jahre.

»Da sitzen die beiden faul auf der Hausbank«, rügte Kreske sie sogleich. »Derweil gibt es noch so viel zu tun. Wieso bist du noch nicht umgezogen, Anni? Das darf doch wohl nicht wahr sein! Was sollen denn die Leute denken. Ich hab die Kekse mitgebracht, die halbe Nacht hab ich gebacken. Ist genug Wein im Haus?«

Den dreien folgte eine weitere Frau, die Anni auf den ersten Blick erkannte. Es war ihre alte Spielgefährtin Tesje Heims. Anni sah sie wie das siebte Weltwunder an.

»Tesje«, brachte sie heraus. »Du bist hier.«

»Moin, Anni«, grüßte Tesje. »Natürlich bin ich das. Wo sollte ich sonst sein?«

Die beiden fielen sich in die Arme, und Anni drücke Tesje ähnlich fest an sich wie damals, als sie am Hafen von Wyk voneinander Abschied genommen und bitterlich geweint hatten.

Nachdem sie sich aus der Umarmung gelöst hatten, wischte sich Anni die Tränen der Wiedersehensfreude von den Wangen. Auch Tesjes Augen waren feucht geworden, und sie tupfte mit einem Taschentuch darüber.

»Ich hab erst gestern Abend erfahren, dass du wieder auf der Insel bist«, sagte sie. »Ich wohne jetzt in Utersum, ich habe Sönk Jansen geheiratet, wir führen dort gemeinsam einen Kolonialwarenladen. Sie haben gesagt, du wärst aus Berlin gekommen und jetzt eine richtige Krankenschwester.«

Anni war von ihren Gefühlen überwältigt. Tesje war hier, und sie würde ihr helfen, diesen Tag zu überstehen.

»Ich störe nur ungern euer Wiedersehen«, mischte sich Ockeline in das Gespräch ein. »Aber wir müssen jetzt wirklich in die Pötte kommen. Anni muss noch zurechtgemacht werden, und so eine Tracht legt man ja nicht in fünf Minuten an. Und unsere beiden Leichenbitter sollten jetzt besser losziehen.« Sie sah zu den beiden jungen Mädchen. »Wein haben wir genug im Haus«, beantwortete sie auch Kreskes Frage. »Kommt, ihr Lieben. Wir kümmern uns darum, dass Rauert eine Beerdigung bekommt, die er verdient hat.«

Tesje war diejenige, die Anni beim Anlegen der Tracht zur Hand ging. Zuerst kam der Trägerrock, der Pai genannt wurde. Es folgten das Futterleibchen und das dreieckige Halstuch aus Seide mit den geknoteten Fransen. Tesje steckte es mit vielen Nadeln kunstvoll am Rock fest. Auch das Befestigen des schwarzen Kopftuchs war eine Kunst für sich. Tesje flocht Annis Haar und steckte es hoch. Dann faltete sie das Kopftuch und schlang es um Annis Kopf, sodass es wie eine stolze Haube wirkte. Zum Schluss befestigte Tesje noch den Brustschmuck, der eine kostbare Filigranarbeit war. Zu ihm gehörten zwölf silberne Knöpfe und eine mehrgliedrige Hakenkette. Auch die Silberschnalle am Rücken durfte nicht fehlen. Als Tesje ihr Werk vollendet hatte, betrachtete sie Anni wehmütig.

»Normalerweise sollte ein junges Mädchen die Tracht nicht zum ersten Mal bei einem solch traurigen Anlass tragen«, sagte sie.

»Ich weiß. Zur Konfirmation hätte ich sie tragen sollen«, sagte Anni. »Ich hab daran gedacht, als ich in Berlin konfirmiert wurde. In einem recht hübschen Kleid, meine Ziehmutter hatte es extra für meinen großen Tag erworben. Aber einer Föhrer Tracht konnte es nicht das Wasser reichen.« Vorsichtig berührte Anni den Silberschmuck an ihrer Brust. »Mama würde sich so sehr freuen, mich so zu sehen. Sie hat die Insel schrecklich vermisst. Wenn sie gekonnt hätte, sie wäre sofort nach Hause zurückgekehrt. Doch sie liebte Papa mehr als sich selbst. Sie hätte ihn niemals verlassen.«

In diesem Moment schlichen sich in Annis Gedanken erneut die Worte ihres Großvaters. »Wären sie mal besser hiergeblieben.«

Wieso hatte Großvater nur so verdammt stur sein müssen? Die Zeit der großen Kapitäne war auf der Insel doch längst vorbei gewesen.

Die nächsten Stunden vergingen wie im Flug. Unzählige Besucher von der ganzen Insel kamen in das alte Kapitänshaus, um von Rauert Nissen Abschied zu nehmen. Anni wurde von vielen Insulanern herzlich begrüßt, manch einer umarmte sie auch. Viele Gesichter erkannte sie wieder. Da waren ihr ehemaliger Lehrer Detlef Matthiesen, Julius Nickelsen, der wie ihr Vater Goldschmied und zusätzlich der Hauptmann der Freiwilligen

Feuerwehr war, wie Ockeline sie wissen ließ. Catharina Bahnsen, ebenfalls eine alte Schulkameradin, die noch immer mit ihrer Mutter im Drunkenmannsstieg lebte und Flechtarbeiten herstellte. Sie herzte Anni kräftig und erzählte freudig, dass sie mit dem Tischler Moritz Hansen verlobt war. Sie lud Anni sogleich zu ihrer in vier Wochen stattfindenden Hochzeit ein. So ging es munter weiter. Es wurde geklönt und erzählt. Es wurde über Rauert geredet, besonders seine Zeiten als Kapitän fanden Erwähnung. Es hatte ihn sogar bis ins ferne Südamerika als Kommandeur eines Handelsschiffes verschlagen. Erst als es dunkel war, verabschiedeten sich die letzten Gäste, viele von ihnen hatten ordentlich dem Wein zugesprochen. Sie schwankten den Babendörpstieg hinunter. Ob der eine oder andere zu dem am nächsten Morgen stattfindenden Trauerzug und dem anschließenden Gottesdienst wieder fit sein würde, stand in den Sternen. Eine der Letzten, die Anni fest an sich drückten, war Tesje. Sie würde am nächsten Morgen gemeinsam mit ihrem Mann Sönk wiederkommen, den Anni ebenfalls noch aus Kindertagen kannte.

Am nächsten Morgen schien es gefühlt die gesamten Bewohner Föhrs nach Nieblum verschlagen zu haben, um sich von dem alten Kapitän Nissen zu verabschieden. Anni, die erneut die Tracht ihrer Mutter trug, folgte gemeinsam mit Ockeline den Sargträgern, die den Sarg ihres Großvaters nach der eben stattgefundenen Aussegnung aus dem Haus trugen und auf ein bereitstehendes, mit schwarzen Bändern geschmücktes Fuhrwerk luden. Als sich der Trauerzug in Bewegung setzte, begannen die zahlreichen anwesenden Schulkinder, die den Zug traditionsgemäß anführten, zu singen. Anni und Ockeline liefen hinter dem Sarg. Das Wetter zeigte sich an diesem Tag bedauerlicherweise nicht von seiner sonnigen Seite. Es wehte ein böiger Wind, der an Annis

Schürze und ihrer Haube zerrte und dicke, bedrohlich aussehende Wolkenpakete über den Himmel trieb. Das Lied, das die Kinder angestimmt hatten, kannte Anni gut, und sie begann, den Text mitzusingen.

»O Welt, ich muß dich lassen,
ich fahr dahin mein Straßen
ins ewig Vaterland.
Mein' Geist will ich aufgeben,
dazu mein' Leib und Leben
legen in Gottes gnädig Hand.«

Bei den beiden weiteren Strophen summte sie nur noch die Melodie mit.

Am Friedhof angekommen, begann es, leicht zu nieseln, und der Wind frischte weiter auf. Das Familiengrab der Nissens war bereits ausgehoben. Es befand sich im vorderen Teil des Friedhofs, und auf dem alten Grabstein, der selbstverständlich ein Schiff zeigte, standen die Namen ihrer Vorfahren. Anni konnte sich daran erinnern, dass ihr Großvater früher oftmals Geschichten von seinem Großvater erzählt hatte, der jedes Jahr zum Walfang nach Grönland aufgebrochen war. Viele Männer hatten auf den Fahrten ihr Leben gelassen, doch nicht Hark Nissen. Er war heimgekehrt und stolze zweiundachtzig Jahre alt geworden. Seinen Namen las Anni auf dem Grabstein, darunter stand der Name seiner Ehefrau und Annis Ururgroßmutter, Andine, die ihren Mann um weitere vier Jahre überlebt hatte. Ihrem Enkel, für den der Pastor gerade die Trauerrede hielt, hatte der Herrgott mehr Lebensjahre zugestanden. Normalerweise sollten auf diesem Stein auch die Namen ihrer Eltern stehen, Keike und Jan Nissen. Doch sie lagen fern der Heimat auf einem Berliner

Friedhof. In Anni stiegen die Erinnerungen an deren Beerdigung auf. Wie sie an der Hand ihrer Ziehmutter hinter den mit weißen Lilien geschmückten Särgen hergelaufen war. Es war Herbst gewesen, bunte Blätter hatten auf Wegen, Wiesen und Gräbern gelegen, und die Oktobersonne hatte vom Himmel gestrahlt und die Nebelfelder der Nacht aufgelöst. Immerhin, das Wetter meinte es an diesem Tag des Abschieds doch noch gut mit ihnen. Zu Annis und zum Glück der weiteren anwesenden Trauergäste verzogen sich die Wolken, während die Schulkinder einen weiteren Choral zum Besten gaben, und es hörte zu nieseln auf. Nachdem der Pastor die Grabrede gehalten hatte, zog es die Trauergesellschaft in die Kirche, wo zu Ehren des Verstorbenen ein Gottesdienst gefeiert wurde. Anni, die als Enkelin des Toten dieses Mal in der ersten Reihe Platz nehmen durfte, hatte das Gefühl, die Trauerfeier würde niemals enden. Die Worte des Pastors nahm sie irgendwann kaum noch wahr, in ihrem Kopf begann es zu dröhnen, und sie fror. Zum Ende hin hatte sie Mühe, die Augen offen zu halten. Die zurückliegenden anstrengenden Tage forderten ihren Tribut. Zu ihrem Glück hatte Ockeline neben ihr Platz nehmen dürfen, und sie stupste Anni immer mal wieder in die Seite, was sie wach hielt.

Als der Gottesdienst endlich vorüber war, gingen sämtliche Trauergäste noch einmal zu dem geschlossenen Grab, um dem Toten ein letztes Adjes, wie man auf Friesisch sagte, mit auf den Weg zu geben.

Anni schüttelte viele Hände, bedankte sich für Kondolenzworte und hörte häufig den Satz, dass sie ihrer Mutter wie aus dem Gesicht geschnitten sei. Sie hätte sich gewünscht, dass ihre Freundin Tesje noch länger bleiben und den Nachmittag mit ihnen verbringen würde, doch bedauerlicherweise musste sie mit ihrem Mann Sönk zurück nach Utersum, denn es sollte am

Nachmittag eine Lieferung vom Festland eintreffen, und es befand sich nur eine ältere Aushilfskraft im Laden.

»Morgen werde ich es leider auch nicht schaffen vorbeizukommen. Aber nächste Woche bestimmt«, sagte Tesje und umarmte Anni zum Abschied. »Dann können wir endlich anständig klönen. Du musst mir unbedingt alles von Berlin erzählen.«

Anni wollte ihr antworten, dass für die nächste Woche ihre Abreise nach Berlin geplant war, doch sie wurde von einem weiteren Trauergast angesprochen und abgelenkt. Als sie endlich mit dem Gespräch fertig waren, war Tesje verschwunden.

Eine Weile darauf saßen Anni und Ockeline wieder auf der Bank vor dem Haus im hellen Schein der Abendsonne. Das Zwitschern der Vögel war zu hören, und ein grau-weiß getigerter Kater aus der Nachbarschaft hatte es sich neben Anni bequem gemacht. Vor ihnen auf dem Tisch stand Kaffeegeschirr. Anni hatte die Tracht ihrer Mutter inzwischen wieder abgelegt und fühlte sich in ihrer Bluse und ihrem dunkelblauen Baumwollrock um einiges wohler.

»Was wirst du jetzt tun?«, fragte Ockeline irgendwann.

»Nach Berlin zurückkehren«, antwortete Anni. »Schließlich habe ich dort Verpflichtungen und Freunde. Ich habe eine gute Anstellung als Krankenschwester an der Charité, und die Arbeit mit den Kindern gefällt mir. In Berlin findet mein Leben statt. Das hier ist Vergangenheit.«

»Verstehe«, meinte Ockeline. »Wann wirst du gehen?«

»Geplant ist meine Abreise für nächste Woche Dienstag«, berichtete Anni.

»Und was wird mit dem Haus?«, fragte Ockeline.

»Was soll damit werden?«, fragte Anni verdutzt.

»Na, es gehört jetzt dir. Wem auch sonst? Du bist die letzte Überlebende der Familie Nissen, also die Alleinerbin. Das Haus, und auch Rauerts Vermögen wirst du erben, mehrere Tausend Reichsmark. Die genaue Summe musst du bei Broder erfragen. Er hütet die Sparkasse im Ort und ist auch der Standesbeamte. Dein Großvater war nicht nur ein Griesgram, sondern auch ein Geizkragen. Ich glaube, er hat das viele Geld für seinen Sohn gehortet. Die beiden mögen Streit miteinander gehabt haben, aber geliebt hat er ihn trotzdem.« Sie stieß einen Seufzer aus und schüttelte den Kopf.

Annis Augen wurden groß. Mit einer Erbschaft in dieser Größenordnung hatte sie nicht gerechnet. Ein altes Kapitänshaus und ein beträchtliches Vermögen. Was sollte sie damit anfangen? Sie fühlte sich überfordert.

»Aber, das ist doch, ich meine …«

»Eine große Neuigkeit, ich weiß«, beendete Ockeline für Anni den Satz. »Ich kann verstehen, dass du das erst einmal verdauen musst. Ein altes Friesenhaus und eine solche Summe erbt man schließlich nicht jeden Tag. Ach, das ist doch alles ein großes Durcheinander, das uns Rauert da hinterlassen hat. Wieso musste der Dösbaddel ausgerechnet jetzt in der Kirche einfach so umfallen? Damit hätte er sich auch noch ein paar Wochen Zeit lassen können. Es wäre so schön gewesen, wenn ihr euch näher kennengelernt hättet. Ich hätte euch beiden mehr Zeit miteinander vergönnt. Aber so ist nun mal das Leben. Ändern können wir es jetzt nicht mehr. Wir können nur das Beste daraus machen.« Sie warf Anni einen kurzen Seitenblick zu, in dem Anni das erkannte, was Ockeline nicht aussprach. Sie wollte, dass Anni blieb.

»Ja, so ist es wohl«, murmelte Anni. Wie sollte es jetzt weitergehen? Und was sollte sie auf dieser Insel voller Erinnerungsschnipsel, von denen viele schmerzten? Ihrer Mama hätte es gefallen, wenn sie bliebe, das wusste Anni. Aber so einfach war das nicht. Oder vielleicht doch?

# 7. KAPITEL

## Wyk, 5. August 1901

Anni stand am Flutsaum und ließ ihren Blick über das im hellen Sonnenlicht funkelnde Wasser bis zu den Häusern der Hallig Langeneß schweifen. Die einzelnen Warften, so wurden die aufgeschütteten Siedlungshügel der Halligen bezeichnet, erschienen jede für sich wie eine eigenständige Insel. Aufgereiht wie an einer Perlenkette boten sie ein idyllisches Bild. Es war ein herrlicher Sommertag, selbst der hier oben eigentlich stets präsente Wind legte heute eine Pause ein. Anni wünschte sich, sie könnte den Tag genießen, doch ihr war das Herz schwer. Bereits morgen in aller Frühe würde sie die Insel verlassen. Sie hatte die letzten Tage gehadert und gegrübelt. Stundenlang hatte sie vor dem alten Friesenhaus auf der Bank gesessen und in den verwilderten Garten geblickt. Ockeline war gekommen und hatte ihr Gesellschaft geleistet. Kreske hatte Kuchen gebracht und den neuesten Klatsch und Tratsch aus den Dörfern erzählt. Wie zufällig war immer jemand vorbeigekommen, um einen kurzen Schnack zu halten oder sich zu erkundigen, ob etwas benötigt wurde. In der Küche stapelten sich die Gläser mit eingemachtem Gemüse und Marmelade. Kinder liefen an der Gartenmauer vorüber und beäugten sie neugierig, als wäre sie eine Sehenswürdigkeit. Am Tag nach der Beerdigung hatte Anni auf Ockelines Drängen hin Erkundigungen wegen ihres Erbes beim ortsansässigen Gemeindevorsteher eingeholt. Es stimmte tatsächlich. Es lag ein offizielles

Testament vor, das Annis Vater als Alleinerben des Vermögens von Rauert Nissen benannte. Da dieser verstorben war, ging das Erbe an Anni über. Als Anni wenig später die nicht unbeträchtliche Summe erfuhr, die sich auf Rauerts Konten befand, konnte sie es kaum glauben. Der alte Kapitän hatte dafür gesorgt, dass seine Enkeltochter mit einem Schlag zu einer wohlhabenden Frau geworden war. Nur was sie mit ihrem neuen Reichtum anfangen sollte, wusste Anni noch nicht so recht. Nieblum mit all seinen offenen Fragen und den vielen neugierigen Blicken der Bewohner hatte sie vor drei Tagen den Rücken gekehrt, und sie verbrachte nun wieder mehr Zeit im Sanatorium mit den Kindern. Es fühlte sich ein wenig so an, als wollte sie sich davor drücken, eine endgültige Entscheidung zu treffen. Ockeline hatte mit ihrer Aussage von neulich recht gehabt. Rauert Nissen hatte ein großes Durcheinander angerichtet. Er hatte das Leben seiner Enkeltochter auf den Kopf gestellt. Anni wünschte sich in diesem Augenblick, er hätte es auf eine andere Art getan als durch sein Sterben. Berlin kam ihr in den Sinn. Bereits morgen würde sie in die pulsierende Stadt heimkehren. Mit ihrem Erbe konnte sie dort viel Gutes tun. Gleich nach ihrer Ankunft würde sie sich bei ihrer noch immer in der Armenspeisung tätigen Ziehmutter melden. Ach, was würde sie sich freuen. Anni hatte das Gefühl, dass sie ihr jetzt endlich etwas zurückgeben konnte. Immerhin hatte sie sich viele Jahre selbstlos ihrer angenommen.

»Also, ich finde, wir haben jetzt genug Muscheln für unser Windspiel gesammelt«, sagte Karla neben Anni und riss sie aus ihren Gedanken. »Ich hab schon meinen ganzen Beutel voll.« Sie hielt einen Stoffbeutel in die Höhe, der tatsächlich reichlich gefüllt war. »Außerdem sind wir ganz schön weit gelaufen. So weit war ich noch nie vom Sanatorium weg. Findest du nicht, dass wir besser wieder zurückgehen sollten?«

Anni wandte sich um, und sie registrierte, dass sie sich tatsächlich ein ganzes Stück vom Südstrand entfernt hatten.

»Ja, es ist besser, wenn wir zurückgehen«, stimmte sie zu. »Vielleicht haben wir Glück und entdecken auf dem Rückweg noch ein passendes Stück Treibholz, an dem wir unsere Muscheln befestigen können. Du kannst das Mobile dann in Berlin ans Fenster hängen. Es wird dich immer an deine Zeit auf der Insel erinnern.«

»Wenn es mein kleiner Bruder Fritz nicht kaputt macht«, warf Karla ein. »Der ist ein rechter Lausbub und ärgert ständig unsere Kindermädchen. Bevor ich so krank geworden bin, hat er sogar mal einen Klaps von unserer Köchin bekommen. Da hat er vielleicht arg geplärrt und sich beschwert. Aber Papa hat gemeint, dass er sich den bestimmt verdient hätte.«

»Ach du je«, meinte Anni. »Kleine Brüder können ein Ärgernis sein.«

Sie hatten den Südstrand noch nicht ganz erreicht, da wurden sie schon von weiteren Kindern umringt. Ein Mädchen, ihr Name war Irma und sie hatte sich mit Karla angefreundet, nahm sie sogleich bei der Hand und zog sie mit sich.

»Wo warst du denn die ganze Zeit?«, rügte sie die Freundin. »Wir wollten doch mit unseren Puppen im Park spazieren gehen.«

Anni sah den beiden lächelnd nach. Das war es dann wohl mit dem Basteln eines Muschelwindspiels. Oder vielleicht doch nicht? Sie entdeckte vor sich am Flutsaum das perfekte Stück Treibholz, als hätte es nur auf sie gewartet. Rasch hob sie es auf. Ihr Tun blieb nicht unkommentiert.

»So gehört sich das für ein anständiges Föhrer Mädchen«, sagte eine bekannte Stimme hinter ihr. »Ein gutes Stück Treibholz lässt man nicht am Strand liegen.«

Anni wandte sich um. Tesje stand breit grinsend vor ihr.

»Tesje«, sagte Anni. »Was machst du denn hier?«

»Gud Dai, meine Liebe«, grüßte Tesje. »Na, was soll ich schon hier machen? Ich suche nach dir. Und wenn ich Ockelines Worten Glauben schenken will, dann habe ich Glück, dass ich dich heute besuche und nicht morgen, denn dann hätte ich dich nicht mehr angetroffen. Du wärst also tatsächlich gegangen und hättest mir nicht einmal Adjis gesagt?« In ihrer Stimme lag ein leicht vorwurfsvoller Unterton.

Anni zog den Kopf ein und suchte Zuflucht in einer Ausrede: »Ich musste mich im Sanatorium mal wieder länger als eine Stunde blicken lassen, auch wenn hier durchaus Verständnis für meine Situation gezeigt wird. Und außerdem ist es bis Utersum ja doch ein Stück, und es hat sich bedauerlicherweise keine Mitfahrgelegenheit gefunden. Wieso musste es dich auch ausgerechnet in dieses am Ende der Insel liegende Nest verschlagen?«

»Wo die Liebe hinfällt«, Tesje zuckte die Schultern. »Und Utersum ist gar nicht so übel. Ich hab mich daran gewöhnt. Immerhin kann man dort oben hübsche Sonnenuntergänge am Strand beobachten. Diesen Luxus hat man in Nieblum oder Wyk nicht.«

»Weil die Insulaner sich ja so oft am Strand zum Sonnenuntergangucken herumtreiben«, lachte Anni. »So etwas machen doch nur die Sommerfrischler.«

»Auch wieder wahr«, gab Tesje zu. »Du kennst uns Föhrer noch besser als gedacht. Wollen wir ein Stück gehen? Reden, bevor du Koffer packen gehst?«

Anni stimmte zu.

Eine Weile liefen sie schweigend nebeneinanderher. Keine von beiden schien so recht zu wissen, wie sie ein Gespräch beginnen sollte. Anni empfand eine seltsame Form von Beklommenheit. Das Auftauchen von Tesje erleichterte ihr die Abreise nicht. Obwohl sie sich natürlich freute, die Gefährtin aus

Kindertagen noch einmal wiederzusehen. Es war verrückt, doch Tesje hatte sich in all den Jahren nur wenig verändert. Ihre Gesichtszüge waren ähnlich wie in ihrer Kindheit, ihr Haar war nach wie vor weizenblond, und ihre Augen strahlten noch immer in dem hellen Blau, sogar die Sommersprossen auf ihrer Nasenspitze waren geblieben.

»Weißt du noch, wie wir als Kinder immer am Dorfteich gespielt haben? Wir haben gerne Papierschiffchen schwimmen lassen oder einfach mit irgendwelchen Stöckchen im schlammigen Ufer rumgestochert. Oder wie wir im Winter über die abgeernteten und zugefrorenen Reetfelder in der Marsch geschlittert sind. Ocke hat immer auf uns achtgeben müssen.«

»Natürlich weiß ich das noch«, sagte Anni. »Ich hätte gerne Schlittschuhe gehabt, aber Mama meinte, ich wäre zu klein dazu. Wie geht es Ocke heute?«, erkundigte sich Anni nach Tesjes Cousin. »Ist er auch noch auf Föhr?«

»Nein, nicht mehr«, antwortete Tesje. »Ihn hat es nach Husum verschlagen. Er ist dort bei der Reichsbahn tätig, und er hat drei Kinder, zwei Mädchen und einen Jungen. Sie sind alle sehr niedlich, nur sehe ich sie kaum. Zuletzt waren sie zu Weihnachten auf der Insel. Wie ist es in Berlin? Du arbeitest dort als Krankenschwester, oder?«

»Ja, an der Charité auf der Kinderstation«, erzählte Anni. »Das war ja auch der Grund für meine unverhoffte Rückkehr, wie du weißt, haben wir Kinder zu Gmelin gebracht. Es gefällt den Kleinen ganz gut in dem Sanatorium. Ich denke, die Zusammenarbeit wird weitergehen.«

»Wirst du dann wiederkommen? Neue Kinder bringen? Bedeutet das, dass du von nun an öfter auf der Insel sein wirst?«

»Ich weiß nicht recht«, antwortete Anni zögerlich. »Es könnte sein, dass bald andere Betreuerinnen die Kinder auf die Insel bringen. Wir Schwestern werden ja eigentlich auf Station gebraucht. Es werden dort so viele Leiden der Kinder behandelt, die es hier auf Föhr gar nicht gibt. Sie leben oftmals in schrecklichen Zuständen, schmutzigen und düsteren Hinterhöfen und zugigen Kammern. Es ist wichtig, sich zu kümmern. Meine Ziehmutter ist in der Armenhilfe tätig. Mit meinem Erbe kann ich viel Gutes tun.«

»Verstehe«, murmelte Tesje. »Und was wird mit dem Haus?«

»Den Verkauf wickelt Broder von der Sparkasse für mich ab. Er hat allerdings gemeint, dass es nicht leicht werden wird, einen Käufer zu finden, denn es benötigt ein neues Dach. Das jetzige ist bereits über achtzig Jahre alt. Es hätte längst erneuert werden müssen. Mein Großvater war wohl kein Freund von Sanierungsarbeiten. Aber irgendein Käufer wird sich schon finden. Das Anwesen ist groß und der Garten weitläufig.«

»Ja, irgendwer wird sich finden«, meinte Tesje, ohne Anni anzusehen. Sie hob einen Feuerstein auf, betrachtete ihn kurz und warf ihn ins Meer. Anni hatte den traurigen Unterton in ihrer Stimme nicht überhört.

»Ach, Tesje«, sagte sie. »Wir wissen beide, dass ich nicht für immer hierbleiben kann. Was soll ich denn auf der Insel? Mein Platz ist in Berlin. Dort bin ich groß geworden, dort hat beinahe mein gesamtes Leben stattgefunden. Ich habe eine gute Anstellung als Krankenschwester, Freunde und meine Zieheltern. Es ist viele Jahre her, dass ich Föhr verlassen habe. Ich war ein kleines Mädchen.«

»Ich versteh das schon …« Tesje sah Anni nun direkt in die Augen. »Ich höre deine Worte und deine Erklärungen, aber ich glaube, du belügst dich im Moment selbst. Du willst nicht weg von hier und klammerst dich daran, dass Berlin dein Zuhause ist. Doch mittlerweile hast du längst begriffen, dass du eigentlich hierhergehörst, nach Föhr, wo deine Seele wohnt. Und hier gibt es durchaus Möglichkeiten für dich. Du könntest in einem der vielen Sanatorien arbeiten, vielleicht erhältst du ja auch eine Anstellung bei Gmelin. Jedes Jahr kommen mehr Kinder auf die Insel, um bei uns wieder zu Kräften zu kommen. Eben hatte Ockeline Tränen in den Augen. Sie hat sich so gefreut, dich wiederzusehen. Ganz Nieblum hat sich über deine Rückkehr gefreut. Es schien, als wäre ein verlorenes Kind heimgekehrt. Ich hab mich gefreut. Du hast mir all die Jahre schrecklich gefehlt. Und wir werden auch nicht mehr allzu lange in Utersum bleiben. Papa denkt schon länger darüber nach, sich zur Ruhe zu setzen, wir könnten dann seinen Laden übernehmen, der in Utersum ist sowieso nur gemietet. Denk noch einmal darüber nach, bevor du alles aufgibst. Dein Erbe ist ein Geschenk, wirf es nicht einfach so weg.«

Anni wusste nicht, was sie antworten sollte. Tesjes Rede überforderte sie, weckte in ihr aber auch Widerstand. Was bildete sich Tesje ein, so auf sie einzureden? Sie waren kleine Mädchen gewesen, als sie einander verlassen hatten, Tesje war wie eine vertraute Fremde. Sie wusste nichts von Anni, von ihrem Leben in Berlin, davon, wer sie wirklich war. Wie konnte sie annehmen, dass Anni tatsächlich auf diese Insel gehörte? Sieben Jahre ihres Lebens hatte sie hier verbracht, mehr nicht. Es gab doch nur noch vage Erinnerungen, wehmütige Erzählungen ihrer Mutter, Fotografien, die im Feuer vernichtet worden waren. Der Schmerz überflutete sie unvorhergesehen und raubte ihr für einen Moment den Atem. Sie sah das brennende Haus vor Augen, sah sich selbst, wie sie auf die Nachbarin eingeschlagen hatte, die sie damals festgehalten hatte, damit sie nicht wieder zurücklief. Föhr, das war für sie ihre Eltern, und sie hatte sie verloren. In diesem Augenblick kam es ihr so vor, als würde die Insel nur Erinnerungen bringen, die wehtaten und ihr das Herz schwer werden ließen. Sie konnte nicht sagen, wie oft jemand ihr versicherte, wie sehr sie ihrer Mutter ähnelte. Hier waren die beiden allgegenwärtig, auch wenn sie nicht ihre letzte Ruhe auf dem Nieblumer Friedhof gefunden hatten, wie es sich eigentlich gehörte. In Berlin existierten sie nicht mehr. Es gab niemanden, der Anni für ihre Mutter hielt. Sie wohnte in einem anderen Stadtteil und lebte ihr eigenes Leben in der Anonymität der vielen Straßen und Hinterhöfe. Sie hatte gelernt, den Verlustschmerz zu betäuben. Doch hier hatte er sich wieder angeschlichen, und nun traf er sie mit voller Wucht.

»Es ist meine Sache, was ich mit meinem Erbe mache«, entgegnete Anni in einem schroff klingenden Tonfall. »Es mag sein, dass du denkst, dass ich an dieser Insel hänge, doch dem ist nicht so. Ich bin inzwischen ein anderes Leben gewöhnt, eine große Stadt, die niemals wirklich zur Ruhe kommt. Du kennst mich doch gar nicht mehr. Als wir uns trennten, waren wir Kinder, kleine Mädchen, die vom Leben und der Welt keine Ahnung hatten. Und ich werfe gewiss nichts fort, nur weil ich nicht hierbleibe. Ich werde etwas Sinnvolles damit tun, und Großvater wird stolz auf mich sein, Mama wird es sein. Sie und Papa waren die liebsten und besten Menschen auf der Welt. Ich weiß, dass sie es verstehen werden.« Sie war laut geworden und hatte Tesje die Worte regelrecht entgegengeschleudert. Tränen rannen nun ihre Wangen hinunter.

»Anni, ich …«, setzte Tesje an und streckte die Hand nach Anni aus. Doch die ließ die Berührung nicht zu. Sie machte einige Schritte rückwärts und verschränkte sogar abweisend die Arme vor der Brust.

»Sag jetzt nichts«, sagte Anni und schniefte. »Bleib in deiner heilen Inselwelt, bleib einfach so, wie du bist. Aber gesteh mir zu, dass ich so sein darf, wie ich es will. Mach es gut, Tesje.«

Sie wandte sich ab und wollte gehen, doch Tesje ließ es nicht zu. Sie hielt sie am Arm zurück und sagte:

»Es tut mir leid. Es ist nur … ich meine … ich hatte mich so sehr über deine Rückkehr gefreut. Natürlich gestehe ich dir zu, dass du so sein darfst, wie du willst. Es fällt mir nur schwer, schon wieder Abschied nehmen zu müssen. Ich hätte mir mehr Zeit gewünscht.«

»Ich mir auch«, lenkte Anni ein. »Aber vielleicht klappt es ja, und ich bringe bald wieder eine Kindergruppe zu Gmelin, und dann sehen wir uns wieder.«

Sie nahm Tesjes Hand, drückte sie und spürte die aufsteigenden Tränen. In diesem Augenblick fühlte es sich ein wenig wie damals an, als sie schon einmal voneinander Abschied genommen hatten, befürchtend, dass es ein Adjis für immer sein würde. Doch das Schicksal hatte ihnen ein Wiedersehen geschenkt, und vielleicht würde mehr daraus werden. Sie würden sehen.

Es war noch nicht hell, als Anni am nächsten Morgen mit einem wehmütigen Gefühl ihren Koffer zuklappte. Sie würde in einer Stunde mit dem ersten Fährdampfer die Insel verlassen und, wenn alles nach Plan lief, am frühen Abend in Berlin eintreffen. Dann lag die Reise in ihre Vergangenheit hinter ihr, und sie tauchte wieder in ihr vertrautes Leben ein. So war es vermutlich besser. Sie war Kinderkrankenschwester an der Charité, sie hatte sich während ihrer Ausbildung ihre jetzige Position hart erarbeitet und war stolz darauf, in einem solch renommierten Krankenhaus tätig sein zu dürfen. In Berlin fand ihr Leben statt, und Bille wartete bereits auf sie. Ihre Freundin und Vertraute, sie war in den letzten Jahren wie eine Schwester für sie geworden. Sie konnte sie nicht einfach allein lassen, weil sie ein Friesenhaus von ihrem Großvater geerbt hatte und sich von einem vergangenen Leben mit all seiner Vertrautheit einwickeln ließ. Die

Argumente, die sie sich selbst in Gedanken immer wieder vorsagte, klangen vernünftig, doch da war dieses Gefühl, das sie nicht abgestellt bekam und das sie nicht zuordnen konnte, das die Vernunft infrage stellte.

Den gestrigen Spätnachmittag und Abend hatte sie mit den Kindern verbracht, was sie abgelenkt hatte. Sie hatte mit den Mädchen Puppen frisiert und mit Walter das Einmaleins geübt. Sie hatte den Kindern beim Essen Gesellschaft geleistet, später das Zähneputzen beaufsichtigt und Gutenachtgeschichten vorgelesen. Ihr Gesundheitszustand hatte sich sichtlich gebessert. Sie wirkten agiler, ermüdeten nicht so rasch, und es war kaum noch ein Husten zu hören. Es galt zu hoffen, dass es weiterhin so gut bergauf gehen würde. Doch daran hegte Anni keine Zweifel. Die Versorgung in Gmelins Sanatorium war in jeder Hinsicht perfekt für ihre kleinen Patienten, die sich noch am Abend mit Umarmungen und dem einen oder anderen Küsschen von ihr verabschiedet hatten, denn Anni reiste noch vor ihrer Aufstehzeit um sieben Uhr ab. Sie hoffte darauf, dass sie keines der Kinder auf Station wiedersehen würde.

Anni nahm ihren Mantel von einem Haken an der Wand und verließ, ihren Koffer in der Hand, ihre Schlafkammer. Ein Frühstück war bedauerlicherweise nicht vorgesehen, denn es war noch zu früh am Tag. Anni verspürte auch noch keinen Appetit. Reiseproviant stand jedoch für sie und ihre drei Mitreisenden bereit, eine Mutter und ihre beiden Töchter, sie waren ebenfalls zur Kur bei Gmelin gewesen. Eine schüchtern dreinblickende Küchenmagd, Anni schätzte sie auf nicht älter als vierzehn Jahre, überreichte ihnen in der Eingangshalle des Hauses die Päckchen, die belegte Brote, einen Apfel und eine kleine Flasche Zitronenlimonade enthielten. Ein mürrisch dreinblickender Fahrer, Anni sah den Mann zum ersten Mal, brachte sie zum

Hafen. Zum Glück dauerte die Fahrt nicht sonderlich lange, denn der Mann rauchte Zigarre, und der stinkende Rauch in Verbindung mit dem Schaukeln des Wagens taten Annis Magen nicht gut. Als sie am Hafen eintrafen, überzog ein prachtvolles Morgenrot den Himmel im Osten, das sich auf der Wasseroberfläche spiegelte. Zu dieser frühen Stunde war es auf der nahen Strandpromenade noch ruhig, und die Strandkörbe am unweit des Anlegers gelegenen Badestrand standen in Reih und Glied. Ob sie heute von Kurgästen belagert werden würden, stand in den Sternen, denn Morgenrot war ein Schlechtwetterbot'.

Der Dampfer hatte schon angelegt, und die meisten ihrer Mitreisenden waren bereits an Bord gegangen. Anni folgte ihnen. Sie ging jedoch nicht in den Salon, wie es die meisten von ihnen, vermutlich auf der Suche nach einem Morgenkaffee, taten, sondern sie trat an die am Heck des Schiffes gelegene Reling und ließ ihren Blick über die Häuser Wyks schweifen. Erneut ergriff dieses seltsame Gefühl von ihr Besitz. Eine Mischung aus Wehmut und Traurigkeit. Ihre Hand sank nach unten, zu der Stelle, wo sie sich als kleines Mädchen festgehalten hatte, und plötzlich spürte sie diesen unbändigen Schmerz von damals in sich, die Verzweiflung und die Angst eines Kindes, das seinen Eltern ausgeliefert war, das tun musste, was ihm gesagt wurde, ob es ihm gefiel oder nicht. Sie hatte nicht weggewollt, denn diese Insel war ihr Zuhause. Sie war es auch jetzt, Jahre später noch. Es war Irrsinn, aber so fühlte es sich an. Hierher gehörte sie, und nicht nach Berlin, auch wenn sie es sich noch sosehr einzureden versuchte. Heute konnte sie das tun, was ihr als kleines Mädchen verwehrt geblieben war. Sie konnte entscheiden, sie konnte bleiben. Sie nahm ihren Koffer und ging mit klopfenden Herzen zurück zum Zugangssteg und verließ den Dampfer.

# 8. KAPITEL

*Berlin, 10. August 1901*

*Liebste Anni,*

*wie versprochen sende ich Dir all Deine persönlichen Sachen auf die Insel. Viel ist es ja nicht. Deine Halbschuhe solltest Du zum Schuster bringen, denn es lösen sich bereits die Sohlen etwas ab.*
*Ich möchte Dir auf diesem Weg auch noch einmal mein Beileid zum Tod Deines Großvaters aussprechen. Es ist traurig, dass euch die Möglichkeit verwehrt geblieben ist, einander besser kennenzulernen. Dass er Dir das Haus und ein kleines Vermögen hinterlassen hat, freut mich sehr für Dich. Mir ist aber trotzdem, wie Du hoffentlich verstehen kannst, das Herz schwer. Ich will den Gedanken nicht zulassen, dass Du nicht mehr nach Berlin zurückkehren wirst. Ich sitze gerade in unserer Kammer und gucke auf Dein leeres Bett, und ich könnte losheulen. Mir wurde mitgeteilt, dass ich ab morgen eine neue Mitbewohnerin erhalten soll. Dir wird sie wohl kaum das Wasser reichen können. Aber es ist nun mal, wie es ist. Du hast Deine Entscheidung getroffen, und ich werde lernen müssen, ohne Dich in dieser Bude klarzukommen. Aber ein Wiedersehen wird es trotzdem geben, worüber ich mich riesig freue. Ich bin von unserer allseits geliebten Oberschwester fest als Reisekrankenschwester eingeteilt worden. Was bedeutet, dass ich regelmäßig Kinder nach Föhr und von Föhr nach Hause bringen werde. Das heißt, wir werden uns, trotz der Entfernung, doch noch sehen können, und dann*

*kann ich Dir ja den neuesten Klatsch von den Klinikgängen erzählen, damit Du auch weiterhin auf dem Laufenden bleibst. Eine Neuigkeit gibt es bereits: Ich bin gestern im Treppenhaus aus Versehen in Doktor Michels hineingelaufen und hab einen Stapel Patientenakten fallen lassen. Er war äußerst hilfsbereit und hat mir beim Aufheben der Unterlagen geholfen. Er hat mich sogar nach meinem Namen gefragt. Und sein Blick, sein Lächeln. Ach, es ging mir durch und durch. Zum ersten Mal hat er mich richtig wahrgenommen, und er wollte sogar wissen, wie ich heiße. Vielleicht bedeutet das ja etwas. Ach, könntest Du doch nur hier sein. Dann könnten wir darüber reden und vielleicht sogar einen Plan aushecken, wie ich häufiger seine Wege kreuze. Es wäre so wunderbar, wenn er mich zum Tanz ausführen würde, oder ins Varieté. Jetzt rollst Du wieder mit den Augen. Ich sehe es. Ach, ich vermisse Dich. Aber ein Wiedersehen wird es ja schon bald geben. Wenn alles klappt, werde ich mit der nächsten Kindertruppe bereits in fünf Wochen auf Föhr eintreffen, und dann findet sich bestimmt Zeit für einen ausgiebigen Plausch. Ich hoffe, in der Kiste befinden sich all Deine Sachen. Geh bitte noch einmal alles durch. Sollte etwas fehlen, mache ich mich noch einmal danach auf die Suche.*

*Hoffentlich auf ganz bald.*
*Ich sende Dir eine liebe Umarmung*

*Deine*
*Bille*

# Wyk, 16. August 1901

»Als Kinderkrankenschwester kann ich Sie derzeit bedauerlicherweise nicht beschäftigen, denn wir haben erst vor wenigen Wochen drei Neueinstellungen getätigt«, sagte Dr. Gmelin zu Anni. »Aber ich könnte mir eine andere Tätigkeit für Sie sehr gut vorstellen. Schließlich stammen Sie von der Insel und kennen die Eigenheiten der Bewohner. Was würden Sie davon halten, in Nieblum als Gemeindeschwester tätig zu werden?«

»Als Gemeindeschwester?«, wiederholte Anni verdutzt dreinblickend seinen Vorschlag. »Meinen Sie wirklich, ich wäre die Richtige für diese Aufgabe?«

»Ich würde Sie nicht fragen, wenn ich es nicht für eine gute Idee hielte«, antwortete Gmelin, der nur wenig Herzlichkeit ausstrahlte und durch seine recht ausgeprägten Geheimratsecken, seinen Spitzbart und die Nickelbrille auf der Nase älter erschien, als er tatsächlich war. Seiner Stimmfarbe war anzumerken, dass er aus dem Südwesten Deutschlands stammte.

Die beiden befanden sich in dem großen Büro des Arztes, das im ersten Stock des Hauses Tübingen lag und eher schlicht eingerichtet war. Es war früher Nachmittag, und vor dem Fenster wechselten sich Sonne und Wolken ab. In der letzten Nacht hatte es ein starkes Gewitter gegeben, das die sommerliche Wärme der letzten Tage fortgefegt hatte. Anni hatte sich nach einigen Überlegungen dazu entschlossen, sich in Gmelins Sanatorium als Kinderkrankenschwester zu bewerben. In den Tag hineinleben, das kannte sie nicht, und das Sanatorium hatte ihr auf den ersten Blick gefallen. Der Umgang mit den Kindern war herzlich und liebevoll, und sogar Unterricht und Freizeitangebote waren für die Kleinen organisiert worden. Damit, ein solches Angebot zu erhalten, hatte sie jedoch nicht gerechnet.

»Wie Sie wissen, gibt es in Nieblum aktuell keine ärztliche Versorgung«, erklärte Gmelin. »Die Patienten werden von mir auf Anmeldung betreut. Mein Kollege, Doktor Hennings, führt freitags zusätzlich eine Sprechstunde im Gasthaus Witt durch. Da wäre es natürlich hilfreich, wenn wir eine Gemeindeschwester vor Ort hätten, die sich mit um die medizinische Betreuung kümmert. Soweit ich weiß, haben Sie von Ihrem Großvater ein recht stattliches Anwesen geerbt. Wäre in dem Haus nicht auch die Einrichtung eines Sprechzimmers möglich?«

Anni fühlte sich überrumpelt. Erst sollte sie Gemeindeschwester werden, was durchaus eine verantwortungsvolle Aufgabe darstellte, und von der sie nicht wusste, ob sie ihr gewachsen war, dann sollte sie auch noch in ihrem Haus Behandlungen durchführen? So sollte ihre Zusammenarbeit nicht aussehen. Sie war Kinderkrankenschwester und liebte ihre Arbeit. Als Gemeindeschwester hätte sie es hauptsächlich mit Alten und Kranken zu tun, was ihr so gar nicht gefallen würde. Was sollte sie dem Arzt jetzt antworten? Das unpassende Angebot sorgte dafür, dass Zweifel in ihr nach oben stiegen. Sollte sie sich tatsächlich bereits jetzt wieder in eine neue Anstellung stürzen? Eben erst hatte sie den Entschluss gefasst, auf der Insel zu bleiben. Sollte sie sich nicht besser mehr Zeit geben, um sich einzuleben? Es war wohl der Drang nach Sicherheit, der sie dazu gebracht hatte, in dem Sanatorium vorstellig zu werden. In Berlin war es wichtig gewesen, ein Auskommen und eine Anstellung zu haben. Wer seine Arbeit verlor, war schneller Kunde der Armenspeisungen, als es einem lieb war. Doch nun hatte sich durch ihre Erbschaft das Blatt gewendet, und sie konnte zum ersten Mal abwägen, sie konnte Luft holen und das in der Großstadt allgegenwärtige

Hamsterrad für eine Weile verlassen. In diesem Moment wurde ihr bewusst, wie dumm ihre Entscheidung war, sich bei Gmelin zu bewerben.

»Vielen Dank für das Angebot«, sagte Anni. »Aber als Gemeindeschwester sehe ich mich nicht. Ich habe Erfahrung mit Kindern und würde gerne weiterhin in dieser Richtung tätig bleiben.«

»Verstehe«, antwortete Gmelin. »Dann tut es mir leid. Als Kinderkrankenschwester kann ich Sie derzeit nicht beschäftigen. Aber vielleicht ergibt sich in den nächsten Monaten etwas. Sollte eine Stelle zu vergeben sein, werden wir uns gerne mit Ihnen in Verbindung setzen. Bis dahin wünsche ich Ihnen ein gutes Einleben auf Föhr. Mit Nieblum haben Sie sich zwar einen etwas verschlafenen Flecken ausgesucht, aber das wird schon werden.« Er erhob sich und reichte ihr die Hand zum Abschied.

Wenige Minuten später ließ Anni das Nordseesanatorium hinter sich und schlug den Rückweg nach Nieblum ein. Sie lief am Rand der ungeteerten Straße entlang und umringte die großen Pfützen, die der Regen der Nacht hinterlassen hatte. Auf den Weiden um sie herum befanden sich einige Tiere, die sie mal mehr, mal weniger neugierig beäugten. Hauptsächlich waren es Kühe, doch auch einige Pferde standen unter knorrigen Obstbäumen. Hin und wieder zerrte eine kräftige Windböe an ihrem Rock.

Ein Stück weiter begegneten ihr drei Hühner, die sich anscheinend von irgendeinem Hof davongemacht hatten und fröhlich gackernd über die Straße liefen.

»Na, ihr Hübschen«, sagte sie belustigt. »Wo seid ihr den ausgebrochen? Seht besser zu, dass ihr wieder nach Hause kommt. Nicht, dass euch noch der Fuchs oder irgendein Raubvogel holt.« Sie lief weiter und erfreute sich an dem Duft der am Wegesrand blühenden Strandrosen. Die ländliche Idylle der Insel sorgte dafür, dass sich in ihr ein wohliges Glücksgefühl ausbreitete, das sie in dieser Form niemals zuvor empfunden hatte. Mit jedem Schritt, den sie tat, spürte sie: Ihre Entscheidung, Gmelins Angebot auszuschlagen, war richtig gewesen. Zum ersten Mal in ihrem Leben war sie frei und konnte tun und lassen, was sie wollte. Es fühlte sich herrlich an.

Ein Stück weiter saß plötzlich ein braunhaariges Mädchen am Wegesrand im Gras. Anni schätzte die Kleine auf nicht älter als sechs oder sieben Jahre. Sie trug ein schäbig aussehendes kariertes Hängerchen und war barfuß. Die Kleine weinte, und Anni blieb stehen.

»Gud Dai«, grüßte sie freundlich. »Wieso weinst du denn? Brauchst du Hilfe?«

Das Kind zog den Kopf ein, antwortete nicht und beäugte Anni misstrauisch.

Anni kannte ein solches Verhalten nur zu gut, und sie ging vor der Kleinen in die Hocke.

»Du musst keine Angst vor mir haben«, sagte sie. »Ich heiße Anni, und wie ist dein Name?«

»Grete«, antwortete die Kleine kaum hörbar.

»Das ist aber ein schöner Name«, erwiderte Anni. »Und du bist ein sehr hübsches Mädchen. Mir gefallen deine langen Zöpfe. Wer hat die denn geflochten?«

»Meine Mama«, sagte die Kleine, und ihre Stimme klang nun schon etwas lauter. Auch verschwand das Misstrauen aus ihrem Blick. »Sie flicht sie auch meiner kleinen Schwester, der Irmi, aber sie hat noch nicht so lange Haare wie ich.«

»Verstehe«, erwiderte Anni und lächelte. »Verrätst du mir jetzt, weshalb du weinst?«

»Weil der dumme Fuß wehtut und ich nicht mehr laufen

kann.« Sie deutete auf ihren linken Fuß. »Ich bin in ein Loch getreten und umgeknickt.«

Annis Blick fiel auf den Fuß, und sie nahm eine Schwellung am Knöchel wahr.

»Ach du je«, kommentierte sie den Unfall. »Das ist natürlich dumm. Wohin musst du denn? Hast du es noch weit?«

Kurz zögerte das Mädchen mit der Antwort, was Anni irritierte, doch dann rückte die Kleine mit der Sprache heraus: »Ich muss ins Armenhaus.« Ihr Stimmchen war wieder leiser geworden, es war offensichtlich, dass sie sich für ihre Unterbringung in der Nieblumer Sozialeinrichtung schämte. Anni wusste, dass die Kinder Nieblums die in dem etwas außerhalb des Ortes gelegenen Armenhaus lebenden Kinder oftmals ausgrenzten. Sie selbst hatte es damals erlebt, jedoch niemals bei den Hänseleien mitgemacht. Ihre Mama hatte ihr stets eingebläut, dass man so etwas nicht machte und lieber froh darüber sein sollte, nicht in eine solch missliche Lage geraten zu sein.

»Das ist gar nicht mehr so weit«, meinte Anni. »Ich helfe dir. Gemeinsam schaffen wir den Weg, und wenn du magst, kümmere ich mich nach unserer Ankunft auch um deinen Fuß. Ich kann das gut, denn ich bin Krankenschwester. Komm. Ich helfe dir beim Aufstehen.« Sie hielt Grete die Hand hin und sah sie aufmunternd an. Die Kleine ergriff sie, und da sie nur auf einem Bein stehen konnte, nahm Anni das schmächtige Mädchen kurzerhand huckepack.

Ein Stück vor Nieblum verließen sie die Hauptstraße und folgten einem schmaleren Feldweg, der direkt zu dem südlich des Grevelingstiegs gelegenen Armenhaus führte, das im Jahr 1819 fertiggestellt worden war und fünfzig Menschen mit den unterschiedlichsten Schicksalen Obdach bot. Als sie dort eintrafen, nahm sie ein Mann mittleren Alters mit schütterem, dunkelblondem Haar in Empfang, der ein schlichtes graues Hemd und dunkle Baumwollhosen trug.

»Gud Dai«, grüßte er und sah Anni verwundert an. »Sie bringen unsere Grete. Die Lütte ist bereits vermisst worden.«

Anni setzte die Kleine behutsam auf einer Bank vor dem Haus ab und war froh darüber, das Gewicht auf dem Rücken los zu sein. Sie stellte sich vor und erklärte kurz, was geschehen war.

»Oje«, meinte der Mann sogleich, »solche Löcher und Kuhlen am Wegesrand können tückisch sein. Vielen Dank, dass Sie so freundlich waren und Grete nach Hause gebracht haben. Ich werde ihrer Mama Bescheid geben, dann ist sie nicht mehr in Sorge. Und für dich, meine Kleine«, wandte er sich an Grete, »holen wir gleich etwas zu trinken und einen kühlen Umschlag für den Fuß.«

»Wenn es Ihnen recht ist, würde ich mich gerne um Grete kümmern«, sagte Anni. »Ich bin Krankenschwester und habe es ihr versprochen.«

Verdutzt sah der Mann, Anni kannte seinen Namen noch immer nicht, sie an. Mit einer solch engagierten Helferin schien er nicht gerechnet zu haben.

»Wenn das so ist, immer gern. Zusätzliche Hilfe ist in unserem Haus stets willkommen.« Er lächelte und stellte sich nun vor. »Ich bin hier im Haus der zuständige Armenvater. Lorenz Lorenzen mein Name.« Er hielt Anni die Hand hin, und sie ergriff sie. »Sollten Sie also noch irgendetwas benötigen, können Sie sich gerne an mich wenden.«

Im nächsten Moment trat ein junger braunhaariger Mann nach draußen. Anni fielen seine strahlend blauen Augen und seine markanten Gesichtszüge sogleich auf. In Berlin würde Bille jetzt sagen: »Der ist eine richtige Sahneschnitte.«

»Ich hätte dann alles so weit mit Ole und Hinnerk besprochen«, sagte der Mann zu dem Armenvater. »Die beiden haben mir hoch und heilig versprochen, die Schule nicht mehr zu schwänzen. Bedauerlicherweise kann ich die anderen beiden Übeltäter nirgendwo finden. Vielleicht können Sie mir beim Suchen helfen.«

Er ist Lehrer, kam es Anni sogleich in den Sinn. Der Blick des Mannes blieb an Grete hängen und wurde mitleidig.

»Grete, Kind. Du hast ja geweint. Hast du dir wehgetan?«

Grete zog schüchtern den Kopf ein und beantwortete die Frage des Lehrers so leise, dass es kaum hörbar war.

Anni sprang ihr bei und erklärte, was geschehen war. Irritiert sah der Lehrer sie an.

»Darf ich vorstellen«, sagte Lorenz Lorenzen, »Anni Nissen. Sie ist Krankenschwester und hat unsere Grete freundlicherweise nach Hause gebracht. Martin Wagner, er unterrichtet seit einigen Wochen neu an der Nieblumer Schule.«

Einen Augenblick lang standen sich Anni und Martin nur gegenüber und sahen einander an. Anni spürte in diesen wenigen Sekunden, die sich wie eine halbe Ewigkeit anfühlten, ein seltsames Flirren in ihrem Inneren, das sie nicht zuordnen konnte.

Martin Wagner war der Erste, der reagierte. Er streckte die Hand aus und sagte: »Es ist mir eine Freude, Sie kennenzulernen, Anni Nissen.«

Anni wollte Antwort geben, doch sie wurde durch ein vorfahrendes Fuhrwerk daran gehindert. Es war einer der Nieblumer Bauern, der den Moment der Vorstellung störte. Anni kannte ihn. Sein Name war Ferdinand Ovenbüll. Er bewohnte mit seiner Familie ein recht ansehnliches landwirtschaftliches Anwesen am Ende der Kertelheinallee. Auf Ferdis Wagen befanden sich einige Milchkannen, die lustig schepperten. Nachdem er sein Fuhrwerk zum Stehen gebracht hatte, sprach er zuerst Anni an:

»Moin, Anni. Was treibt dich denn zu dieser Zeit zum Armenhaus? Solltest du nicht besser zu Hause sein? Der Nickels deckt doch heute dein Dach ab.«

»Wie, der Nickels deckt mein Dach ab?«, hakte Anni entsetzt nach. »Aber das war doch erst für nächste Woche geplant. Und wieso deckt denn Nickels mein Dach ab? Ich hatte doch mit Heinrich darüber gesprochen.«

»Ja, das mit dem Heinrich weißt du noch gar nicht? Der ist gestern Abend bei Hanni Petersen von der Leiter gefallen und hat sich das Bein gebrochen. So schnell deckt der kein Dach mehr. Da hat der Nickels mal eben seine Aufträge übernommen, und seinen Lehrbuben noch dazu. Und das, obwohl der Nickels sich eigentlich längst zur Ruhe setzen wollte. Mit über siebzig steigt es sich ja nicht mehr ganz so leicht auf irgendwelche Dächer. Vermutlich hat der was mit den Auftragsdaten durcheinandergebracht«, mutmaßte Ferdi und zuckte die Schultern. »Also, ich an deiner Stelle tät mich über den Kuddelmuddel freuen, den die da produziert haben. Beim Dachdecken sollte man jeden schönen Tag ausnutzen. Wenn man da Pech hat, sitzt man sonst noch in einer nassen Bude.«

Anni nickte seufzend. Sie wandte sich um und blickte zu Grete. Sie wusste, dass es nicht richtig war, ihr Versprechen der Kleinen gegenüber zu brechen, doch sie sollte besser rasch zum Haus laufen und nach dem Rechten sehen. Der Armenvater verstand sogleich und ergriff die Initiative:

»Gehen Sie ruhig«, sagte er. »Ich kümmere mich höchstpersönlich um Grete. Wenn Sie möchten, können Sie uns die Tage ja noch einmal besuchen kommen. Wir würden uns freuen.«

Anni bedankte sich für seine Freundlichkeit und stimmte zu. Doch sie ging nicht, ohne sich bei Grete für die Nichteinhaltung ihres Versprechens zu entschuldigen und zu versichern, dass sie sobald wie möglich wiederkommen würde.

Nachdem das geklärt war, verabschiedete sie sich auch von Martin Wagner.

»Dann hoffe ich mal, dass die Neueindeckung Ihres Daches einwandfrei funktioniert. Das Haus liegt im Babendörpstieg, oder? Ich bin vorhin daran vorbeigelaufen, und da waren die Männer bereits bei der Arbeit.«

Anni nickte. »Ja, das tut es. Ich hab es geerbt, wissen Sie. Viel Glück noch beim Suchen der Schulschwänzer.« Sie lächelte und wünschte sich in diesem Moment, sie müsste noch nicht gehen.

Ferdi hatte seine Milchkannen mit der Hilfe eines Hausbewohners inzwischen flott abgeladen und bot ihr an, sie die kurze Strecke zum Babendörpstieg mitzunehmen. Anni willigte ein und kletterte auf seinen Wagen. Das Fuhrwerk fuhr vom Hof des Armenhauses, und Anni winkte zum Abschied. Zu ihrer Freude winkte nicht nur Grete, sondern auch Martin zurück.

Als sie nur wenig später vor dem alten Kapitänshof von Ferdis Fuhrwerk kletterte, war das Dach schon zur Hälfte abgedeckt, und Ockeline und Kreske kamen hektisch winkend aus dem Haus gelaufen.

»Da bist du ja endlich, min Deern«, sagte Ockeline, nachdem die beiden sie erreicht hatten. »Ich habe dem Nickels gesagt, dass er ohne deine Einwilligung nicht anfangen darf, aber er hat sich nicht davon abbringen lassen. Und dieses ganze Durcheinander ist nur deshalb passiert, weil die dumme Hanni dem Heinrich eine halb kaputte Leiter hingestellt hat. Der wollt bei ihr nur mal gucken, weil es im Stall angeblich reinregnet. Jetzt haben wir den Salat.«

»Obwohl ich ja schon finde, dass der Nickels der bessere Dachdecker ist. Das sagt der Ole auch immer. Und der ist schließlich Zimmerer. Der weiß, von was er redet«, meinte Kreske, deren

Wangen arg gerötet waren, Schweißperlen standen auf ihrer Stirn. Sich schneller als im Schritttempo vorwärtszubewegen, schien der Mitsechzigerin nicht mehr so recht zu bekommen.

»Ich habe bereits von Ferdi erfahren, dass Nickels sich jetzt um unser Dach kümmert«, sagte Anni. »Also wegen mir kann er gerne eine Woche früher damit anfangen. Je früher es neu eingedeckt ist, desto besser.«

»Auch wieder wahr«, meinte Ockeline und fragte: »Wie lief es denn bei Gmelin? Also beim Ewald hat mir vorhin die Thur erzählt, dass der aktuell gar keine Kinderschwestern mehr suchen würde. Ihre Nichte, die Jule, hat sich neulich bei ihm beworben, und sie hat eine Absage bekommen.«

»Aber eine Gemeindeschwester für Nieblum hätte er gerne«, fügte Kreske hinzu. »Das weiß ich von der Gundel, und die hat es von ihrer Schwester, der Marrin, die arbeitet bei dem Gmelin in der Küche. Du bist doch ausgebildete Krankenschwester, oder?«, wandte sie sich an Anni. »Da könntest du ja vielleicht diese Stellung übernehmen. Bist ja auch eine Nieblumer Deern. Zu dir würden die Einwohner schnell Vertrauen fassen.«

Anni seufzte innerlich. Wie hatte sie auch nur einen Augenblick lang annehmen können, dass sie Neuigkeiten verkünden könnte? Sie musste sich wirklich wieder an das Leben auf dieser Insel gewöhnen.

Nickels winkte Anni vom Dach fröhlich zu. Sie winkte zurück.

Sie ging in den Garten, und auf der Bank wartete ein weiterer Dorfbewohner auf sie. Es war der alte Nachtwächter, Momme Jensen, der Anni mit einem »Moin« begrüßte und meinte: »Ich hab gehört, dass du jetzt unsere neue Gemeindeschwester wirst, min Deern. Ich hab da ein scheußliches Hühnerauge am linken Fuß. Ich dachte, du könntest danach mal gucken.«

# 9. KAPITEL

## Utersum, 31. August 1901

Anni nahm die Tee- und Kaffeepäckchen aus dem Regal und platzierte sie auf dem Ladentisch. Tesje stellte Maggi-Flaschen daneben. Es folgten Waschmittelsäckchen, Konserven mit unterschiedlichem Inhalt und Seifenstücke, die neben den dicken Wurstringen irgendwie fehl am Platz wirkten. Sämtliche Artikel des Kolonialwarenladens mussten aus den Regalen geräumt und in Kisten verstaut werden, denn es stand der Umzug von Tesje und Sönk nach Nieblum an. Es lag eine seltsame Art von Beklommenheit im Raum. Tesjes Augen waren umschattet, sie war vollkommen in Schwarz gekleidet. Die Beerdigung ihres Vaters, Ewald Heims, lag nun drei Tage zurück. Sein plötzlicher Tod hatte Nieblum bis ins Mark erschüttert. Es war ein Schlaganfall gewesen, der ihn am frühen Morgen des 22. August aus dem Leben gerissen hatte. Sein Tag hatte anscheinend wie immer begonnen. Er hatte seinen Laden aufgesperrt, der Zeitungsständer hatte bereits vor der Tür gestanden. Wehn Hansen, sie kam jeden Morgen pünktlich um sieben Uhr, um sich die *Inselnachrichten* zu holen, hatte ihn gefunden. Mitten im Laden hatte er auf dem Boden gelegen. Sogleich hatte sie lautstark um Hilfe gerufen. Doch Ewald hatte niemand mehr helfen können. Nun ruhte er bei seiner geliebten Ehefrau und der Mutter von Tesje in dem rechter Hand der Kirche liegenden Familiengrab auf dem Nieblumer Friedhof, und Tesje war endgültig zu einer Waise geworden.

»Ich hab Christfried und Oluf erst gestern Abend geschrieben«, sagte Tesje und legte eine Kaffeepackung in eine der Kisten. »Ich weiß, ich hätte es früher machen sollen, aber es gab so viel zu tun die letzten Tage. Denkst du, sie werden mir deshalb böse sein?« Sie sah Anni an. In ihren Augen stand die tiefe Trauer einer Tochter, die den Verlust ihres Vaters zu verkraften hatte.

»Nein, das denke ich nicht«, antwortete Anni. »Die beiden wissen doch, wie viel es für dich durch seinen Tod zu tun gibt. Und außerdem ist es doch nicht wichtig, ob sie zwei Tage früher oder später von seinem Ableben erfahren. Zu seiner Beerdigung hätten sie sowieso nicht kommen können.«

»Ja, ich weiß«, stimmte Tesje ihr zu. »An Tagen wie diesen vermisse ich die beiden noch mehr als sonst. So war es auch schon, als Mama von uns gegangen ist. Diese elende Auswanderei nach Amerika ist für uns Insulaner wahrlich kein Segen. Manchmal frage ich mich, ob ich die beiden überhaupt jemals im Leben wiedersehen werde.«

»Vermutlich nicht«, erwiderte Anni mit betroffener Miene. Ockeline war diejenige gewesen, die ihr davon berichtet hatte, dass Christfried und Oluf, Tesjes ältere Brüder, sie waren eineiige Zwillinge, kurz nach ihrer Konfirmation mit einer größeren Gruppe junger Menschen nach Amerika ausgewandert waren. Sie lebten jetzt irgendwo in der Nähe der Stadt Boston mit ihren Familien. Beide waren inzwischen verheiratet, Anni hatte Fotografien ihrer Familien gesehen. Oluf hatte drei, Christfried sogar bereits vier Kinder. Sie hatten, wie sollte es für die Söhne eines Kaufmanns auch anders sein, gemeinsam eine Kaffeehandlung eröffnet, die ausgesprochen gut zu laufen schien, wenn man den Schilderungen in ihren Briefen Glauben schenken wollte.

Sönk betrat den Laden. Er hatte sich etwas verändert. Sein Haar war nicht mehr so blond wie früher, sondern braun.

Dadurch, dass er nicht besonders groß war, wirkte er etwas gedrungen. Anni fand, dass er und Tesje ein hübsches Paar abgaben. Obwohl Ewald am Anfang wohl nicht so begeistert von der Verbindung gewesen war, denn Sönks Familie war nicht alteingesessen, sondern sie kamen von Amrum. Ausgerechnet von der Insel, von der meist nix Gutes kam. Aber nach der Eheschließung hatte er wohl rasch seinen Frieden mit seinem Schwiegersohn gemacht, den er Ockeline gegenüber stets als tüchtigen Jung bezeichnet hatte. Anni fragte sich, was sie ohne Ockeline und ihre nicht enden wollenden Berichte über die Nieblumer Ortsbewohner nur machen würde. Sie erinnerte sie an Namen, Begebenheiten, wer mit wem verwandt, verschwägert oder sonst irgendetwas war. Sie wusste genau, wer von welcher Insel kam und welches Gerücht sich gerade in Umlauf befand. Manches Mal hatte Anni das Gefühl, Ockeline kannte die Antworten bereits, bevor sie die Fragen stellte, was ihr etwas unheimlich vorkam.

»Ihr habt ja die nächsten Kisten noch gar nicht fertig gepackt«, rügte Sönk sie sogleich. »Beeilt euch doch ein wenig. Wir wollen gleich los. Es sieht nach einem üblen Gewitter aus. Über Amrum ist es schon kohlrabenschwarz.«

»Es geht eben so schnell, wie es geht«, antwortete Tesje und sah Sönk strafend an. »Rom ist schließlich auch nicht an einem Tag erbaut worden. Und sollte es das Wetter nicht zulassen, dann schaffen wir die Waren eben erst morgen nach Nieblum. Auf den einen Tag kommt es jetzt doch auch nicht mehr an.«

»Das kommt es eben schon«, widersprach Sönk. »Oder hast du vergessen, dass morgen schon der neue Mieter hier einziehen will? Und wir müssen noch mindestens zweimal fahren, wenn wir heute noch den gesamten Lagerraum leer bekommen wollen.«

»Morgen schon?«, hakte Tesje nach. »Aber das kann nicht sein. Peter hatte doch etwas von in drei Tagen gesagt.«

»Na, dann rate mal, welchen Tag wir heute haben«, entgegnete Sönk und beförderte sogleich einen Stapel Geschirrhandtücher in eine der Kisten.

»Den dritten«, Tesje stöhnte. »Ach du je. Wo ist nur die Zeit hingegangen.«

Ein weiterer Umzugshelfer erschien. Thomas Lassen, den Anni zuvor noch nicht gekannt hatte, denn ihn hatte es von Flensburg nach Nieblum verschlagen. Er verdiente sich sein Auskommen als Zigarrenmacher, belieferte sämtliche Kolonialwarenläden auf der Insel und hatte sich nach seiner Ankunft in Nieblum rasch mit Sönk angefreundet. Ockeline wusste über ihn selbstverständlich auch etwas zu berichten. Er und seine wunderschön anzusehende Gattin Andine wünschten sich so sehr ein Kind, aber die arme Frau hatte bereits die vierte Fehlgeburt erlitten, bei der letzten wäre sie beinahe gestorben.

»Wie sieht es denn aus?«, fragte Thomas. »Wir müssen zusehen, dass wir fortkommen. Da zieht ein böses Unwetter auf.« Sein Blick fiel auf die halb gepackten Kisten. »Herrjeh. So schaffen wir das nie.«

»Doch, wir bekommen das hin!« Anni krempelte voller Tatendrang die Ärmel ihrer Bluse hoch. »Das wäre doch gelacht. Von einem Gewitter hat sich ein anständiger Insulaner noch nie ins Bockshorn jagen lassen, oder? Da sind wir vom Herbst, wenn der Blanke Hans tobt, aber anderes gewöhnt.« Sie blickte in die Runde und erntete verwunderte Blicke. Eine solche Rede hatten die Anwesenden von einem Mädchen, das den größten Teil seines Lebens in Berlin verbracht hatte, wohl nicht erwartet.

Nun packten alle mit an. Es kamen noch weitere Aushilfen hinzu, die Anni nicht kannte. Flott wurden die restlichen Waren aus den Regalen des kleinen Ladens genommen und in Kisten verfrachtet. Mit vereinten Kräften wurden diese zu den zwei bereitstehenden Fuhrwerken gebracht, auf denen sich schon Mehl- und Linsensäcke befanden, hinzu kamen einige Kisten mit Branntwein, Korn und anderen alkoholischen Getränken, die neben einer Reihe Gurkenfässern Platz gefunden hatten. Nachdem auch noch die Bonbongläser sicher verstaut waren, richtete Anni den Blick zum Himmel. Im Westen sah es tatsächlich bedrohlich dunkel aus, und es grummelte bereits.

»Es zieht sicher vorüber«, meinte Thomas »Es trifft eher Sylt. Ganz bestimmt.«

Rasch kletterte Anni neben Thomas auf den Kutschbock. Tesje und Sönk saßen auf dem zweiten Fuhrwerk. Hektisch trieb Thomas die Pferde an, und die Fahrt begann. Der Ort Utersum lag im Südwesten der Insel und war geprägt von landwirtschaftlichen Höfen. Bis Nieblum galt es, eine recht ansehnliche Wegstrecke zurückzulegen. Während der Fahrt über die Felder frischte der Wind auf, und er brachte erste Regentropfen mit.

Thomas trieb die Pferde zur Eile an. Sie erreichten den Ort Borgsum, der ebenfalls von Landwirtschaft geprägt war. Der Wind zerrte an den Ästen der sich in den Gärten befindlichen Obstbäume und trieb sein Spiel mit einem Blecheimer, den er über die Straße schleuderte.

Nun war der Weg bis Nieblum nicht mehr weit. Der Donner wurde lauter, erste Blitze zuckten über den düsteren Himmel, und die Regentropfen verwandelten sich von kleinen in große Gesellen. Anni zog die Kapuze ihres Umhangs über und senkte den Kopf. Bald war der Weg geschafft. Sie konnte bereits den Kirchturm von Nieblum sehen. Nun galt es noch das kleine Dorf Goting zu durchqueren.

Sie hatten den Ort gerade hinter sich gelassen, da öffnete der Himmel endgültig seine Schleusen, und die reinsten Sturzbäche fielen auf sie herab. Thomas fluchte lautstark und trieb die Pferde noch mehr an. Rumpelnd ging es über die ungeteerte Straße, und Anni hielt sich mit klopfendem Herzen am Sitz fest. Es war zu hoffen, dass sie die Waren richtig befestigt hatten, nicht, dass noch etwas verloren ging.

Als sie endlich vor Tesjes und Sönks neuem Zuhause vorfuhren, atmete Anni erleichtert auf. Zu ihrem Erstaunen hörte es zeitgleich mit ihrem Eintreffen schlagartig zu regnen auf, als hätte jemand das Wasser abgedreht. Sogar die Sonne kam plötzlich wieder hinter den dunklen Wolken hervor. Wie eine schwarze Wand standen diese nun weiter im Osten. In Wyk würden nun gewiss sämtliche Kurgäste fluchtartig die Straßencafés, die Promenade und den Strand verlassen.

Anni kletterte vom Wagen und schlug ihre Kapuze zurück. Sie war vollkommen durchweicht, ihr feuchtes Haar klebte an ihrer Stirn. Der Rest der Umzugstruppe sah nicht viel besser aus.

»Also, ich habe das Gewitter nicht nach Sylt ziehen sehen«, merkte Anni an und schenkte Thomas einen strafenden Blick.

»Wir hätten doch warten sollen«, sagte Sönk und seufzte. »Es zog schneller drüber als gedacht. Nun ist alles nass.« Er ließ seinen Blick über die Waren auf den Fuhrwerken schweifen. Besonders den in Säcken verpackten Trockenwaren wie Mehl, Zucker und Linsen hatte der Gewitterregen zugesetzt.

Ockeline, Kreske und weitere Bewohner kamen aus dem Haus und begrüßten sie eifrig.

»Ihr seid ja doch schon hier«, sagte Kreske. »Also, das hätten wir nicht gedacht. Bei dem Gewitterregen ist es nicht ganz ungefährlich, über Land zu fahren. Ihr kennt doch noch die Geschichte von der alten Rahn. Gott hab sie selig. Sie ist kurz vor Goting vom Blitz getroffen worden.«

Sönk gab ein »Grmpf« als Antwort von sich.

»Jetzt ist aber mal gut mit deinen Schauermärchen«, ermahnte Ockeline Kreske sogleich. »So schlimm war das Gewitter nun auch wieder nicht, und das mit der alten Rahn ist schon über hundert Jahre her. Und ob das mit dem Blitz tatsächlich so gewesen ist, weiß auch keiner mehr.«

Kreske zog eine beleidigte Schnute und schnappte zurück: »Aber das weiß doch jeder, dass das stimmt. Als ob ich jemals Lügenmärchen erzählt hätte. Das verbitte ich mir.« Sie verschränkte die Arme vor der Brust.

Ockeline sah zu Anni, die nicht anders konnte, als zu grinsen. Kreske hatte es tatsächlich geschafft, die unschöne Situation durch ihr Gehabe etwas aufzulockern.

»Wie steht es denn um den Laden?«, fragte Sönk und wechselte das Thema.

»Alles so weit in bester Ordnung«, vermeldete Ockeline. »Wir haben sämtliche Regale geputzt und gewienert, den Boden geschrubbt und die Waren neu sortiert, so wie ihr es haben wolltet. Also von Ordnung hielt unser Ewald ja so gar nichts. Eine Unordnung war das, dazu überall der Staub. Ich hab mehrfach abscheuliche Niesanfälle deshalb gekriegt, und ich bin wahrlich nicht zimperlich.«

Das Kolonialwarengeschäft der Familie Heims lag in einem hübschen Friesenhaus in der Straße mit dem Namen De gröne Eck. Grün war es dort auch, denn vor dem im 18. Jahrhundert errichteten Gebäude standen einige Ulmen.

Im nächsten Moment war es Tesje, die sämtlichen Anwesenden einen Schrecken einjagte. Sie war vom Wagen geklettert und hatte ihre Kapuze nach hinten geschoben. Da geriet sie plötzlich ins Schwanken.

»Mir ist ganz schwummrig«, sagte sie noch, dann sank sie zu Boden. Sogleich war Sönk an ihrer Seite.

»Tesje, um Himmels willen, Tesje. Was ist denn nur?« Er rüttelte an ihrer Schulter. »So komm zu dir.«

Sogleich umringten sämtliche Anwesende Tesje mit besorgten Mienen.

»Lasst Anni durch«, rief Ockeline. »Sie ist doch Krankenschwester.« Sie schubste Anni nach vorn.

»Bitte, Tesje. Wach auf«, flehte Sönk und rüttelte erneut an der Schulter seiner Frau.

Tesje tat Sönk und den Anwesenden den Gefallen und kam wieder zu sich. Verwundert sah sie in die besorgten Gesichter.

»Was ist passiert? Wieso liege ich hier?«, fragte sie.

»Du bist ohnmächtig geworden, Liebes«, sagte Sönk, der noch immer ihre Hand hielt. Erleichterung spiegelte sich auf seinem Gesicht wider.

»Ohnmächtig, aber …« Sie setzte sich auf. Sönk stützte sie sogleich.

»Langsam«, mahnte Anni. »Mit so einer Ohnmacht ist nicht zu spaßen. Vermutlich war alles ein bisschen viel die letzten Tage. Dazu auch noch diese abscheuliche Fahrt im Gewittersturm. Wir bringen dich jetzt erst einmal ins Haus, dann kannst du dich etwas ausruhen.«

Sönk half Tesje beim Aufstehen, und er und Anni führten sie in die Döns, wo sie auf einem Stuhl am Fenster platziert wurde. Kreske stellte sogleich ein Gläschen Korn vor sie.

»Der wird dich wieder aufrichten, min Deern«, sagte sie. »Bei der vielen Aufregung der letzten Tage kann es einem schon mal passieren, aus den Latschen zu kippen. Also, als mein Fiete selig gestorben war, da war mir auch ab und an ganz schwummrig zumute.«

Tesje, die noch immer etwas blass um die Nase war, antwortete nichts. Die Döns war nun voller besorgter Nachbarn und

Freunde. Man konnte sich kaum noch umdrehen. Es schien fast so, als wäre die arme Tesje eine Sehenswürdigkeit, auf die jeder einen Blick werfen wollte. Ockeline war diejenige, die für Ordnung sorgte.

»Nun ist aber mal gut«, sagte sie und klatschte in die Hände. »Es ist besser, wenn ihr jetzt alle nach draußen geht. Macht euch anderweitig nützlich, als hier zu stehen und neugierig zu gucken. Die Fuhrwerke müssen abgeladen werden. Damit helft ihr Tesje und Sönk viel mehr, anstatt sich hier die Beine in den Bauch zu stehen.«

Ockelines resolutes Eingreifen half, und der Raum leerte sich. Selbst Ockeline ging, denn wäre sie geblieben, wäre auch Kreske nicht gegangen, und sie wollte Tesje vor dem nicht enden wollenden Geplapper der alten Kapitänswitwe schützen.

Auch Sönk verabschiedete sich, nachdem er sich noch einmal bei Tesje vergewissert hatte, dass alles wieder in Ordnung war. Es galt, sich zu beeilen. Schließlich standen noch weitere Fahrten nach Utersum an.

Nachdem Sönk den Raum verlassen hatte, sagte Tesje unvermittelt: »Ich bin schwanger. Deshalb bin ich vermutlich umgekippt. Die letzten Tage war mir morgens auch immer ein wenig übel.«

Anni sah ihre Freundin verwundert an.

»Aber das ist doch, ich meine …« Ihr fehlten die Worte. Mit einer solchen Aussage hatte selbst sie nicht gerechnet. Obwohl so eine Schwangerschaft im Zusammenhang mit den letzten anstrengenden Tagen natürlich einen guten Grund für eine Ohnmacht darstellte. Das hätte sie als Krankenschwester eigentlich wissen müssen.

»Ich weiß es erst seit gestern«, sagte Tesje. »Ich hatte schon seit einer Weile den Verdacht, doch ich hab den Gedanken nicht zulassen wollen. Unsere gute alte Dorfhebamme Regine hat es bestätigt. Sie hat sich so für mich gefreut, denn sie weiß, dass wir schon länger versuchen, ein Kind zu bekommen. Aber ich konnte mich nicht richtig freuen. Papa hat sich so sehr ein Enkelkind gewünscht. Er hat welche, ich weiß. Aber die sind doch in Amerika. Er hat immer gesagt, er wünscht sich Lütten, die er verwöhnen und in den Arm nehmen kann. Und jetzt ist er tot und kann das nicht mehr.« Tesje brach in Tränen aus.

»Ach, Liebes«, sagte Anni. Sie fühlte sich hilflos. Sie kramte aus ihrer Rocktasche ein Taschentuch heraus und hielt es Tesje hin. »Nicht benutzt, nur knittrig.«

Tesje nahm es und schnäuzte kräftig.

»Auch Sönk weiß es noch nicht«, sagte sie, nachdem sie mit dem Naseputzen fertig war. »Es hat einfach noch nicht den passenden Moment gegeben. Ich kann ihm ja schlecht sagen, dass er Vater wird, während er Gurkenfässer auf ein Fuhrwerk schafft.«

»Nein, natürlich nicht«, Anni legte ihre Hand auf die von Tesje. »Bestimmt wird sich bald der passende Moment dafür finden. Davon bin ich überzeugt.«

Plötzlich fühlte sie sich geehrt, dass Tesje es ihr zuerst mitgeteilt hatte. Der alten Freundin aus Kindertagen, die doch erst seit wenigen Wochen wieder heimgekehrt war. In diesem Moment kam es ihr so vor, als wäre das Band zwischen ihnen niemals durchtrennt worden.

Tesje blickte nun versonnen lächelnd auf ihre Körpermitte.

»Wenn es ein Mädchen wird, dann werde ich sie nach Mama nennen, und sollte es ein Junge werden, darf Sönk entscheiden. Ich glaube, so ist es gerecht. Oder was meinst du?«

»Ihr werdet das schon richtig machen«, war sich Anni sicher. »Welches Geschlecht das Kind auch immer haben wird und welchen Namen ihr ihm auch geben werdet, ich werde es lieb haben. Das verspreche ich dir schon jetzt.«

Die Haustür öffnete sich knarrend. Anni erwartete Ockeline oder Kreske, die zurückkehrten. Doch es war der alte Fred Christiansen, der, seinen Hut in der Hand, vor ihnen stand. Er wirkte unsicher und trat von einem Bein auf das andere.

»Moin, ihr beiden«, grüßte er. »Entschuldigung, wenn ich störe. Ich hab gehört, was passiert ist. Schön, dich wieder auf den Beinen zu sehen, Tesje.« Er sah kurz zu Tesje, dann richtete er seinen Blick auf Anni. »Ich komme mit einer Bitte. Also, ich würde nicht fragen, wenn es nicht wirklich dringlich wäre. Ich weiß, du willst nicht unsere Gemeindeschwester werden, Anni. Das ist ja auch deine Entscheidung, ich versteh das schon. Aber meinem Hannchen geht es gar nicht gut. Sie ist glühend heiß. Vielleicht magst du ja trotzdem mal nach ihr gucken. Ich mach mir solche Sorgen, und der Hennings hat doch erst morgen wieder Sprechstunde. Von dem Gmelin lässt sie sich nicht anfassen. Den kann sie nicht leiden.« Er sah Anni flehend an.

Anni seufzte innerlich. Sie hatte gehofft, in Nieblum würde sich rasch die Kunde verbreiten, dass sie die Stellung der Gemeindeschwester abgelehnt hatte, und die Bewohner würden es damit gut sein lassen. Aber dem war nicht so. Beinahe jeden Tag erschien irgendjemand mit einem Zipperlein bei ihr. Sie versorgte Wunden, kümmerte sich um Hühneraugen, begutachtete Hautausschläge, neulich hatte sie sogar bei einem Kind die Windpocken diagnostiziert. Danach waren gleich zehn weitere Mütter mit ihren Kindern bei ihr aufgetaucht, um eine Diagnose zu erhalten. Entweder sie ließ sich etwas einfallen, um die Gemeindeschwester abzuschütteln, oder sie fügte sich einfach in ihr Schicksal. Irgendwie fühlte es sich auch schön an, gebraucht zu werden.

»Das hört sich nach hohem Fieber an.« Anni erhob sich. »Habt ihr Aspirin oder Ähnliches im Haus?« Sie sah Fred fragend an.

»Also von so Pillen hab ich keine Ahnung. Da kümmert sich immer das Hannchen drum«, antwortete er und zuckte die Schultern.

»Ich hab noch welche hier«, sagte Tesje und erhob sich. »Ich hab sie erst gestern in der Apotheke geholt, weil Sönk über Kopfschmerzen geklagt hat. Ich gebe dir gerne welche mit. Wollen wir hoffen, dass es dem Hannchen bald wieder besser geht, Fred. Aber bei unserer Anni ist sie in den besten Händen.« Sie zwinkerte Anni zu und verließ die Döns. Anni wusste, was das Zwinkern ihrer Freundin zu bedeuten hatte. Tesje hatte ihr zugeraten, das Angebot von Gmelin anzunehmen. Doch Anni fühlte noch immer, dass diese Aufgabe für sie nicht die richtige war. Allerdings sollte sie schleunigst darüber nachdenken, wie sie diesen Umstand den Nieblumern beibringen konnte.

# 10. KAPITEL

## Nieblum, 20. September 1901

»Also ich finde, du machst deine Sache ausgezeichnet«, sagte Ockeline und wendete ihre Strickarbeit. »Jeder im Dorf spricht in lobenden Tönen von dir und deiner Arbeit. Ich kann gar nicht verstehen, weshalb du die Tätigkeit der Gemeindeschwester nicht ausüben möchtest. Damit hast du dann ja auch eine Aufgabe. Einfach so in den Tag hineinleben ist für so einen jungen Menschen doch auch nicht gut. Das kann man machen, wenn man alt ist.«

»Du weißt ganz genau, weshalb mir die Arbeit als Gemeindeschwester nicht zusagt …« Anni, die neben Ockeline am Tisch in die Döns des Kapitänshauses saß, kämpfte mit ihrem Strickzeug. Ockeline hatte ihr unbedingt beibringen wollen, wie man Socken strickte. Nur leider war Anni, was Handarbeiten betraf, vollkommen talentfrei. Bereits mehrfach hatte sie Maschen fallen lassen, und Ockeline hatte ihre Arbeit retten müssen. Wie sie das Kunststück hinbekommen sollte, eine Ferse zu stricken, war ihr schleierhaft. Anni ließ ihr Strickzeug sinken, nahm ihren rechten Fuß von der sich unter ihrem Rock befindlichen Feuerkieke und stellte den linken Fuß darauf. Die in Norddeutschland übliche Feuerkieke hätte sie in Berlin auch gerne gehabt, denn in ihrer Kammer war es im Winter meist eiskalt gewesen, von der ungeheizten Kirche ganz zu schweigen. In den Wintermonaten hatte sie sich nach dem Gottesdienst meist wie ein Eiszapfen gefühlt. Annis Feuerkieke, die sie in der Kammer ihres Großvaters gefunden hatte, war aus Holz gefertigt. Im Inneren des Fußschemels befand sich eine Tonschale, in die sie heiße Kohlestücke oder heißen Torf legen konnte. Durch die Löcher im Deckel bekam man warme Füße. Es gab auch aus Messing gefertigte Modelle, die bevorzugt von den Damen in der kalten Jahreszeit zum sogenannten Aufsitzen, das waren gesellige Treffen am Abend, aber auch in die Kirche mitgenommen wurden. Ockeline hatte ihre Kieke mitgebracht. Der Billegger war zwar angefeuert, doch der alte Fußboden des Friesenhaues war kalt, und es zog durch die Fensterritzen.

»Ja, ich weiß«, sagte Ockeline. »Du arbeitest lieber mit Kindern, anstatt alte Leute zu betreuen. Aber als Gemeindeschwester kümmerst du dich ja um das gesamte Seelenheil des Ortes, auch um die Kleinen.«

»Die allerdings nicht sonderlich zahlreich bei mir an die Tür klopfen«, entgegnete Anni. »Wie du weißt, betreue ich im Moment hauptsächlich bettlägerige Menschen, davon viele im Armenhaus, weil sie sich keinen Arzt leisten können. Ich habe nicht umsonst die spezielle Ausbildung zur Kinderkrankenschwester gemacht.«

»Krankenschwester ist und bleibt Krankenschwester«, befand Ockeline. »So ein Beruf ist ja eher eine Berufung, und die Menschen im Armenhaus sind dankbar für deine Pflege. Das weiß ich von Sissel. Sie bringt da ja immer ihre hausgemachte Marmelade hin. Sie sagt, es wird nur gut über dich geredet.«

Anni gab es auf. Ockeline verstand einfach nicht, worauf sie hinauswollte. Verflixt, jetzt hatte sie wieder die Maschenart vertauscht. Jetzt wäre eine linke Masche an der Reihe gewesen. Sie versuchte, das Malheur zu beseitigen, und entdeckte zu ihrem Leidwesen, dass sie einen dicken Knoten in ihrem Wollfaden hatte. Wie war der nur da hineingekommen, und wie sollte sie den wieder gelöst bekommen? Sie legte das Strickzeug auf den Tisch, nahm ihren Teepunsch zur Hand und nippte daran. Dieses Mal hatte sie den Punsch selbst zubereitet und darauf geachtet, dass keine halbe Flasche Köm in die Kanne hineinwanderte. Zu viel Alkohol war dem komplizierten Unterfangen des Sockenstrickens nicht sonderlich zuträglich.

Kreske erschien in Begleitung von Tesje und Andine Lassen. Alle drei sahen etwas durchweicht aus.

»Was für ein Schietwetter das heute aber auch ist«, sagte Kreske und legte ihren Wachsmantel ab. »Der Regen kommt mal wieder waagrecht, und kalt ist das. Man könnte meinen, wir hätten bereits November.«

Andine bekam eine Niesattacke. Es schien, als wollte sie damit Kreskes Worte noch besonders hervorheben.

»Das hört sich aber gar nicht gut an«, kommentierte Ockeline sogleich den Niesanfall, nachdem Andine sich wieder beruhigt hatte. »Anni sollte sich dich vielleicht mal näher ansehen.«

»Ich bin Krankenschwester, keine Ärztin«, wiegelte Anni sogleich mit finsterer Miene ab.

»Oh, das ist keine Erkältung«, beschwichtigte Andine sogleich, die in ihrer Alltagstracht mit der dazugehörenden Haube äußerst entzückend aussah. Obwohl Andine vermutlich auch in einem Kartoffelsack hübsch ausgesehen hätte. Ihr Haar war weizenblond, sie hatte hohe Wangenknochen und wunderschöne, von langen Wimpern umrandete Augen.

»Ich muss immer niesen, wenn ich aus der Kälte in die Wärme komme.«

»Ach, wie verwunderlich. Das musste mein Onkel Fedder auch immer«, sagte Kreske. »Und ich dachte, er wäre der einzige Mensch, der so ein Problem hatte.«

»Ein heißer Teepunsch wird euch allen jetzt guttun«, sagte Anni. »Sonst bekommt tatsächlich noch jemand eine Erkältung, und das wäre unschön.«

Die Damen setzten sich, und alsbald hatte eine fröhliche Runde im Licht der von der Decke hängenden Petroleumleuchte zusammengefunden, und es wurde bei Friesenkeksen, Kaffee und Teepunsch geklönt. Andine wusste zu berichten, dass das Haus von Heinrich Feddersen und seiner Frau Esther nun endgültig wegen Baufälligkeit abgerissen werden würde.

»Ach, das ist bedauerlich«, meinte Ockeline. »Aber das kleine Häuschen sieht ja schon länger arg mitgenommen aus. Zuletzt wurde es nur noch als Scheune verwendet. Dazu die prekäre wirtschaftliche Lage der beiden. Manche Geschichten sind einfach nicht schön. Wie lange sind sie jetzt schon im Armenhaus?« Sie sah Kreske an.

»Vier Jahre«, antwortete Kreske. »Es ist ein Jammer. Den beiden hat das Schicksal übel mitgespielt.« Sie stieß einen Seufzer aus. »So vielen hat es das.«

»Ja, das hat es wohl«, pflichtete Ockeline ihr bei.

»Das liegt nur daran, weil die Seefahrt durch die Preußen zugrunde gegangen ist«, begann Kreske zu schimpfen. »Nieblum war mal ein gutes Pflaster. Jetzt ist es nur noch ein armes Arbeiterdorf. Und in der Nachbarschaft in Wyk stopfen sie sich die Taschen voll. Da brummt das Geschäft mit den Touristen.«

»Ja, aber die willst du doch auch nicht im Dorf haben«, meinte Ockeline. »Du schimpfst doch immer über die Fremden. Neulich hast du über die alte Gundel gemeckert, nur weil sie jetzt im Sommer ihre Bleibe als Ferienwohnung vermietet und in den Stall ziehen will. Also, ich fände es gar nicht so schlecht, wenn wir in Nieblum auch etwas mehr an den Fremden verdienen würden. Dann würde es so mancher Familie im Ort besser gehen.«

»Hups, jetzt hab ich schon wieder eine Masche fallen lassen«, sagte Anni. »Ich glaube, ich lerne das nie.«

»Zeig mal her«, sagte Ockeline und nahm Anni das Strickzeug aus der Hand. »Das lässt sich noch retten.«

Anni sah zu Tesje, die ein Grinsen nicht unterdrücken konnte. Vermutlich würden diese Socken niemals fertig werden.

»Wie läuft es denn im Geschäft?«, erkundigte sich Andine bei Tesje nach dem Kolonialwarenladen und führte damit einen Themenwechsel herbei, wofür Anni dankbar war. »Habt ihr euch schon etwas eingelebt?«

»Ach, einleben müssen wir uns als Nieblumer doch nicht«, winkte Tesje ab. »Es funktioniert alles reibungslos. In Utersum war es auch nett, aber es ist schon schön, wieder zu Hause zu sein.«

Anni entging nicht, dass Tesje in diesem Augenblick ihre Hand auf den Bauch legte, und sie lächelte. Bisher hatte Tesje ihre Schwangerschaft noch nicht bekannt gemacht, aber Sönk hatte sie es gesagt. Die beiden wollten die erste kritische Zeit noch abwarten. Dazu hatten ihnen sowohl die Hebamme als auch Anni geraten.

Im nächsten Moment öffnete sich erneut die Haustür. Es war Momme, der eintrat, und er hatte eine junge Frau bei sich, die Anni nur zu gut kannte. Sie bekam große Augen, erhob sich und ließ vor Schreck ihr Strickzeug fallen.

Es war Bille, die vollkommen durchnässt neben dem alten Nachtwächter stand.

Als Anni am nächsten Morgen die Tür ihres Alkovens aufschob, erfreute sie der Anblick des hellen Sonnenlichts auf dem alten Dielenboden. Auch hörte man gar kein Tosen des Windes mehr, was sie für ein gutes Zeichen hielt. Vielleicht würde es nach den windigen und kühlen Tagen nun endlich wieder schöner werden. Sie schwang ihre Beine aus dem Bett und steckte ihre in gestrickten Socken steckenden Füße in bereitstehende Schlappen. Ihr Blick wanderte vom Pesel, in dem sich darin befindlichen Alkoven hatte sie heute die Nacht verbracht, in die Döns. Als gute Gastgeberin hatte sie Bille ihren in der gewärmten Stube liegenden Alkoven überlassen. Sie konnte noch immer kaum glauben, dass Bille in ihrem Haus war. Sie hatte natürlich gewusst, dass ihre Freundin aus Berlin nach Wyk kommen würde, denn sie hatte ihr geschrieben. Doch sie hatte erst in einigen Wochen mit ihrer Ankunft gerechnet. Bille, die aufgrund eines Ausfalls einer Kollegin nun doch früher als gedacht eine Kindergruppe zu Gmelin begleitet hatte, hatte durch Zufall in Wyk eine Mitfahrgelegenheit nach Nieblum gefunden. Einen Tischler aus Nieblum, der bei Gmelin tätig war. Er hatte sie mitgenommen, jedoch unterwegs eine Panne mit seinem Fuhrwerk gehabt, weshalb Bille den restlichen Weg zu Fuß hatte zurücklegen müssen. Am Dorfeingang war sie dann Momme in die Arme gelaufen, der sie selbstverständlich sogleich zu Anni gebracht hatte. Nach drei Bechern heißem Teepunsch hatte sie dann auch mit dem Zittern und Bibbern aufgehört.

Anni taperte leise in die Kammer, wo sie ihre Anziehsachen über einen Schemel gelegt hatte, und kleidete sich an. Es war tatsächlich die Alltagstracht ihrer Mutter, die sie neuerdings häufiger trug. Anfangs hatte sie sich noch davor gescheut, doch nun fühlte sie sich ihr auf diese Weise näher. Sie schlüpfte in das Trägerkleid und wickelte das grün-blau gemusterte Tuch um ihre Brust. Auf die passende Haube verzichtete sie jedoch. Sie kämmte ihr Haar und flocht es rasch zu einem Zopf, den sie am Hinterkopf mit einigen Haarnadeln hochsteckte.

Just in dem Moment, als sie auf leisen Sohlen in die Küche

schlich, vernahm sie ein Stöhnen, das eindeutig Bille zuzuordnen war und sich nicht gut anhörte. Die eine Tür des Alkovens wurde aufgeschoben, und ein weiteres Stöhnen ertönte.

»Großer Gott, mein Rücken«, sagte Bille. Nun waren ihre nackten Füße zu sehen.

Anni trat näher und wünschte Bille fröhlich einen guten Morgen.

»Wenn sich dieser Morgen nur gut anfühlen würde«, antwortete Bille und setzte sich auf die Bettkante. »Liebe Güte. Wie könnt ihr in diesen Kästen nur schlafen? Ich habe kein Auge zugetan. Ich konnte mich gar nicht richtig ausstrecken und musste halb im Sitzen schlafen. Dazu diese Enge und die Türen. Zwischenzeitlich hatte ich das Gefühl, ich müsste ersticken. Und wieso in Herrgotts Namen habt ihr Strohmatratzen? Ich glaube, in der hier gibt es irgendwelche Viecher. Mich juckt es überall.« Demonstrativ begann sie, sich am Arm zu kratzen.

»Also, ich schlafe sehr gut in diesem Bett«, erwiderte Anni. »Mir geben Alkoven ein Gefühl von Geborgenheit. Und ausstrecken kannst du dich deshalb nicht vollständig, weil die Erbauer des Hauses dachten, wenn sie liegen, kommt der Tod. Sie haben stets halb im Sitzen geschlafen.«

»Immer dieser Aberglaube …« Bille streckte sich gähnend. »Aber immerhin scheint das Wetter besser zu sein.« Sie deutete zum Fenster. »Gestern war es abscheulich. Du hättest die Überfahrt mit dem Dampfer erleben sollen. Meine Güte, was hat das geschaukelt. Mir ist richtig übel geworden, und ich hatte sogar ein wenig Angst, dass wir untergehen könnten. Was war ich froh, als wir wieder festen Boden unter den Füßen hatten.«

»Daran merkt man, dass du eine Landratte bist«, antwortete Anni lächelnd. »Ja, gestern gab es ein büschen Wind, wie man hier oben so schön sagt. Aber du solltest mal erleben, was los ist, wenn der Blanke Hans so richtig wütet. Komm. Ich mach uns Frühstück. So, wie es aussieht, können wir in der Sonne vor dem Haus sitzen.«

»Welcher Blanke Hans?«, hakte Bille verdutzt nach.

»So wird die tobende Nordsee bei Sturmfluten bezeichnet.«

»Wieso das denn?«

»Angeblich hat irgendein Deichgraf vor einigen Hundert Jahren diesen Begriff zum ersten Mal verwendet. Aber ganz sicher ist man sich da nicht. Ich koch uns jetzt erst einmal einen starken Kaffee. Ich hab noch Brot im Haus und reichlich Marmelade. Nach meiner Rückkehr haben mir viele Bewohnerinnen welche als Willkommensgeschenk gebracht. Du hast also die freie Auswahl.«

Bald darauf saßen die beiden im hellen Sonnenschein auf der Bank vor dem Haus. Zu Kaffee, Brot und Marmelade gab es noch frische Butter und hart gekochte Eier. Durch den Garten hoppelten zwei Kaninchen, ihnen folgten wenig später zwei gackernde Hühner. Anni wusste inzwischen, dass die beiden zum Haus von Ingwert Jacobsen gehörten, das sich ein Stück von ihrem Anwesen entfernt auf der gegenüberliegenden Seite des Babendörpstiegs befand.

»Idyllisch hast du es hier«, sagte Bille und stellte ihre Kaffeetasse wieder auf den Tisch. »Diese Häuser mit den Strohdächern haben schon was.«

»Das ist kein Stroh«, erklärte Anni sogleich. »Es ist Reet. Eine Art fester Schilf. Er wächst in der Marsch. Damit werden aber nicht mehr alle Dächer auf der Insel gedeckt, wegen der Brandgefahr. In Wyk wirst du nur noch wenige Häuser mit solchen Dächern finden. Dort gab es vor einigen Jahrzehnten eine große Brandkatastrophe, seither sind sie verboten.« Anni biss von ihrem Marmeladenbrot ab und fragte, nachdem sie hinuntergeschluckt hatte. »Wie viele Kinder hast du denn zu Gmelin gebracht? Sind welche unter ihnen, die ich noch kenne?«

»Es waren dieses Mal fünfzehn Kinder. Anneliese und Trude sind ebenfalls zur Betreuung mitgekommen. Die beiden würden sich übrigens freuen, dich zu sehen. Bestimmt kennst du noch einige der Kinder. Frieda ist unter ihnen und auch Paul. Ach, und die kleine Emma ist ebenfalls mitgekommen. Sie war damals doch noch so furchtbar krank, als du fortgegangen bist. Scharlach ist und bleibt eine tückische Krankheit. Aber nun scheint sie über den Berg zu sein. Bei Gmelin wird sie gewiss rasch wieder zu Kräften kommen.«

»Oh, das freut mich, dass es Emma wieder richtig gut geht«, freute sich Anni. Sie hatte das kleine Mädchen mit dem rotblonden Haar vor Augen, das fiebrig in seinem Bettchen gelegen und mit dem Tod gerungen hatte. »Frieda und Paul, wie schön. Ist auch der kleine Michel mitgekommen?«

Billes Miene trübte sich ein. Sie musste nichts weiter sagen. Anni wusste, was das zu bedeuten hatte.

»Ach nein«, sagte sie betroffen. »Er hatte sich doch damals bereits wieder auf dem Wege der Besserung befunden. Schwester Dorothea war fest davon überzeugt, dass er über den Berg ist.«

»Das dachten wir alle. Aber wir haben uns geirrt. Er hatte vor drei Wochen einen schweren Rückfall. Niemand konnte ihm mehr helfen.« In Billes Augen schimmerten nun Tränen.

Es entstand ein Moment der Stille. Auch Annis Augen waren feucht geworden. Sie wusste, sie konnte nicht alle Kinder retten. Aber es war immer wieder wie ein Stich ins Herz, wenn eines von ihnen es nicht schaffte. Sie richtete ihren Blick auf den Garten, der noch immer verwildert war. Ockeline hatte gemeint, der alte Fedder könnte ihn wieder in Ordnung bringen. Den Rasen mähen, die Rosenbeete vom Unkraut befreien, auch der eine oder andere Baum müsste mal wieder zurückgeschnitten werden. Doch Anni hatte es nicht gewollt. Es reichte schon, dass das alte Dach des Friesenhauses durch ein neues ersetzt worden war. Dessen Reet war noch hell und nicht mit Moos bedeckt. Es erschien irgendwie unpassend für das alte Haus. Nickels hatte ihr versichert, dass es nicht lange dauern würde, bis sich das Reet wieder dunkler färben würde. Immerhin regnete es jetzt nicht mehr rein, und wenn man auf der Bank neben dem Eingang saß, sah man das helle Reet sowieso nicht. Anni gefiel der Garten so, wie er war. Er wirkte durch seine Verwilderung wie ein verwunschener Ort aus einem Märchen. Gerade jetzt schenkte er ihr Kraft und linderte ihre Trauer um den verstorbenen Jungen, der nicht älter als fünf Jahre hatte werden dürfen.

Es war Kreske, die durch ihr Auftauchen den Moment des Gedenkens an den kleinen Michel störte.

»Moin zusammen«, grüßte sie. »Es ist gut, dass du schon wach bist, Anni. Der alte Harro hat einen Hexenschuss und kann sich gar nicht mehr rühren. Ockeline ist bei ihm, aber er ist so ein Sturkopp und will sich einfach nicht helfen lassen. Er sitzt auf seinem Acker hinterm Haus und schimpft und zetert. Du kommst doch und hilfst?« Ihr Blick blieb an Bille hängen. »Sie sind auch Krankenschwester, oder? Kommen doch aus Berlin, aus so einer feinen Klinik. Da können Sie bestimmt auch mithelfen. Wir müssen zusehen, dass wir ihn wieder auf die Beine kriegen.«

Verdutzt sah Bille Anni an, die mit den Schultern zuckte und sich erhob.

Während sie Kreske die Straße hinunter folgten, raunte Anni Bille zu: »Ich erkläre es dir später. Es ist kompliziert.«

# 11. KAPITEL

## Wyk, 22. September 1901

»Und du hältst das tatsächlich für eine gute Idee?«, fragte Bille und sah Anni skeptisch an.

»Natürlich«, war sich Anni sicher. Sie hatte sich bereits in den Sand gesetzt und begann, ihre Schuhe auszuziehen. »So schnell werden wir keinen solch schönen Tag für eine kleine Wattwanderung mehr erleben. Dessen bin ich mir sicher. Du musst wenigstens einmal in deinem Leben den Wattboden unter deinen Füßen spüren. Ich verspreche dir, es ist herrlich.«

»Wenn du meinst ...« Bille ließ sich neben Anni in den weichen Sand fallen.

Die beiden befanden sich am Südstrand unweit des Nordseesanatoriums. Es war Mittagszeit, und sämtliche Kinder mussten nach dem Essen feste Ruhezeiten einhalten. Anni hatte es großen Spaß gemacht, ihre ehemaligen Schützlinge zu besuchen. Bis gerade eben hatten sie mit Frieda, Paul und Emma noch eine Sandburg gebaut und diese mit unzähligen Muscheln dekoriert. Auf dem nicht weit von ihnen entfernten Bauwerk hatte jetzt zu Annis Leidwesen eine Möwe Platz genommen, die wenig von der menschlichen Baukunst zu halten schien und sich gerade damit beschäftigte, einen der Türme mit ihrem Schnabel zu zerstören.

Auch Bille zog nun Schuhe und Strümpfe aus. Anni hatte sich heute für ihren Besuch bei Gmelin gegen die Alltagstracht ihrer

Mutter entschieden und trug einen einfachen dunkelgrauen Rock, dazu eine weiße Bluse. Sollte es kühler werden, lag in ihrem Korb ein wollenes Schultertuch. Auch Bille trug heute nicht ihre Schwesterntracht. Ihre Kleidung ähnelte der von Anni. Ihr Schuhwerk beförderten sie in einen von Anni mitgebrachten Korb. Darin hatten sich in Tesjes Laden gekaufte Schokolade und von Ockeline gebackene Friesenkekse für die Kinder befunden.

Die Röcke in die Höhe gehoben, ging es aufs Watt. Bille gab ein Quietschen von sich, als sie die ersten Schritte auf dem von Rippeln durchzogenen Sandboden tat.

»Huch, das fühlt sich ungewohnt an«, sagte sie. »Aber gar nicht so schlecht. Ich hatte es mir schlimmer und vor allen Dingen kälter vorgestellt. Aber der Boden ist ganz warm.«

»Es scheint ja auch die Sonne darauf. Selbst die kleinen Wasserrinnsale erwärmt sie zu dieser Jahreszeit noch ganz gut«, wusste Anni. »Du musst nur achtgeben, dass du nicht auf Muscheln trittst. Nicht, dass du dich noch schneidest.«

»Ich hab gewusst, dass die Sache einen Haken hat«, entgegnete Bille und inspizierte sogleich den Wattboden um ihre Füße herum.

»Jetzt komm. Lass uns losgehen«, trieb Anni Bille zur Eile an. »Wir wollen doch Nieblum erreichen, bevor das Wasser wieder aufläuft. Nicht, dass wir noch ertrinken.«

»Ertrinken«, entgegnete Bille alarmiert. »Also davon war nicht die Rede. Du weißt, dass ich nicht schwimmen kann.«

»Wer kann das schon«, Anni zuckte die Schultern. »Selbst die größten Kapitäne und Kommandeure konnten es nicht. Jetzt komm. Sei kein Hasenfuß. Bis das Wasser zurückkommt, wird es noch ein ganzes Weilchen dauern. Ich habe vorhin extra noch einmal die Flut-und-Ebbe-Tabelle angesehen. Da kann nichts schiefgehen. Das verspreche ich dir, so wahr ich eine Föhrer Deern bin.«

»Wenn du meinst«, antwortete Bille. »Obwohl du ja meiner Meinung nach eher eine Berliner Göre bist. Die paar Anfangsjahre hier auf Föhr fallen doch gar nicht so arg ins Gewicht.«

Anni ging nicht auf Billes Bemerkung ein. Sie wusste, dass ihre Freundin sich wünschte, dass sie mit ihr gemeinsam nach Berlin zurückkehren würde. Doch obwohl Anni auf der Insel die eine oder andere Anfangsschwierigkeit zu bewältigen hatte, würde sie dies nicht tun. Tief in ihrem Inneren spürte sie, dass sie hierhergehörte, denn auf Föhr wohnte ihre Seele. Der Rest würde sich bestimmt auch noch finden. Es brauchte nur Geduld.

Während sie liefen, erklärte Anni Bille, was es mit den Häusern auf sich hatte, die am Horizont zu sehen waren. Sie redete von Warften, sprach von Sturmfluten aus alten Zeiten und benannte die Vögel, die sich um sie herum befanden. Selbst das Zustandekommen der vielen kleinen Sandhaufen auf dem Wattboden erklärte sie.

»Wattwürmer?«, sagte Bille erstaunt und betrachtete einen der kleinen Haufen eingängig. »Also wenn du mich fragst, sieht es eher so aus, als hätte jemand, du weißt schon …« Sie vollendete den Satz nicht, kicherte albern und stieß Anni in die Seite. Auch Anni musste jetzt lachen.

Sie liefen weiter, und Anni fühlte sich so glücklich wie lange nicht mehr. Heute war einer dieser Inseltage, die man für immer festhalten wollte.

Als sie den Nieblumer Strand erreichten, ließen sie sich in den Sand fallen. Sie waren ganz allein, es gab keine Strandkörbe, keine Kurgäste und keine Promenade mit Cafés und Geschäften. Hinter ihnen lagen niedrige Dünen, das sich darauf befindliche Dünengras wiegte sich im sanften Wind.

»Hübsch ist es hier«, sagte Bille. »Aber etwas einsam, findest du nicht? Gibt es denn in Nieblum keine Kurgäste, die den Strand nutzen?«

»Nur wenige«, sagte Anni. »Obwohl es schon seit einer Weile immer mehr Badegäste auch nach Nieblum zieht. Das weiß ich von Tesje. Wir haben neulich mal über dieses Thema gesprochen. Angeblich hat irgendein Arzt schon vor einigen Jahrzehnten einen Antrag gestellt, ein Seebad in Nieblum anlegen zu dürfen. Doch daraus ist nichts geworden. Weshalb, das kann niemand so genau sagen. In Witts Gasthof wohnen aber bereits seit einigen Jahren Badegäste, und ich weiß von Ockeline, dass in diesem Frühjahr eine kleine Badeanstalt hier am Strand errichtet worden ist. Sie ist jedoch nach nur wenigen Wochen von einem Sturm zerstört worden. Viele der Dorfbewohner hätten das sogar begrüßt. Das muss man sich mal vorstellen. Manche sind wirklich dumme Esel. Nieblum mag hübsch anzusehen sein, aber von dem Reichtum vergangener Seefahrertage ist nicht mehr viel übrig. Der Seebadbetrieb brächte viele Vorteile. Vor allen Dingen etwas Wohlstand. Vielleicht würden wir dann eines Tages in Nieblum gar kein Armenhaus mehr benötigen. Allerdings kann ich die eine oder andere Meinung der Gegner auch verstehen. Es besteht die Sorge, dass es dann Neubauten wie in Wyk geben wird. Sanatorien wie das von Gmelin oder andere Hotelprojekte. Viele meinen, dass solche Häuser das Gesicht des Dorfes für immer verändern könnten. Ehrlich gesagt möchte ich das auch nicht. Ich mag Nieblum mit seinem alten Charme so, wie es ist. Aber irgendein Weg wird sich schon finden. Nieblum wurde vom Seefahrerdorf zum Arbeiterdorf, also kann es vielleicht auch irgendwann ein Seebad sein, ohne sein Gesicht zu verlieren.«

»Und mit den vielen alten Geschichten rund um die Kapitäne und all diesen Nordseesachen wie dem Blanken Hans oder dem

Klabautermann bekommt ihr die Badegäste bestimmt gut unterhalten. Also, mir könntest du den ganzen Tag lang irgendwelche Märchen erzählen. Ich kann mich daran nicht satthören.«

»Unsere alten Sagen und Mythen sind ja auch etwas Besonderes«, befand Anni lächelnd. »So viel Aberglauben, wie auf dieser Insel vorhanden ist, gibt es in ganz Berlin nicht.«

Im nächsten Moment zog eine Wolke vor die Sonne, und der Wind frischte plötzlich etwas auf.

»Jetzt wird es kühl«, sagte Anni. »Komm. Lass uns ins Dorf gehen. Du bleibst doch heute Nacht wieder mein Gast, oder? Bei Gmelin werden die Kinder bestens versorgt. Da fällt doch gar nicht auf, wenn du fort bist.«

Sie nahm ihre Schuhe und Strümpfe aus dem Korb und begann, sich mit einem mitgebrachten Tuch den Sand von den Füßen zu wischen.

»Gern«, freute sich Bille. »Wegen der Kinder muss ich mir keine Gedanken machen, meine beiden Kolleginnen sind ja auch noch da. Es wurde in Berlin entschieden, dass die Betreuerinnen nach der Anreise einige Tage länger auf Föhr bleiben dürfen. Wir reisen dann gemeinsam wieder ab, und es muss niemand mehr zwei Wochen hierbleiben.«

Die beiden machten sich auf den Rückweg ins Dorf. Sie schlenderten die Strandstraße hinunter. In dem Garten eines wahrlich müde aussehenden alten Friesenhauses, die Maueranker über der Eingangstür berichteten davon, dass es im Jahr 1701 errichtet worden war, beschäftigten sich zwei Frauen mit der Apfelernte. Sie winkten ihnen fröhlich zu. Anni winkte zurück. Ein Stück weiter liefen ihnen einige Hausgänse schnatternd voraus. Es erweckte den Anschein, als würden sie miteinander tratschen. Als sie Annis Haus im Babendörpstieg erreichten, staunten die beiden nicht schlecht, denn im Garten befanden sich zahlreiche

Kinder und der Lehrer Martin Wagner. Einige der Kleinen sahen mitgenommen aus. Sie schienen geweint zu haben. Ockeline, die selbstverständlich bereits die Lage erörtert hatte, setzte Anni sogleich ins Bild.

»Anni, Liebes. Ach, was ist es gut, dass ihr beiden zurückkommt. Stell dir vor: Unser Lehrer Wagner hat heute einen Wandertag mit den Schulkindern unternommen, und auf dem Rückweg sind die doch glatt in ein Wespennest geraten. Die Armen sind teilweise ganz zerstochen. Du wirst ihnen doch bestimmt helfen können, oder?«

Anni sah Ockeline verdutzt an, dann wanderte ihr Blick zu Martin Wagner, der nun näher trat und sie freundlich grüßte. Seine bloße Anwesenheit sorgte bereits dafür, dass ihr Herz begann höherzuschlagen.

»Die Wespen haben uns nicht weit von hier auf einem Acker heimgesucht, und die Kinder sind zu Ihrem Haus gerannt«, erklärte er sogleich, weshalb sie ausgerechnet bei ihnen aufgeschlagen waren. »Frau Friedrichs hat unsere Misere mitbekommen und meinte, hier würden wir rasch Hilfe bekommen.« Er lächelte, und Anni schmolz innerlich dahin. »Sie werden uns doch mit Ihrem Wissen als Krankenschwester weiterhelfen, oder? Frau Friedrichs meinte, sie hätten aktuell auch die Stellung der Gemeindeschwester inne.«

»Natürlich helfe ich«, antwortete Anni. Sie sah kurz zu Bille, die sich ein breites Grinsen nicht verkneifen konnte. Anni wusste, was sie dachte. In Berlin konnte sich dieser Mann nicht vor ihm Avancen machenden Frauen retten. Aber sie waren nicht in Berlin, und es galt, sich zusammenzureißen, auch wenn es Anni in diesem Moment schwerfiel, ihre Gefühle unter Kontrolle zu halten. Himmel, sogar ihre Hände zitterten plötzlich. Dass die Bezeichnung Gemeindeschwester schon wieder gefallen war, versuchte sie auszublenden. Immerhin waren es heute keine Hühneraugen oder Hexenschüsse, die sie behandeln sollte. Es handelte sich um die Notversorgung von Kindern. Und Kinder waren es, mit denen sie sich gerne umgab.

»Ockeline«, sagte sie. »Du hast doch gewiss noch Zwiebeln im Haus, oder? Damit und mit kühlen Umschlägen bekommen wir die Stichwunden gewiss rasch versorgt.«

Ockeline nickte und verschwand sogleich in Richtung ihres Hauses.

Wenig später hatte sich die Lage durch Annis und Ockelines Fürsorge wieder beruhigt, die Kinder hatten die schmerzenden Stiche fast vergessen und tummelten sich in dem verwilderten Garten des alten Friesenhauses. Eine Gruppe Mädchen saß auf einer Decke und bastelte gemeinsam mit Bille aus Blumen Kränze fürs Haar. Zwei Jungs kletterten auf die alte Rotbuche, und der Rest stocherte mit Stöcken in dem am Grundstücksende gelegen kleinen Bachlauf herum. Ockeline und Kreske hatten sich in die Küche verzogen.

Anni saß mit Martin Wagner auf der Hausbank und betrachtete wehmütig lächelnd das kindliche Treiben. Ihre anfänglichen Gefühlswallungen durch Martins Gegenwart hatten sich inzwischen etwas beruhigt. Ein Gespräch zu beginnen, fand Anni jedoch schwer. Ihr fiel beim besten Willen nichts ein, was sie zu ihm sagen konnte. Am Ende würde sie noch etwas Dummes sagen und ihn damit vergraulen. Sie hatte darüber nachgedacht, ihn zu fragen, wo er herkam. Doch sie wollte nicht den Eindruck vermitteln, neugierig zu sein.

»Sie mögen die Arbeit mit den Kleinen«, war es Martin, der irgendwann ein Gespräch begann.

»Ja, das tue ich«, antwortete Anni, froh darüber, dass er den ersten Schritt getan hatte. »Aber meine Arbeit als Kinderkrankenschwester gehört jetzt der Vergangenheit an. Berlin und die Charité liegen hinter mir. Ich plane, dauerhaft in Nieblum zu bleiben. Auch wenn ich ehrlich gesagt noch nicht so recht weiß, was ich hier mit meiner Zeit anfangen soll. Die Tätigkeit der Gemeindeschwester übe ich übrigens nicht aus, auch wenn es der eine oder andere Bewohner gerne sehen würde. Nennen wir es Wunschdenken.« Sie stieß einen kurzen Seufzer aus.

»Verstehe«, erwiderte Martin und grinste schelmisch. »Dann sollten Sie umso schneller eine Lösung finden und für Klarheit sorgen. In Wyk gäbe es viele Möglichkeiten für Sie, in einem der Pensionate tätig zu werden, es muss ja nicht unbedingt bei Gmelin sein. Ich habe nach meiner Ankunft auf der Insel zuerst in einem dort ansässigen Pensionat unterrichtet, aber das war nichts für mich. Wenige Kinder für einen kurzen Zeitraum zu betreuen, liegt mir nicht sonderlich. Als die Lehrerstellung hier im Ort frei wurde, habe ich gerne zugegriffen. Nieblum ist für mich ein besonderes Dorf. Es ist so herrlich friedlich, das gefällt mir. Ich könnte mir sogar vorstellen, dass eines Tages auch hier ein Pensionat für Kinder eröffnet wird. Die Umgebung halte ich für die Lütten, wie hier gesagt wird, sogar noch geeigneter, denn alles ist so herrlich ungezwungen. So etwas lieben Kinder.«

»Ja, ungezwungen ist es«, pflichtete Anni ihm bei. »Aber den Komfort eines Pensionates darf man im Hinblick darauf, dass die Kinder geschwächt sind, nicht unbeachtet lassen. Dinge wie elektrisches Licht und fließendes Wasser im Haus finden sich hier nicht. Alte Friesenhäuser mögen ihren Charme haben, doch das Leben in ihnen ist nicht immer bequem. Auch gibt es in Nieblum keine ärztliche Betreuung. Doktor Gmelin kommt einmal täglich, sein Besuch muss angefragt werden, und nur freitags findet eine Sprechstunde im Gasthaus statt. Nieblum ist ein armes Arbeiterdorf und kein Seebad. Aber vielleicht verändert sich das ja irgendwann einmal.«

»Das wäre wünschenswert«, meinte Martin.

Anni wurde in diesem Augenblick bewusst, dass sie Nieblum und das Leben der Menschen, ihr eigenes Leben, fast schon schlechtgeredet hatte. Ihr Blick wanderte kurz über den von der herbstlichen Spätnachmittagssonne beschienenen Garten, den sie so sehr liebte und der in diesem Moment einen ganz eigenen Zauber versprühte.

Martin hatte schon recht mit dem, was er sagte. Nieblum hatte etwas von einer Märchenwelt. Jedenfalls solange man nicht hinter die Fassaden der alten Kapitänshäuser blickte. Wieso blieb sie dann hier? Gab sie sich der Illusion eines Märchens hin?

Es war Moild Friedrichs, die Mutter eines der Kinder, die Anni aus ihren Gedanken riss. Sie war eben durch die Hintertür nach draußen getreten und sprach sie an:

»Ich hab gehört, der Wandertag ist durch Wespen abrupt beendet worden? Ist meine Seike auch gestochen worden?« Ihr Blick lief suchend über den Garten, und sie rief nach ihrer Tochter.

Das Mädchen kam, eine Freundin im Schlepptau, sogleich angelaufen, und sie versicherte ihrer besorgten Mutter, dass sie von Stichen verschont geblieben war.

Es dauerte nicht lange, bis weitere Mütter erschienen, und nach und nach löste sich die Kindergruppe auf. Die meisten der Kleinen fanden den Weg nach Hause allein.

Auch Bille verabschiedete sich nun, denn sie musste sich, wie sie es auf ihre Weise ausdrückte, im Sanatorium mal wieder blicken lassen. Sie drückte Anni noch einmal fest an sich und warf ihr vielsagende Blicke zu, die Anni zu deuten wusste. Wie sie allerdings die Gedankengänge ihrer Freundin, ein Anbandeln mit dem Lehrer betreffend, in die Tat umsetzen sollte, wusste sie nicht. Mit Männern hatte sie doch so gar keine Erfahrung. Und wollte sie das überhaupt? Ihr Blick wanderte zu Martin, der sich gerade von einem der Jungen verabschiedete, und sogleich verstärkte sich erneut das flirrende Gefühl in ihrem Inneren. War ihr Empfinden vielleicht Liebe?

Ockeline trat neben sie und riss sie aus ihren Gedanken. »Was für eine Aufregung«, sagte sie. »Aber wir konnten ja Gott sei Dank sämtliche Tränen trocknen. So Lütten sind schon etwas Feines. Dann räum ich mal die Limonadengläser rein. Du hilfst mir doch beim Spülen?«

Anni nickte und antwortete: »Natürlich. Ich komme gleich.« Nachdem Ockeline mit den ersten Gläsern im Haus verschwunden war, trat Martin Wagner näher. Zu Annis Missfallen verabschiedete er sich von ihr.

»Ich muss bedauerlicherweise ebenfalls aufbrechen, obwohl ich es eigentlich gar nicht möchte, denn in Ihrem Garten ist es so zauberhaft. Aber es steht noch eine Lehrerversammlung an, die ich nicht versäumen darf. Ich hoffe auf ein baldiges Wiedersehen.« Er fing ihren Blick auf und hielt ihn fest.

Anni jubilierte innerlich und erwiderte: »Gern. Also, ich meine, bestimmt. Nieblum ist ja klein.«

Sogleich verfluchte sie sich für ihre dumme Antwort. Was redete sie da bloß für einen Unsinn?

Martin ging, und Anni sah ihm noch so lange nach, bis er außer Sichtweite war. Danach atmete sie tief durch, um ihr Gefühlswirrwarr wieder unter Kontrolle zu bringen.

»Das ist ein netter junger Mann«, sagte Ockeline plötzlich neben ihr, und Anni zuckte erschrocken zusammen. Himmel, sie hatte bisher noch gar nicht bemerkt, wie lautlos sich die Friesin bewegen konnte. »Der wäre was für dich.«

Entsetzt sah Anni Ockeline an. War es so offensichtlich?

Ockeline grinste und tätschelte ihr den Arm: »Ich mag eine alte Deern sein, aber ich hab Augen im Kopf. Die Zeit wird zeigen, was kommt. Jetzt müssen wir erst einmal die Gläser spülen, und das Wasser ist aus. Gehst du rasch zum Brunnen und holst frisches?« Sie hielt Anni einen Holzeimer hin. Perplex nahm ihn Anni entgegen und trollte sich Richtung Brunnen davon. Ockeline mochte etwas Mütterliches an sich haben, aber als Gesprächspartnerin in Liebesdingen sah sie sie beim besten Willen nicht an. In Liebesdingen, wiederholte Anni in Gedanken. Gab es die überhaupt? Sie hatte doch nur etwas mit Martin Wagner geplaudert, mehr nicht. Sie wusste, dass sie sich selbst belog.

Am Brunnen angekommen, traf sie auf eine fremde Frau, die sie vorher im Dorf noch nicht gesehen hatte. Zu Annis Verwunderung trug sie eine Schwesterntracht.

»Gud Dai«, grüßte Anni und musterte die rothaarige Frau mittleren Alters neugierig. Wer war sie, und weshalb holte sie hier Wasser? Sie konnte nicht an sich halten und fragte: »Entschuldigen Sie bitte. Sind Sie Krankenschwester?«

»Ja, bin ich. Ich bin vor einer Stunde eingetroffen, wohne jetzt im Ort und werde die Betreuung als Gemeindeschwester übernehmen. Doktor Gmelin hat mir die Stellung gestern zugesagt.«

Anni konnte kaum glauben, was sie hörte. Somit hatte sich dieses für sie vor wenigen Augenblicken noch unlösbar scheinende Problem schlagartig selbst erledigt.

»Ach, wie wunderbar«, stieß sie aus. »Dann freu ich mich, Sie in Nieblum welkimen zu heißen.«

# 12. KAPITEL

## Nieblum, 16. Oktober 1901

»Noch etwas?«, fragte Anni und sah die vor der Wursttheke stehende Kundin fragend an.

»Vielleicht noch etwas Salami«, entschied sich die ältere Frau. »Die hat mein Jens ganz gern.«

Anni nahm die Salami aus der Auslage und schnitt nach Anweisung der Kundin ein Stück von ihr ab.

Es war bereits die dritte Woche, in der sie bei Tesje im Laden aushalf. Die Ärmste kämpfte mit einer fürchterlichen Schwangerschaftsübelkeit und erbrach bedauerlicherweise mehrfach am Tag, was es ihr unmöglich machte, im Geschäft zu stehen. Anni, die nach dem Wegfall ihrer Gemeindeschwesterntätigkeit sowieso nur tatenlos in ihrem alten Friesenhaus gesessen hätte, hatte gerne ihre Hilfe angeboten. Von morgens um sieben bis abends um sechs stand sie jetzt hinter der Theke des Kolonialwarenladens, und sie hatte rasch erkannt, dass sie sich im absoluten Klatschzentrum des Dorfes befand. Hier erfuhr man jede Begebenheit der Insel, ob sie nun wahr sein mochte oder nicht. Seit einigen Tagen war das bestimmende Thema der heute beginnende und fast zweihundert Jahre zählende Wyker Herbstmarkt, der für sämtliche Föhrer stets ein festes Ereignis im Kalender darstellte. Selbst Anni konnte sich noch an den Markt erinnern. Für die Kinder waren selbstverständlich die Süßigkeiten das Wichtigste, die es an den vielen bunten Ständen in der Großen Straße gab.

Es herrschte jedoch auch sonst buntes Treiben. Es gab Karussells und Tanz. An die Tanzveranstaltungen hatte Anni natürlich keine Erinnerungen, denn dafür war sie noch zu klein gewesen. Auch von den standesgemäß dazugehörigen Schlägereien zwischen den Jungen aus den Dörfern und denen aus Wyk hatte sie nichts mitbekommen. Diese waren gerade Gesprächsthema zwischen einigen Jungen, die eben den Laden betreten hatten.

»Also, ich bin ja gespannt, ob der Arfst dem Niels noch mal so deftig eins auf die Nase geben wird wie im letzten Jahr«, sagte der eine Junge zu seinem Freund. »Der hat sie ihm sogar gebrochen. Das war schon deftig. Das wird bestimmt wieder ein Riesenspaß.«

Anni rollte mit den Augen. Was an einer Schlägerei ein großer Spaß sein sollte, erschloss sich ihr nicht.

Die beiden Jungen hatte Anni inzwischen bereits mehrfach an den unterschiedlichsten Orten im Dorf gesehen. Tesje hatte ihr erst neulich auf ihre Nachfrage hin ihre Namen genannt und ihr erklärt, zu wem sie gehörten. Doch die Namen wollten ihr gerade nicht einfallen. War der eine nicht der Sohn des Pantoffelmachers Hansen? Sie seufzte innerlich. Es würde wohl noch eine ganze Weile dauern, bis sie sämtliche Namen und Verwandtschaftsverhältnisse verinnerlicht hatte. Die beiden Jungen kauften jeweils einen Sack Steinkohle, einer von ihnen bat darum, anschreiben zu können.

»Das geht dann auf meinen Vater«, sagte er, nachdem Anni das Anschreibebuch hervorgeholt und aufgeschlagen hatte. Fragend sah sie ihn an.

»Ach so«, sagte er. »Sie sind ja noch nicht so lange hier. Marten Petersen.«

Anni notierte den Namen und setzte den Betrag dahinter.

Die beiden Jungen verließen den Laden. Nachdem sich die Tür hinter ihnen geschlossen hatte, setzte sich Anni auf einen neben der Hintertür stehenden Hocker und lehnte den Kopf gegen die Wand. Es war zwei Uhr nachmittags, und sie fühlte sich erschöpft, und ihr Kopf dröhnte etwas. Auch knurrte ihr der Magen. Daran, etwas zu essen, hatte sie während der letzten Stunden gar nicht gedacht. Ihr Blick wanderte zu den Kuchen in der Auslage. Tesje würde gewiss nichts dagegen haben, wenn sie sich ein Stück Butterkuchen gönnte. Dazu vielleicht ein Tässchen Kaffee, das würde ihre Sinne beleben. Schließlich musste sie noch ein Weilchen durchhalten. Andererseits sollte sie vielleicht doch eher von dem Bienenstich ein Stück essen, denn sie wusste inzwischen, dass Martin Wagner Butterkuchen liebte. Er kam jeden Nachmittag um Punkt drei Uhr in den Laden und kaufte ein Stück. Dieser Zeitpunkt war für Anni stets der schönste des Tages, sie fieberte ihm regelrecht entgegen. Sie wechselten zwar meist nur wenige, belanglose Worte, aber das war ihr gleichgültig. Sie genoss für wenige Minuten seine Gegenwart. Tesje hatte sie von ihren Gefühlen für den Lehrer noch nichts erzählt. Was hätte sie ihr auch sagen sollen? Sie wusste ja selbst noch nicht so recht, wie sie das Prickeln in ihrem Inneren einschätzen sollte. Mit Bille hatte sie vor deren Abreise nach Berlin allerdings schon darüber gesprochen. Bille hatte sie darauf eingeschworen, darauf zu warten, dass er den ersten Schritt machte. Auf gar keinen Fall sollte sie den Eindruck erwecken, sie würde ihm nachlaufen. Und da Bille in Liebesdingen eindeutig besser Bescheid wusste als Anni, hielt sie sich daran, auch wenn es ihr schwerfiel, auf einen Vorstoß von seiner Seite zu warten. Was war, wenn er niemals kommen würde?

Die Ladentür öffnete sich erneut, und Anni erhob sich. Es galt, die nächste Kundschaft zu versorgen. Doch es war kein Kunde, der eintrat, sondern es waren Tesje und Sönk. Tesje trug zu Annis Erstaunen ihre Sonntagstracht, und auch Sönk war in die inseltypische Männertracht gehüllt. Sie bestand aus einer kurzen Jacke mit Silberknöpfen, einer farbigen Weste, einer schwarzen Tuchhose und einem passenden Hut.

»Moin, Anni«, grüßte Tesje. »Du bist ja noch gar nicht zurechtgemacht. Du wirst doch nicht vergessen haben, dass wir auf den Jahrmarkt wollen? Heute findet der große Tanz in der Centralhalle statt, und wir sperren den Laden zu.«

»Du gehst zum Tanz?«, reagierte Anni verwundert. »Und was ist mit deiner Übelkeit?«

»Die ist seit heute Mittag verflogen«, freute sich Tesje. »Entweder lässt sie jetzt tatsächlich nach, wie es mir Regine gesagt hatte. Die ersten drei Monate der Schwangerschaft, du weißt schon. Oder es ist heute ausnahmsweise mal ein guter Tag. Nun komm schon. Das wird lustig werden. Wir wollen mit vielen anderen Dorfbewohnern in einer Stunde loslaufen. Bis dahin müssen wir dich aber noch etwas aufhübschen.«

Anni fügte sich in ihr Schicksal. Vielleicht hatte sie ja Glück, und auch Martin würde zum Jahrmarkt gehen und würde sie zum Tanz auffordern. Dieser Gedanke hob sogleich ihre Stimmung.

Einige Stunden später schob sich Anni gemeinsam mit Tesje und Sönk durch die vielen Menschen, die die Große Straße in Wyk bevölkerten. Es war vier Uhr nachmittags, und das Wetter meinte es in diesem Jahr gut mit den Budenbetreibern. Der Himmel war zwar größtenteils bedeckt, aber es war nicht sonderlich kühl und trocken. Anni trug nun, ebenso wie Tesje, ihre Sonntagstracht, und sie fühlte sich wohler, als sie vor Kurzem noch angenommen hatte. Die bunten Stände und die vielen Gerüche brachten Kindheitserinnerungen zurück, die ihre Seele wärmten. Sie sah unzählige Kinder mit leuchtenden Augen vor den Süßigkeitenständen stehen. Selbstverständlich gab es neben den

Jahrmarktsbuden mit Zuckerwatte, gebrannten Mandeln und Bratwürsten auch noch den traditionellen Viehmarkt. Denn Jahrmarktzeit war auch Viehmarktzeit. An einem der Verkaufsstände befand sich in einem Verschlag eine Vielzahl an Hausgänsen. Hühner flatterten aufgeregt in Käfigen. Ein Stück weiter konnte man Kühe und Pferde erwerben. Es fand sogar ein Wettbewerb statt. Die schönste Kuh Föhrs sollte prämiert werden. Es gab ein Kettenkarussell, mit dem Tesje aber lieber nicht fahren wollte, denn sonst käme am Ende noch die Übelkeit zurück. Auch ein Kinderkarussell mit hübschen auf und ab wippenden Pferden war vorhanden, und am Rande des Königsgartens gab es sogar ein kleines Riesenrad. Mit diesem traute sich sogar Tesje eine Runde mitzufahren, denn es bewegte sich eher gemächlich. Von oben genoss man eine herrliche Aussicht über die Dächer Wyks und auf den Hafen mit seinen auf den Wellen schaukelnden Fischkuttern und Ausflugsschiffen.

»Und es geht dir wirklich gut?«, erkundigte sich Anni in der Gondel noch einmal bei Tesje nach ihrem Wohlbefinden. »Keine Übelkeit, kein Schwindel?«

»Frag doch nicht ständig«, erwiderte Tesje. »Es ist alles wunderbar, mir geht es großartig. Hach, ist das nicht ein herrlicher Tag? Und es ist so eine Freude, dass ich ihn mit dir verbringen kann. Noch vor wenigen Wochen hätte ich niemals gedacht, dass wir beide einmal gemeinsam über unseren geliebten Jahrmarkt laufen würden. Es ist so schön, dass du wieder bei uns auf Föhr bist. Ich hoffe, du wirst niemals wieder fortgehen. Das wirst du doch nicht, oder?«

»Natürlich nicht«, antwortete Anni, überrascht, dass Tesje diese Frage so eindringlich formulierte. »Aber wieso fragst du das? Nimmt das irgendjemand an?«

»Nun ja«, rückte Tesje leicht zögernd mit der Sprache heraus.

»Deine Freundin, diese Bille, hat gemeint, dass dir hier bei uns langweilig werden könnte, weil du in Berlin ja doch ein anderes Leben hattest. Sie meinte, es könnte schon sein, dass du es dir bald anders überlegst und zurück in die Stadt gehst.«

»Ach, Bille«, wiegelte Anni ab. »Auf das Gerede darfst du nichts geben. Sie wünscht sich, dass ich wieder zurück nach Berlin komme, weil wir befreundet sind und sie mich vermisst. Das ist schon alles. An meinem Entschluss, in Nieblum zu bleiben, hat sich nichts geändert. Obwohl ich mich langsam schon zu fragen beginne, was ich mit mir hier anfangen soll. Ich habe Nieblum wirklich ins Herz geschlossen, und ich helfe auch gerne in eurem Laden aus. Aber für die Ewigkeit ist das ja nicht gedacht. Ich habe gestern im *Inselboten* eine Anzeige gelesen. Es soll wohl bald ein neues Pensionat in Wyk eröffnen, und es wird Personal gesucht. Ich denke ernsthaft darüber nach, mich zu bewerben, denn ich vermisse die Arbeit mit den Kindern. Allerdings werde ich dann vermutlich nicht mehr in Nieblum wohnen können, sondern als Angestellte ein Zimmer im Pensionat erhalten. Was denkst du: Ob ich für das Haus einen Mieter finden würde?«

Tesjes Miene verfinsterte sich. Ihre Antwort fiel in einem schnippischen Tonfall aus. »Vermutlich schon.«

»Sei nicht eingeschnappt«, suchte Anni sogleich zu beschwichtigen. »Es ist Wyk, nicht Berlin. Ich werde also noch immer auf der Insel sein. Und entschieden ist ja noch nichts.«

Die Gondel setzte sich wieder in Bewegung, und als sie unten ankamen, war ihre Fahrt beendet, und ihre Tür wurde von einem Mitarbeiter des Fahrgeschäfts geöffnet.

Sie wurden von Sönk und einem weiteren befreundeten Pärchen in Empfang genommen, und gemeinsam ging es zur Centralhalle, die für die Tanzveranstaltung mit bunten Wimpeln und

Fahnen dekoriert worden war. An einer Theke rechts neben dem Eingang wurden Getränke ausgeschenkt. Auf der Tanzfläche drehten sich die Pärchen zu der fröhlichen Musik der Tanzkapelle bereits im Kreis. Tesje und Sönk verschwanden sogleich im Getümmel, und ehe es sich Anni versah, stand sie allein inmitten der vergnügten Tanzgesellschaft. Sie winkte Tesje einmal kurz zu, als sie an Sönks Arm an ihr vorübertanzte. Es schien tatsächlich so zu sein, dass sie die ersten Probleme der Schwangerschaft überwunden hatte. Die Aufforderung eines jungen Mannes zum Tanz lehnte sie dankend ab. Sie wusste nicht, warum, aber plötzlich fühlte sie sich fehl am Platz, und sie entschloss sich dazu, die Centralhalle zu verlassen. Die Luft im Saal war stickig, es war warm, und der durch den Raum wabernde Qualm der unzähligen Zigaretten und Zigarren brannte ihr in den Augen. Als sie wieder auf der Großen Straße stand, atmete sie erleichtert auf. Es hatte merklich abgekühlt, und der Wind hatte aufgefrischt. Doch es war noch immer trocken. Auch hier draußen herrschte weiterhin bunter Trubel, obwohl die Dunkelheit längst hereingebrochen war.

»Guten Abend, Fräulein Nissen«, wurde sie plötzlich von einer vertraut klingenden Stimme angesprochen, die sie sogleich erzittern ließ. »Sie sehen so aus, als wären Sie aus den gleichen Gründen dem Festsaal entflohen wie ich.« Anni wandte sich um. Vor ihr stand Martin Wagner.

»Oder liege ich mit meiner Annahme falsch, und Sie wollten nur ein wenig frische Luft schnappen, bevor Sie sich wieder ins Vergnügen stürzen?«, milderte er seine Vermutung sogleich etwas ab.

»Nein, Sie liegen richtig mit Ihrer Annahme.« Sie musterte ihn näher. Der Lehrer hatte sich für den Anlass zurechtgemacht, trug einen dunklen Anzug und Schlips. Sein sonst meist etwas verwuscheltes Haar hatte er mit Pomade geglättet. »Mir herrscht zu viel Gedränge in dem Saal. Anscheinend bin ich nicht für friesische Jahrmarktstanzveranstaltungen dieser Sorte gemacht.« Sie schenkte ihm ein Lächeln.

»Für was sind Sie denn gemacht?«, fragte er.

Seine kesse Frage brachte Anni zum Schmunzeln.

»Für Zuckerwatte«, antwortete sie, ohne nachzudenken, und zeigte zu einer unweit von ihnen gelegenen Bude. »Die hab ich als Kind schon gemocht.«

»Oh, eine Gemeinsamkeit«, er grinste schelmisch. »Dürfte ich Sie dann zu einer Portion einladen?« Er hielt ihr den Arm hin, und sie hakte sich bei ihm unter. Sie konnte kaum glauben, was gerade geschah. Endlich kam es zu den Vertrautheiten zwischen ihr und Martin Wagner, die sie sich seit Wochen erhoffte. Beschwingt lief sie mit ihm zur Zuckerwattebude.

Wenig später hielten sie beide Zuckerwatte in den Händen und schlenderten von der Süßigkeit und dem jeweils anderen beseelt in Richtung Königsgarten.

Martin erzählte nach ihrer Nachfrage nun auch endlich ein wenig von sich: »Ich habe bis vor Kurzem noch an einer Knabenschule in Hannover unterrichtet«, berichtete er. »Doch so recht hat mir das Leben in der Stadt nie zugesagt. Sie müssen wissen, dass ich auf dem Land aufgewachsen bin. Als Sohn eines Pastors, der bedauerlicherweise nicht mehr am Leben ist, ebenso wenig wie meine Frau Mama, die ihm nur wenige Monate nach seinem plötzlichen Ableben in den Tod gefolgt ist. Ein Herzinfarkt hat ihn aus dem Leben gerissen.«

Seine Miene trübte sich ein. Nach Anni griff in diesem Moment der bitter schmeckende Schmerz ihres eigenen Verlustes, und sie legte tröstend ihre Hand auf die seine. Sie überlegte, ihm von dem schrecklichen Tod ihrer Eltern zu berichten, doch sie kam nicht dazu, denn er setzte seine Rede fort: »Ein Bekannter hat mich auf die Idee gebracht, nach Föhr zu gehen. Ich habe mich erkundigt, und mir gefiel die Idee.« Er suchte kurz Annis Blick und hielt ihn fest. »Und Sie gefallen mir«, sagte er plötzlich.

Anni wusste gar nicht, wie ihr geschah. Seine unvorhergesehene Zuneigungsbekundung überrumpelte sie, und sie zog vor Schreck sogar ihre Hand zurück, obwohl sie das gar nicht wollte. Seine nächste Frage drang wie durch eine Wand zu ihr durch:

»Wollen wir nicht Du sagen? Das ständige Sie ist doch so unpersönlich.«

Es waren drei junge Leute, zwei Männer und eine Frau, die ihr Gespräch jäh unterbrachen.

»Martin, mein Freund. Hier steckst du«, sagte einer der Männer. »Wir hatten dich bereits vermisst. Komm doch noch mit zum Tanz in den Königsgarten. Dort soll es besser sein als in der Centralhalle.« Sein Blick blieb an Anni hängen, und er zog kurz die Augenbrauen zusammen, was Anni als abwertend empfand. »Du hast Gesellschaft gefunden«, sagte er.

Neben ihm stand eine junge Frau, die ein hübsches, blau schimmerndes Ausgehkleid trug, das nach Annis Meinung etwas zu tiefe Einblicke gewährte. Die Frau trat neben Martin, legte besitzergreifend den Arm um ihn und sah Anni mit einem solch finsteren Blick an, dass sie kurz zusammenzuckte. Sie wich sogleich zurück und erhob sich.

Sie bebte nun innerlich. Oh, wie dumm sie doch gewesen war. Wie hatte sie auch nur einen Augenblick lang annehmen können, dass solch ein attraktiver Mann frei sein konnte? Aber wieso hatte er dann mit ihr getändelt?

»Entschuldigung. Ich wollte nicht stören. Ich muss sowieso langsam wieder zu meinen Freunden. Es war nett zu plaudern«, brachte sie heraus und ging, ohne Martin noch eines Blickes zu würdigen, den Tränen nahe davon. Ein Stück weiter beförderte sie das von der Zuckerwatte übrig gebliebene Stöckchen in einen Mülleimer. Für sie war der Jahrmarkt vorbei.

Als sie eine Weile darauf in Nieblum eintraf – zu ihrem Glück hatte sie eine Mitfahrgelegenheit gefunden –, fühlte sie sich wie erschlagen. Müde und frierend bog sie in den Babendörpstieg ein und traf direkt vor ihrem Haus auf Momme, der gerade eine der Straßenlaternen entzündete. Er wünschte ihr freundlich auf Friesisch einen guten Abend.

»Gud Inji, Anni. Ist der Jahrmarkt etwa schon zu Ende?«

»Gud Inji, Momme«, grüßte Anni zurück. »Für mich schon. Ich hätte besser gar nicht erst hingehen sollen.«

»Ach, so schlimm kann es doch nicht gewesen sein«, meinte er. »So junge Leute wie du, ihr tanzt doch gern und mögt den Tingeltangel. Für mich ist das allerdings nichts mehr. Ich hab den Nachbarjung gebeten, mir gebrannte Mandeln mitzubringen.«

Mommes Anwesenheit und seine Gelassenheit sorgten dafür, dass es Anni etwas besser ging, und das Gefühl der Verlorenheit, das sie gerade noch empfunden hatte, ließ nach.

»Das ist eine gute Idee, die hatte Mama auch immer gern. Gud Naacht, Momme.« Sie ging zum Haus, doch dann kam ihr plötzlich ein Gedanke, und sie wandte sich um. »Sag mal, Momme, könntest du dir hier in Nieblum ein Kindererholungsheim vorstellen?«

Er sah sie verdutzt an, doch dann antwortete er: »Wieso nicht? Den Stadtkindern könnte das hier bei uns schon gefallen.«

»Aber unsere Häuser haben nicht den Komfort wie die in Wyk. Es gibt keinen Strom und kein fließendes Wasser.«

»Und?«, fragte er. »Denkst du denn, dass das für Kinder wichtig ist?«

»Vielleicht ein wenig«, antwortete Anni. »Und wo sollen die Kinder in den alten Häusern schlafen? Auf den Dachböden, bei den Eulen und Mäusen?«

»Ach, min Deern«, sagte Momme. »Ich bin ein Nachtwächter und weiß Gott kein Fachmann. Aber ich hab gesehen, wie sie in Wyk viel verändert haben in den letzten Jahrzehnten. Auch die alten Friesenhäuser wurden oftmals umgebaut. Vielleicht lässt sich ja auch dein Haus umbauen. Ein neues Dach hat es schon. Vielleicht kann es auch neue Zimmer bekommen. Den Lütten würde es bei dir gefallen. Das weiß ich bestimmt.«

Anni sah Momme wie vom Donner gerührt an. Natürlich. Wieso war sie nicht selbst auf die Idee gekommen? Sie könnte es wagen und ihr eigenes Pensionat eröffnen. Sie hatte von ihrem Großvater einiges an Geld geerbt, das noch immer unangetastet auf ihrem Konto lag, weil sie nicht wusste, was sie damit anfangen sollte. Auch besaß sie gute Kontakte nach Berlin. Von dort könnten Kinder auch zu ihr kommen.

Momme verabschiedete sich, und sie ging in den Garten und musterte das im fahlen Licht des Mondscheins vor ihr liegende Kapitänshaus eingängig.

»Ein neues Dach hat es schon«, wiederholte sie Mommes Worte. »Vielleicht könnte es ja auch neue Zimmer bekommen.« Natürlich konnte es das. Zimmer voller Kinderlachen. Der Gedanke euphorisierte sie. Gleich morgen würde sie mit Ockeline und Tesje sprechen.

# 13. KAPITEL

## Nieblum, 2. November 1901

»Hm«, machte Jürgen Peters und blickte sich in dem alten Stall um. Es folgte ein weiteres »Hm«.

Anni und Ockeline, die neben ihm in dem nur von zwei Stalllaternen beleuchteten Raum standen, verfolgten mit Argusaugen, wie der Mitfünfziger durch ein Klopfen die Festigkeit einer Wand testete und sich Notizen in einem in schwarzes Leder gebundenen Büchlein machte. Es ging in die Küche und von dort aus in die Döns und den Pesel. In jedem Raum gab es gleich mehrere »Hm«.

Seine Wortkargheit und seine Blicke in die Ecken und Winkel sorgten dafür, dass Anni nervös wurde. Was war, wenn er als Fachmann sagen würde, dass der Umbau nicht möglich wäre? Dann könnte sie all ihre Ideen sogleich wieder beerdigen.

»Was meinst du, Jürgen?«, war es Ockeline, die ungeduldig als Erste fragte, wie es aussah.

»Also, wir könnten den Umbau schon hinbekommen«, befand der Zimmermann. »Ist halt eine aufwendige Sache, gerade auch im Wohnbereich. Da soll ja nicht mehr viel übrig bleiben von der Einteilung eines alten Friesenhauses. Den Dachboden müsste ich noch mal angucken. Den wolltet ihr ja auch ausgebaut haben. Da müssen wir sehen, ob nicht von den alten Dielen was morsch ist. Nicht, dass mal einer plötzlich unverhofft in der Küche sitzt. Ein Kindererholungsheim bei uns in Nieblum? Na, du kommst auf Sachen, min Deern.« Er schüttelte den Kopf und machte sich eine weitere Notiz.

»Also mir gefällt die Idee«, sah sich Ockeline sogleich dazu bemüßigt, Annis Pläne von der Eröffnung eines Kindererholungsheims zu verteidigen. »Den Kindern wird es hier bestimmt gut gefallen. Es wird nicht alles so schick sein wie bei Gmelin, aber hier können sich die Kleinen ebenso gut erholen. Und unsere Anni ist als Kinderkrankenschwester ja vom Fach.« Sie bekräftigte ihre Worte noch einmal durch ein Nicken und tätschelte Anni die Schulter.

Anni hatte bereits am Morgen nach dem Jahrmarkt mit Ockeline über ihre Überlegungen, ein Kindererholungsheim zu eröffnen, gesprochen. Ockeline war sogleich dafür und vollkommen aus dem Häuschen gewesen. Kreske hatte etwas zurückhaltender reagiert. Schließlich sei Nieblum ja noch kein ausgewiesenes Seebad. Am Ende durfte sie hier gar kein solches Haus eröffnen. Doch eine Erkundigung von Anni beim Gemeindevorsteher hatte für Erleichterung gesorgt. Es spreche nichts dagegen, eine solche Einrichtung in Nieblum zu eröffnen, hatte er gemeint.

Auch Tesje und Jens waren begeistert. Täglich waren Bewohner von Nieblum gekommen und hatten neugierig Fragen gestellt, hatten Hilfe angeboten oder nur mal gucken wollen. Als ob sie bereits jetzt Kinder im Haus hätte. Anni hatte sich über das Interesse gefreut. Die Reaktionen der Dorfbewohner bestärkten sie in ihrem Ansinnen. Die Planungen rund um das Pensionatsprojekt lenkten sie auch von ihrem Kummer wegen Martin Wagner ab. Seitdem sie auf dem Jahrmarkt davongelaufen war, war sie ihm nicht mehr begegnet. Ihre Gedanken kreisten trotzdem immer wieder um ihn. Ob die Frau wirklich sein Liebchen oder seine Verlobte gewesen war? Wieso hatte er dann mit ihr getändelt? Oder war er einfach nur nett gewesen? Vielleicht hätte sie doch nicht davonlaufen, sondern dieser Ziege die Stirn bieten sollen. Ach, was wäre es gut, wenn Bille jetzt da wäre. Sie könnte ihr bestimmt den richtigen Rat geben.

»Oh, ich hab das nicht abwertend gemeint«, verteidigte sich Jürgen sogleich. »Es ist eben etwas Neues, was es hier bei uns noch nicht gibt. Das heißt aber nicht, dass es schlecht ist. Mir persönlich gefällt die pompöse Anlage vom Gmelin sowieso nicht. Diese protzigen Häuser direkt am Südstrand passen doch gar nicht zu unserer Insel. Dazu dieser riesige Park.« Er winkte ab.

Es war Kreske, die durch ihr Eintreten das Gespräch störte. Sie grüßte in die Runde und nieste sogleich mehrfach hintereinander.

Ockeline sah sie finster an.

»Was tust du denn hier, Kreske? Ich habe dir doch gesagt, dass du im Bett bleiben sollst. Mit einer solchen Erkältung ist nicht zu spaßen. Du willst doch nicht, dass es noch schlimmer wird. Anni, sag du doch auch mal was. Du als Krankenschwester kannst sie bestimmt eher zur Vernunft bringen.«

»Ich wollte doch nur mal kurz gucken, wie die Lage ist«, verteidigte sich Kreske, noch ehe Anni zu Wort kam. »Baust du denn Anni das Haus nun aus, Jürgen? Oder stimmt es, was der Nickels vorhin bei Tesje im Laden gesagt hat, und du wirst den Auftrag wegen den Hütten vom Gmelin ablehnen? Der Nickels hat gemeint, du hättest erst vor drei Tagen die Zusage erhalten, so Holzhäuser in seinem Park zu errichten. Bleibt da denn noch Zeit für Annis Ausbau?«

Verdutzt sahen Ockeline und Anni Jürgen an.

Der Zimmermann stieß einen Seufzer aus, und Anni glaubte, seine Gedanken lesen zu können. Auf dieser Insel blieb nichts verborgen.

»Ja, ich habe den Auftrag von Gmelin erhalten, ihm zwei

Hütten zu bauen. Aber der Bau beginnt erst im Frühjahr. Außerdem hab ich erst neulich einen neuen Zimmermannsgesellen eingestellt. Einen fähigen Burschen, den es von Amrum zu uns verschlagen hat, und mein Lehrbub, der Brar, hat bald ausgelernt. Also dürfte es kein Problem darstellen, Annis Ausbau zu übernehmen. Allerdings bedarf es noch einiger Vorbereitungen. Der Umbau sollte von einem Architekten geplant und abgesegnet werden. Am besten gehst du zu Arfst Payen nach Wyk, Anni. Er ist meiner Meinung nach der Beste von ganz Föhr. Mit ihm kannst du deine Ideen besprechen, und er fertigt dir anständige Pläne an. Wenn du magst, kann ich dich gleich mitnehmen. Um diese Zeit ist er meist in seinem Büro, und ich muss noch eine Holzlieferung am Dampfer abholen.«

»Das wäre wunderbar«, freute sich Anni. »Gib mir zwei Minuten. Ich gehe nur rasch meinen Mantel holen.«

Eine Weile darauf betrachtete Anni die rasch hingeworfene Skizze von Arfst Payen mit großen Augen. Das alte Friesenhaus ihres Großvaters war kaum wiederzuerkennen. Die grundlegendste Veränderung stellte ein großer Anbau dar. In diesem sollten der Aufenthaltsbereich der Kinder und deren Schlafräume im ersten Obergeschoss untergebracht werden. Im ehemaligen Stall sollte das Speisezimmer Einzug halten. Die alte Küche musste natürlich renoviert und erweitert werden. Dafür würden die jetzige Küche, die Döns, der Pesel und die Kammer zusammengelegt. Annis privater Bereich sollte in dem ausgebauten Dachboden des alten Kapitänshauses eingerichtet werden. Personal konnte in zwei Kammern direkt neben den Kindern im Anbau nächtigen, damit es in Rufweite war. Anni war begeistert. Doch der Blick auf die Skizze sorgte auch für erste Zweifel an dem Projekt. Arfsts Vorschläge gingen weit über ihre Planungen hinaus. Was war, wenn ihr Geld für den Umbau nicht reichte? Ging sie doch zu blauäugig an das Projekt heran?

Arfst schien ihre Gedanken zu erraten.

»Im Hinblick auf die Finanzierung des Umbaus müssen Sie sich keine Sorgen machen, Fräulein Nissen. Ich will nicht indiskret sein, aber ich bin über Ihre finanzielle Lage ins Bild gesetzt worden. Das Vermögen, das Sie von Ihrem Großvater geerbt haben, reicht für den Umbau vollkommen aus. Wenn es Ihnen recht ist, würde ich morgen Vormittag bei Ihnen vorbeikommen, um mir vor Ort ein Bild zu machen. Die Pläne wären dann gewiss rasch angefertigt. Um mit dem Bau zu beginnen, müssten Sie dann jedoch noch eine Genehmigung bei der Gemeinde einholen. Aber soweit ich gehört habe, erhält Ihr Projekt viel Zuspruch in Nieblum, auch vom Gemeindevorsteher.«

Wie hätte Anni auch nur einen Moment annehmen können, dass Arfst Payen nicht längst alles wusste? Vermutlich hatte er bereits seit einigen Tagen auf ihren Besuch gewartet und vorher sämtliche notwendigen Erkundigungen eingeholt. Manchmal kam ihr die Verbreitung von Neuigkeiten auf dieser Insel schon beinahe unheimlich vor.

»Morgen Vormittag wäre großartig«, meinte sie und zuckte im nächsten Moment erschrocken zusammen. Sowohl ihr Blick als auch der von Arfst wanderten zum Fenster, gegen das gerade eine kräftige Windböe einen Schwall Regen geschleudert hatte.

»Jetzt ist die Verschlechterung des Wetters also doch eingetroffen«, kommentierte der Architekt das Geschehene. »Bis gerade eben hatte ich noch angenommen, mein Barometer könnte kaputt sein, weil es so tief stand und so herrlich die Sonne schien.«

Anni trat ans Fenster, und ihre Miene wurde missmutig.

»Wie soll ich denn bei diesem Schietwetter jetzt trocken nach Hause kommen?«, sagte sie.

Arfst trat neben sie. Auf den Sandwall vor seinem Büro, das in einer Gründerzeitvilla untergebracht war, pladderte es kräftig. Die letzten gelben Blätter der Ulmen schwammen in großen Pfützen. Niemand war weit und breit zu sehen. Erneut schleuderte der Wind den Regen gegen die Fensterscheibe, und Anni wich zurück.

Im nächsten Moment öffnete sich die Tür, und ein junger, durchweicht aussehender Mann trat ein.

»Hui, was für ein Wetter aber auch«, sagte er und schlug seine Kapuze zurück. Anni sah ihn verdutzt an. Vor ihr stand Martin Wagner. Sogleich begann ihr Herz höherzuschlagen.

»Oh, du hast Kundschaft«, sagte Martin und grüßte Anni, die den Gruß erwiderte und dann den Blick senkte. Arfst sollte nicht bemerken, dass sie einander bereits näher kannten. So befand sie es für besser.

»Ja, die habe ich«, antwortete Arfst. »Aber wir waren so weit fertig. Allerdings weiß Fräulein Nissen jetzt nicht, wie sie trockenen Fußes nach Nieblum zurückkehren kann.«

»Ach, der kurze Schauer ist gewiss bald vorüber«, winkte Martin ab. »Es wird im Westen schon wieder heller. Bestimmt können Sie bald guten Mutes Ihren Heimweg antreten. Und vielleicht würden Sie sich über Begleitung freuen, denn auch mein Weg führt nach Nieblum.« Er sah Anni kurz an, und sie brachte es nicht fertig, sein Angebot abzulehnen.

»Ich nehme an, der Grund für deine gute Laune und dein Erscheinen bei mir ist die Mitteilung, dass dir dein ehemaliger Arbeitgeber nun doch das verwehrte Geld ausbezahlt hat?«, fragte Arfst.

»So ist es«, erwiderte Martin. »Manchmal lohnt es sich, im Leben hart zu bleiben.« Er zwinkerte Anni erneut mit diesem schelmischen Grinsen zu, das sie so sehr liebte. »Fangen Sie niemals bei einem Geizkragen zu arbeiten an. Es könnte zu Ihrem Nachteil sein.«

»Das freut mich für dich, mein Freund«, sagte Arfst und klopfte Martin auf die Schulter. »Diesen Erfolg sollten wir baldmöglichst begießen. Es wird Zeit, dass wir uns mal wieder zum Kartenspielen treffen.«

Anni erstaunte es, wie vertraut die beiden miteinander umgingen, schließlich war Martin ein Zugezogener. Normalerweise verhielten sich die Einheimischen Fremden gegenüber, die dauerhaft auf der Insel bleiben wollten, reserviert. Aber vielleicht hatte sich diese Sitte in den letzten Jahren verändert. Oder es war einfach nur ein Zufall, weshalb sich Arfst und Martin so rasch angefreundet hatten.

»Aber ich bin ja auch ein unhöflicher Mensch«, sagte Arfst plötzlich. »Ich habe euch beide gar nicht einander vorgestellt. Fräulein Nissen, darf ich Ihnen meinen Zimmergenossen aus alten Universitätszeiten vorstellen: Martin Wagner, der sich bedauerlicherweise vom Studium der Architektur doch noch abgewandt hat.« Er grinste breit. »Fräulein Nissen möchte in Nieblum das erste Kindererholungsheim errichten, und ich habe als Architekt die Freude, ihr dabei zur Hand gehen zu dürfen.«

»Ein Kindererholungsheim«, wiederholte Martin und sah Anni mit überraschter Miene an.

Sie nickte nur, Worte brachte sie keine über die Lippen, so sehr bebte in diesem Augenblick ihr Innerstes. Wieso nur brachte dieser Mann ihre Gefühle so sehr in Wallung? Sie war es doch aus Berliner Zeiten durchaus gewöhnt, attraktiven Männern zu begegnen.

Im nächsten Moment erfüllte helles Sonnenlicht den Raum. Von dem Naturschauspiel überrascht, blickten alle sogleich zum Fenster. Es war tatsächlich aufgerissen. Die düsteren Wolken waren fort, und es zeigte sich wieder der blaue Himmel.

»Habe ich es nicht gesagt?«, kommentierte Martin sogleich die Wetterbesserung. »Der Schauer hat sich rasch wieder verzogen. So können wir also trockenen Fußes nach Nieblum laufen.«

»Na, dann möchte ich euch beide nicht aufhalten«, warf Arfst ein. »Mir kommt die Wetterbesserung ebenfalls äußerst gelegen, denn ich habe noch eine Baustellenbegehung zu erledigen. Es bleibt zu hoffen, dass uns nicht schon bald der nächste Schauer dieser Art heimsucht.«

Nachdem sich die beiden von Arfst verabschiedet hatten, schlenderten sie schweigend den Sandwall hinunter. Keiner von ihnen schien so recht zu wissen, was er sagen sollte. Anni bebte innerlich noch immer. Zu ihrem Glück waren nur wenige Passanten unterwegs. Nicht auszudenken, was geschehen würde, wenn sie von jemand Bekanntem in Begleitung von Martin gesehen werden würde. Vermutlich wäre sie dann in den Augen der Nieblumer sogleich mit dem Lehrer am Anbandeln. Der noch immer recht kräftige Wind zerrte an ihrem Mantel. Trotz des Sonnenscheins war es kühl. Anni richtete ihren Blick aufs Meer hinaus Richtung Amrum. Doch über der Nachbarinsel schien sich kein weiteres Wetter-Ungemach zusammenzubrauen.

»Ich muss mich wegen des Vorfalls auf dem Jahrmarkt bei dir entschuldigen«, sagte Martin, als sie das Ende des Sandwalls erreicht hatten und in einen schmalen Seitenweg einbogen, der vom Strand weg und zu einer Verbindungsstraße Richtung Nieblum führte. Er redete sie mit dem vertraulichen Du an, was Anni in diesem Moment nicht missfiel. »Die Leute, die uns unterbrochen haben, waren alte Bekannte vom Festland, die dem Alkohol bereits kräftig zugesprochen hatten. Normalerweise können sie sich besser benehmen.«

»Das will ich doch hoffen?«, antwortete Anni. Seine Worte erleichterten sie. Bekannte, hatte er gesagt. Also war die Frau vielleicht doch nicht sein Liebchen? Als hätte er ihre Gedanken erraten, beantwortete er ihre Frage:

»Die etwas ungestüme junge Dame ist übrigens meine Cousine.« Er warf Anni einen kurzen Seitenblick zu, als würde er ahnen, wie sehr sie seine Aussage erleichterte.

Sie senkte errötend den Blick. Trotz des kalten Windes war ihr plötzlich ganz warm.

»Und du planst jetzt also doch ein Kindererholungsheim in Nieblum?«, kam Martin auf Annis Projekt zu sprechen. »Ich dachte, dort gäbe es für die Kinder kein passendes Haus mit dem notwendigen Komfort.« Seine Stimme klang neckisch.

»Gibt es auch nicht«, antwortete Anni und wich einer großen Pfütze auf dem Weg aus. »Deshalb werde ich den alten Kapitänshof meines Großvaters umbauen lassen. Dann gibt es ein Haus, das den Ansprüchen der Kinder gerecht wird. Obwohl zu uns keine Kinder mit schweren Krankheiten kommen können. Ich denke eher an solche, die Erkrankungen wie Scharlach, Diphtherie oder Masern überstanden haben. Auch Kinder mit allgemeiner Schwäche könnten wir betreuen. Wir hatten überlegt, mit zehn Kindern zu beginnen.«

»Wir?«, hakte Martin nach.

»Ich plane das Heim selbstverständlich nicht allein«, sagte Anni. »Wenn man es genau nimmt, hilft mir halb Nieblum. Ich kann gar nicht sagen, wie viele Nachbarn zu mir kommen, seitdem bekannt geworden ist, dass ich das Heim eröffnen möchte. Sogar der Pantoffelmacher war bei mir, um mir Pantoffeln für die Kinder anzubieten.« Sie lächelte bei der Erinnerung an das freundliche Gespräch mit Anton Hansen, der ihr, wie so viele andere Dorfbewohner auch, noch einmal versichert hatte, wie sehr sie doch ihrer Frau Mama ähnele. »Am meisten aber helfen meine beiden Nachbarinnen Ockeline Friedrichs und Kreske

Christiansen. Auch Tesje hilft, wo sie kann. Sie ist meine beste Freundin aus Kindertagen.«

»Verstehe«, murmelte er. »Bei so viel Unterstützung kann es ja nur gut werden. Solltest du trotzdem noch in irgendeiner Form Hilfe von meiner Seite benötigen, stehe ich ebenfalls gerne zur Verfügung.« Er berührte kurz ihre Schulter mit der seinen. Sogleich verstärkte sich Annis Herzschlag erneut, und sie wünschte sich, sie könnte noch ewig mit Martin weiterlaufen, doch es tauchten bereits die ersten Häuser Nieblums in Sichtweite auf. Nicht mehr lange, und ihre Wege würden sich trennen.

Der Abzweig Richtung Babendörpstieg kam, und Anni blieb stehen.

»Ich müsste dann hier entlang«, sagte sie und deutete nach links. »Vielen Dank für deine nette Begleitung.«

»Könnte ich dich, wenn es dir nichts ausmacht, vielleicht noch ein Stück weiter begleiten?«

Verdutzt sah Anni ihn an. Dieser Mann schaffte es immer wieder, sie zu überraschen.

»Ich würde gerne noch ein wenig mit dir vor dem alten Kapitänshaus in der Sonne sitzen und reden, bevor es mein Freund verändert. Oder bin ich jetzt zu aufdringlich? Dann tut es mir leid.« Er hob die Hände.

»Nein, das bist du nicht«, antwortete Anni, selig darüber, dass er mit ihr noch länger Zeit verbringen wollte.

So liefen die beiden nebeneinander den Babendörpstieg hinunter, und Anni wusste bereits jetzt, dass sie in wenigen Stunden Dorfgespräch sein würden. Doch in diesem Augenblick war ihr das gleichgültig.

# 14. KAPITEL

## Nieblum, 30. November 1901

Anni zog das rechte Ende des Stoffes zurecht und befestigte ihn am unteren Ende des Fensters mit einer Reißzwecke. Bevor sie das Fenster endgültig verhängte, fiel ihr Blick noch einmal nach draußen. Pünktlich zur bevorstehenden Adventszeit hatte es heute den ersten Schnee gegeben. Es war nicht sonderlich viel, aber immerhin reichte es für eine überzuckerte Landschaft und erste Schneebälle. Im Moment schneite es nicht mehr, aber Kreske hatte am Nachmittag gemeint, dass es das bald in großen Mengen tun würde. Ihr Ischiasnerv war in der Vorhersage von Wintereinbrüchen besser als jedes Barometer oder der sowieso niemals stimmende Wetterbericht im *Inselboten*. In Tesjes Laden bedeutete der Beginn der Adventszeit eine Menge Arbeit. Es musste umgeräumt und dekoriert werden. Es galt, das sogenannte Weihnachtsland aufzubauen. Denn zur Adventszeit gab es bei ihr zusätzlich zu den üblichen Kolonialwaren Unmengen an Spielzeug für die Kleinen zu kaufen. Hinzu kamen noch Weihnachtsdekoration, Strickwolle für die vielen Aufsitzabende und -nachmittage sowie Spielkarten und Brettspiele für die Erwachsenen. Jedes Jahr war der festlich dekorierte Laden für die Bewohner, natürlich vorrangig für die Kinder, eine große Freude, und jeder wollte der Erste sein, der einen Blick auf die hübsche Auslage werfen konnte.

»Nun ist alles ordentlich verhangen«, verkündete Anni. »Nicht einmal das kleinste Mäuschen kann jetzt vor Montagmorgen einen Blick erhaschen.«

Sie wandte sich einer Kiste mit Blechspielzeug zu, die ausgeräumt werden musste.

»Fein.« Tesje sah sich prüfend in dem Raum um. »Jetzt müssen wir es nur noch hinbekommen, dieses Durcheinander in ein Weihnachtsland zu verwandeln. Jedes Jahr ist es dasselbe. Die Adventszeit kommt zu früh.«

»So sieht es Martin auch«, warf Anni lachend ein. »Er muss für die Schule auch weihnachtliche Dinge planen, basteln und Lieder singen. Ich hab ihm dazu geraten, mit den Kindern Papiersterne zu falten. Das hatten unsere Kinder im Krankenhaus immer besonders gern.«

»Und schon wieder sprichst du von ihm«, sagte Tesje und grinste. »Ich will dir ja nicht zu nahe treten, aber langsam solltest du dir schon Gedanken darüber machen, wie das mit dir und deinem Lehrer weitergehen soll. Willst du meine Meinung hören? Ich glaube, du bist in ihn verliebt.«

»Ja, ich mag ihn.« Anni stellte einen aufziehbaren Zirkusbären auf einem Tisch ab. »Ich mag ihn sogar sehr. Aber ich kann dir nicht sagen, ob meine Empfindungen tatsächlich Liebe sind. Wie fühlt es sich denn bei dir und Sönk an? Kribbelt es, wenn er in deiner Nähe ist? Hast du am Anfang eurer Beziehung auch nicht gewusst, was du zu ihm sagen sollst, weil du zu aufgeregt warst?«

»Nein«, meinte Tesje trocken. »Muss das so sein, wenn man verliebt ist?«

»Nun ja, ich weiß nicht so recht«, sagte Anni zögerlich. »Mit der Liebe kenne ich mich noch nicht so aus. Du bist verheiratet. Ich dachte, du hättest damit mehr Erfahrung.«

Tesje stellte eine weitere Fleischkonserve ins Regal, wischte sich eine ihrer blonden Strähnen aus der Stirn und sah Anni einen Moment lang nachdenklich an. Anni fiel auf, dass sie sich noch immer an die Nase griff, wenn sie über etwas nachdachte. Die vertraute Geste zauberte ihr ein Lächeln auf die Lippen, und es wurde ihr mal wieder bewusst, wie schön es war, Tesje wieder um sich zu haben.

»Stimmt. Ich bin verheiratet«, meinte Tesje, nachdem sie mit dem Nachdenken fertig war, was eine ganze Weile gedauert hatte. Anni hatte schon Sorge gehabt, keine Antwort zu erhalten. »Aber Sönk und ich sind vermutlich kein gutes Vorbild für so richtig verliebte Paare. Wir kennen uns unser ganzes Leben lang. Es war wohl einfach unsere Bestimmung zu heiraten. Aber ich hab ihn schon gern, und er mich auch.«

Anni wusste nicht so recht, was sie auf diese Aussage erwidern sollte. So richtig half ihr diese Schilderung nicht weiter. Ihre Ehe hörte sich eher wie eine praktische Einrichtung an. Dagegen war nichts einzuwenden. Es war gut, wenn sich zwei Menschen, die einander zugetan waren, umeinander kümmerten, aber es musste doch auch ein wenig Liebe dabei sein. Oder dachte sie in dieser Hinsicht zu romantisch? Sie hatte vermutlich zu viele von den kitschigen Liebesromanen gelesen, die Bille immer angeschleppt und stapelweise auf ihrem Nachttisch liegen gehabt hatte. Bille war die hoffnungsloseste Romantikerin, die Anni kannte. Mit ihrem Schwarm, Dr. Michels, sah es jedoch noch immer nicht nach einer rosigen gemeinsamen Zukunft aus. Bedauerlicherweise war er nach ihrem Zusammenstoß und der Erkundigung nach ihrem Namen wieder dazu übergegangen, sie als Schatten in seiner Umgebung wahrzunehmen, wenn überhaupt. Zu Billes Entsetzen wurde neuerdings im Schwesternzimmer sogar gemunkelt, dass er sich mit der Tochter von Professor Weinheim verlobt haben könnte. Eine Katastrophe. Anni schob die Gedanken an Bille und ihre Schwärmerei beiseite. Vielleicht ging ja in der Ehe beides. Mussten Eheleute nicht auch gute Freunde sein? Bei Tesje und Sönk traf das zu. Sie begann, sich zu fragen, ob die Ehe ihrer Eltern eine Liebesheirat gewesen war. Auch sie waren miteinander auf Föhr groß geworden. Vielleicht war es ähnlich wie bei Tesje und Sönk abgelaufen, und aus Spielgefährten waren einfach irgendwann Eheleute geworden. Plötzlich stieg eine Erinnerung in ihr auf. Es war in einer Neujahrsnacht gewesen, da hatten sie gemeinsam mit der Nachbarschaft auf dem Hinterhof getanzt. Ihre Eltern hatten ganz ineinander versunken gewirkt. Anni hatte das Bild vor Augen, wie sie eng umschlungen etwas abseits von den anderen sich langsam hin und her wiegten. Die Erinnerung fühlte sich bittersüß an. So sah tief empfundene Liebe aus.

Tesje erkannte Annis veränderte Stimmungslage.

»Du denkst an deine Eltern«, erriet sie, wohin Annis Gedanken gewandert waren.

»Ja, das tue ich«, gab Anni zu. »Sie fehlen mir jeden Tag. Erst gestern habe ich mich gefragt, was Papa zu alldem hier sagen würde. Vermutlich gar nichts, weil, wenn er noch am Leben wäre, wäre ich niemals nach Föhr zurückgekehrt. Dann hätte es kein Wiedersehen zwischen uns gegeben, Großvater wäre von keinem Mitglied seiner Familie zu Grabe getragen worden, und wer weiß, wer jetzt in seinem Haus leben würde.« Anni kullerten plötzlich Tränen über die Wangen.

Tesje legte die Konserve zur Seite, die sie in Händen gehalten hatte, und schloss Anni fest in ihre Arme. Anni weinte nun bitterlich. Sie weinte um das, was sie verloren hatte, und beweinte auch das, was hätte sein können.

»Ach, Liebes«, sagte Tesje tröstend. »Es tut mir so leid.« Mehr sagte sie nicht, weil es nicht mehr zu sagen gab. Sie beide waren

Waisen, auch Tesje hatte ihre Eltern verloren. So war nun mal der Lauf der Zeit. Die Alten gingen, die Jungen blieben zurück.

Die Ladentür öffnete sich, und die beiden lösten sich voneinander. Anni wischte sich rasch mit dem Zipfel ihrer Schürze über das Gesicht. Es war Momme, der, mit einer Kiste beladen, eintrat und sie stöhnend auf dem Boden abstellte. »Guter Gott, Tesje«, sagte er. »Was ist da drin? Wackersteine? Es wäre mir neu, dass der Weihnachtsmann den Kindern solche Gaben bringt.«

»Momme, du bist ein Schatz«, freute sich Tesje, nachdem sie einen Blick auf den Absender geworfen hatte. »Endlich kommt unsere lange bestellte Kaffeelieferung. Ich hatte schon Sorge, sie würde gar nicht mehr eintreffen. Eine Adventszeit mit den vielen gemütlichen Aufsitznachmittagen ohne Kaffee wäre eine traurige Angelegenheit geworden. Aber nun ist alles gut. Es müssten aber noch mehr Kisten sein. Wo ist denn der Rest abgeblieben?«

»Die befinden sich noch auf meinem Wagen. Vier weitere davon. Aber ich glaub, die trag ich besser nicht mehr. Du weißt doch: mein alter Rücken. Sonst krabble ich heute Abend wie ein lahmer Käfer durchs Dorf, wenn überhaupt noch. Da gucken dann alle recht dumm aus der Wäsche, wenn die Laternen im Dunkeln liegen. Wo steckt denn Sönk? Der Jung bekommt die Kisten bestimmt flott in den Laden.«

»Er ist heute früh zum Hafen und hat zusammen mit Jens eine größere Spielzeuglieferung abgeholt«, berichtete Tesje. »Sie verteilen die Sachen jetzt auf die Dörfer. Es soll ja jeder Laden, wie es Tradition ist, sein Weihnachtsland haben. Unsere Sachen hat er bereits abgeliefert.« Sie deutete auf die geöffnete Kiste mit dem Blechspielzeug.

»Ach ja, richtig. Der Weihnachtskrams für die Lütten«, meinte Momme. »Deswegen habt ihr die Fenster zugehängt. Damit keiner vor dem ersten Advent auf die ganze Pracht gucken kann. Ach, da werden die Augen der Kleinen wieder leuchten, wenn ihr den Laden fertig dekoriert habt. Also, ich hätte als Lütte gerne eine richtige Ritterburg gehabt. Aber so etwas war bei uns nicht drin. Wir mussten uns bescheiden über Nüsse, Kekse und Äpfel auf dem Gabenteller und über gebrauchte Hosen und Strümpfe freuen.«

»Wenn wir das Weihnachtsland nur erst fertig dekoriert haben«, entgegnete Tesje und stieß einen Seufzer aus. »Heute will es nicht recht vorangehen. Im Lagerraum stapeln sich noch die Puppenstuben, Bälle, Holzspielzeug und Kuscheltiere. Sogar Schlittschuhe haben wir dieses Jahr im Angebot. Sönk konnte sie günstig bei einem Großhändler aus Hamburg erwerben. Jetzt muss noch alles hübsch platziert und der Raum festlich geschmückt werden. Aber bisher haben wir es noch immer rechtzeitig geschafft.«

»Ja, die Kinderaugen und Weihnachten, das ist jedes Jahr was Feines.« In Mommes Stimme schwang ein Hauch von Wehmut mit. Anni wusste, dass seine beiden Ehen kinderlos geblieben waren. Seine zweite Ehefrau, sie stammte aus dem Nachbarort Alkersum, hatte zwei halbwüchsige Jungen mit in die Ehe gebracht. Der eine war auf See umgekommen, der andere nach Amerika ausgewandert. Was aus ihm geworden war, wusste Momme nicht. Er bewohnte ein winziges Friesenhaus im Westerheideweg, und zum ersten Mal wurde Anni bewusst, wie einsam er sein musste. Was würde aus ihm werden, wenn er die Tätigkeit als Nachtwächter nicht mehr ausüben konnte? Vermutlich würde er dann, wie so viele Nieblumer, seinen Lebensabend im Armenhaus verbringen. Der Gedanke gefiel ihr gar nicht. Doch was sollte er sonst mit sich anfangen? Früher war er zur See gefahren, aber das war lange her.

Die Ladentür öffnete sich erneut. Es war Martin, der eintrat und verdutzt in die Runde blickte.

»Moin, zusammen«, grüßte er. »Ich habe Licht gesehen und dachte, es wäre noch geöffnet und ich könnte etwas Wurst fürs Abendbrot kaufen. Aber es sieht nicht danach aus. Hier herrscht ja ein lustiges Durcheinander.«

Martins Auftauchen sorgte dafür, dass es in Annis Magen sogleich zu kribbeln begann, auch ihre Hände zitterten nun. Wie konnte ein einzelner Mann einen so nervös machen? Nachdem sie von Wyk nach Hause gelaufen waren, hatten sie sich noch einige Male zum Spazierengehen getroffen. Auch hatten sie einmal zusammen mit Ockeline an einem verregneten Nachmittag in die Döns des alten Kapitänshauses gesessen, über die Pläne für das Kinderheim geklönt und Kaffee getrunken. Ockeline hatte in ihre Schale stets einen recht kräftigen Schluck Branntwein gekippt, was dazu führte, dass sie immer redseliger wurde. Somit hatte Martin beinahe sämtliche Lebensgeschichten seiner Vorgänger im Lehrerberuf aus den letzten Jahrzehnten erzählt bekommen. Anni wusste, dass auch Ockeline inzwischen an mehr als eine Bekanntschaft zwischen ihr und Martin glaubte. Seit einer Weile schaute sie Anni immer etwas seltsam erwartungsvoll an. Eigentlich sah das halbe Dorf sie seit einigen Tagen so an. Anni konnte sich gut vorstellen, was in den Köpfen der Nieblumer vorging. Dass sie alsbald mit Martin zum Pastorat gehen würde, um sich offiziell vor aller Augen das Eheversprechen zu geben. So eine Verlobung war in Nieblum keine private Angelegenheit, wie es meistens in Berlin der Fall war. An dem jungen Glück nahm das gesamte Dorf Anteil, und das Eheversprechen wurde beinahe so kräftig gefeiert wie die Eheschließung.

»Sie kommen zur richtigen Zeit, Herr Lehrer«, sagte Momme,

der sogleich praktisch dachte. »Es müssten noch einige Kisten Kaffee in den Laden gebracht werden. Wenn Sie vielleicht so freundlich wären. Mein alter Rücken macht das schwere Tragen nicht mehr so recht mit, und den Frauen können wir solch ein Gewicht unmöglich zumuten.«

»Aber selbstverständlich!« Martin folgte Momme aus dem Laden. Just in dem Moment, als Martin die letzte Kiste ins Lager verfrachtete, erschien Ockeline mit einer Keksdose in Händen.

»Gud Dai, zusammen«, grüßte sie in die Runde. »Ich dachte, ich komm mal nach euch gucken. Vielleicht bleibt Zeit für ein Päuschen und einen kurzen Schnack.« Ihr Blick schweifte über das Durcheinander an Kisten, von noch nicht einsortierten Lebensmitteln und Weihnachtsdekoration.

»Ach du je. Hier herrscht ja eine rechte Unordnung. Von einer hübsch dekorierten Weihnachtsauslage seid ihr aber noch weit entfernt, wenn ich das so sagen darf.« Ihr Blick blieb an Martin hängen. »Ich wusste gar nicht, dass unsere Dorflehrer neuerdings im Kolonialwarenladen arbeiten«, sagte sie. Ihre Stimme klang etwas herausfordernd.

»Also, ich kann dir genau sagen, weshalb der Herr Lehrer hergekommen ist«, meinte Momme plötzlich. »Nicht wegen der Wurst fürs Abendbrot oder gar, um mir beim Tragen zu helfen. Der ist wegen unserer Anni hier. Ich mag alt sein, aber blind bin ich nicht. Ihr zwei habt euch doch gern, oder?« Er sah von Martin zu Anni, die in diesem Augenblick am liebsten im Erdboden versunken wäre. Sie wusste, dass Momme als einer der Alten im Dorf nur das tat, was Tradition war. Er hatte sich Annis und Martins Tun eine Weile angesehen und war nun der Meinung, dass es an der Zeit sei, ihre Verbindung bekannt zu geben. So gehörte sich das in den Augen der Dorfbewohner.

Was sollte Martin jetzt nur denken? Mit einem solchen Vorstoß der Dorfbevölkerung hatte er als einer vom Festland gewiss nicht gerechnet.

»Na, also, ich meine …«, stotterte Martin, sichtlich mit der Situation überfordert.

»Ich denke, wir sollten die beiden ihre privaten Entscheidungen selbst treffen lassen«, war es Tesje, die ihnen beisprang. »Wenn es etwas Wichtiges zu verkünden gibt, werden sie es bestimmt tun.« Sie zwinkerte Anni lächelnd zu und wandte sich an Ockeline. »Es ist lieb von dir, dass du uns Kekse bringst. Aber für eine Pause und einen Schnack bleibt bedauerlicherweise keine Zeit. Wenn du möchtest, kannst du uns aber gerne zur Hand gehen. Irgendwie ist heute der Wurm drin.«

»Das glaub ich auch«, antwortete Ockeline trocken und legte ihren Mantel ab. »Dann wollen wir mal zusehen, dass wir den Wurm vertrieben bekommen. Wenn wir uns beeilen, dann bleibt uns doch noch etwas Zeit für einen Schnack.«

Anni erleichterte es, dass das Gespräch in eine andere Richtung ging. Momme verabschiedete sich, denn es würde bald dunkel werden, und er musste seine übliche Runde beginnen. Martin entschloss sich ebenfalls dazu zu gehen. Anni konnte es ihm nicht verübeln, dass er das Weite suchte. Auch sie selbst hatte sich durchs Mommes Vorstoß überrumpelt gefühlt. Hoffentlich nahm Martin diesen nicht zum Anlass und schränkte den Kontakt zu ihr ein. Zu verübeln wäre es ihm nicht.

Die drei arbeiteten weiter, packten Kisten aus und dekorierten die Tische und das Schaufenster. Bald war alles hübsch mit immergrünen Zweigen, Strohsternen, Äpfelchen und funkelnden Girlanden geschmückt. Das Spielzeug hatte auf mit rotem Samtstoff belegten Tischen direkt neben dem Eingang Platz gefunden. Auf dem Fußboden darunter standen Schaukelpferde und

Puppenwagen, in denen hübsche Püppchen in adretten Kleidern auf ihre zukünftigen Puppenmuttis warteten. Auch die guten Gaben für die Erwachsenen waren perfekt in Szene gesetzt. Neben der Strickwolle gab es Manufakturwaren aus Holland und Zigarren und Tabak für die Herren. Auch die Verkaufstheke und die dahinterliegenden Regale waren hübsch dekoriert, weihnachtliches Gebäck würde am Montagmorgen von Nomm geliefert werden. Der ganze Laden hatte sich innerhalb kürzester Zeit in ein funkelndes Wunderland verwandelt. Anni begann sich jedoch zu fragen, wie viele von den schönen Dingen am Ende tatsächlich vom Kenken, so hieß der Weihnachtsmann auf der Insel, gebracht werden würden. Dieser kam auf der Insel noch immer, wie es Tradition war, nicht am Heiligen Abend, sondern er brachte die Geschenke erst in der Nacht zu Neujahr. Bis dahin würden vermutlich viele Kinder ihre Wünsche, in der Hoffnung, dass Kenken sie erhören würde, in den Kamin hinaufschreien.

Sönk erschien pünktlich zu dem Zeitpunkt, als alles fertig war, und verkündete freudig, dass sämtliche Spielwaren ausgeliefert waren. Er schwankte leicht, was darauf hindeutete, dass die Lieferanten bei ihren jeweiligen Anlaufstellen nicht auf dem Trockenen hatten sitzen müssen. Tesje sah müde aus. Die Anstrengungen der letzten Stunden forderten ihren Tribut. Sie war nun im fünften Monat, anzusehen war ihr die Schwangerschaft jedoch noch immer nicht.

Nach kurzer Überlegung beschlossen Anni und Ockeline, nach Hause zu gehen.

»Dann holen wir unseren Klönschnack eben morgen ausgiebig in Annis Döns nach«, sagte Ockeline. »Es wird vermutlich sowieso das letzte Mal sein, dass wir dort so gemütlich beisammensitzen. Jürgen will ja am Montag mit dem Umbau loslegen.«

Es wurde sich zum Abschied umarmt, und als Anni die Tür öffnete, guckten sie recht erstaunt, denn es schneite in dicken weißen Flocken.

»Na, da hatte der Ischiasnerv von unserer Kreske mal wieder recht«, sagte Ockeline lachend. »Wollen wir hoffen, dass er sie zum Fest wieder zwickt. Weiße Weihnachten, das wäre doch eine feine Sache.«

Auf dem Rückweg trafen die beiden Hardina Boyen, die die vor ihrem Hauseingang stehende Laterne entzündete. Sie lud sie spontan zu einem Schnack ein. »Ich hätte sogar Butterkuchen im Angebot. Den hat mir heute Vormittag meine Göntje vorbeigebracht, das gute Kind.«

Ockeline sagte freudig zu, doch Anni war nicht so recht nach einem Aufsitzabend. Sie verabschiedete sich mit der Ausrede, Kopfschmerzen zu haben, und versicherte im selben Atemzug, dass sie Aspirin im Haus habe, sollte es schlimmer werden. Ockeline und Hardina wünschten ihr gute Besserung. Im Gehen hörte Anni Hardina noch sagen: »Andine will nachher auch noch kommen. Da können wir Karten spielen. Aber nicht, dass du wieder schummelst.« Die Tür schloss sich hinter den beiden.

Als Anni wenig später im Babendörpstieg eintraf, konnte sie kaum glauben, wer vor ihrem Haus stand. Es war Martin, der, als sie näher trat, verlegen lächelte und meinte: »Ich dachte, ich sollte noch einmal vorbeikommen. Wie ich sehe, habe ich Glück, und du bist allein.«

# 15. KAPITEL

## Nieblum, 1. Dezember 1901

Anni betrat die Küche des alten Kapitänshofs an diesem Morgen mit gemischten Gefühlen. Der gestrige Abend mit Martin war schön, aber auch seltsam gewesen, und er wirkte in ihrem Inneren noch nach. Sie hatte ihn auf einen Tee ins Haus gebeten, und er hatte die Einladung angenommen. Sie hatten sich in der Döns am Tisch gegenübergesessen, und es hatte eine seltsam angespannte Stimmung zwischen ihnen geherrscht. Keiner hatte so recht gewusst, was er sagen sollte. Anni hatte in diesen Momenten die althergebrachten Traditionen des Dorfes innerlich verflucht. Jedenfalls diese eine. Ihrer Meinung nach gehörte es sich nicht, sich in eine solch persönliche Beziehung zweier Menschen einzumischen. In diesem Punkt war sie bereits zu viel Berlinerin. Trotzdem war der Abend schön gewesen, allein schon deshalb, weil er bei ihr gewesen war. Zum Abschied hatte er sie sogar an sich gedrückt und ihr einen kurzen Kuss auf die Wange gehaucht. Sie hatte das Gefühl, die Stelle kribbelte noch immer.

Anni heizte den Ofen an und setzte den Kessel auf. Im Raum war es unangenehm kühl. Sie trug noch ihr Nachtkleid und ihren warmen Morgenmantel darüber. Ihre Füße steckten in dicken Strümpfen, die sie von Ockeline geschenkt bekommen hatte. Ihre eigenen Strümpfe waren noch immer nicht fertig, und Anni wusste nicht, ob sie ihr Werk jemals vollenden würde. Für die Handarbeit war sie anscheinend nicht geschaffen. Annis

Blick wanderte nach draußen. Die Welt war in ein dickes weißes Winterkleid gehüllt. Zu schneien hatte es inzwischen aufgehört, der Tag begann grau und düster. Anni drehte an der Petroleumlampe über dem Küchentisch, und ihr warmes Licht erhellte den Raum, den es in dieser Form schon bald nicht mehr geben würde. Plötzlich war Annis Herz mit Wehmut erfüllt. Über Jahrhunderte hinweg hatten die Bewohner des Hauses in dieser Küche ihren Alltag bewältigt. Nun würde dieser Raum ein anderes Gesicht erhalten. In diesem Moment begann sich Anni zum ersten Mal zu fragen, ob ihr Großvater mit der Veränderung einverstanden gewesen wäre. Vermutlich eher weniger.

»Ich hätte so gerne mehr Zeit mit dir gehabt«, sagte sie laut. »Es gibt so viele Dinge, die du mir noch hättest erzählen können, die ich dir hätte erzählen können. Von meinen Eltern, deinem Sohn. Von unserem Leben in Berlin.« Sie verstummte und wischte sich eine Träne aus dem Augenwinkel. Das Wort ›hätte‹ hatte noch nie jemandem weitergeholfen. Die Vergangenheit war, wie sie war, ändern konnte sie sie jetzt nicht mehr, auch wenn sie es sich, besonders im Hinblick auf den Tod ihrer Eltern, noch sosehr wünschte. Wie ihre Mutter wohl über all das hier denken würde? Sie hätte sich vermutlich darüber gefreut. Vielleicht hätte es Anni durch ihr Tun sogar geschafft, dass auch ihre Eltern wieder heimgekehrt wären und sich Vater und Sohn ausgesöhnt hätten. Doch vermutlich würde ihr Leben heute anders aussehen, wenn ihre Eltern noch bei ihr wären. Anni redete sich oft ein, dass sie es noch waren. Ihre Ziehmutter Birgitta hatte nach ihrem Tod zu ihr gesagt, dass die beiden nun ihre Schutzengel wären, die stets über sie wachen würden. Ein schöner Gedanke.

Eine Gestalt huschte über die Straße, und sogleich schlich sich ein Lächeln auf Annis Lippen. Ockeline erschien jeden

Morgen zu dieser Stunde. Sie tat es vermutlich aus Gewohnheit, doch nun war es nicht mehr Rauert Nissen, um den sie sich kümmerte, sondern es war seine Enkeltochter, die sie mit ihrer ganz eigenen Form von Zuneigung regelrecht überschüttete.

Ockeline betrat das Haus.

»Moin, min Deern«, grüßte sie. »Du bist ja schon wach. Was für eine Freude. Ich hab noch ein Päckchen Kaffee mitgebracht. Ich hab gestern gesehen, dass er dir ausgeht. Wie steht es?«

Anni ahnte, worauf die Frage abzielte. Es wäre einem Wunder gleichgekommen, wenn Ockeline nicht gewusst hätte, dass Martin am Vorabend noch einmal bei ihr gewesen war. Am naheliegendsten war die Vermutung, dass sie ihn hatte weggehen sehen. Anni tat ihr jedoch nicht den Gefallen, ihr Treffen mit Martin anzusprechen. Es gab aber auch keine großen Neuigkeiten zu verkünden.

»Moin, Ockeline«, erwiderte sie den Gruß. »Vielen Dank für den Kaffee. Es ist lieb von dir, dass du daran gedacht hast. Frühstück wie immer? Ich geh mich nur rasch ankleiden.«

Sie verschwand ohne ein weiteres Wort in der Kammer und konnte ein Grinsen nicht unterdrücken. Ockeline war anzusehen gewesen, dass sie sich eine andere Antwort erhofft hatte. Die Gute würde sich gedulden müssen. Annis Hand wanderte zu der Stelle auf ihrer Wange, auf die Martin sie geküsst hatte, und sie verspürte erneut das herrlich kribbelige Gefühl in ihrem Inneren. Vielleicht gab es ja doch schon bald eine Verlobung zu verkünden.

Als Anni in ihrer Alltagstracht zurück in die Küche kam, saß Momme am Tisch. Auch er war ein vertrauter Anblick. Er trug einen dunkelblauen Strickpullover, und auf seinem Kopf saß wie gewohnt seine Schiebermütze.

»Moin, Momme«, grüßte Anni. »Wie steht es im Dorf?« Sie

wusste, dass der alte Nachtwächter stets eine Runde drehte, bevor er sich bei ihnen einfand.

»Alles in bester Ordnung, min Deern«, antwortete er. »Die Lütten haben Spaß am Schnee. Es ist noch früh am Tag, aber die ersten sind schon unterwegs und bauen Schneemänner oder veranstalten Schneeballschlachten. Bestimmt wird Nieblum heute Abend eine Menge lustiger neuer Bewohner haben.« Er zwinkerte Anni zu. »Übrigens hab ich gestern noch den Lehrer getroffen. Er kam mir aus dem Babendörpstieg entgegengelaufen. Ich nehme an, er hat dir einen Besuch abgestattet?« Er sah Anni mit einem gewissen Blick an, und sie seufzte innerlich. Momme verhielt sich ja noch indiskreter als Ockeline.

Diese kam nun aus der Kammer gelaufen, und ihr Gesichtsausdruck war vorwurfsvoll.

»Du hast ja kein Brot und keine Wecken mehr. Wo sind die denn alle hin?«, fragte sie und stemmte die Hände in die Hüften.

»Oje«, stöhnte Anni, froh darüber, Mommes bohrender Fragerei zu entkommen. »Da hab ich gestern Nachmittag doch prompt vergessen, bei Nomm frisches Brot zu holen. Dann werde ich das jetzt gleich nachholen. Bis der Kaffee fertig ist, bin ich wieder zurück. Fest versprochen. Und ich bring auch noch Eier mit. Dann können wir welche in die Pfanne hauen, das hast du doch gerne, Momme.«

Sie eilte flott in den Flur und schlüpfte in ihren warmen Mantel. Rasch die Wollmütze auf den Kopf und die Stiefel angezogen, und schon war sie aus dem Haus. Auf dem Weg zum Bäcker könnte sie sich eine passende Antwort für die beiden zurechtlegen. Sie müsste ihnen endgültig klarmachen, dass ihr Beziehungsleben privat war. Doch leicht würde es vermutlich nicht werden, die beiden davon zu überzeugen.

Sie war erst ein kurzes Stück den Babendörpstieg hinuntergelaufen, da begegnete ihr Martin. Sogleich begann es, in ihrem Magen zu kribbeln. Was wollte er zu dieser Zeit hier? War er etwa wegen ihr gekommen?

Sie blieben voreinander stehen, und er zeigte ein verschmitztes Grinsen.

»Moin, Anni. Du bist schon wach. Wie ich gehofft hatte. Ich dachte, ich könnte dich zu einem kleinen Morgenspaziergang einladen. Ich finde solche Wintermorgen wie den heutigen immer äußerst reizvoll. Aber wenn du zu tun hast, dann verstehe ich das natürlich.«

»Ein Morgenspaziergang«, wiederholte Anni. »Wie schön. Ich hab eigentlich nichts zu tun. Also doch, schon, aber das wäre schnell erledigt. Ich muss nur rasch zu Nomm und noch etwas Brot holen. Dann hab ich Zeit.«

Bald darauf ließen Anni und Martin die Häuser von Nieblum hinter sich. Die Wolkendecke bekam inzwischen immer mehr Lücken, und die Sonne spitzte hie und da hindurch und fiel auf die von einer dicken Schneeschicht überzogenen Wiesen und Felder. Anni hatte die Eier und das Brot Ockeline und Momme gebracht und sich mit der kleinen Notlüge beholfen, dass sie Tesje im Laden würde unterstützen müssen.

»Ich war schon immer ein großer Anhänger von Winter auf dem Land«, sagte Martin, nachdem sie eine ganze Weile lang schweigend nebeneinanderher gelaufen waren. Zu ihrem Glück waren auf dem Weg Richtung Nieblum bereits einige Fuhrwerke unterwegs gewesen, was das Laufen erleichterte.

»Ich wusste bisher gar nicht, wie sich Winter auf dem Land anfühlt«, antwortete Anni. »Ich kannte nur den in Berlin, und da ist er eher unschön. Der frisch gefallene Schnee wird in den Straßen und Hinterhöfen meist schnell grauer Matsch.«

»So ist es in Hannover auch«, erzählte Martin. »Deshalb habe ich mich immer sehr darüber gefreut, zumindest den Jahreswechsel im Haus meines Onkels außerhalb der Stadt verbringen zu dürfen. Obwohl pünktlich zum Fest bedauerlicherweise meist der Schnee gefehlt hatte. Vor zwei Jahren ist mein Onkel verstorben, und seitdem ist es vorbei mit dem Winterzauber auf dem Land. Mein Cousin hat das Anwesen verkauft. Er ist, im Gegensatz zu mir, eher ein Stadtmensch.«

Er warf Anni einen kurzen Seitenblick zu und kam ihr so nah, dass sich ihre Schultern und Hände berührten. In diesem Moment wünschte sich Anni, er würde ihre Hand nehmen. Doch er tat es nicht.

Sie erreichten den Ort Borgsum. Die alten Friesenhäuser sahen mit ihren schneebedeckten Dächern herrlich verschlafen aus. In einem der Gärten beschäftigten sich zwei Kinder damit, einen großen Schneemann zu bauen, und auf einem der Höfe scharrten einige Hühner im Schnee nach Körnern. Der Müller der Borgsumer Mühle, an der sie vorüberkamen, stand in der offenen Tür und nickte ihnen zu.

»Ich war in Berlin durchaus glücklich«, sagte Anni. »Es war nicht alles perfekt, aber wo ist es das schon? Ich mochte meine Arbeit als Kinderkrankenschwester und vermisse sie ein wenig. Ich gebe zu, mir fehlen auch etwas die Rastlosigkeit und der Trubel der Großstadt. Und ich vermisse meine Freundin Bille. Ich wünschte, sie würde für immer zu mir auf die Insel ziehen. Aber dieser Wunsch wird sich wohl nie erfüllen, denn sie kann mit dem Landleben so gar nichts anfangen. Wenn mein Großvater noch am Leben wäre, wäre ich vermutlich nicht hiergeblieben.«

»Was jammerschade gewesen wäre, denn dann wären wir uns niemals begegnet«, sagte Martin plötzlich, und er blieb stehen. Er trat nun näher an Anni heran, und ihre Hände begannen, vor

Aufregung zu zittern. Sein Gesicht war nun ganz nah an ihrem. Sie konnte seinen Atem auf der Haut spüren, er roch nach Rasierseife. Er betrachtete sie einen Moment mit einem sanften Lächeln und strich ihr eine Haarsträhne aus der Stirn. Dann näherten sich seine Lippen den ihren. Sie berührten sie zärtlich, und Anni ließ seine Zunge in ihren Mund. Sein Kuss war liebevoll und nicht ungestüm. Er war besonders und perfekt, genau so, wie der erste Kuss für ein Mädchen sein sollte. Als sie sich wieder voneinander lösten, blieben sie noch einen Moment lang Hand in Hand nebeneinander im Schnee stehen und blickten in den inzwischen strahlend blauen Himmel.

»Und jetzt müssen wir uns nur noch einfallen lassen, wie wir mit der neugierigen Dorfgemeinschaft umgehen«, sagte Martin irgendwann, wandte den Kopf und sah Anni mit dem spitzbübischen Ausdruck in den Augen an, den sie an ihm so sehr liebte.

# 16. KAPITEL

## Nieblum, 20. Januar 1902

Anni stand im ersten Licht des Tages vor dem alten, unter einer dicken Schneedecke liegenden Kapitänshaus und betrachtete es wehmütig. Bereits jetzt sah es verändert aus, was schmerzte. Das Dach hatte einen weiteren Umbau und mehrere Gauben erhalten, damit sie in ihren Wohnräumen mehr Licht hätte. Die frühere Holzklappe oberhalb der Eingangstür, durch die einst das Heu für die Tiere ins Haus verladen worden war, war durch zwei Fenster ersetzt worden. Dahinter lagen nun ihre privaten Wohnräume, die sie sich nach der Eheschließung mit Martin teilen würde. Nachdem er sie im Dezember zum ersten Mal geküsst hatte, hatten sie einander beinahe täglich gesehen, was natürlich die Gerüchteküche im Dorf angeheizt hatte. Am Neujahrsmorgen hatte er ihr den von Anni inzwischen herbeigesehnten Heiratsantrag gemacht. Der Gedanke an diesen besonderen Moment sorgte noch immer dafür, dass sich in ihr dieses herrlich warme Glücksgefühl ausbreitete, bei dem sie glaubte, zerspringen zu müssen. Obwohl der große Moment nicht so romantisch wie in den Liebesfilmen im Kino gewesen war. Er war nicht vor ihr auf die Knie gefallen, sondern hatte nervös gewirkt und erst etwas um den heißen Brei herumgeredet. Doch dann hatte er seine Arme um sie gelegt, hatte ihr tief in die Augen geblickt und die Frage aller Fragen gestellt, die sie sogleich mit Ja beantwortet hatte. Heute nun würden sie sich, wie es im Dorf Brauch war, das

Eheversprechen im Pastorat und im Beisein der Dorfbewohner geben. Alles war selbstverständlich genauso geplant, wie es sich auf Föhr gehörte, wenn eine Verlobung anstand. Schon bald würde sie ihre Festtagstracht anlegen. In dem bereits ausgebauten Stall sollte es für die Gäste nach dem Gang zum Pastorat ein Mittagessen geben. Ockeline und Kreske hatten bereits alles vorbereitet, später gab es noch Kaffee und Kuchen, und zu später Stunde würden sie gemeinsam ins Gasthaus Witt zum Tanz gehen. Anni atmete tief durch. Noch vor einigen Monaten hätte sie niemals im Leben geglaubt, dass sie das neue Jahr mit ihrer Verlobung beginnen, dass sie überhaupt in naher Zukunft einen Mann fürs Leben finden würde. Vor nicht allzu langer Zeit hatte sie aber auch nicht angenommen, nach Föhr heimzukehren und für immer hierzubleiben. Berlin kam ihr inzwischen wie eine Welt aus einem anderen Leben vor. Bille schrieb ihr noch immer fleißig Briefe. Sie wäre gerne bei der Feier dabei gewesen, doch im Krankenhaus herrschte der übliche Winterbetrieb, und die Station war mit kranken Kindern überbelegt. Hinzu kam, dass die Fährdampfer aufgrund des Eisgangs seit einigen Tagen ihren Dienst eingestellt hatten.

Just in diesem Moment stieg die Sonne so hoch, dass sie ihre Strahlen über das verschneite Dach hinweg zu ihr auf den Weg sandte. Die warmen Strahlen brachten den Schnee zum Funkeln und Glitzern, ihr rotgoldenes Licht wärmte zwar kaum, doch es streichelte in diesem Augenblick Annis von traurigen Gedanken geplagte Seele. Gedanken, die sie schon seit einer Weile nicht mehr in den Schlaf hatten finden lassen und nach draußen getrieben hatten. Doch der Spaziergang durch das schlafende Nieblum hatte die Wehmut nicht vertreiben können. Gegen Mittag würden die Gäste an ihrem Haus eintreffen, um sie und Martin zum Pastorat zu geleiten. Doch ihre Eltern würden nicht bei ihr sein. Es gab keine Cousinen, Onkel oder Tanten, keinen Großvater mehr, der ihr seinen Segen hätte geben können.

Es war Ockeline, die irgendwann neben Anni trat.

»Moin, min Deern«, grüßte sie und fragte: »Was stehst du hier draußen allein in der Kälte?« Sie sah etwas zerzaust aus, trug keinen Mantel und wickelte ihr rasch über die Schultern geworfenes Wolltuch noch fester um sich.

»Denkst du, er hätte Martin gemocht?«, fragte Anni, ohne auf Ockelines Worte einzugehen.

Ockeline wusste sofort, von wem die Rede war.

»Vermutlich hätte er sich mit ihm schon irgendwann angefreundet«, gab sie ehrlich zurück. »Dein Großvater hatte es nie mit Festländern. Aber ich bin mir sicher, er hätte ihn irgendwann in sein Herz geschlossen. Martin ist ein guter Mann. Das hätte er erkannt.«

»Ich wünschte, ich hätte ihn so gut gekannt, wie du ihn gekannt hast«, sagte Anni. Tränen stiegen in ihre Augen, und sie blinzelte. »Mama und Papa hätten ihn gemocht, dessen bin ich mir sicher.« Nun kullerte eine der Tränen über ihre Wangen.

Ockeline legte tröstend einen Arm um sie.

»Ach, min Deern. Wir sind alle traurig darüber, dass die beiden nicht mehr bei uns sind, und ich weiß, wie gern du sie an diesem besonderen Tag bei dir hättest. Aber ich bin mir ganz sicher, sie sehen dich von dort oben.« Sie blickte kurz zum Himmel. »Sie alle werden ihre schützenden Hände über dich halten. Dessen kannst du dir gewiss sein.«

Anni nickte und schluckte. Doch der Kloß, der sich in ihrem Hals gebildet hatte, wollte nicht weichen.

»Wir sollten ins Haus gehen«, sagte Ockeline. »Es ist eisig heute.«

Die beiden gingen zurück zum Haus und betraten die neue,

geräumige Wohnküche, die, es kam einem Wunder gleich, von Jürgen und seinen fleißigen Handwerkern im Eiltempo geschaffen worden war. Die Döns, der Pesel und die Küche waren nun ein großer Raum. Die Kammer existierte noch. Sie sollte zukünftig als Speisekammer und Abstellraum genutzt werden. Es waren auch bereits neue und moderne Öfen eingebaut, die für das Bekochen der schon bald einziehenden Kinderschar besser geeignet waren als die Kochstelle eines alten Friesenhauses. Die Wände waren mit holländischen Kacheln versehen, die ein hübsches Blumenmuster aufwiesen. Ein Teil der Kacheln stammte noch aus der alten Stube und dem Pesel, andere waren aus Lagerbeständen hinzugekommen. Der Billegger befand sich nun in dem ehemaligen Stall und konnte vom Flur aus beheizt werden. Zu Annis Bedauern waren mit dem Umbau auch die meisten Alkoven verschwunden. Nur der in der Kammer war geblieben. Darin hatte sie aus Sentimentalitätsgründen die letzte Nacht verbracht. Auch er würde jetzt nicht mehr als Schlafplatz dienen. Die Strohmatratze sollte entfernt werden, Regalböden würden in dem Schrank Platz finden. Immerhin blieb dieser Alkoven erhalten und erinnerte allein durch sein Vorhandensein noch an die alten Zeiten. In ihrem neuen Schlafgemach im ersten Obergeschoss, noch gelangte man über eine Hühnerleiter hinauf, doch dies sollte sich bald ändern, befand sich seit dem gestrigen Tag ein normales Ehebett, in dem sie allerdings bis zur endgültigen Eheschließung, ein Termin dafür stand noch nicht fest, allein nächtigen würde. Dieses hatte der Tischler Ricklef Hansen für sie angefertigt. Bei ihm hatte sie auch sämtliche weiteren Möbel für das Haus in Auftrag gegeben. Ricklef und sein Sohn Fiete hatten sich riesig über den Großauftrag gefreut, und für das neue Ehebett hatten sie Anni sogar einen Preisnachlass gewährt, den sie als ihr Verlobungsgeschenk ansahen.

Noch waren die neuen Küchenmöbel nicht fertiggestellt, weshalb Anni und Ockeline an dem vertrauten Küchentisch Platz nahmen, den sie ein Stück näher an die wärmenden Öfen herangerückt hatten, einen von ihnen hatte Anni am frühen Morgen bereits angefeuert. Einträchtig begannen die beiden mit der Zubereitung des Frühstücks, und rasch erhielten sie Gesellschaft. Kreske erschien, sie brachte frisches Brot mit, das sogar noch warm war. Andine und Hardina betraten kurz nach ihr das alte Kapitänshaus, und sie bewunderten sogleich den Fortschritt der Bauarbeiten. Es folgten Tesje und weitere Frauen, allesamt brachten sie etwas mit. Alsbald stapelten sich auf einem Beistelltisch Kuchen und Kekse. Stühle wurden aus dem Nebenraum geholt, sie waren extra für die Feierlichkeiten in der Nachbarschaft geliehen worden. Es wurde geklönt und gelacht, Hardina erzählte eine Anekdote von ihrer Verlobung, damals hatte es so fürchterlich geregnet, sie waren auf dem Weg zum Pastor kniehoch im Matsch versunken.

»Da waren wir eine Dreckspatzengesellschaft«, sagte sie lachend und kippte sich einen ordentlichen Schluck Branntwein in ihren Kaffee. Tesje erzählte, wie ihnen bei ihrer drei Wochen vor ihrer Hochzeit stattfindenden Einladungsrunde über die Dörfer die Achse ihres Wagens gebrochen war. Es war bereits spät am Abend gewesen, und da sie viel getrunken hatten, in jedem Haus hatten sie reichlich Wein und Kekse serviert bekommen, hatten sie die Nacht einfach gemeinsam in einer Scheune verbracht.

»Du hättest Mama am nächsten Morgen erleben sollen«, sagte sie. »›Sodom und Gomorra‹, hat sie ausgerufen, derweil waren wir für jede körperliche Annäherung viel zu betrunken gewesen, und am nächsten Morgen hat uns dann auch noch der Bauer Clausen zu unchristlicher Zeit aus dem Heu gejagt.«

»Na, das hätte ich aber auch getan«, sagte Momme, der ebenfalls vor einer Weile aufgetaucht war und kein Problem damit hatte, mit einer Damenrunde Anekdoten auszutauschen. Mit strahlenden Augen beförderte auch er einen weiteren Schluck Branntwein in seinen Kaffee. Wenn das so weiterging, würden es einige der Gäste vermutlich gar nicht mehr bis zum Pastor schaffen.

Ockeline war diejenige, die die Runde irgendwann auflöste.

»Kinners«, sagte sie. »Nun ist es gut mit unserem Frühstücksplausch. Es wird Zeit, sich zurechtzumachen. Besonders bei uns Frauen nimmt das Ankleiden ja doch etwas Zeit in Anspruch.«

Einhellig wurde zugestimmt. Das Anziehen einer Festtagstracht war ein aufwendiger Vorgang.

»Und denkt daran, die warmen Unterhosen anzuziehen. Sonst sind wir allesamt bis zum Pastorat erfroren.« Mahnend hob sie den Zeigefinger.

Erneut erhielt sie Zustimmung.

»Also, mir sind ja Festivitäten in der warmen Jahreszeit lieber«, merkte Hardina an. »Obwohl es bei der Hochzeit von Namine in Süderende vor zwei Jahren so heiß war, das war auch nicht mehr schön. Ich dachte, ich würde in meiner Tracht zerfließen.«

»Also, ich mag meine langen Unterhosen nicht sonderlich. Die kratzen immer so abscheulich. Aber besser juckende Beine als halb abgefrorene«, meinte Andine und öffnete die Haustür.

Schnatternd und plappernd wie ein Haufen Gänse verließen die Damen das Haus. Der Letzte, der ging, war Momme. Er wünschte gutes Gelingen bei der Ankleidung und fügte mit einem seligen Ausdruck in den Augen noch hinzu: »Ach, min Deern. Gestern warst du doch noch so lütt.«

Eine Weile darauf war es geschafft, und Anni hatte die Festtagstracht angelegt, die bereits ihre Großmutter und Mutter getragen hatten.

Auch Ockeline, die gerade noch einmal den Sitz von Annis Haube kontrollierte, trug selbstverständlich ihre Festtagstracht, so wie es auch alle anderen Frauen des Dorfes zu diesem feierlichen Anlass tun würden. So war es Tradition, und daran gab es nichts zu rütteln.

Anni trat nervös von einem Bein auf das andere. Jetzt müsste jede Minute Martin erscheinen. Als sich die Tür öffnete, blickte sie hoffnungsvoll auf. Doch es war nur Momme, der eintrat. Er trug seinen Wintermantel und hatte zur Feier des Tages seine ehemalige Kapitänsmütze aufgesetzt. Nach ihm erschienen Tesje und Sönk.

»Oh, was siehst du hübsch aus«, sagte Tesje und schloss Anni in die Arme. »Die Tracht passt ausgezeichnet. Deine Mama wäre so stolz auf dich.« Sie wischte sich eine Träne aus dem Augenwinkel. Den beiden folgten Andine und Hardina, ebenfalls in Festtagstracht. Hardina trat sogleich nah an den Ofen heran und rieb sich über der warmen Herdplatte die Hände.

»Kinners«, sagte sie. »Lasst euch von dem schönen Sonnenschein da draußen nicht täuschen. Es weht ein beißender Ostwind. Nur gut, dass ich meine warmen Unterhosen angezogen habe, ich hoffe, ihr habt das auch alle beherzigt.« Sie musterte Anni von oben bis unten. »Ach, wie hübsch du doch in der Tracht aussiehst, min Deern. Ich kann mich noch gut daran erinnern, wie sie deine Mutter getragen hat. Du siehst aus wie sie.« Sie stieß einen Seufzer aus.

»Also, ich bin froh, dass ich in meine noch reinpasse«, meldete sich eine weitere Nachbarin zu Wort, ihr Name war Miele Jacobsen, und sie war hinter Hardina eingetreten. Erst neulich war Anni mit Ockeline und Kreske gemeinsam bei ihr zum Aufsitzen in ihrem hübschen Friesenhaus gewesen. Da ihr Mann Fröd als Friseur tätig war, hatten sie sich von ihm praktischerweise auch gleich die Haare schneiden lassen. »Ich fühle mich wie eine Presswurst. Gleich morgen werde ich zu Stine gehen und den Pai ändern lassen. Hoffentlich passt heute noch der Kuchen rein. Wäre jammerschade, wenn nicht.«

Im nächsten Moment öffnete sich die Haustür erneut, und zu Annis Erleichterung war es Martin, der eintrat. Er trug einen feinen Anzug und hatte sein blondes Haar zurückgekämmt. Als er Anni erblickte, begannen seine Augen zu strahlen.

»Moin, zusammen«, grüßte er in die Runde. »Da ist ja meine hübsche Braut.«

Martins Auftauchen nahm Ockeline zum Anlass, sämtliche andere Gäste aus dem Haus zu scheuchen.

»Geben wir dem jungen Paar noch einen privaten Moment, bevor es losgeht«, sagte sie und wedelte mit den Armen. »Zum Klönen bleibt nach dem offiziellen Teil noch genügend Zeit.«

Die Gäste räumten das Feld. Ockeline war die Letzte, die den Raum verließ und Anni noch einmal kurz zuwinkerte. Anni lächelte. In diesem Moment wurde sie sich zum ersten Mal klar darüber, wie viel ihr Ockeline bedeutete. Seit ihrer Rückkehr nach Nieblum war sie wie ein guter Geist stets in ihrer Nähe. Sie war mehr als eine Nachbarin, sie war wie Familie, wie eine Großmutter, die es festzuhalten galt.

Martin trat nun näher.

»Du siehst wunderschön aus«, sagte er und nahm ihre Hand. Er stand so nah vor Anni, dass sie seinen Geruch wahrnehmen konnte. Er duftete nach Rasierseife, vermischt mit einem Hauch Holzrauch. Er drückte ihr einen kurzen Kuss auf die Lippen und musterte sie dann eingängiger.

»Großer Gott«, sagte er, und sein Blick wanderte ihren Körper hinab. »Diese Tracht sieht so festlich und wertvoll aus. Ich getraue mich gar nicht, dich zu umarmen.«

»Dann umarme ich eben dich.« Anni legte die Arme um ihn und küsste ihn erneut.

»Und das vor der Hochzeit«, sagte er. »Wir sollten uns was schämen.« Sein Blick wanderte zum Fenster, es waren tatsächlich keine Voyeure zu sehen, was Anni verwunderte. Er richtete seinen Blick wieder auf sie, und plötzlich war seine Miene ernst. »Was ich noch sagen wollte: Das mit uns geht sehr schnell. Ich meine, wir kennen uns ja eigentlich kaum. Aber ich weiß ganz tief in mir, dass wir das Richtige tun. Ich freue mich so sehr darauf, Teil deines Lebens zu sein und dich jeden Tag noch besser kennenlernen zu dürfen, Anni Nissen.«

Anni überspülte in diesem Moment eine Welle an Glücksgefühlen, und in ihre Augen traten Tränen der Freude. Ihr fehlten die Worte für eine Antwort, weshalb sie nur nickte. Erneut gab er ihr einen kurzen Kuss, dann löste er sich aus der Umarmung.

»Ich glaube, wir sollten die anderen nicht länger warten lassen«, sagte er und hielt ihr den Arm hin. »Wollen wir?«

Anni nickte und hängte sich bei ihm ein.

Als sie aus dem Haus traten, erhielten sie Applaus von den unzähligen Nachbarn und Freunden, die gekommen waren, um das Paar auf seinem Weg zur Verlobung zu begleiten. Sämtliche Frauen hatten ihre Festtagstrachten angelegt, und trotz der eisigen Kälte trug keine von ihnen einen Mantel oder Umhang. Zu ihrem Glück war der Weg zum Pastor nicht weit.

Anni und Martin führten den beachtlichen Zug an, dahinter liefen Ockeline und Momme, der Ockeline den Arm gereicht hatte.

Als sie bald darauf am Pastorat eintrafen, erwartete sie der Pastor bereits in der geöffneten Tür, und Anni wurde es ganz warm ums Herz. Sie wusste nicht, warum sie so fühlte. Aber in diesem Moment hatte sie das Gefühl, die Anwesenheit ihrer Eltern und ihrer Großeltern zu spüren.

# 17. KAPITEL

## Nieblum, 21. Februar 1902

Anni stellte den mit Wasser gefüllten Teekessel auf den Ofen und kontrollierte noch einmal die Glut. Flott legte sie noch ein Stück Kohle nach und wischte sich dann ihre Hände an einem Geschirrtuch sauber.

»Dass das ausgerechnet heute aber auch so schütten und stürmen muss. So wird das nix mit dem Biikebrennen dieses Jahr, und die Kinder haben sich schon so darauf gefreut«, sagte Ockeline, die Anni an diesem trüben Vormittag in der geräumigen Wohnküche des alten Kapitänshauses mal wieder Gesellschaft leistete. So ganz hatte sich Anni noch immer nicht an die neuen Räumlichkeiten gewöhnt. Sie vermisste die alte Einrichtung des Hauses noch ein wenig. Obwohl die neuen Öfen durchaus komfortabler waren und der Raum sein nordfriesisches Flair nicht verloren hatte. Inzwischen hatten sie von Hansen auch die neue Einrichtung erhalten. Es gab nun eine große, aus Eichenholz gefertigte Eckbank mit einem passenden quadratischen Tisch dazu. Darüber hing selbstverständlich noch immer die alte Petroleumlampe ihres Großvaters. In Wyk gab es bereits eine Versorgung mit elektrischem Strom, aber wann dieser Komfort in Nieblum Einzug halten sollte, stand noch nicht fest.

Ockeline füllte ihre Tasse erneut mit Kaffee und kippte einen kräftigen Schluck Rum hinterher.

Die Haustür öffnete sich knarrend, und Momme erschien. Er

trug, passend zum Wetter, eine dunkelblaue Wachsjacke und Gummistiefel.

»Moin, zusammen«, grüßte er. »Das nenne ich heute mal ein Schietwetter.« Er schlug seine Kapuze zurück und nahm die sich darunter befindliche Wollmütze ab. »Aber der Wind hält sich zum Glück noch in Grenzen. Der Regen ist das Problem. Die reinsten Sturzbäche fallen vom Himmel. So wird das heute nix mit unserer Biike. Was ein Jammer. Das Fest hab ich immer besonders gern. Aber vielleicht haben wir ja Glück, und es hört bis heute Abend noch zu pladdern auf. Den Biikehaufen haben sie bestimmt mit einer Plane abgedeckt.« Er legte seine Wachsjacke ab und setzte sich neben Ockeline an den Tisch. Anni füllte eine Tasse mit Kaffee und Rum und stellte sie Momme hin.

»Hab vielen Dank, min Deern. Wie steht es hier so? Hast du jetzt endlich Antwort aus Berlin, wie es mit den Kindern aussieht?« Er sah Anni fragend an.

»Bedauerlicherweise noch nicht«, antwortete Anni. »Bille tut, was sie kann, aber bisher hat sie noch nichts erreicht. Sie ist eben nur eine einfache Krankenschwester. Sie hatte ja neulich geschrieben, dass sich der Oberarzt eher eine weitere Zusammenarbeit mit einem versierten Haus wie dem von Gmelin vorstellt, was ich ihm nicht verübeln kann. Dort ist die medizinische Betreuung der Kinder bedeutend besser als bei uns. Dazu die hübsche Lage direkt am Südstrand.« Anni seufzte, füllte sich nun ebenfalls einen Becher mit Kaffee und setzte sich an den Tisch. In ihr Heißgetränk wanderte jedoch kein Rum, sondern nur ein Schluck Milch.

»Und was ist mit deiner Ziehmutter?«, fragte Ockeline. »Hattest du nicht gesagt, dass du auch bei ihr nachfragen möchtest? Sie hat gute Kontakte, hattest du gemeint. Vielleicht lässt sich ja über diesen Weg etwas einrichten.«

»Ich hatte sie die Tage angeschrieben. Bis eine Antwort von ihr eintrifft, wird es bestimmt noch ein Weilchen dauern. Zaubern kann sie ja auch nicht.«

»Wenn alle Stricke reißen, könntest du im Reiseführer inserieren«, meinte Momme. »Das machen die Häuser aus Wyk auch, und der Witt inseriert ebenfalls. Inzwischen hat der sogar schon Stammgäste.«

»Ja, ich weiß«, antwortete Anni. »Aber mir wäre eine Zusammenarbeit mit einer Klinik oder einer sozialen Einrichtung lieber. Dann gäbe es auch einen festen Ansprechpartner und Fachpersonal, das den Gesundheitszustand der Kinder vor dem Antritt der Reise prüft, sie begleitet. Ach, ich hatte mir das alles bedeutend einfacher vorgestellt. Ich dachte, durch meine Kontakte zur Charité wäre es ein Kinderspiel. Schließlich hat mich die Oberschwester der Station immer sehr geschätzt. Aber vielleicht wendet sich das Blatt ja noch. Immerhin gehen die Bauarbeiten gut voran. Der Anbau ist schon fast fertig, es fehlt nur noch das Dach. Wir können dann zwanzig Kinder im Haus unterbringen, und wir werden sogar moderne Sanitärräume mit Wassertoiletten bekommen. Es kommt mir noch immer wie ein Wunder vor, dass der Einbau möglich war. Obwohl uns diese Errungenschaft der neuen Zeit ein hübsches Sümmchen kosten wird. Von der Erbschaft ist nun kaum noch etwas übrig.«

»Also, um die modernen Toiletten beneide ich euch«, sagte Ockeline. »So ein schickes stilles Örtchen hätte ich auch gern. Aber tagsüber werde ich ja bald sowieso nur noch hier sein, also kann ich den Komfort mitnutzen.«

»Gewiss doch«, pflichtete Anni ihr bei.

Ockeline und Kreske sollten in Zukunft zum festen Inventar des Hauses gehören. Die beiden wollten den täglichen Küchendienst übernehmen, schließlich kannten sie sich mit guter und deftiger Hausmannskost aus. Wenn der Betrieb losging, wollte auch Martin nicht mehr als Dorflehrer tätig sein, sondern im Haus seinen Dienst als Betreuer und Lehrer der Kinder tun. Annis Qualifikation als gelernte Kinderkrankenschwester stand für sich. Um die medizinische Betreuung würde sich Dr. Hennings aus Wyk kümmern. Er hielt ja bereits freitags eine regelmäßige Sprechstunde im Gasthof Witt ab und hatte ihr zugesagt, auch die Betreuung der Kinder mit zu übernehmen. Auch die Gemeindeschwester hatte Anni ihre Unterstützung zugesichert.

Boy Broder, der Postbote, erschien. Er sah wie eine getaufte Maus aus, selbst über seine Wangen lief das Wasser. Sein Gesichtsausdruck war so finster wie das Wetter. Er hielt es nicht für nötig, die Kapuze seines dunkelblauen Wachsmantels zurückzuschlagen.

»Moin, zusammen«, grüßte er in die Runde. »Ich weiß, es gibt kein schlechtes Wetter, sondern nur falsche Kleidung, aber heute jagt man eigentlich keinen Hund vor die Tür und einen alten Friesen mit Arthritis in den Knochen schon gar nicht. Aber ich kann die Post ja nicht einfach liegen lassen. Außerdem sieht dieser Brief aus Berlin wichtig aus. Vielleicht sind das endlich die Neuigkeiten, auf die ihr so lange wartet. Würde mich freuen, Anni.« Er legte einen mit Schreibmaschine adressierten Briefumschlag auf den Tisch, der Absender war das Alexianer St.-Hedwig-Krankenhaus in Berlin. Anni guckte ihn wie das siebte Weltwunder an. Mit einer solchen Post hatte sie weiß Gott nicht gerechnet.

Momme bot Boy noch einen Rum auf den Weg an, doch der Postbote lehnte ab.

»Ich hab schon drei Teepunsch und fünf Gläschen Rum intus. Wenn ich noch mehr trinke, schaffe ich meine Runde nicht, geschweige denn das Biikebrennen heute Abend. Das findet bestimmt statt. Mein Barometer ist gestiegen, das ist ein gutes Zeichen. Und die Biike haben wir gestern Abend noch gut abgedeckt. Da kann nix schiefgehen.« Er verabschiedete sich.

»Na, dann wollen wir mal hoffen, dass sein Barometer recht behält«, sagte Ockeline, nachdem er das Haus verlassen hatte. »Denn wenn wir die Feuer nicht anständig abbrennen, könnte es sein, dass der Winter nicht weichen will. So etwas hatten wir schon mal, und dann ist es bis Ende Mai scheußlich kalt geblieben, sogar mit Frost. Keine Obstblüte hat das damals überlebt. Das war ein Drama auf der Insel, das kann ich euch sagen.«

Anni öffnete unterdessen den Brief und begann, den ebenfalls mit Schreibmaschine geschriebenen Text laut vorzulesen:

*»Sehr geehrtes Fräulein Nissen,*

*wir haben Ihr Kindersanatorium durch eine unserer Unterstützerinnen im Sozialdienst wärmstens empfohlen bekommen und melden uns nun bei Ihnen, um eine etwaige nähere Zusammenarbeit zu klären. Es wurde uns mitgeteilt, dass Ihr Anwesen reizend auf der Insel Föhr in natürlicher Umgebung und in Strandnähe liege. Dazu hörten wir, dass Sie eine Ausbildung zur Kinderkrankenschwester an der Charité genossen haben und daher mit schwächlichen Kindern umgehen können. Vielleicht wäre es Ihnen möglich, uns für eine genauere Prüfung einen Hausprospekt zukommen zu lassen.*

*Mit freundlichen Grüßen*

*Johannes Ziegler*
*Verwaltung.«*

»Einen Hausprospekt«, sagte Ockeline. »Aber so etwas haben wir doch gar nicht.«

»Stimmt«, antwortete Anni und faltete den Brief zusammen. »Ich hatte erst einen anfertigen wollen, wenn das Haus fertig umgebaut ist und wir auch Fotografien hätten beifügen können. Jetzt müssen wir flott handeln. Ich werde später gleich mit Martin darüber sprechen. Wir haben schon einen ersten Text für den Prospekt aufgesetzt. Vielleicht reichen fürs Erste ja auch eine Beschreibung des Anwesens und eine Fotografie von vorne. Was meint ihr?«

»Ach, das reicht bestimmt«, war sich Momme sicher. »Von vorne sieht das Häuschen doch sehr hübsch aus. In dem Prospekt von der Horn ihrem Pensionat ist auch nur ein Bild von dem Haus drin, mehr nicht. Ich hab mir das neulich mal aus Neugier angesehen.«

»Und in dem neu gedruckten Reiseführer der Badekommission sind gar keine Bilder abgedruckt«, fügte Ockeline hinzu.

Erneut war das Knarren der Eingangstür zu hören, und alle blickten auf. Es war Martin, der eintrat. Auch an seiner Wachsjacke lief das Wasser hinunter, seine Hosen waren ebenfalls durchfeuchtet. Auf die Idee, einen Regenschirm zu benutzen, kam auf der Insel niemand. Da der Regen meist in Begleitung von Wind kam, hatte der Einsatz dieser Regenschutzform sowieso keinen Sinn. So etwas machten nur Touristen, die innerhalb kürzester Zeit mit kaputten Schirmen dastanden oder ihnen, zur Belustigung so manches Einheimischen, aufgeregt hinterherliefen.

Martin grüßte in die Runde.

»Du bist aber früh mit dem Unterricht fertig«, stellte Anni fest.

»Ich hatte dir doch gesagt, dass ich heute den Unterricht wegen dem Biikebrennen eher beenden werde. Die Kinder sind schon alle ganz aufgeregt und freuen sich auf den Abend. Obwohl ich mich frage, ob das Brennen bei dem Schietwetter überhaupt stattfinden kann. Es schüttet wie aus Kübeln.«

»Also, Boy meinte vorhin, dass sein Barometer wieder steigen würde«, meinte Ockeline. »Und Boys Barometer ist bei Wettervorhersagen fast genauso gut wie Kreskes Ischiasnerv.« Sie nickte, um ihre Aussage zu bekräftigen.

»Es wäre zu wünschen«, meinte Martin. Sein Blick blieb an dem auf dem Tisch liegenden Schreiben der Klinik hängen. »Was haben wir denn hier?«, fragte er, nahm es zur Hand und überflog kurz den Text. »Das ist ja wunderbar«, sagte er sogleich. »Also hat deine Ziehmutter schneller etwas erreichen können als gedacht.«

»Ja, das hat sie«, freute sich Anni. »Die Sache hat nur einen Haken: Wir haben keinen Hausprospekt.«

»Ach, das bekommen wir in Windeseile gebastelt«, winkte Martin ab. »Den Text dafür haben wir doch neulich schon fast fertig geschrieben. Ein Bild von der Hausvorderseite dürfte fürs Erste genügen, und dann lassen wir für den Anfang eine kleinere Auflage drucken.«

»Das hört sich alles großartig an«, befand Momme. »Aber ich glaube, ihr habt noch ein weiteres Problem, das ihr noch gar nicht bedacht habt: Wie soll denn euer Haus eigentlich heißen? Also, ich finde, es sollte schon einen passenden Namen bekommen. Einen, der zu Nieblum oder wenigstens zur Region passt. Ich meine, so was wie Doktor Gmelins Nordseesanatorium klingt ja schon büschen geschwollen, findet ihr nicht?«

»Stimmt. Wir brauchen einen Namen«, überlegte Anni. »Darüber haben wir uns noch gar keine Gedanken gemacht. Auf einen Prospekt muss er natürlich drauf.«

»Also, ich konnte den Begriff Sanatorium noch nie leiden«,

meinte Ockeline. »Das klingt so aufgeblasen, und zu unserem alten Häuschen passt so ein Wort gar nicht. Obwohl ein Teil davon ja bald gar nicht mehr alt, sondern nagelneu sein wird. Ach, ihr wisst doch, was ich meine. Ich finde, zu einem original friesischen Kapitänshaus passen so neumodische Wörter nicht.«

»Hm«, machte Anni nur. Sie gab Ockeline recht, doch wie sollten sie das Haus nennen?

»Also, ich finde, es sollte ein Name sein, der eingängig ist«, sagte Martin. »Vielleicht ja Haus Friesenblick?«

»Nein«, widersprach Momme. »Was soll das denn sein? Das hört sich ja so an, als würden ständig die Friesen angeguckt werden. Als wären wir eine Sehenswürdigkeit. Das muss etwas anderes sein. Vielleicht etwas von der Landschaft.«

Es kamen weitere Vorschläge, doch keiner wollte den Anwesenden so richtig gefallen. Strandblick fiel durch, weil man den Strand ja gar nicht sehen konnte. Haus Nordfriesland gefiel Anni nicht.

»Und wenn wir es Haus Dünenblick nennen?«, fragte Martin, nachdem sämtliche Anwesende eine Weile stumm überlegt hatten.

»Ich weiß nicht recht«, sagte Momme zögerlich. »Dünen haben wir auf Föhr ja auch kaum welche. Die finden sich eher auf Amrum oder auf Sylt.«

»Also, mir gefällt der Vorschlag«, meinte Ockeline. »Und wir haben hier in Goting doch auch eine Düne. Diese mag nicht mit den vielen Dünen auf Amrum oder Sylt mithalten können, aber es ist eine Düne, und sie ist nicht weit weg. Der Name ist eingängig und klingt hübsch.«

»Mir gefällt er auch«, meldete sich Anni zu Wort. »Es klingt wirklich sehr gut, und ich finde, es passt zu dem alten Haus.«

»Dann hat sich also der perfekte Name gefunden. Wie schön«, sagte Ockeline freudig. »Und seht nur.« Sie deutete zum Fenster. »Es hat tatsächlich zu regnen aufgehört, und es ist sogar etwas blauer Himmel zu sehen. Also wird es doch noch etwas mit unserem Biikebrennen.«

Im nächsten Moment öffnete sich erneut die Haustür. Es war Kreske, die ins Haus gestürmt kam und sich, nachdem sie wieder zu Atem gekommen war, an Momme wandte:

»Hier steckst du, Momme. Du musst rasch kommen. Dein Haus brennt.«

# 18. KAPITEL

## Nieblum, 10. März 1902

Anni stellte eine Petroleumlampe auf die Fensterbank und rückte das danebenstehende Buddelschiff weiter nach links. So sah es hübsch aus.

»Denkst du, es wird ihm gefallen?«, fragte sie Martin, der eben noch ein Bild mit einem Strandmotiv an der Wand über dem Bett angebracht hatte.

Die beiden befanden sich in der neuen Unterbringung von Momme, die sie in Windeseile in einer ehemaligen Scheune geschaffen hatten, die direkt an die von Jürgen Peters instand gesetzte Remise grenzte. Eigentlich hatten sie das schiefe Häuschen abreißen wollen, jetzt war es renoviert und wohnlich gemacht worden. Es befanden sich darin nun ein Bett, ein Tisch mit zwei Stühlen, ein kleiner Ofen und eine Kleidertruhe.

Annis Blick wanderte aus dem Fenster zum Haupthaus hinüber. Zu ihrem Bedauern hatten sich die Bauarbeiten verzögert. Das Dach war noch immer nicht gedeckt und nur provisorisch mit einer Plane gesichert. Hinzu kam, dass die Sanitäreinrichtungen noch immer fehlten. Durch Lieferschwierigkeiten würde es vermutlich erst Ende März zum Einbau der Toiletten, der Waschbecken und der beiden Badewannen kommen, die Anni als besondere Errungenschaft ansah. Warmes Wasser würde ein Badeofen erzeugen, der bedauerlicherweise ebenfalls noch fehlte.

»Momme wird begeistert sein«, war sich Martin sicher. »Jedenfalls hoffe ich das. Gestern Abend hat er noch davon gesprochen, dass er dir nicht länger zur Last fallen möchte und es für ihn besser wäre, ins Armenhaus zu gehen.«

»Unser Momme geht auf gar keinen Fall ins Armenhaus«, antwortete Anni entrüstet. »Ohne ihn wäre ich niemals auf die Idee gekommen, den *Dünenblick* zu eröffnen. Wir müssen uns um ihn kümmern. Es ist eine Tragödie, dass sein Haus abgebrannt ist. Nichts ist ihm geblieben.«

»Es ist so schön zu sehen, was du für ein gutes Herz hast, meine Liebe«, Martin zog Anni in seine Arme. Er gab ihr einen kurzen Kuss. Sie wünschte sich, er würde länger dauern, doch jetzt war keine Zeit für Zweisamkeit. »Aber du weißt auch, dass Momme seinen Stolz hat. Da kommt wohl der alte Kapitän in ihm durch. Ihm ist es schon schwergefallen, mein Angebot anzunehmen und zu mir ins Lehrerhaus zu ziehen.«

Der Abbrand von Mommes Haus lag nun bereits einige Tage zurück. Doch der Schreck saß ihnen allen noch in den Gliedern. Als sie an dem kleinen, im Westerheideweg gelegenen und Mitte des 18. Jahrhunderts erbauten Haus angekommen waren, loderten die Flammen bereits durch das Reetdach. Was das Feuer ausgelöst hatte, war im Nachhinein nicht mehr feststellbar gewesen. In den alten Häusern gab es viele Brandmöglichkeiten. Am Ende war es eine umgefallene und nicht gelöschte Petroleumlampe gewesen. Momme hatte an jenem Tag sein gesamtes Hab und Gut verloren. Es war ihm nur noch das geblieben, was er am Leibe trug. Wie ein geprügelter Hund schlich er seitdem durchs Dorf, und bedauerlicherweise vernachlässigte er auch seine Tätigkeit als Nachtwächter, was dazu führte, dass sämtliche Laternen abends dunkel blieben. Der Gemeindevorsteher hatte neulich bei Tesje im Laden bereits verlauten lassen, dass er dieses Tun nicht mehr lange mitansehen könne. Schließlich müsse ja alles seine Ordnung haben.

»Ja, ich weiß«, antwortete Anni. »Auf Hilfe angewiesen zu sein, mag niemand. Hier im Ort sind viele, einst stolze Kapitäne im Armenhaus verstorben. Es ist schon ein Jammer. Nieblum hat es in den Jahren der Schifffahrt und des Walfangs zu Wohlstand gebracht, und trotzdem haben so viele Seefahrer ihre letzten Lebensjahre mittellos und auf Almosen anderer angewiesen an diesem Ort zubringen müssen.«

Von den Schattenseiten des Goldenen Zeitalters, wie die Zeit des Walfanges auf Föhr heute bezeichnet wurde, sprach nur noch selten jemand. So mancher Familienvater und Ernährer war von seinen Grönlandfahrten nicht in die Heimat zurückgekehrt. Viele Reisen stellten sich als unrentabel heraus, und es mussten Schulden gemacht werden, um über den Winter zu kommen. Als dann am Ende des 18. Jahrhunderts die Fangergebnisse zurückgegangen waren, hatte sich die Armut noch weiter vergrößert.

»Obwohl das Armenhaus in Nieblum meiner Meinung nach recht gut organisiert ist«, sagte Martin. »Ich hatte letztens mal wieder ein gutes Gespräch mit dem dort tätigen Armenvater, im Hinblick auf die aktuell in seinem Haus untergebrachten Kinder. Einige von ihnen sind äußerst begabt. Sie können danach einen Beruf erlernen und kommen aus der Armut raus. Zwei meiner Schülerinnen treten in diesem Frühjahr Anstellungen in Wyker Hotels als Dienstmädchen an. Ich überlege übrigens aktuell, eine meiner Schülerinnen, ihr Name ist Göntje und sie lebt als Waisenkind im Armenhaus, in unseren Dünenhof als Mädchen für alles zu holen. Sie ist vierzehn Jahre alt. Wir hatten doch neulich erst darüber gesprochen, dass wir zusätzlich zu Ockeline und Kreske weitere Unterstützung benötigen werden.«

»Ist das Göntje Friedrichs?«, hakte Anni überrascht nach. Sie hatte nicht damit gerechnet, dass sich Martin über diese Stellenbesetzung Gedanken machen würde. Sie hatte angenommen, dieser Teil der Aufgaben würde ihr zufallen. Doch sie freute sich über seinen Vorstoß.

»Ja, von ihr spreche ich. Sie ist ein wenig schüchtern, aber äußerst fleißig und umgänglich, und sie kann ausgezeichnet lesen, schreiben und rechnen. Ich könnte mir sogar vorstellen, sie mit den Kindern arbeiten zu lassen.«

»An Göntjes Mutter kann ich mich noch erinnern«, berichtete Anni. »Sie hat sich ihren Unterhalt mit Korbflechten verdient, der Vater ist wohl von der See nicht heimgekehrt. Wieder eine dieser Lebensgeschichten.« Sie stieß einen Seufzer aus. »Wir können das Mädchen aber erst einstellen, wenn wir uns sicher sind, dass wir Kinder bekommen. Wenn alles klappt, könnte es im Mai so weit sein. Vorausgesetzt, wir erhalten vom St.-Hedwig-Krankenhaus oder einer anderen Einrichtung eine positive Rückmeldung. Das wäre dann auch die perfekte Jahreszeit für die Kinder. Dann blüht alles so herrlich, und es gibt bereits milde Tage.« Es wäre auch die perfekte Jahreszeit für ihre Hochzeit, fügte Anni in Gedanken hinzu. Doch sie hatten sich nach längerer Überlegung für eine Heirat im Herbst entschieden, wenn, so hofften sie jedenfalls, der Betrieb auf dem Dünenhof reibungslos angelaufen war und die ersten Kinder gesund und glücklich die Heimreise nach Berlin angetreten hatten.

Die Versendung ihres in Windeseile angefertigten Hausprospekts lag noch nicht lange zurück, doch Anni wartete trotzdem bereits ungeduldig jeden Vormittag auf den Postboten, in der Hoffnung, er könnte ihnen gute Neuigkeiten überbringen. Sie wusste, dass sie sich in dieser Hinsicht naiv verhielt, denn die Prüfung einer solchen Zusammenarbeit ging in einem großen

Krankenhaus nicht innerhalb weniger Tage vonstatten. Aber die Hoffnung starb ja bekanntlich zuletzt. Ihren Prospekt hatte ihre Ziehmutter auch noch an weitere Krankenhäuser und Genesungsheime in Berlin verteilt. Anni hätte sich so sehr gewünscht, dass Birgitta sie persönlich auf der Insel besuchen würde, doch daraus würde nichts werden, denn Birgitta traute sich eine solch weite Reise nicht mehr zu.

Ockelines und Kreskes Stimmen waren vor dem Haus zu hören. Die beiden betraten den Raum und begannen sogleich, aufgeregt durcheinanderzuplappern.

»Hier steckt ihr«, sagte Kreske. »Wir haben schon nach euch gesucht. Wisst ihr die Neuigkeiten schon?«

»Also eigentlich redet ja schon das ganze Dorf davon. Es kommt einem Wunder gleich, dass wir euch noch hier antreffen«, sagte Ockeline. »Ich weiß es von Andine. Sie hat ihn mit einem kleinen Köfferchen die Strandstraße runterlaufen sehen. Zum Gotterbarmen hat er ausgesehen, unser guter Momme.«

»Ich hab es von Nahmen erfahren«, sagte Kreske. »Den hab ich vorhin vor der Kirche getroffen. Seine Arbeit als Nachtwächter hat er auch gekündigt. Das muss man sich mal vorstellen.«

»Momme ist nun also doch ins Armenhaus gegangen?«, zog Anni den richtigen Schluss aus dem Gerede.

»Aber ja doch«, antwortete Ockeline. »Wir müssen uns sofort kümmern. Der Ärmste. Aber wer hätte denn auch ahnen können, dass ihn der Verlust seines Häuschens so sehr treffen wird?« Sie zuckte die Schultern.

»Dann werden wir dorthin gehen und ihn holen«, sagte Martin mit betroffener Miene. »Wir hätten vielleicht doch früher mit ihm sprechen und unser Vorhaben nicht als Überraschung planen sollen.«

Die vier verließen das kleine Häuschen. Anni eilte rasch ins Kapitänshaus, um ihr wollenes Schultertuch zu holen, denn es war zwar ein sonniger, aber auch ein kühler und windiger Tag. Trotz der Tatsache, dass der vor wenigen Tagen gefallene Schnee wieder getaut war, waren sie noch weit vom Frühling entfernt. Die Wiesen und Stoppelfelder erweckten einen trostlosen Eindruck, und die Straßen und Wege waren abwechselnd vereist oder verschlammt. Heute stand Letzteres auf der Tagesordnung, weshalb Anni froh darüber war, dass ihr schwarzer Wollrock nur bis zu den Knöcheln reichte und nicht über den Boden schleifte, wie es die Röcke der feineren Damen meist taten.

Sie hatten das Haus gerade verlassen, da blieben die vier abrupt stehen, denn just in diesem Moment hielt Ferdinand Ovenbüll mit seinem Fuhrwerk vor der Gartenmauer. Er brachte einen Fahrgast mit. Eine Frau um die sechzig, die einen etwas mitgenommenen Eindruck erweckte.

»Moin, zusammen«, grüßte Ferdinand und lüpfte kurz seine Kapitänsmütze. »Die Dame hier hat sich am Hafen eingefunden. Sie hat sich nach einer Mitfahrgelegenheit nach Nieblum erkundigt. Sie will zu euch.«

Verdutzt sahen die vier die Frau an. Wer war das? Und was wollte sie hier?

Ferdinand kletterte vom Kutschbock und half der Dame vom Wagen. Ihr Gepäck stellte er neben sie auf die schlammige Straße.

»Nix für ungut«, sagte er. »Aber ich muss flott weiter. Ich muss die Getränke bei Witt abgeben. Der Ole wird immer unleidig, wenn ich zu spät komme.« Er kletterte zurück auf den Wagen und trieb sein Pferd an.

»Das hier soll also das idyllisch gelegene Kinderhaus Dünenhof sein«, sagte die Frau mit spitzer Zunge. »Na, da habe ich mir aber mehr erwartet. Und weshalb hat mich in Gottes Namen niemand vom Hafen abgeholt? Wie eine Bauerndirne musste ich auf diesem wackeligen Fuhrwerk neben Bierkästen Platz nehmen.«

Annis Augen wurden groß. Du liebe Güte. Wer war das denn?

Eine Weile darauf saß die übliche Truppe in der Küche des Kapitänshauses mit betretenen Mienen am Tisch. Es herrschte Grabesstimmung. Anni hatte Kaffee gekocht, doch niemand wollte das Heißgetränk so recht anrühren. Es schien, als hätte ihnen das Eintreffen der Sozialfürsorgerin die Mägen zugeschnürt. Auch Momme war dabei. Ihn hatte der Armenvater höchstpersönlich zu ihnen gebracht. Die beiden waren zu einem denkbar schlechten Zeitpunkt erschienen, denn Anni und Martin hatten versucht zu retten, was zu retten war. Ein Armenvater und sein Schützling waren das Letzte gewesen, was sie bei einer Hausführung mit einer angesäuerten Sozialfürsorgerin, sie hatte sich als Dörte Grabowski vorgestellt, hatten gebrauchen können. Allerdings zeigte sich das Haus selbst ja auch nicht gerade von seiner besten Seite. Der Anbau war ohne Dach, es fehlte an Einrichtung, und die Sanitäranlagen waren weit davon entfernt, in Betrieb genommen zu werden. Hinzu kam, dass sich nach dem Eintreffen der Dame der schöne Sonnenschein verzogen hatte und dunkle Wolken den Garten noch trostloser erscheinen ließen, als es das winterliche Wetter sowieso schon tat. Dörte Grabowski kam aus Berlin und war dort als Sozialfürsorgerin am St.-Hedwig-Krankenhaus tätig. Angeblich sei vorab ein Telegramm gesendet worden, in dem ihr Eintreffen zur Prüfung der Einrichtung angekündigt worden war. Das Telegramm war bedauerlicherweise nicht eingetroffen, wie Anni der Frau versichert hatte, die während ihres gesamten, nicht sonderlich langen

Aufenthalts im Haus extrem böse geguckt hatte, wie es Kreske auf den Punkt gebracht hatte. Die Nacht würde sie im Gasthaus Witt verbringen.

»Und was machen wir jetzt?«, brach Momme als Erster das betretene Schweigen.

»Das wenn ich wüsste …« Anni schob sich eine Haarsträhne aus der Stirn, die sich aus ihrem Dutt gelöst hatte.

»Dass die uns ausgerechnet eine solche Gewitterziege schicken müssen«, merkte Kreske an.

»Und dann kommt diese Hexe auch noch ohne Vorankündigung«, moserte Ockeline. »Das mit dem Telegramm kann sie doch ihrer Großmutter erzählen. Ich sag euch was: Das macht die mit Absicht. Sie sagt, sie wäre angekündigt gewesen, dabei stimmt das gar nicht. Ohne Vorankündigung ist der Überraschungseffekt besser.«

»Na, die Überraschung ist ihr gelungen«, meinte Martin mit finsterer Miene. »Und ich habe tatsächlich angenommen, dass die Mühlen in Berlin langsamer mahlen. So kann man sich irren.«

»Ich denke, nach dieser Episode können wir die Zusammenarbeit mit dem St.-Hedwig-Krankenhaus begraben«, sagte Anni enttäuscht. »Solch ein Handeln gibt es in der Charité nicht. Das kann ich euch sagen. So geht man doch nicht mit Geschäftspartnern um.«

»Und wenn sie doch vorab ein Telegramm geschickt haben und es irgendwo verloren gegangen ist?«, fragte Momme. »Wäre nicht das erste Mal, dass eins von diesen Dingern nicht ankommt.«

»Wäre möglich«, räumte Ockeline ein.

»Dann könnte niemand etwas für die unschöne Situation«, fügte Kreske hinzu. »Und wenn ich nach einer langen Reise am

Hafen in Wyk im kalten Wind stehen würde, und es kommt keiner, um mich abzuholen, dann wäre ich vermutlich auch übel gelaunt.«

»Vielleicht hatten wir einfach nur einen denkbar schlechten Start durch nicht beeinflussbare Unwägbarkeiten«, sprang Martin auf die neuen Gedankengänge auf.

»Das mag sein«, meinte Anni, die nun doch an ihrem Kaffee genippt hatte, der jetzt allerdings nur noch lauwarm war. »Aber an ihrer Einschätzung über das Haus werden wir nun nichts mehr ändern können. Bestimmt plant sie bereits ihre Rückreise nach Berlin, oder sie hat schon ihre vernichtende Beurteilung per Telegramm verschickt. Zuzutrauen wäre es ihr.«

Die Haustür öffnete sich, und Tesje erschien, die inzwischen kugelrund war und wie eine Ente watschelte. Anni hatte geahnt, dass es nicht lange dauern würde, bis sich ihre missliche Lage im Ort verbreitete.

»Bei mir im Laden war eben Namine Witt«, sagte sie und setzte sich nach Atem ringend auf einen Stuhl. »Sie hat von einer abscheulichen Hexe erzählt, die ganz fürchterlich über euern Dünenhof gesprochen hat.«

Nach Tesje trat Hardina ein.

»Ich hab gehört, bei euch sollen zwei so schreckliche Weiber gewesen sein, von einer Prüfkommission.«

Es folgten im Sekundentakt weitere Bewohner, die wild durcheinanderplapperten. Hannchen Christansen, die die Dame auf dem Wagen hatte sitzen und böse gucken sehen. Miele Jacobsen und Andine kamen, weil sie gehört hatten, es sei etwas Schlimmes passiert. Boy erschien, um klarzustellen, dass er auf gar keinen Fall ein Telegramm verschlampt hatte. Irgendwann kochte Ockeline Teepunsch für alle, Hardina und Miele organisierte Kekse, Boy und Fröd, der seinen Friseurladen inzwischen geschlossen hatte, ließen sich von Martin die Baustelle zeigen. Momme wurde geherzt und gedrückt, sämtliche Anwesenden gratulierten ihm zu seinem neuen Zuhause. Die Anwesenheit der Dorfbewohner hatte Anni anfangs überfordert, doch nun beruhigte sie sie seltsamerweise. Andine, Hardina und Tesje hatten sogar mit einem Kartenspiel begonnen. Die Männer schmiedeten Pläne, am nächsten Morgen auf der Suche nach Treibholz gleich im Morgengrauen an den Strand ziehen zu wollen. Und Momme war doch tatsächlich, trotz des Lärms im Raum, in dem Lehnstuhl am Fenster eingeschlafen.

Und dann stand plötzlich Dörte Grabowski zwischen all den Bewohnern in der Küche. Außer Anni schien sie niemandem aufzufallen. Anni konnte kaum glauben, dass sie zurückgekommen war. Doch dann reagierte sie schnell. Sie bat Dörte Grabowski, ihr in den Garten zu folgen, was diese tatsächlich, ohne Widerworte zu geben, tat.

Als sie nach draußen traten, bemerkte Anni erleichtert, dass sich die düsteren Wolken wieder verzogen hatten. Das warme Licht der Spätnachmittagssonne fiel auf den winterlichen Garten, und plötzlich sah er gar nicht mehr so trostlos aus.

»Ich muss mich bei Ihnen für unseren schlechten Empfang entschuldigen«, sagte Anni, noch ehe die Sozialarbeiterin zu Wort kommen konnte. »Ich versichere Ihnen, dass ein solches Verhalten nicht unsere Art ist. Wenn ich gewusst hätte, dass Sie heute ankommen, hätten wir Sie selbstverständlich am Hafen abgeholt. Ich muss Ihnen auch gestehen, dass wir nicht so schnell mit einer Antwort des Krankenhauses gerechnet hatten. Es ist nicht lange her, dass wir unseren Prospekt verschickt haben. Ach, und wundern Sie sich nicht über den Menschenauflauf. Geschehnisse, welcher Natur auch immer, sprechen sich rasch im Dorf herum, und Besucher aus Berlin haben wir zu dieser

Jahreszeit nur selten.« Sie bemühte sich um ein Lächeln, das Dörte Grabowski tatsächlich erwiderte.

»Ja, da ist wohl einiges schiefgelaufen«, antwortete die Sozialfürsorgerin. »Ich hatte den Prospekt in meinem Fach und fand ihn äußerst einladend. Ich schlug spontan vor, mir Ihr Haus näher anzusehen, und meine Vorgesetzte hat mir sogleich die Reise genehmigt. Es konnte ja niemand ahnen, dass Sie das Telegramm nicht erhalten würden.«

»Wollen wir noch einmal neu beginnen?«, fragte Anni.

»Das wäre schön«, sagte Dörte Grabowski. »Der Garten gefällt mir auf den zweiten Blick schon mal besser als auf den ersten. Im Sommer ist es hier bestimmt herrlich.«

»Ja, das ist es«, freute sich Anni über das Lob. »Es ist so schön, es lässt sich schwer in Worte fassen. Als Kind habe ich schon hier gespielt. Ich habe ihn in Berlin tagtäglich vermisst.«

So setzten die beiden ihr Gespräch auf der Gartenbank fort, und Anni begann, von ihrer Zeit in Berlin, ihren Eltern und ihrer Heimkehr nach Föhr zu erzählen. Sie redete und redete und hatte eine perfekte Zuhörerin gefunden. Als eine Weile darauf Martin auf der Suche nach ihr zu ihnen stieß, war es längst entschieden: Dörte Grabowski würde ihr Haus empfehlen.

# 19. KAPITEL

## Nieblum, 2. Mai 1902

»Ist sie eingeschlafen?«, fragte Tesje im Flüsterton. Annis Blick fiel auf das kleine Bündel Mensch an Tesjes Schulter, und sie nickte. Tesjes Miene zeigte Erleichterung. Ihre Tochter Ida hatte Mitte März das Licht der Welt erblickt und sogleich die Herzen sämtlicher Dorfbewohner erobert. Da Tesje bereits kurz nach der Entbindung wieder im Laden zu arbeiten begonnen hatte, war der Stubenwagen der Kleinen inzwischen zu einem vertrauten Anblick hinter dem Verkaufstresen geworden. Besonders die Damen konnten es nicht lassen, bei ihren täglichen Einkäufen nach dem Säugling zu gucken, der in der ersten Zeit durch sein ruhiges Wesen geglänzt und sich nur zu Wort gemeldet hatte, wenn er hungrig gewesen war. Doch seit einigen Tagen war der Wurm drin, und die kleine Ida war von einem lieben Säugling zu einem rechten Schreihals geworden, der seiner Mama das Leben schwer machte. Im Geschäft konnte sie nun kaum noch bleiben, denn das teilweise über Stunden anhaltende Gebrüll vertrieb die Kundschaft.

Erleichtert legte Tesje die Kleine in einen ausgepolsterten Wäschekorb, den Anni für die Besuche ihrer Freundin extra bereitgestellt hatte.

»Ich weiß, ich sollte gar nicht hier sein, weil ihr viel mit den Vorbereitungen für die heutige Ankunft der Kinder zu tun habt«, sagte sie. »Aber im Laden konnte ich mit dem kleinen

Schreihals nicht bleiben, und mit einem lautstark plärrenden Kind über die Felder zu laufen, macht nach einer Weile auch keinen Spaß mehr. Sogar eine Schar Gänse hat vor uns schnatternd und mit den Flügeln schlagend die Flucht ergriffen.«

Anni und Tesje befanden sich gemeinsam mit Kreske und Ockeline in der Küche des alten Friesenhauses, in der die Vorbereitungen für die Ankunft der ersten Kinder auf Hochtouren liefen. Kreske war gerade dabei, Unmengen an Kartoffeln zu schälen, und Ockeline drehte Rotbarschfilet durch den Fleischwolf. Es sollte für die Kleinen sogleich ein leckeres Essen geben, und nach einigen Überlegungen hatte sich die Küchentruppe dazu entschlossen, Bratkartoffeln mit Fischfrikadellen zu servieren. Zum Nachtisch sollte es Quarkklößchen mit Kirschkompott geben, das Kreske im letzten Jahr in Massen eingemacht hatte, denn ihre drei Kirschbäume im Garten hatten so gut getragen wie lange nicht.

»Vermutlich hat die Lütte Bauchweh«, meinte Kreske und griff nach einer weiteren Kartoffel. »Die plagen die Kleinen in diesem Alter häufiger. Kamillentee wirkt da oft Wunder.«

»Den hab ich schon versucht«, winkte Tesje ab. »Sie will ihn einfach nicht trinken.«

»Fencheltee?«, schlug Ockeline eine Alternative vor. »Ist auch gut fürs Bäuchlein.«

Tesje schüttelte den Kopf.

»Dann weiß ich auch nicht weiter. Anni, was sagst du denn dazu? Als Kinderkrankenschwester musst du doch wissen, was zu tun ist, oder?«

»Viel mehr weiß ich ehrlich gesagt auch nicht.« Anni stellte Tesje eine Tasse Kaffee hin. »Ihr habt schon ganz gute Tipps gegeben. Tee ist hilfreich, den Bauch mit einem Kümmelöl massieren könnte auch Abhilfe schaffen. Ansonsten hilft nur trösten und abwarten. Meist klingen solche Beschwerden nach den ersten drei Monaten ab.«

Göntje erschien mit einer großen Schüssel voller Krabben in den Händen. Das junge Mädchen mit dem aschblonden Haar, das sie stets zu einem Zopf geflochten trug, arbeitete seit zwei Wochen bei ihnen, und Anni war von ihr sehr angetan. Göntje zeichnete sich durch gute Manieren und Fleiß aus. Ihre anfängliche Schüchternheit hatte sie rasch abgelegt. Sie würde in einer der beiden Dienstbotenkammern nächtigen, die im Anbau neben den Schlafräumen der Kinder untergebracht waren.

»Diese Schüssel hat mir eben Fred in die Hand gedrückt. Er hat gemeint, damit die Lütten gleich was Leckeres zu essen haben.«

»Na, das ist doch mal was Feines«, sagte Ockeline freudig. »Die verarbeiten wir morgen zu einer leckeren Krabbensuppe. Da werden die Lütten staunen. So etwas Gutes bekommen die auf dem Festland bestimmt nicht serviert. Stell den Eimer flott in den Eisschrank in der Kammer«, wies sie Göntje an. »Nicht, dass uns die kleinen Köstlichkeiten noch schlecht werden. Wäre jammerschade drum.«

Anni hielt sich damit zurück, Ockelines Suppenidee zu kommentieren. Sie bezweifelte, dass Berliner Kinder eine Krabbensuppe zu schätzen wissen würden. Die meisten von ihnen kannten Krabben bestimmt nicht und würden sie vermutlich eher argwöhnisch beäugen.

»Wie steht es denn in den Schlafräumen?«, erkundigte sich Anni bei Göntje. »Ist alles so weit fertig?«

Eigentlich war diese Frage überflüssig, denn Anni hatte heute die Räume bereits mehrfach kontrolliert, zuletzt vor einer Stunde. Es war wohl ihre Nervosität, die sie über das Ziel hinausschießen ließ. Die Sorge, es könnte doch noch etwas schiefgehen, hing wie ein Damoklesschwert über ihr. Der Hauptgrund für ihre Unruhe waren vermutlich die sich hinziehenden Bauarbeiten. Die beiden Badewannen waren erst am Vortag geliefert worden, die Badeöfen sollten erst am nächsten Tag eingebaut werden. Es galt zu hoffen, dass dies reibungslos funktionieren würde. Zur Not müsste eben der gute alte Waschzuber herhalten.

»Alles ist in bester Ordnung«, beschwichtigte Göntje mit einer für eine Vierzehnjährige bewundernswerten Geduld. »Sämtliche Betten sind bezogen, die jeweiligen Kleiderkisten stehen an ihren Plätzen davor, und die Waschräume habe ich auch noch einmal kontrolliert. Unsere neue Wanne blitzt und blinkt, dass es eine Freude ist.«

»Fein«, freute sich Anni. Sie griff nach einem weiteren Teller, um ihn abzutrocknen, doch er fiel ihr aus der Hand und ging sogleich zu Bruch. Vor Schreck zuckten sämtliche Anwesenden im Raum zusammen. Die kleine Ida erwachte bedauerlicherweise durch das laute Geräusch und begann sogleich wieder zu plärren. Tesje wollte aufstehen, um sie hochzunehmen, doch Kreske hielt sie zurück. »Ich mach das schon.«

»Der schöne Teller«, sagte Ockeline sogleich, und Anni entschuldigte sich kleinlaut, als wäre es Ockelines Teller und nicht der ihrige gewesen, den sie zerdeppert hatte.

»Wenn du jedes Mal Geschirr kaputt machst, wenn wir neue Kinder bekommen, dann kann das heiter werden«, sagte Ockeline. »Ich hätte dich gar nicht erst an den Spülstein lassen sollen. Den ganzen Morgen bist du schon das reinste Nervenbündel. Komm, geh zur Seite, min Deern, damit ich sauber machen kann.« Sie wedelte mit den Armen und griff nach Kehrblech und Schaufel.

Momme trat ein, der inzwischen die Tätigkeiten des Hausmeisters und Fahrers übernommen hatte. Ihm folgte Martin, der seinen Schülern heute ausnahmsweise früher unterrichtsfrei gegeben hatte. Es galt zu hoffen, dass sein Nachfolger für die Tätigkeit als Nieblumer Dorfschullehrer tatsächlich in den nächsten Tagen eintreffen würde, wie es ihnen zugesichert worden war. Schließlich musste Martin nun die Kinder im Dünenhof unterrichten.

Anni hatte angenommen, dass sich die beiden Herren im Haus für den freudigen Anlass etwas zurechtmachen würden. Doch dem war nicht so. Martin trug ein hellblaues Hemd, seine alltägliche Weste darüber und dunkle Hosen. Immerhin hatte er sein blondes Haar zurückfrisiert, und er war frisch rasiert. Momme hingegen hatte sich nicht einmal die Mühe gemacht, seine Schuhe zu putzen, und an seinem Kinn sprießten graue Bartstoppeln. Er trug eine schwarze Stoffhose und seine Alltagsjacke mit den braunen Flicken auf den Ellbogen. Auf seinem Kopf ruhte eine Schiebermütze.

»Moin, zusammen«, grüßte Momme in die Runde. »Der Abholdienst für die Lütten wäre dann so weit.«

Annis Blick wanderte sogleich alarmiert zur Küchenuhr. Ach du je. Gerade eben war es doch erst kurz nach zwölf gewesen. Wo war nur die Zeit hin?

»Ich bin fast fertig«, sagte sie und begann hektisch, ihre Küchenschürze aufzubinden. Auch sie hatte sich nach längerer Überlegung dazu entschieden, eher schlichte Kleidung für den Empfang der Kinder zu tragen. Nach einigem Hin und Her war es die Föhrer Alltagstracht geworden, die sie angelegt hatte. Für diese hatte sie sich erst neulich ein hübsches weinrotes Tuch gekauft, das sie, wie es üblich war, über Kreuz um ihren Oberkörper gebunden trug. Am gestrigen Abend hatte sie kurz darüber nachgedacht, ihre Schwesterntracht anzuziehen, den Gedanken jedoch wieder verworfen. Das Haus *Dünenblick* sollte für die

Kinder ein Ort zum Wohlfühlen und zur Erholung sein. Schwesternuniformen oder Arztkittel assoziierten die Menschen eher mit Krankheit, und diese hatten die Kleinen hoffentlich alle hinter sich gelassen.

Eine Weile darauf steuerte Momme ihren Wagen die Hafenstraße in Wyk hinab, auf der emsige Betriebsamkeit herrschte. Sämtliche Geschäfte und Cafés hatten geöffnet, die Stühle und Tische im Freien waren beinahe alle belegt. Es wurden Tortenstücke und Kaffee serviert, für die Kinder gab es Kakao. Ansichtskarten wurden ausgewählt, schließlich musste den Lieben in der Heimat doch von den hübschen Ferien an der See berichtet werden. Das Wetter zeigte sich an diesem für den Dünenhof so wichtigen Tag von seiner besten Seite. Die Sonne schien von einem beinahe wolkenlosen Himmel, und es wehte nur ein laues Lüftchen.

Das Fuhrwerk hatten sie günstig bei einem der Bauern in Utersum mitsamt dem Pferd erworben. Rüdi, wie der Apfelschimmel genannt wurde, war nicht mehr der Jüngste und etwas behäbig. Im Herbst hätte ihn der Bauer zum Schlachter gegeben. Anni hatte sogleich Mitleid mit Rüdi gehabt. Für Ausfahrten wurde er jedoch nur selten genutzt, denn die Dinge für den täglichen Bedarf konnten in Nieblum besorgt werden. Die meiste Zeit stand Rüdi auf einer kleinen Weide voller Obstbäume hinter ihrem Haus, und es leistete ihm, zusätzlich zu den vielen auf der Insel überall herumhoppelnden Kaninchen, die fröhliche Hühnerschar des Nachbaranwesens Gesellschaft. Anni plante weitere tierische Anschaffungen. Martin liebäugelte mit einem zweiten Pferd. Eine hübsche und liebenswerte Gefährtin sollte Rüdi erhalten.

Am Hafen, den sie nun erreichten, herrschte ebenfalls bunter Trubel. Einheimische und Touristen warteten gleichermaßen auf den Fährdampfer, der bereits in Sichtweite war. Momme steuerte den Wagen neben den von Oluf Wögens, der die Fahrdienste für den Gasthof Witt erledigte.

»Moin, Oluf«, grüßte Momme. »Bekommt ihr auch wieder neue Gäste?«

»Wurde mir gesagt«, antwortete Oluf. »Eine Familie aus Berlin mit drei Kindern und ein älteres Ehepaar. Letztere sind Stammkundschaft, die kommen schon zum dritten Mal. Weshalb, weiß keiner so genau, weil sie eigentlich ständig am Meckern sind. Das Essen wäre versalzen, der Wind zu böig, der Strand zu sandig, das Wasser ist andauernd weg. Versteh einer diese Festländer.« Er schüttelte den Kopf.

Anni und Martin kletterten vom Wagen, während Momme gemütlich sitzen blieb. Freudig nahm er das Zigarettenangebot von Oluf an.

Nachdem der Fährdampfer angelegt hatte, stellte sich Anni auf die Zehenspitzen, um über die Köpfe hinweg etwas sehen zu können. Sie wusste, dass Dörte die Kinder nach Föhr bringen würde. Also konnte sie nach einem bekannten Gesicht Ausschau halten. Doch dann sah sie plötzlich eine Person auf sich zukommen, mit der sie nicht gerechnet hatte. Als ob sie eine Fata Morgana gesehen hätte, starrte sie die Frau in Schwesternkleidung an, die auf sie zugelaufen kam. Es war Bille, die sie sogleich mit einem freudigen Quietscher umarmte und fest an sich drückte. Anni konnte es kaum glauben. Ihre geliebte Bille war hier! Wie konnte das denn sein? Sie hatte sich schon Sorgen gemacht, weil in den letzten Wochen kein Brief von ihr eingetroffen war.

Bille löste sich aus der Umarmung.

»Da staunst du, was?«, sagte sie mit strahlenden Augen. »Mit mir hast du bestimmt nicht gerechnet. Ich bringe dir deine Lütten, wie ihr hier oben zu den Kleinen immer so hübsch sagt.«

»Wie, du bringst unsere Lütten?«, hakte Anni verdutzt nach. »Aber die Kinder kommen doch gar nicht von der Charité.« Sie hatte den Satz kaum ausgesprochen, da zog sie bereits die richtigen Schlüsse. »Du hast dort gekündigt?«

Bille nickte. »Es ging nicht mehr. Michels hat inzwischen geheiratet. Ich schaffe es einfach nicht, ständig einen Mann um mich zu haben, in den ich unglücklich verliebt bin. Im St.-Hedwig-Krankenhaus war zufällig eine passende Stellung vakant, und ich hab sie tatsächlich bekommen. Ist das nicht großartig?«

»Ich will die Wiedersehensfreude nur ungern stören«, unterbrach Dörte Grabowski das Gespräch der beiden. »Aber ich hab hier zehn von der langen Reise erschöpfte Kinder mit Gepäck, die halb am Verhungern sind. Sämtlicher Reiseproviant war bereits in der Bahn noch vor Husum aufgebraucht. Ich hoffe, Sie haben etwas zu essen vorbereitet.«

»Aber natürlich haben wir das«, antwortete Martin für Anni. »Gud Dai, meine Teuerste, und gud Dai, Kinder«, begrüßte er auch die Kinderschar, die Dörte Grabowski umringte. Ein blond gelocktes Mädchen, Anni schätzte es auf nicht älter als vier oder fünf Jahre, hielt sich dicht an Dörte Grabowski gedrängt, es sah so aus, als würde es gleich zu weinen beginnen. Auch die restlichen Kinder, sechs Buben und drei Mädchen, sahen erschöpft aus. Sie waren allesamt äußerst dünn und blass. Anni wusste, dass sie schwere Krankheiten wie Scharlach, Masern oder Lungenentzündung überstanden hatten und lange Krankenhausaufenthalte hinter ihnen lagen. Hinzu kam, dass sie nun fort von ihren Eltern und Geschwistern in der Fremde waren. Sie hatte sich zu kümmern und schämte sich in diesem Moment etwas dafür, ihre volle Aufmerksamkeit Bille geschenkt zu haben und nicht den Kleinen. Aber mit einer solchen Überraschung war wahrlich nicht zu rechnen gewesen.

»Dann wollen wir mal sehen, dass wir flott nach Nieblum kommen«, sagte Martin. »Dort erwartet euch ein leckeres Mittagessen, und ihr dürft in dem Haus eines echten Kapitäns schlafen.«

Die Gruppe lief zum Fuhrwerk, und Momme half sogleich beim Verladen der Passagiere und des Gepäcks.

Auf der Rückfahrt nach Nieblum tauten die ersten Kinder trotz ihrer Erschöpfung bereits auf.

»Sieh mal, da sind Babyschafe«, rief eines von ihnen.

»Und da hüpft ein Kaninchen«, sagte ein weiteres und deutete auf den Wegesrand.

»Die haben hier ja sogar Kühe«, meinte einer der Jungen.

Anni genoss die Fahrt. Sie saß nicht auf dem Kutschbock, sondern zwischen den Kleinen, damit sie erste Kontakte mit ihnen knüpfen konnte. Dörte Grabowski hatte neben Momme Platz genommen, sogleich ihre Nase in die Luft gehalten und sich erkundigt, ob er betrunken sei.

»Wo denken Sie hin?«, hatte Momme entrüstet gefragt. »Ich bin fit und fahrtüchtig, Gnädigste.«

Dörte Grabowski sah in irritiert an. Mit einer solchen Antwort hatte sie vermutlich nicht gerechnet. Momme hatte jedoch mit solcher Überzeugung gesprochen, dass sie das Thema fallen ließ. Anni brachte der kurze Wortwechsel zum Schmunzeln. Betrunken war Momme nicht, jedoch hatte er, wie jeden Morgen, selbstverständlich seinen Rum in den Kaffee gekippt.

Sie erreichten Nieblum, und sofort kamen entzückte Ausrufe, die Reetdachhäuser betreffend.

»Oh, was sind diese Häuser aber hübsch«, sagte ein rothaariges Kind mit vielen Sommersprossen im Gesicht.

»Es sieht aus wie in einer Puppenstube«, meinte ein dunkelhaariges Mädchen, das arg mager war und dunkle Schatten unter den Augen hatte. Seine Begeisterung für die Häuser Nieblums sorgte jedoch dafür, dass es etwas munterer wirkte, was Anni erfreute.

Der Wagen bog in den Babendörpstieg ein, und sie erreichten den Dünenhof. Der Name des Hauses stand jetzt sogar über dem Eingang.

Alle kletterten vom Wagen. Es wurde das Gepäck abgeladen und die Kinder ins Haus gebracht. Aufgrund des schönen Wetters hatten Ockeline, Kreske und Göntje das Mittagessen spontan in den Garten verlegt und Tische und Stühle nach draußen geschafft. So saßen sie alsbald im Garten, und es wurden die leckeren Bratkartoffeln und Fischfrikadellen serviert. Die Kinder futterten kräftig, und Dörte Grabowski fand lobende Worte für die schmackhafte hausgemachte Limonade.

Nach dem Essen taten die Kinder das, was Kinder in einem solchen Garten taten: Sie spielten ausgelassen und hüpften über die Wiese, als wären sie nie krank gewesen. Zwei Buben, ihre Namen waren Wilhelm und Johann, wollten sogar auf die Rotbuche klettern, aber das verbot ihnen Dörte Grabowski dann doch. Nicht auszudenken, was geschehen würde, wenn einer der Jungen vom Baum fallen würde. Bille gesellte sich zu zwei Mädchen im Gras, und sie begannen, Blumenketten zu flechten. Zu Annis Freude würden sie und Dörte Grabowski nicht gleich wieder die Insel verlassen, sondern noch einige Tage bleiben, um bei der Eingewöhnung der Kinder zu helfen. Auf der Hausbank lag schlafend ein erstes Reiseopfer. Es war das kleine blond gelockte Mädchen, das sich bei der Ankunft schüchtern an Dörte Grabowski gedrückt hatte. Ihr Name war Mathilda, wie Anni inzwischen wusste. Ihr leistete der Kater Bobbi Gesellschaft. Er hatte sich neben ihr eingerollt und schlief ebenso selig wie die Kleine.

Der Anblick rührte Anni. Martin setzte sich nun neben sie und legte den Arm um sie.

»Die Kleine ist ganz bezaubernd«, sagte er und nickte zu dem Mädchen hinüber.

Anni lächelte und schmiegte sich an ihn.

»Es ist perfekt«, sagte er. »Es ist, wie es sein soll. Ein kleines Paradies, genauso, wie wir es uns gewünscht haben.«

»Ja, das ist es«, antwortete Anni.

Die Anspannung des Tages fiel nun endgültig von ihr ab, und sie schloss für einen Moment die Augen. Auch bei ihr machte sich der Stress der letzten Wochen nun bemerkbar. Sie spürte Martins Wärme und Nähe, der Stoff seiner Jacke kratzte etwas an ihrer Wange, die Sonne wärmte ihr Gesicht, es roch nach Blumen, und das Lachen und die Stimmen um sie herum vermischten sich mit dem Gackern der Hühner. Dieser Augenblick fühlte sich wie der vollkommene Moment des kleinen Glücks an, und Anni wünschte sich, sie könnte ihn noch länger festhalten.

# 20. KAPITEL

## Nieblum, 2. Juni 1902

»Hier ist ein guter Platz für unser Picknick«, sagte Anni und deutete auf eine Stelle am Rand der Dünen. »Wir sollten auch nicht weiter laufen. Sonst wird es für euch zu anstrengend. Kommt, Kinder, lasst uns die Decken ausbreiten.«

Anni und Göntje stellten die Picknickkörbe in den warmen Sand. Es war ein Sommertag wie aus dem Bilderbuch, und der liebliche Duft der Strandrosen lag über allem.

Die meisten Kinder folgten Annis Aufforderung und halfen sogleich fleißig mit, die blau-weiß karierten Picknickdecken auszulegen, nur drei Jungen hatten keine Lust darauf und rannten lieber Richtung Strand. Menschenleer war dieser hier, was Anni ausgesprochen gut gefiel, denn sie war keine große Anhängerin des Wyker Badestrandes mit seinen Zelten, Strandkörben und den zahlreichen Sommerfrischlern. Nicht weit von ihnen entfernt lag das Goting-Kliff. Es war der einzige etwas steilere Küstenabschnitt auf der Insel, und von dort oben aus hatte man einen herrlichen Blick über die Dünen, den Strand und das Meer. Allerdings konnte sich Anni gar nicht mehr daran erinnern, wann sie zuletzt an der höchsten Stelle des Kliffs gewesen war. Irgendwann als Kind vermutlich. In ihrem Schlafzimmer hing ein Ölgemälde des Kliffs. Martin hatte es vor einigen Wochen von einem in Alkersum ansässigen Maler gemeinsam mit einigen anderen Werken erworben, die allesamt Inseleindrücke zeigten. Was längere

Strandaufenthalte anging, dachte Anni wie eine richtige Insulanerin: Was sollte man schon am Strand, außer es gab dort etwas zu holen? Treibholz wurde im Sommer nur wenig angespült, im Frühjahr, wenn die Stürme getobt hatten, gab es viel davon. Dann zogen die Männer mit Wagen los, um sich die besten Stücke zu sichern. Was nicht sofort mitgenommen werden konnte, wurde im Reet versteckt, damit es sich kein anderer nahm. Muscheln sammeln konnte man auch, das Meer bot manche Mahlzeit. Allerdings war das Wetter heute zu warm dafür. Nicht, dass man sich noch den Magen an einer verdorbenen Herzmuschel verdarb. Obwohl man Muscheln ja auch einfach nur sammeln konnte, weil sie hübsch waren. Anni hatte vorsorglich für diese Tätigkeit einige Stoffbeutel eingepackt. An einem Regentag könnten sie dann gemeinsam hübsche Windspiele daraus basteln.

»Ich hab Sand im Schuh«, jammerte eines der Mädchen und hielt sein Bein in die Höhe. Ihr Name war Charlotte, und sie war acht Jahre alt. Sie hatte eine Scharlachinfektion überstanden und war, so sah es jedenfalls Anni, ein richtig verwöhntes Stadtkind. Charlottes Vater war als Beamter im Finanzamt tätig, und sie kam aus Berlin-Spandau. Sie jammerte ständig über irgendetwas und reagierte rasch trotzig, wenn ihr etwas nicht gefiel. Und das war einiges, meist jedoch das Essen, womit sie bei Ockeline und Kreske sogleich in Ungnade gefallen war. Lütten, die mäkelig in ihren Mahlzeiten herumstocherten, hatten die beiden noch nie leiden können. Doch Anni sah auch die andere Seite. Charlotte hatte nicht auf die Insel gewollt, und sie litt schon seit ihrer Ankunft an Heimweh. Es brauchte etwas Geduld, dann würde sie bestimmt freundlicher werden.

»Mich juckt's am Arm«, sagte die kleine Inge und kratzte sich kräftig an ihrem kleinen Ärmchen. »Da hat mich ein Muck gestochen.«

Anni lächelte, begutachtete die Stelle sogleich und konstatierte einen Mückenstich, der durch das Kratzen jedoch gewiss nicht besser werden würde. Inge war vier Jahre alt, und sie hatte es im Leben nicht so gut getroffen wie Charlotte. Sie war in einem der düsteren Hinterhöfe in einer Kellerwohnung aufgewachsen und hatte eine schwere Lungenentzündung überstanden. Bedauerlicherweise zeigte sie Anzeichen einer Rachitis. Ihr Aufenthalt auf der Insel wurde von einer gemeinnützigen Organisation finanziert. Anni freute sich darüber, dass es durch diese Unterstützung möglich war, auch Kinder aus ärmeren Verhältnissen in den Genuss einer Genesungskur an der See kommen zu lassen. Wenn sie Glück hatten, könnte durch viel frische Luft, Licht und gutes Essen die Rachitis bei Inge abgemildert, vielleicht sogar komplett ausgeheilt werden.

Momme erschien mit einem Korb voller Krams drin, wie er das Spielzeug für die Kinder bezeichnete. Er hatte die Kindergruppe und Anni und Göntje mit dem Wagen zu dem hübschen Platz am Strand gebracht, denn größere Wanderungen waren für die meisten der Kinder noch nicht möglich. Ächzend stellte er den Korb neben Annis Picknickdecke und blickte dann aufs Meer hinaus.

»Schön ist das ja schon hier am Strand«, sagte er. »Bedauerlicherweise liegt heute nur wenig Holz rum. Aber es ist auch nicht die Zeit dafür. Der Jens hat neulich gemeint, dass mal wieder neue Kisten mit Schwefelhölzern angespült werden könnten, seine Vorräte gehen langsam zur Neige. Meine auch. Wär schon nett, wenn bald eine Ladung irgendwo vom Schiff plumpsen würde.«

Anni grinste. So konnte nur ein echter Insulaner reden. Allerdings musste man aufpassen, beim Strandraub nicht erwischt zu werden, denn dieser war verboten. Auf Amrum oder Sylt hatten deshalb schon ganze Dörfer im Gefängnis gesessen.

»Ui, da sind ja auch Schaufeln«, sagte der neunjährige Karl. Er war strohblond, hatte unzählige Sommersprossen auf der Nase und war als aufgeweckt zu bezeichnen. Gern hielt er sich bei Ockeline und Kreske in der Küche auf und erzählte den beiden von Berlin. »Der kaut mir noch mal ein Ohr ab«, hatte Ockeline neulich zu Anni gesagt und mit den Augen gerollt. Anni konnte Ockeline gut verstehen, ihr redete der manchmal etwas neunmalklug erscheinende Karl ebenfalls etwas zu viel, andererseits war sie froh darüber, dass es ihm so gut ging, denn er wäre, wie in den Unterlagen stand, beinahe an einer Maserninfektion gestorben.

»Wollen wir eine Sandburg bauen?«, fragte Karl Momme. Der alte Friese sah den Jungen verdutzt an. Erneut musste Anni schmunzeln. Momme hatte in seinem Leben bestimmt noch nie eine Sandburg gebaut.

»Also, ich weiß nicht recht, ich meine …«, stammelte Momme. »Mit dem Bauen von Sandburgen hab ich es nicht so.«

»Dann zeigen wir dir, wie das geht«, meinte ein weiterer Junge. Sein Name war Otto, er war zehn Jahre alt und hatte braune Locken, die sich nur schwer bändigen ließen. Kreske meinte, der Jung sehe aus, als hätte er ein Vogelnest auf dem Kopf.

Mommes Gesichtsausdruck war noch immer nicht begeistert. Er hatte anscheinend angenommen, dass er sie absetzen und sich flott wieder davonmachen konnte. Doch er hatte die Rechnung ohne die Kinder gemacht, die aus irgendeinem unerfindlichen Grund einen Narren an ihm gefressen hatten.

»Mit Sandburgen kennt sich Momme nicht so gut aus. Aber mit Burgen durchaus. Erzähl doch den Kindern mal die Geschichte des Schatzes von der Borgsumer Burg. Auf der gibt es nämlich Gespenster«, versuchte Anni, Momme für die Kinderunterhaltung am Strand zu begeistern.

»Gespenster, wirklich?«, rief sogleich einer der Jungen. »Das ist ja spannend.«

Sämtliche Kinder waren hellhörig geworden. Zwei Mädchen, Mathilda und Elisabeth, Letztere war sieben Jahre alt und sie trug entzückende geflochtene Zöpfe, guckten sogar etwas verschreckt.

»Stimmt, die Borgsumer Burg«, antwortete Momme. »Ja, mit der kenne ich mich aus, und dort soll es tatsächlich Gespenster geben. Obwohl die noch keiner gesehen hat. Jedenfalls niemand, den ich kenne.« Die Kinder saßen nun allesamt auf den Picknickdecken, auch die drei vorwitzigen Jungen, die zum Wasser gelaufen waren, befanden sich wieder unter ihnen. Sie hingen an Mommes Lippen. Der alte Friese hatte sich nun ebenfalls gesetzt, allerdings auf einen etwas erhöhten Sandhügel, denn dann hätte er es mit seinen alten Knochen später leichter mit dem Aufstehen. »Also, das war so: Die Borgsumer Burg wird auch Lembecksburg genannt, weil dort vor vielen Hundert Jahren der Ritter Klaus Lembeck gelebt hat. Er musste damals die Burg verlassen, weil er den Kampf gegen die Dänen verloren hat. Zuvor hatte er aber noch all seine goldenen und silbernen Wertsachen in den tiefen Burgbrunnen geworfen, damit sie nicht in die Hände der Dänen fallen. Über die Jahrhunderte hinweg hat so mancher versucht, den Schatz zu heben, doch er wird von den Gespenstern beschützt. Immer wenn jemand den Schatz mit einem Spaten berührt hat, kam irgendein Gespenst, und derjenige bekam den Schatz nicht. Ihr müsst aber keine Angst haben, dass die Gespenster die Burg verlassen und zu uns nach Nieblum kommen könnten. Sie müssen ja dort bleiben und weiter Wache schieben. Obwohl ich mich nicht daran erinnern kann, dass während meiner Lebenszeit jemand in der Burg nach dem Schatz gesucht hat.«

»Also, die Burg müssen wir uns angucken«, meinte einer der Jungen sofort. »Und vielleicht finden ja wir den Schatz«, sagte ein weiterer. »Es könnte doch sein, dass die Gespenster gar nicht mehr anständig Wache schieben, wenn so lange keiner mehr gekommen ist.«

»Vielleicht war ihnen auch langweilig, und sie haben sich eine andere Burg gesucht, in der sie besser spuken können.«

»Möglich«, räumte Momme ein, der sich sichtlich über die Antworten der Kinder freute. Auf die Idee, dass es den Gespenstern mit der Zeit langweilig werden könnte, wäre er niemals gekommen.

»Also, ich geh da lieber nicht hin«, sagte Elisabeth. »Ich hab nämlich schon Erfahrung mit Gespenstern. Die wohnen bei uns im Kohlenkeller. Ganz bestimmt. Da knarrt immer etwas, und es ist ganz doll unheimlich. Neulich hab ich da auch Augen gesehen. Ich schwöre. Und die waren total gruselig.«

»Gespenster im Kohlenkeller. So ein Unsinn«, sagte Otto sogleich. »Du bist eine Memme.«

»Ich denke, jetzt ist es gut mit Gespenstern«, sagte Anni, der es nicht gefiel, in welche Richtung sich das Gespräch plötzlich entwickelte. »Hat jemand Hunger? Durst? Wir haben leckere Zitronenlimonade dabei.« Sie griff nach einem der Picknickkörbe.

Nur wenige Minuten später saßen sämtliche Kinder einträchtig zusammen, und es wurde kräftig gegessen. Ockeline und Kreske hatten die Körbe mit allerlei Leckereien gefüllt. Es gab Butterbrote, herrlich süße Rosinenwecken, Apfelspalten und Erdbeeren. Dazu leckere Zitronenlimonade. Die Vorräte waren rasch aufgefuttert, und dann zog es die Kleinen mit allerlei Spielzeugen bewaffnet ans Wasser. Momme ergab sich in sein Schicksal und baute mit den Jungen eine Sandburg. Göntje spielte mit zwei Mädchen Ball, und Anni machte sich mit den anderen beiden auf die Suche nach den perfekten Muscheln für Windspiele. Es waren Charlotte und Inge, die sie begleiteten. Anni hatte sie dazu überreden können, die Schuhe auszuziehen, und so liefen sie nun barfuß über die Sandrippel, denn das Wasser zog sich immer weiter zurück. Auch die Buben hatten ihre Schuhe ausgezogen, wie Anni sehen konnte. Sie hatten damit begonnen, einen Burggraben zu erarbeiten, damit er mit Wasser gefüllt werden konnte, musste es einen Kanal zum Meer geben. Dieses Projekt konnte aufgrund der beginnenden Ebbe jedoch länger dauern. Momme war inzwischen dazu übergegangen, die Bauarbeiten nur noch zu beaufsichtigen. Er hatte sich neben die recht groß gewordene Burganlage in den Sand gesetzt und stopfte genüsslich Tabak in seine Pfeife. Die lauten Rufe der Austernfischer waren zu hören, die um sie herum im Watt auf Nahrungssuche waren. Ihnen leisteten Möwen und andere Strandvögel Gesellschaft. Die Mädchen fanden besonders die emsig dahinrennenden Strandläufer lustig. Anni erklärte, wie die unterschiedlichen Muschelarten hießen, erzählte geduldig von den Wattwürmern, kleine Krebse wurden begutachtet und die überall auf dem Wattboden liegenden Quallen argwöhnisch beäugt. »Die sind aber glibberig«, sagte Charlotte mit skeptischem Blick und schüttelte sich.

Plötzlich verdunkelte eine Wolke die Sonne, und Anni blickte auf. Entsetzt stellte sie fest, dass es nicht nur eine kleine Schönwetterwolke war, die kurz die Sonne verdeckte. Über Amrum hatte sich eine schwarze Wolkenwand gebildet, die nichts Gutes versprach. Im nächsten Moment frischte der Wind auf.

»Du liebe Zeit«, sagte Anni erschrocken. »Wo kommt denn das plötzlich her? Rasch, Kinder. Lasst uns zurückgehen. Wir müssen zusehen, dass wir nach Hause kommen.« Sie wandten sich um. Erst jetzt wurde sich Anni bewusst, wie weit sie aufs

Watt hinausgelaufen waren. Der Rest der Truppe war ein ganzes Stück entfernt. Göntje und Momme winkten ihnen bereits zu.

Anni beschleunigte ihre Schritte. Das schnellere Laufen sorgte dafür, dass die Mädchen rasch außer Puste gerieten. Sie hatten den Strand noch nicht erreicht, da blieb Inge nach Atem ringend stehen.

»Ich kann nicht mehr«, japste sie. »Nicht so schnell.«

Im nächsten Moment zuckte ein erster Blitz über den Himmel im Westen, und es folgt ein lauter Donnerschlag. Annis Blick wanderte alarmiert zu dem drohenden Unheil.

»Ich weiß, es ist anstrengend«, sagte sie. »Aber es ist nur noch ein kurzes Stück. Kommt ihr beiden, wir schaffen das.« Sie nahm die Mädchen an die Hände und eilte weiter. Es blitzte erneut, und der Wind wurde heftiger. Als sie den Strand endlich erreicht hatten, brachte er die ersten Regentropfen mit sich.

»Jetzt aber schnell zum Wagen«, rief Göntje gegen den tosenden Wind an, die ihnen ein Stück entgegengelaufen war und Anni Charlotte abnahm.

Gemeinsam eilten sie zum Fuhrwerk. Inge wurde das letzte Stück von Anni getragen. Rasch verfrachtete Momme die beiden Mädchen zu den anderen Kindern, die bereits auf dem Wagen saßen. Er kletterte erstaunlich behände auf den Kutschbock und trieb Rüdi an, der sich gewohnt gemächlich in Bewegung setzte. Selbst ein drohender Gewittersturm schien das Pferd nicht aus der Ruhe bringen zu können. Momme trieb das Tier zur Eile an, doch mehr als ein leichter Trab war nicht möglich.

Inzwischen folgt ein Blitz dem nächsten, und die Donnerschläge wurden lauter. Auch der Regen wurde stärker. Waren es anfangs nur vereinzelte, vom Wind verwehte Regentropfen gewesen, so waren es jetzt dicke Tropfen. Die Kinder waren unruhig, viele begannen zu weinen.

»Gleich ist es geschafft«, sprach Anni ihnen und auch sich selbst Mut zu. »Ich kann den Kirchturm von Nieblum schon sehen. Es ist nicht mehr weit.«

Als sie den Ortseingang erreichten, öffnete der Himmel endgültig seine Schleusen, und es begann zu schütten. Der Wind verwandelte sich in einen regelrechten Sturm. Momme fluchte, und Annis Herz klopfte wie verrückt. Die Bäume in den Gärten und der Alleen bogen sich bedrohlich in dem stürmischen Wind. Ein Birnbaum in einem der Gärten hatte sich bereits seinem Schicksal ergeben. Einige Gänse flatterten aufgeregt vor ihnen über den Weg. Gesche Petersen, die an ihrer nur oben geöffneten Klöntür stand, um das Naturschauspiel zu beobachten, rief ihnen etwas Unverständliches zu. Als sie endlich in den Babendörpstieg einbogen, verspürte Anni Erleichterung. Jetzt war es gleich geschafft, und sie waren in Sicherheit. Doch dann sah sie, was Fürchterliches geschehen war: Eine der im Garten stehenden Ulmen hatte dem Gewittersturm nicht standhalten können und war auf den neu errichteten Anbau gefallen.

# 21. KAPITEL

## Nieblum, 5. Juni 1902

Anni stand im hellen Licht der Morgensonne im Garten und betrachtete die am Rand des Grundstücks liegende, zersägte Ulme mit sorgenvoller Miene. Ricklef Hansen hatte ihr und Martin noch bei der Beseitigung des Baumes mitgeteilt, dass er krank gewesen sei, innen bereits ganz morsch. Deshalb hatte er dem Gewittersturm nicht standhalten können. Jetzt lag die gut zweihundert Jahre alte Ulme zerkleinert auf einem Haufen und sah so trostlos aus, wie Anni sich fühlte. Sie hatte so viele Hoffnungen in das Projekt Dünenhof gesteckt, und nun schien es bereits zu sterben, bevor es richtig begonnen hatte. Sie wandte sich um und blickte auf den vollkommen zerstörten Anbau. Der Baum hatte bei seinem Sturz ganze Arbeit geleistet. Der komplette Mittelteil des Gebäudes war stark beschädigt, der Bau in diesem Zustand nicht mehr nutzbar. Schnell war klar geworden, dass ein normaler Betrieb des Kinderhauses so nicht mehr möglich war. Die Kinder waren allesamt noch am selben Abend bei Gmelin untergebracht worden, der sich äußerst bestürzt über das Unglück gezeigt hatte. Zu Annis Glück war er an diesem Tag zufällig zur Sprechstunde im Gasthaus Witt gewesen, was ihnen aufwendige Kontaktaufnahmen erspart hatte. Was die Instandsetzung des Hauses genau kosten würde, wusste Anni noch nicht. Ricklef hatte die benötigte Summe nur kurz überschlagen. Bereits dieser Betrag hatte Anni schwindelig werden lassen. Der Rest ihres Erbes würde niemals reichen, um sämtliche Kosten zu decken. Anni wickelte ihr wollenes Schultertuch enger um sich, denn der Morgen war kühl, die Nacht zuvor hatte es geregnet. Ihr Blick blieb an der Schaukel hängen, die an der alten Rotbuche hing. Wenn man sein Augenmerk nur auf diesen Teil des Gartens richtete, sah alles so normal und friedlich aus. Doch so schnell würde auf der Schaukel kein Kind mehr sitzen. Die Rotbuche war nicht morsch, auch allen anderen Bäumen auf dem Grundstück schien es gut zu gehen. So hatte es ihr der alte Bauer Fiete versichert, der vorsorglich sämtliche Bäume auf dem Grundstück unter die Lupe genommen hatte.

»Das mit der alten Ulme ist einfach nur Pech gewesen«, hatte er zu Anni gesagt und ihr tröstend auf die Schulter geklopft. »Wird schon werden, min Deern. Das wird es doch immer irgendwie.«

Ja, irgendwie wurde es immer. Anni wusste nur noch nicht, wie das Irgendwie aussehen sollte.

Martin kam zu ihr und blieb neben ihr stehen. Er sah so mitgenommen aus, wie sie sich fühlte.

»Durch ständiges Anstarren wird es nicht besser«, sagte er.

»Ja, ich weiß.« Anni seufzte und fragte: »Denkst du, dass Ricklef heute den endgültigen Kostenvoranschlag vorbeibringen wird?«

»Könnte sein. Er hat versprochen, sich zu beeilen. Mir graut bereits jetzt davor.«

»Mir auch«, gab Anni zu. »Der Rest meines Erbes wird niemals für die Instandsetzung reichen. Es war alles genau kalkuliert. Und nun stehen wir wegen einem dummen, morschen Baum vor dem Aus.« In ihre Augen traten nun Tränen. »Wo soll ich denn das fehlende Geld hernehmen? Alle hatten sich so gefreut, es war perfekt. Mir hat es beinahe das Herz gebrochen, die Kinder wegschicken zu müssen. Inzwischen denke ich sogar darüber nach, alles abreißen zu lassen und das Projekt Dünenhof zu beerdigen, bevor er richtig gelebt hat. Gmelin hat mir bei meinem gestrigen Besuch der Kinder eine Anstellung zugesagt, sollte ich hier nicht mehr weitermachen wollen. Du könntest weiterhin als Lehrer tätig sein. Die Stellung ist ja noch nicht neu besetzt worden.«

»Ach, Liebes«, sagte Martin, legte die Arme um sie und sah ihr tief in die Augen. »Wir wissen beide, dass wir das nicht wollen. Ja, wir hatten Pech, aber es ist noch nicht alles verloren. Lass uns den heutigen Tag abwarten. Ricklef wird bestimmt bald hier sein. Wenn wir die genaue Summe wissen, sehen wir klarer. Ich wünschte, ich hätte irgendwie die Möglichkeit, das Geld aufzutreiben, aber leider habe ich sie nicht. Du hast dir bedauerlicherweise keinen reichen Mann, sondern einen schlecht bezahlten Lehrer zum Gatten erwählt.«

»Und ich bin keine wohlhabende Erbin mehr, sondern wegen einer Ulme jetzt arm wie eine Kirchenmaus«, gab Anni zurück.

»Aber du bist eine hübsche Kirchenmaus«, erwiderte er und grinste schelmisch. Nun musste auch Anni lächeln. Er schaffte es mit seiner Ungezwungenheit, ihr selbst in solchen Momenten das Leben leichter zu machen. Seine Lippen näherten sich den ihren. Bereitwillig öffnete Anni ihren Mund, und ihre Zungen fanden sich. Er zog sie fester in seine Arme, und ihr Kuss wurde leidenschaftlicher.

»Da stehen sie im Garten und küssen sich, während andere Leute hart arbeiten.« Es war Ockeline, die den innigen Moment störte und Anni und Martin auseinandertrieb. Sie stand in der geöffneten Hintertür, hatte die Hände in die Hüften gestemmt und sah sie missbilligend an. Anni fühlte sich schlagartig wie ein kleines Mädchen, das etwas ausgefressen hatte, und sie zog den Kopf ein.

Ockeline und Kreske waren, als das Unglück geschehen war, in der Küche gewesen und hatten das Abendessen vorbereitet. Den beiden war der Schreck recht ordentlich in die Glieder gefahren. Schließlich plumpste einem ja nicht jeden Tag ein Baum aufs Haus. Obwohl die Kinder nicht mehr da waren, kamen sie jeden Tag und kümmerten sich, als wäre alles wie immer.

»Ich hab eben ein Blech heiße Wecken aus dem Ofen geholt. Die schmecken warm am besten. Wenn ihr euch nicht beeilt, futtern euch Momme, Kreske und Göntje alles weg. Ach, was hätten die Lütten die gern gehabt. Es ist ein Jammer.«

Ihre Worte sorgten dafür, dass es Anni erneut schwer ums Herz wurde. Daran, wie es mit ihrem Personal jetzt weitergehen sollte, wollte sie noch gar nicht denken. Für Ockeline und Kreske würde das frühzeitige Aus des Dünenhofs nicht so tragisch sein, denn sie erhielten ja beide noch ihre Witwenrente. Sie würden zurechtkommen. Aber bei Momme und ganz besonders Göntje sah es schon anders aus. Letztere hatte nur kurze Zeit bei ihnen gearbeitet, viel Erfahrung als Dienstmädchen konnte sie also nicht vorweisen. Außerdem war sie erst vierzehn Jahre alt. Anni und Martin würden einige Fühler ausstrecken müssen, um sie in eine gute Anstellung zu bringen.

In der Küche angekommen, empfingen Anni und Martin nicht nur Momme, Göntje und Kreske, sondern auch Tesje, die selbstverständlich die kleine Ida im Gepäck hatte. Göntje hatte das Mädchen auf dem Arm und betrachtete es mit strahlenden Augen.

»Moin, ihr beiden«, grüßte Tesje mit vollem Mund. Sie hatte gerade von einem der heißen Wecken abgebissen, und ihr Gesichtsausdruck bekam etwas Seliges. »Ach, frisch aus dem Ofen und noch warm, so sind sie einfach am besten. Ihr müsst schnell zugreifen, bevor sie abkühlen.« Sie deutete auf das auf dem Tisch stehende Blech.

Anni und Martin nahmen sich jeder einen Wecken und gesellten sich zu den anderen.

»Musst du nicht im Laden sein?«, fragte Anni Tesje. Der Besuch ihrer Freundin zu dieser Stunde an einem normalen Wochentag verwunderte sie. Tesje beeindruckte stets durch ihr Pflichtbewusstsein und ihre Tatkraft. Das Geschäft einfach so im Stich zu lassen, passte nicht zu ihr.

»Normalerweise schon«, gab Tesje zurück. »Aber Sönk kümmert sich. Es gibt nämlich Neuigkeiten, die ich unbedingt überbringen wollte. Du weißt doch, dass der Dorfklatsch meist die Dinge schon vor denjenigen weiß, die es eigentlich betrifft.«

Anni wurde hellhörig. Wenn Tesje es für notwendig hielt, wegen dieses Dorfklatsches zu ihnen zu kommen, dann musste es wichtig sein. Ihr schwante Übles.

»Und wir sind das Hauptthema des Dorfklatsches?«, sagte sie.

»Wer auch sonst. Den ganzen Tag wird bei uns von nichts anderem als eurem Unglück geredet. Vorhin war Boy im Laden. Er kommt ja jeden Morgen und holt sich noch ein Fischbrötchen, bevor er seine Postrunde startet. Er weiß es von Anton, und der hat es wiederum von Olaf. Letzterer hat gestern im Gasthof Witt noch ein Gespräch zwischen Nahmen und Ricklef mitangehört. Ricklef muss gesagt haben, dass euer Anbau nicht zu retten ist. Er wäre zu stark beschädigt und müsste abgerissen werden. Es tut mir so leid, Anni.«

In der Küche herrschte nun betretene Stille. Niemand schien so recht zu wissen, was er jetzt sagen sollte.

»Dann war es das wohl mit unserem Dünenhof«, sagte Anni irgendwann. »Einen weiteren Anbau können wir uns nicht leisten. Ach, es war zuvor bereits entschieden. Selbst für eine Instandsetzung des Hauses hätte das Geld nicht gereicht. Das wisst ihr doch alle. Es tut mir so leid.« In ihre Augen traten nun Tränen.

»Ach, min Deern«, tröstete Momme. »Nicht weinen. Sonst heul ich dummer alter Friese noch mit.«

Sein Versuch zu trösten sorgte dafür, dass Anni endgültig die Tränen über die Wangen liefen.

Im nächsten Moment öffnete sich die Tür, und Ricklef trat ein.

»Moin, zusammen«, grüßte er in die Runde. Einen kurzen Moment lang ruhte Ricklefs Blick auf Tesje, und er nickte wissend.

»Es ist also bereits bekannt, dass wir den Anbau nicht mehr retten können«, stellte er fest.

Sämtliche Anwesenden nickten.

»Damit ist es dann das Ende unseres Dünenhofs«, sagte Anni. »Einen neuen Anbau kann ich mir nicht leisten.«

Erneut herrschte betretenes Schweigen. Ricklef war derjenige, der es brach.

»Also, ich würde da nicht so schwarzsehen«, sagte er. »Mit büschen guter Planung könntet ihr den Dünenhof bestimmt weiterführen. Ihr habt ja im Kapitänshaus auch Platz. Ich hab da mal was vorbereitet. Wir könnten ein Nebengebäude errichten, das als privater Wohnraum genutzt werden kann. Nichts Großes oder Schickes natürlich. Aber es würde gehen. Dann könnten die Kinder doch hier im alten Kapitänshaus wohnen. Den Speiseraum können die Kinder auch als Aufenthaltsraum nutzen, und unter dem Dach gibt es genügend Platz zum Schlafen. Gut, es gäbe keine modernen Wassertoiletten, aber in Nieblum hat so einen Schnickschnack doch sowieso niemand. Ich hab schon mal einen Plan angefertigt, wie ich mir das Ganze vorstelle.« Er holte ein gerolltes Papier aus seiner Tasche und legte es auf dem Tisch aus. Anni blickte mit großen Augen auf den Entwurf. Mit solch einer Unterstützung von Ricklef hätte sie niemals gerechnet.

Neben dem alten Kapitänshaus, der Remise und Mommes kleinem Scheunenhaus befand sich nun ein weiteres Gebäude rechter Hand des Haupthauses auf dem Gelände. Es war nur ein wenig größer als Mommes Unterbringung, enthielt einen Schlafraum, eine Wohnstube und eine Kammer.

»Vieles von dem Material wird nach dem Abriss wiederverwertbar sein, was den Neubau des Hauses um einiges kostengünstiger machen wird. Euer übriges Kapital wird nicht für alles reichen, aber ihr könntet die restliche Summe vielleicht als Kredit bei Broder aufnehmen. Ich bin mir sicher, er wird ihn euch nicht verweigern. Was meint ihr?«

Anni konnte kaum glauben, was Ricklef da erklärte. Sie könnten ihren Dünenhof retten. Es konnte doch weitergehen. Vielleicht ein wenig kleiner, aber was sollte es schon. Zu Nieblum passte diese einfache Form des Kinderhauses sowieso besser. Andererseits war sie nie eine Freundin davon gewesen, bei anderen Leuten in der Kreide zu stehen. »Schulden zu haben, bei wem auch immer, ist nie gut«, hatte ihr ihre Ziehmutter stets eingetrichtert.

»Ich weiß nicht recht«, zögerte sie deshalb skeptisch. »Was ist, wenn wieder ein Unglück passiert und wir das Geschäft doch nicht weiterführen können? Mir Geld zu leihen, bereitet mir ehrlich gesagt Bauchschmerzen.« Ihr Blick wanderte zu Martin.

»Also, ich sehe das anders«, sagte er. »Durch den Kredit könnte die Wiedereröffnung klappen. Und dieses Mal versichern wir nicht nur gegen Brand, sondern auch gegen andere Vorkommnisse. Sollte uns also noch einmal ein Baum aufs Dach fallen, dann kommt für den Schaden die Versicherung auf.« Er tätschelte Anni beruhigend die Hand. »Dein Entwurf ist großartig, Ricklef«, wandte er sich an den Tischler. »Hab vielen Dank dafür. Und du denkst wirklich, dass Broder uns einen Kredit gewähren wird? Ich habe gehört, dass er in dieser Hinsicht eher knausrig sein soll.«

»Knausrig ist gut«, meldete sich Momme zu Wort. »Der ist der größte Geizkragen, den Föhr jemals gesehen hat. Deshalb hat er vermutlich auch die Sparkasse mitbegründet. Da kann er den ganzen Tag auf dem Geld sitzen und es horten. Deshalb ist auch nur an zwei Tagen in der Woche die Kasse auf. Obwohl das alles ja gar nicht sein Geld ist.« Momme bekräftigte seine Aussage durch ein Nicken.

»Momme liegt in dieser Hinsicht nicht ganz falsch«, gestand Ricklef. »Broder nimmt das Wort Sparen manchmal etwas zu genau. Aber ich glaube trotzdem, dass er in eurem Fall anders reagieren wird. Er war eurem Dünenhof gegenüber immer aufgeschlossen, und das Unglück hat auch bei ihm Bestürzung ausgelöst. Wenn ihr wollt, könnt ihr gleich zu ihm in die Sparkasse gehen. Solltet ihr eine Zusage erhalten, könnte ich noch heute mit den ersten Arbeiten beginnen, aktuell ist nicht so viel zu tun.«

»Na, dann mal los zu Broder«, sagte Kreske und erhob sich. »Den alten Knauser bekommen wir schon dazu, dass er die Kohle lockermacht. Jawoll.«

Sämtliche Anwesenden erhoben sich. Auf die Idee, dass Anni und Martin alleine zur Sparkasse gehen sollten, kam niemand.

Nur wenige Minuten später lief die Gruppe aufgeregt schnackend wie eine Gänseschar den Babendörpstieg hinunter und bog alsbald in die Straße Bi de Süd ein, in der sich das erst vor wenigen Jahren neu errichtete Sparkassengebäude befand, das durch seine etwas andere Bauweise, es besaß kein Reetdach, hervorstach. Die Spar- und Leihkasse Nieblum war im Jahr 1868 gegründet worden, zuvor waren es meist finanzkräftige Privatpersonen gewesen, die im Dorf Kredite vergeben hatten. Private Geldgeber waren es auch gewesen, die das erste Sparkassenkapital gestellt hatten. Erster Rendant der neuen Sparkasse und auch ihr Mitbegründer war Broder Witt. Er hatte im Dorf auch die Stellung des Standesbeamten inne und war Eigentümer des Gasthofs Witt. In dem Neubau der Sparkasse hatte er auch seinen festen Wohnsitz.

Ockeline war diejenige, die voller Tatendrang die Tür des Hauses öffnete. Broder saß gerade gemeinsam mit seiner Gattin Namine am Frühstückstisch. Verdutzt sahen die beiden die Menschengruppe an, die sich in den kleinen Raum und den dahinterliegenden Flur drängte.

»Moin, Broder, Namine«, grüßte Ockeline. »Entschuldigt, dass wir beim Frühstück stören. Aber es wäre wichtig.«

Broders Blick wanderte von Ockeline zu Anni und Martin, und er nickte.

»Ich habe mir schon gedacht, dass ihr zwei bald hier auftauchen würdet«, sagte er und tupfte sich mit einer Serviette über seinen recht ansehnlichen Schnauzbart. »Das mit eurem Anbau ist eine Tragödie, anders lässt es sich nicht bezeichnen. Du entschuldigst mich, Namine«, wandte er sich kurz an seine Gattin. »Es warten dringende Geschäfte.« Er erhob sich, und die Gruppe folgte ihm in den Kassenraum der Bank. Dort nahm er hinter seinem aus Eichenholz gefertigten und dunkel gebeizten Schreibtisch Platz und blickte dann finster in die Runde.

»Ich möchte nicht unhöflich sein, aber finanzielle Angelegenheiten unterliegen dem Bankgeheimnis. Also bitte ich darum, dass sämtliche Anwesenden, die keine Gelddinge besprechen möchten, den Raum verlassen.«

Niemand der Anwesenden schien sich angesprochen zu fühlen. Broder räusperte sich, und seine Stimme wurde nun lauter. »Nun ist aber mal gut. Ihr benehmt euch ja schlimmer als die Lütten. Anni und Martin bleiben jetzt hier, der Rest verlässt den Raum.«

Grummelnd gaben Tesje, Ockeline, Kreske, Momme und Göntje nach und gingen. Nur Ricklef durfte nach einer Intervention von Martin bleiben, denn seine Informationen waren wichtig für die Finanzierungsgespräche.

Nachdem sich die Tür hinter Momme geschlossen hatte, setzten sich die Verbliebenen, und Broder fragte sogleich freiheraus: »Wie viel Geld wird denn benötigt?«

# 22. KAPITEL

## Nieblum, 25. Juli 1902

»Wir haben jetzt Friesentorte, Waffeln, Zitronenkuchen, Kaffeepuffer, drei Apfelkuchen und gut vierzig Schnecken. Denkst du, das reicht?« Ockeline sah Anni fragend an.

»Bestimmt«, war sich Anni sicher. »Ich gehe eher davon aus, dass es zu viel ist. Sicher bringen die anderen auch noch allerlei Leckereien mit.«

»So wird es wohl sein. Also backe ich jetzt besser keine Friesenkekse mehr.«

Die beiden befanden sich in der Küche des alten Kapitänshauses, in der es heimelig duftete. Ockeline und Kreske waren bereits seit der Morgendämmerung damit beschäftigt, die Köstlichkeiten für das bevorstehende Einweihungsfest des wiedererstandenen Dünenhofs vorzubereiten. Das Fest war Martins Idee gewesen, und Anni hatte den Einfall hübsch gefunden. Sie hatten in den letzten Wochen von den Nieblumern so viel Zuspruch erhalten, da war es richtig, mit ihnen den Neubeginn zu feiern. Ricklef hatte die Planungen für den Neubau eines weiteren Nebengebäudes nach einigem Hin und Her wieder verworfen, und am Ende war dann doch das alte Kapitänshaus erneut erweitert worden. Es hatte jedoch nur einen kleinen, nicht ums Eck gehenden Anbau auf der rechten Seite des Gebäudes erhalten, in dem nun die privaten Räumlichkeiten von Anni und Martin sowie die Büroräume, eine Waschküche und zwei Dienstbotenkammern untergebracht waren. Somit waren die Kosten überschaubarer gewesen, als zuerst angenommen, und sie hatten nur einen kleinen Kredit aufnehmen müssen. Anni gefiel die neue Erweiterung sogar besser als der größere Anbau. So blieb der Charakter des alten Friesenhauses ihrer Meinung nach eher erhalten. Ricklef hatte großartige Arbeit geleistet, wenn das frisch gedeckte Reetdach nicht gewesen wäre, hätte man meinen können, es wäre schon immer alles so gewesen.

»Wie sieht es denn mit der Bowle aus?«, fragte Ockeline Göntje und Kreske, die am Küchentisch saßen und die sogenannte Siedler-Bowle anrührten. Sie bestand aus Wasser, Zitronenlimonade und einer Flasche Korn.

»Wir sind fast fertig«, antwortete Göntje. »Wir haben jetzt fünf Eimer voll, gleich ist der Korn alle.«

»Na, das wird hoffentlich reichen«, meinte Ockeline. »Dazu gibt es ja noch Kaffee und für die Kinder natürlich alkoholfreie Limonade, die steht schon in der Speisekammer bereit. Hach, was bin ich aufgeregt. Dann geh ich jetzt mal flott nach Hause und mache mich zurecht. Ihr müsst auch noch alle eure Sonntagstracht anziehen, meine Damen. Schließlich ist das heute ein wichtiges Ereignis.«

»Also ich bleibe, wie ich bin«, sagte Anni. »Mir wird es heute ehrlich gesagt in der Tracht zu warm. Das Thermometer hinter dem Haus hat vorhin schon achtundzwanzig Grad angezeigt. Da sind mir meine dünne Bluse und der leichte Baumwollrock lieber, und die Sachen sehen auch ordentlich aus.«

»Und ich besitze gar keine Tracht«, vermeldete Göntje.

»Und so etwas wollen anständige Föhrerinnen sein«, grummelte Ockeline, und ihr Blick wanderte zu Kreske, die den Kopf einzog, was ihre Antwort erahnen ließ.

»Ich passe in meine Tracht nicht mehr so gut rein«, gestand sie. »Jedes Mal, wenn ich sie anhabe, glaube ich zu ersticken. Ich muss sie unbedingt ändern lassen. Also bleib ich in meiner Alltagstracht. Aber ich werde wohl ein frisches Tuch anlegen. Ich habe mir erst neulich ein hübsches hellblaues in Wyk im Strandbasar gegönnt. Außerdem soll das Fest ja eher ungezwungen sein. Da muss man doch nicht gleich so fein durch die Gegend laufen. Wir gehen schließlich nicht in die Kirche.«

Ockelines Miene wurde daraufhin noch eine Spur finsterer. »Du passt bloß nicht mehr in deine Tracht, weil du ständig Kekse klaust«, blaffte sie Kreske an. »Du glaubst, dass ich das nicht merke. Aber ich bin doch nicht dumm. Neulich hattest du lauter Krümel auf deiner Schürze, eine halbe Dose hast du allein gestern gefuttert.«

»Ich denke, wir sollten uns jetzt lieber wieder auf die Vorbereitungen für das Fest konzentrieren«, sagte Anni, noch bevor Kreske Antwort geben konnte. Einen Streit zwischen den beiden konnten sie jetzt wahrlich nicht gebrauchen. »Wollen wir mal im Garten nachsehen, wie weit die Männer mit dem Aufstellen der Tische sind?«

Kreske und Göntje stimmten sogleich zu und erhoben sich, froh darüber, der noch immer finster dreinblickenden Ockeline entkommen zu können. Nachdem die beiden den Raum verlassen hatten, legte Anni Ockeline beschwichtigend die Hand auf die Schulter.

»Lass es gut sein mit der Tracht. Heute wird eben ungezwungener gefeiert. Wir wollen uns doch diesen Tag nicht mit einer Kleiderdiskussion verleiden, oder?«

»Nein, das wollen wir nicht«, lenkte Ockeline ein.

»Das wollte ich hören«, antwortete Anni lächelnd. »Und sei, was die Kekse angeht, nicht so streng mit Kreske. Sie hat nicht die halbe Dose gefuttert, denn ich habe auch welche genascht.« Sie zwinkerte Ockeline zu.

Ockeline rollte die Augen.

»Ich hänge ein Vorhängeschloss an die Dose, ihr Diebe.« Nun konnte sie schon wieder lachen.

Wenige Minuten später beschäftigten sich alle damit, den Garten für das Fest hübsch zu machen. Momme und Martin stellten Biertische und Bänke auf, die sie sich im Gasthof Witt geliehen hatten. Schattenplätze gab es durch die verbliebenen Bäume an diesem warmen Tag zum Glück reichlich. Anni baute gemeinsam mit Göntje, Kreske und Ockeline das Kuchenbüfett auf.

Nach und nach trafen nun auch die ersten Gäste ein, und alsbald tummelten sich diese zahlreich im Garten des Anwesens. Halb Nieblum war zu dem kleinen Einweihungsfest erschienen, bewunderte den neuen Anbau und tat sich gütlich am Büfett. Unzählige Kinder spielten im Garten, eine Gruppe Jungs stocherte mit irgendwelchen Stöcken im nahen Bachlauf herum. Die an der Rotbuche hängende Schaukel war äußerst beliebt und dauerbesetzt. Eine Gruppe Mädchen saß auf einer Picknickdecke im Gras und flocht sich gegenseitig Zöpfe. Bedauerlicherweise gab es auch einen kleinen Notfall. Vollig, sie war vier Jahre alt, war von einer Biene gestochen worden und weinte jämmerlich. Um die Stichwunde bemühte sich sogleich äußerst kompetent die Gemeindeschwester, die es sich natürlich nicht hatte nehmen lassen, ebenfalls den Neubau zu besichtigen, und Anni mit warmen Worten noch einmal ihre volle Unterstützung versicherte. Auch Tesje und Sönk waren gekommen. Die kleine Ida schlief selig in ihrem Kinderwagen, der viele Trubel um sie herum schien das Mädchen nicht aus der Ruhe zu bringen. Die beiden hatten Anni, wie viele andere Gäste auch, ein Geschenk mitgebracht.

»Ich dachte, den Lütten könnte das gefallen«, sagte Sönk und überreichte Anni eine mit Blechspielzeug gefüllte Kiste.

»Oh, wie schön«, freute sich Anni über das Geschenk. Sogleich betrachtete sie den Inhalt der Kiste näher, der ausgesprochen federviehlastig war, wie sie feststellte. Es gab zahlreiche Enten, Gänse auf Rädern und aufziehbare Hühner. Eines der Spielzeuge stach besonders ins Auge, und sie holte es aus der Kiste. »Es ist ja sogar ein Austernfischer unter den Figuren. Wo habt ihr denn den aufgestöbert? Dann bin ich mal gespannt, wann das erste Kind den Ruf des Vogels nachahmen und uns damit gehörig auf die Nerven gehen wird.«

Es ging munter weiter mit den Mitbringseln, die nicht nur aus Spielzeug bestanden. Andine brachte Anni einen hübschen Rosenstock für ihr vom Baum zerstörtes Blumenbeet mit, was Anni besonders rührte. Ferdinand Ovenbüll schenkte ihnen gleich zwei Hühnergötter, die er bei der Strandholzsuche im Frühjahr mitgenommen hatte. Etwas verdutzt sah Martin die Steine mit dem Loch in der Mitte an. Anni erklärte ihm rasch, was es mit ihnen auf sich hatte. »Sie gelten als Glücksbringer. Wir müssen sie am Haus aufhängen, dann halten sie böse Geister fern.«

»Genau«, sagte Ferdinand. »Die hängt ihr mal hübsch an euer Häuschen, damit euch nicht gleich wieder so ein Unglück passiert.«

Die Gattin des Sparkassenleiters Broder, Namine Witt, die sich über Föhr hinaus einen Namen als Heimatdichterin gemacht hatte, überreichte Anni einen ihrer Gedichtbände mit den Worten: »Für die ruhigen Momente, sollte es solche geben.«

Anni freute sich aufrichtig über das Geschenk, denn sie mochte Gedichte, und sie hatte bereits viel über Namines großes Schreibtalent gehört. Im Dorf galt sie bereits als Berühmtheit.

Ockeline trat näher und erkundigte sich, ob sie noch irgendwo anders als in der Kammer Korn lagern würden.

»Die Bowle ist doch tatsächlich schon leer«, sagte sie und schüttelte den Kopf. »Fünf Eimer, innerhalb einer Stunde. Das muss man sich mal vorstellen. Kaffee haben wir dagegen noch reichlich.«

Zu Annis Glück hatten einige Besucher anstatt Spielzeug, Blumen oder Glücksbringern Korn als Geschenk mitgebracht, was ihnen jetzt zupasskam. So konnten Ockeline und Kreske rasch für Nachschub sorgen, schließlich sollte das Fest bis in die Abendstunden hinein gehen, und Bowle durfte niemals alle sein. Nachdem sich Ockeline mit vier Flaschen Korn in Händen in die Küche davongemacht hatte, ließ Anni, die nun einen Moment unbeachtet von allen anderen blieb, ihren Blick über den Garten schweifen, und sie spürte ein selig warmes Glücksgefühl in ihrem Inneren. Sämtliche Bierbänke waren besetzt, ebenso die Bank vor dem Haus. Es herrschten ein herrliches Stimmengewirr und fröhliches Gelächter. Die an den Bäumen angebrachten bunten Lampions schaukelten leicht in der sanften Sommerbrise, einer von ihnen war anscheinend nicht richtig befestigt worden und lag im Gras. Neugierig beschnupperte der Kater Bobbi das gute Stück. Doch der Moment des Durchatmens hielt nur kurz. Göntje erschien und erkundigte sich danach, wo es weitere Gläser gab. Nachdem Anni in der Küche an der Bowle-Front nach dem Rechten gesehen hatte, betrat sie den gut gefüllten Aufenthaltsraum des Friesenhauses, der selbstverständlich von den Gästen in Augenschein genommen werden wollte. Hier befand sich auch Martin, der sich angeregt mit seinem Nachfolger als Lehrer, einem Hans Merzner, unterhielt, der erst vor wenigen Tagen aus Husum nach Nieblum gekommen war, um sich ein erstes Bild von seinem neuen Wirkungsort zu machen. Die Stellung antreten würde er nach den Sommerferien.

Anni erfüllte der Anblick des gemütlich eingerichteten Aufenthaltszimmers mit Stolz. Es gab einen großen Esstisch mit passenden Stühlen, zwei Ohrensessel und ein hübsches Bücherregal, in dem sich bereits einige Bilderbücher befanden. Hinzu kamen ein Schaukelstuhl, den ihnen Anton Hansen geschenkt hatte, und ein hübsches Puppenhaus, das Momme angeschleppt hatte. Er hatte es von einem alten Bekannten aus Borgsum bekommen. Dort hatte das gute Stück schon seit einigen Jahren unbeachtet in einer Ecke der Scheune gestanden.

»Was man so alles aus einem alten Viehstall machen kann«, bemerkte Miele Jacobsen mit verzückt klingender Stimme. »Also, ich finde es großartig. Wo habt ihr nur die vielen hübschen Kacheln für die Wände her? Das muss doch teuer gewesen sein, oder?« Sie deutete auf die gegenüber der Fensterfront gelegene Wand, die komplett mit blau-weißen Delfter Fliesen gekachelt war, die hübsche Motive wie Segelboote oder Windmühlen zeigten.

Anni überlegte kurz, was sie antworten sollte. Sie hatten für die Fliesen nichts bezahlen müssen, denn Ricklef hatte sie von einem Hausabriss in Toftum. Dort hatten sie in der Wohnstube eine ähnlich große Wand geziert. Anni entschied sich dafür, Miele die Wahrheit zu sagen. Ein kleiner Schwindel würde sowieso irgendwann ans Licht kommen.

»Das muss das Haus von Lorenz Nielsen gewesen sein«, meinte Miele sogleich und kam ins Plaudern.

Du liebe Güte, dachte Anni. Sie hatte ganz vergessen, dass Miele aus Toftum stammte. Wenn sie jetzt nicht auf der Hut war, würde sie vermutlich noch weitere Lebensgeschichten von

Lorenz Nielsen, seinen Angehörigen oder Verwandten erzählt bekommen.

Arfst Payen rettete Anni. Der Architekt ließ es sich selbstverständlich nicht nehmen, das Haus zu besichtigen, obwohl er dieses Mal bei den Planungen nicht miteinbezogen worden war. Arfst hatte der Bowle bereits gut zugesprochen, weshalb er leicht schwankte.

»Also, ich muss schon sagen, dass das ganz nett geworden ist. Nicht ganz so schick wie zuvor, aber was soll's. Den Kindern wird es bestimmt gefallen. Allerdings ist es bedauerlich, dass der Einbau der modernen Wassertoiletten nun nicht mehr möglich war.«

»Die braucht doch eh kein Mensch«, mischte sich Momme in das Gespräch ein, der, wie sollte es auch anders sein, ein Glas Bowle in Händen hielt. »Ich bin mein ganzes Leben lang hervorragend mit einem normalen Donnerbalken klargekommen.«

Anni musste grinsen.

Hardina Boyen war diejenige, die Anni von einer Antwort zur Toilettensituation entband. Sie hatte eben den Raum betreten und grüßte freudig.

»Gud Dai, Anni. Entschuldige, dass ich zu spät komme. Aber ich hatte noch etwas fertig zu machen. Ich habe ein kleines Mitbringsel für euer Kinderhaus. Ich dachte, es könnte passend sein.« Sie überreichte Anni das Paket und sah sie erwartungsvoll an. Es war offensichtlich, dass Anni es sogleich auspacken sollte, und sie tat Hardina den Gefallen. Der Inhalt des Pakets sorgte für Freude. Es waren hübsche, selbst gestrickte Puppenkleider.

»Ach, was sind die niedlich«, sagte Anni sogleich. »Die werden den Kindern bestimmt gefallen. Aber das wäre doch nicht nötig gewesen, Hardina. Die viele Arbeit.«

»Mir macht das Stricken solch kleiner Sachen doch Freude«, antwortete Hardina. Annis Reaktion hatte dafür gesorgt, dass ihre Augen strahlten. »Das ist mal eine Abwechslung zu den Socken und den Schals, die ich sonst so anfertige. Ich hoffe, die Kinder werden ihren Spaß daran haben.«

»Ganz bestimmt«, war sich Anni sicher. »Puppen, die die Kleider tragen können, haben wir ja bereits.« Sie deutete auf einen neben den Ohrensesseln stehenden Puppenwagen.

»Weil wir gerade bei dem Thema Kinder sind«, mischte sich Andine Lassen in das Gespräch ein. »Wann kommen die nächsten?«

Mit dieser Frage hatte Andine einen wunden Punkt getroffen, und Annis gute Laune bekam einen Dämpfer. Sie hatte in den letzten Wochen mehrfach an das St. Hedwig-Krankenhaus nach Berlin geschrieben und versichert, dass eine erneute Aufnahme ab August möglich sei. Doch bisher hatte sie keine Antwort erhalten, auch von Bille nicht. Das Schweigen ihrer Freundin bereitete ihr zusätzlich Sorge. So kannte sie Bille gar nicht.

Als hätte irgendeine höhere Macht auf diesen Moment gewartet, betrat der Postbote Boy mit ihrer Tagespost den Raum. Er überreichte Anni diese sogleich mit den Worten: »Da ist ein Schreiben aus Berlin dabei. Könnte wichtig sein. Ihr wartet doch schon länger auf Antwort von diesem Krankenhaus.«

Anni nahm den Brief zur Hand, öffnete ihn und überflog den kurzen Text, der dafür sorgte, dass ihre Feierlaune endgültig verflog:

*Berlin, 21. Juli 1902*

*Sehr geehrtes Fräulein Nissen,*

*es tut mir schrecklich leid, Ihnen mitteilen zu müssen, dass das St. Hedwig-Krankenhaus von einer weiteren Zusammenarbeit mit Ihrem Haus Abstand nehmen wird.*

*Wir wünschen Ihnen persönlich weiterhin alles Gute.*

*Mit freundlichen Grüßen*
*Ihre*
*Dörte Grabowski.*

# 23. KAPITEL

## Wyk, 3. August 1902

Anni wurde langsam ungeduldig, und sie begann, mit dem Fuß aufzutippen. Sie reckte den Hals und versuchte, in den Bereich hinter dem Empfangstresen der Buchdruckerei Krüger zu linsen. Am Tresen selbst hatte bis vor Kurzem noch ein junger Mitarbeiter gestanden, der ihr erklärt hatte, dass Joachim Brader, der zuständige Redakteur, gerade nicht im Haus sei, es aber nicht mehr lange dauern könne, bis er zurückkomme. Doch das Warten zog sich in die Länge. Sie saß nun schon über eine Stunde auf dem ungemütlichen Stuhl, und langsam tat ihr der Po weh. Inzwischen hatte sie schon darüber nachgedacht, sich die Wartezeit in der Leihbibliothek nebenan zu vertreiben, doch den Gedanken hatte sie wieder verworfen, denn schließlich konnte dieser Herr Brader jederzeit zurückkehren, und dann wollte sie vor Ort sein. Schließlich ging es um eine wichtige Anzeige, die sie im nächsten *Bäderanzeiger* veröffentlichen wollte. Sie hatten die letzten Tage damit zugebracht, den Text dafür zu verfassen. Er durfte nicht zu lang sein, aber auch nicht zu kurz. Alles Wichtige musste er enthalten, aber er sollte auch einladend wirken. Einen Teil davon hatten sie von ihrem ehemaligen Prospekt übernehmen können. Doch ganz passend war dieser nun nicht mehr gewesen. Es fehlte der moderne Komfort der Wassertoiletten, und mit elektrischem Licht konnten sie auch nicht werben, so, wie es viele der Hotels und Pensionen in Wyk taten. Sie mussten einen neuen Prospekt drucken lassen. Die Vorlage dafür befand sich ebenfalls in Annis Tasche. So schnell es ging, müssten die neuen Prospekte an ihre Ziehmutter verschickt werden. Sie hatte ihr zugesichert, sich auch dieses Mal um eine adäquate Verteilung zu bemühen. Anni bezweifelte jedoch, dass es erneut zu einer raschen Rückmeldung kommen würde. Bis auf die St. Hedwig-Klinik hatte sich kein einziges Krankenhaus nach der ersten Verteilaktion ihrer Ziehmutter gemeldet. Es war und blieb ein schwieriges Unterfangen, feste und zuverlässige Partner für ihren Dünenhof zu generieren. Ach, wenn doch nur die Zusammenarbeit mit der Charité möglich wäre. Doch für die dortige Kinderklinik war ihre Einrichtung offensichtlich nicht gut genug. Es blieb nun die Hoffnung, dass alsbald ein neuer Bäderführer veröffentlicht werden würde, in dem sie eine Werbeanzeige platzieren konnten.

Anni hatte sich für den Termin bei der Buchdruckerei extra hübsch zurechtgemacht. Als Betreiberin eines Kinderpensionats musste sie schließlich einen gepflegten Eindruck erwecken. Sie trug keine Amrumer Tracht, sondern einen adretten dunkelblauen Rock, dazu ihre beste weiße Rüschenbluse und eine passende, kurz geschnittene Jacke darüber, die sie sich von Tesje geliehen hatte. Auf ihrem Kopf saß ein dunkelblauer Hut mit einem weißen Hutband. Sie hätte es gerne gehabt, dass Martin sie zu diesem wichtigen Termin begleitete, doch er klagte seit den frühen Morgenstunden über Magenkrämpfe und hatte es nicht aus dem Bett geschafft. Anni hatte aufgrund seines schlechten Gesundheitszustandes darüber nachgedacht, die Fahrt zur Druckerei zu verschieben, doch Ockeline hatte ihr versichert, sich um Martin zu kümmern. Gegen Bauchweh kannte sie Unmengen an Hausmitteln, und wenn alle Stricke rissen, würde sie die Gemeindeschwester zurate ziehen. So war sie also allein auf den Wagen zu

Momme gestiegen, und sie waren in gemächlichem Tempo, noch immer war Rüdi das einzige Pferd in ihrem Besitz, nach Wyk aufgebrochen.

Die Absage der Klinik war für Anni ein tiefer Schlag gewesen. Sie hatte so sehr darauf gehofft, dass sie auch weiterhin auf die Unterstützung von Dörte Grabowski hoffen konnte, nachdem sie nach ihrem holprigen Start dann doch gut miteinander ausgekommen waren. So konnte man sich irren. Am Tag nach dem Fest hatten sie in der Küche Kriegsrat gehalten und waren zu dem Entschluss gekommen, erneut die Initiative zu ergreifen. Es galt, möglichst schnell über irgendeinen Weg Kinder in den Dünenhof zu bekommen.

Das Telefon hinter dem Empfangstresen begann zu läuten, und der Mitarbeiter kehrte zurück. Das Gespräch dauerte nicht sonderlich lang. Als er aufgelegt hatte, sah Anni den Mann hoffnungsvoll an. Doch er war gut darin, ihre Blicke zu ignorieren, und verschwand erneut im Hinterzimmer. Anni ließ die Schultern sinken. Wenn sie gewusst hätte, dass das so lange dauerte, hätte sie sich die Zeit auch anderweitig vertreiben können. In Wyk gab es schließlich freundlichere Orte als den Vorraum einer Druckerei.

Die Tür öffnete sich, und Anni schöpfte erneut Hoffnung, doch es war nur Momme, der eintrat und sie verwundert ansah.

»Hier sitzt du, min Deern. Sag bloß, du bist noch nicht drangekommen. Aber das kann doch nicht so lange dauern, so eine Anzeige aufzugeben, oder?«

Momme hatte sich, während Anni wartete, bei einem alten Bekannten zu einem kleinen Klönschnack abgesetzt. Er roch verdächtig nach Alkohol. Es wäre auch einem Wunder gleichgekommen, wäre kein Korn oder Branntwein geflossen. Immerhin schwankte er noch nicht, was darauf hindeutete, dass sie es nicht übertrieben hatten.

»Es dauert so lange«, antwortete Anni missmutig. »Der zuständige Redakteur, Joachim Brader, ist nicht im Haus. Er ist geschäftlich unterwegs.«

»Brader. Das ist doch der rothaarige schmächtige Bursche, der immer und überall seine neugierige Nase reinsteckt, nicht wahr?«

Anni zuckte die Schultern. Sie kannte den Mann nicht persönlich.

»Doch, doch, der ist das. »Also, den hab ich eben in einem Café vorn am Sandwall in der Sonne sitzen sehen. Das nennt der gute Mann also Geschäftstermin. Komm. Wir gehen gucken, ob er noch da sitzt. So geht das nicht. Der kann doch seine Kundschaft nicht einfach hier sitzen und stundenlang warten lassen.«

Entschlossen ging Momme zur Tür und öffnete sie. Anni blieb nichts anderes übrig, als ihm zu folgen. Sein Verhalten irritierte sie etwas. So entschlossen handelnd kannte sie Momme gar nicht.

Als sie das Café am Sandwall erreichten, saß dort tatsächlich Joachim Brader in der Sonne des Cafés Strandblick. Allerdings war er nicht allein, sondern ihm leistete eine attraktive brünette Dame in einem weißen Spitzenkleid Gesellschaft, die den Redakteur schmachtend ansah. Die beiden hielten sogar Händchen. Ein Tête-à-Tête, und das mitten am Vormittag, vor aller Augen. Anni konnte kaum glauben, was sie sah.

Momme ging ungeniert auf die beiden zu, während Anni ein Stück entfernt von dem Café stehen blieb.

»Moin, zusammen. Sie sind doch der Herr Redakteur Joachim Brader, nicht wahr? Also das ist so. Meine Chefin«, er deutete auf Anni, »wartet schon seit einer gefühlten Ewigkeit in der Druckerei auf Sie, weil sie möchte eine wichtige Anzeige für den *Bäderanzeiger* aufgeben. Aber das kann sie natürlich nicht, wenn Sie hier sitzen und dem Fräulein schöne Augen machen.«

Das hatte gesessen. Anni wünschte sich, sie könnte schlagartig im Boden versinken. Wieso nur verhielt sich Momme plötzlich so kratzbürstig und unhöflich, sonst war er doch bedeutend zurückhaltender.

Joachim Brader sah Momme einen Moment lang verdutzt an, dann wanderte sein Blick zu Anni, die ihm sogleich ein verbindliches Lächeln schenkte. Dabei stellte sie fest, dass ihr der Po noch immer vom Sitzen auf dem harten Stuhl wehtat.

»Wie reden Sie denn mit mir?«, reagierte Brader entrüstet. Anni hatte mit einer solchen Reaktion gerechnet. »Es geht Sie nichts an, mit wem ich wo meine Zeit verbringe.« Sein Blick wanderte zu Anni, und er erkannte sie.

»Sind Sie nicht die junge Frau, die in Nieblum das Kinderhaus eröffnet hat? Ich hab davon gehört.«

»Ja, die bin ich.« Anni trat, nun doch wieder etwas guten Mutes, näher. Vielleicht hatte Momme durch sein unbedachtes Vorstoßen doch nicht so viel Schaden angerichtet. »Entschuldigen Sie bitte die Störung. Man hat mir in der Druckerei gesagt, Sie würden gleich zurückkommen, doch ich habe über eine Stunde gewartet und …«

Brader hob die Hand und unterbrach damit Annis Redefluss.

»Ich kann Ihre Anzeige nicht mehr in den neuen *Bäderanzeiger* aufnehmen, denn er ist bereits fertig gesetzt und geht die Tage in den Druck. Sie werden sich bis zum nächsten Jahr gedulden müssen. Aber ich weiß nicht, ob ich Sie dann in unseren Anzeiger aufnehmen kann. Der Bäderführer ist ja von Wyk und nicht von Nieblum, das noch nicht einmal ein ausgewiesenes Seebad ist. Der Ort mag hübsch anzusehen sein, aber ich denke nicht, dass den geschwächten Kindern dort eine solch gute Betreuung wie bei Gmelin oder in anderen gut situierten Häusern Wyks zuteilwerden kann. Sie sollten sich also keine allzu großen Hoffnungen auf die Schaltung einer Anzeige machen. Und nun gehen Sie«, er wedelte mit den Armen. »Sie sehen doch, dass ich beschäftigt bin.« Er wandte seine Aufmerksamkeit wieder seiner Begleiterin zu.

Anni machten seine Worte fassungslos. Wie vom Donner gerührt stand sie da, nicht wissend, was sie jetzt tun sollte. Es mochte sein, dass Momme etwas unhöflich gewesen war, aber solch eine rüde Abfuhr rechtfertigte sein Handeln auf keinen Fall. Momme setzte zu einer Antwort an, doch sie kam ihm zuvor. Sie trat nun näher an den Tisch heran. Wut war in ihr aufgestiegen. Was bildete sich dieser Lackaffe überhaupt ein?

»Wie reden Sie denn mit mir?«, fragte sie in einem scharfen Tonfall. »Ich bin eine erfahrene Krankenschwester und habe meine Ausbildung an der renommierten und im gesamten Reich bekannten Charité genossen. Noch dazu bin ich Teil einer alteingesessenen Familie in Nieblum. Sie sollten sich was schämen, mein Haus in den Dreck zu ziehen. Etwas mehr Demut und Respekt Ihrer Kundschaft gegenüber würde Ihnen gut zu Gesicht stehen. Stecken Sie sich Ihren Bäderführer an den Hut. Wir kommen auch so zurecht. Momme. Wir gehen.«

Sie wandte sich ab und stapfte vor Wut kochend den Sandwall hinunter. Momme folgte ihr. Er guckte nun etwas kleinlaut drein. Mit einem solchen Ausbruch von Anni hatte er anscheinend nicht gerechnet.

Nachdem sie ein ganzes Stück gelaufen waren, blieb Anni stehen, und sie atmete, den Blick auf den Strand gerichtet, tief durch. Ihre Wut war nun verflogen, und es kam die Erkenntnis, dass ihr Tun nicht sonderlich hilfreich gewesen war.

»Ich glaube, wir haben Mist gebaut«, sprach sie direkt aus, was ihr in den Sinn kam.

»Entschuldigung, min Deern«, murmelte Momme kleinlaut. »Ich weiß auch nicht, was in mich gefahren ist. Ich hab dich da sitzen sehen, und da ist es wohl ein büschen mit mir durchgegangen. Aber du musst zugeben, dass er ein eingebildeter Dösbaddel ist.«

»Ja, das ist er«, stimmte Anni zu. »Du musst dich nicht entschuldigen, Momme. Und weißt du was: Es hat sogar gutgetan, ihm die Meinung zu sagen. Soll er mit seinem dummen Bäderführer doch hingehen, wo der Pfeffer wächst. Und eine Druckerei für unsere Prospekte wird sich bestimmt auch anderswo finden lassen.«

Momme nickte, doch seine Miene blieb trotzdem reumütig. Auch Annis Stimmung hob sich durch ihre Worte nicht.

»Komm«, sagte Anni. »Lass uns nach Hause fahren. Hoffentlich geht es Martin besser. Das wäre wenigstens ein Lichtblick.«

Nieblum empfing sie bald darauf mit seiner vertrauten Lieblichkeit, die dafür sorgte, dass Annis Stimmung sich etwas hob. Gemächlich rumpelte ihr Wagen die Straße Bi de Süd hinunter, und als sie in den Babendörpstieg einbogen, wusste Anni endgültig, dass ihre Zurechtweisung dieses dummen Schreiberlings richtig gewesen war. Niemand sollte so herablassend über diesen herrlichen Ort sprechen, der ihr Zuhause war. Wyk mochte elektrischen Strom haben und den Gästen anderen Komfort bieten können. Doch Nieblum bot ihnen etwas, das man dort nicht bekam: eine besondere Form der Gemütlichkeit und Ursprünglichkeit, die sich in dem bunten Treiben auf dem Sandwall und auf dem von Strandkörben, Badewagen und Zelten überfüllten Strand nicht finden ließ.

Sie erreichten den Dünenhof, und Momme lenkte den Wagen sogleich hinter das Haus und zur Remise. Anni entdeckte zu ihrer Erleichterung Martin, der dabei war, die alte abblätternde Farbe von den Fensterrahmen zu kratzen. Er kam sogleich zu ihnen. Ihm folgten Ockeline und Kreske, denen ihre Ankunft natürlich ebenfalls nicht verborgen geblieben war.

»Und?«, fragte Martin sogleich, während er Anni vom Wagen half. »Wie ist es gelaufen? Klappt es noch mit der Anzeige im neuen Bäderführer?« Er sah Anni erwartungsfroh an.

»Es geht dir besser?«, ging sie nicht sofort auf seine Frage ein.

»Kamillentee mit Rum«, beantwortete Ockeline ihre Frage. »Das hat seinen Magen flott wieder zurechtgerückt. Aber nun sag schon: Wird unsere Anzeige gedruckt?«

»Bedauerlicherweise nicht«, antwortete Anni. In diesem Moment fühlte es sich wieder so an, als hätten sie sich falsch verhalten. Doch Momme schien das anders zu sehen.

»Das liegt alles nur an diesem dummen rothaarigen Wicht von der Druckerei. Der geht lieber mit seinem Liebchen ins Café, als seine Arbeit anständig zu machen, und dann hat der Dösbaddel auch noch behauptet, dass unser Haus sowieso nicht in den Anzeiger käme, weil es ja nicht gut genug wäre. Ganz Nieblum ist diesem Lackaffen nicht gut genug. Das muss man sich mal vorstellen. Aber die Anni hat ihm die Meinung gesagt. Und recht hat sie gehabt.« Er unterstrich seine Aussage mit einem kräftigen Nicken.

Verdutzt sahen Martin, Ockeline und Kreske Momme an.

»Es wird nichts mit dem Bäderführer, nicht jetzt und auch in Zukunft nicht«, sah sich Anni bemüßigt, die bittere Realität endgültig in Worte zu fassen. »Und eine neue Druckerei für unseren Prospekt werden wir uns jetzt auch suchen müssen.«

»Oh«, meldete sich Martin als Erster zu Wort. Ockeline und Kreske waren, es kam selten vor, in diesem Moment tatsächlich sprachlos.

»Ich bring dann mal unseren Rüdi auf seine Weide«, sagte Momme. »Der Gute hat sich seine Pause redlich verdient. Und danach wäre ein Köm eine feine Sache. Der ist gut für die Nerven. Kann ich dir auch empfehlen, Anni.«

Anni antwortete nicht. Sie ging mit hängenden Schultern zum Haus. Ockeline, Kreske und Martin folgten ihr. Wieder hatten sie eine Niederlage erlitten. Und wo sollten sie denn jetzt so schnell eine andere Druckerei finden? Anni sank auf die Eckbank in der Küche, in der der Geruch von frisch gebackenem Streuselkuchen hing.

»Da ist übrigens ein Brief aus Berlin für dich gekommen«, sagte Ockeline und deutete auf die auf dem Tisch liegende Post. »Vielleicht gibt es ja doch noch gute Neuigkeiten.«

Anni nahm den Brief sogleich zur Hand und öffnete ihn. Rasch überflog sie die wenigen, in einer etwas unschönen Schrift verfassten Zeilen, und sie erstarrte.

»Guter Gott, Kind«, hörte sie Ockelines Stimme wie von fern. »Du siehst ja aus, als hättest du einen Geist gesehen. Was steht denn da drin?«

»Bille ist tot«, antwortete Anni.

# 24. KAPITEL

## Berlin, 10. August 1902

Es war einer dieser Sommertage, die sich eher herbstlich anfühlten. Die gesamte letzte Nacht hatte es geregnet, und auch jetzt war der Himmel noch wolkenverhangen. Anni stand am Fenster in der Wohnung ihrer Ziehmutter und blickte in den trostlos erscheinenden Hinterhof. Gegenüber lag eine Wäscherei, gerade fuhr ein Wagen vor, der schmutzige Wäsche brachte. Anni beobachtete, wie zwei Männer in dunkler Kleidung die Körbe ins Haus trugen. Im gegenüberliegenden Haus stand eine ältere Frau am offenen Fenster, die verhärmt und müde aussah. Irgendetwas poltere in der Wohnung über ihr, plötzlich waren laute Stimmen zu hören. Gerda Mertens stritt vermutlich mal wieder mit ihrer Tochter Ingeborg, die trotz ihrer fünfundzwanzig Jahre noch zu Hause wohnte, da sie geistig etwas zurückgeblieben war. »Wer heiratet schon ein Dummchen?«, hatte Gerda irgendwann einmal zu Annis Ziehmutter gesagt. Zwei Frauen liefen, Einkaufskörbe an den Armen, durch den Hof. Sie wurden von drei Tauben neugierig beobachtet, die auf dem gegenüberliegenden Dachfirst saßen.

Anni fühlte sich noch immer wie betäubt. Berlin hatte sie nach ihrer Ankunft mit der vertrauten Geschäftigkeit der Großstadt in Empfang genommen, doch sie empfand keine Freude daran. Erneut kämpfte sie mit den Tränen, und ihre Finger umfingen den sich in ihrer Rocktasche befindlichen Brief, der sie vor wenigen Tagen erreicht und zu dieser Reise in ihr altes Leben veranlasst hatte. Es war eine frühere Kollegin aus der Charité gewesen, die ihr mitgeteilt hatte, dass ihre Freundin Bille an einer Lungenentzündung verstorben war. Dies war der Grund dafür gewesen, weshalb sie sich so lange nicht mehr bei ihr gemeldet hatte. Wochenlang hatte sie mit dem Tod gekämpft und am Ende verloren. Ihre Bille, die beste Freundin, die man sich wünschen konnte. Anni war wie betäubt gewesen, anfangs hatte sie nicht einmal weinen können. Martin hatte sich gekümmert, er hatte in Berlin angerufen und erfragt, wann die Beerdigung von Bille stattfinden würde. Anni hätte niemals geglaubt, dass sie zu dieser gehen könnte, die weite Reise hätte sie sich niemals leisten können, war das Geld doch durch die noch immer fehlenden Kinder knapp. Aber der Zufall hatte ihr in diesem Fall geholfen. Gmelin hatte eine Kindergruppe nach Berlin zurücksenden müssen, und ihm war eine Betreuerin ausgefallen. So hatte sie einspringen können. Ihr Aufenthalt in Berlin war nur kurz. Bereits am nächsten Morgen würde sie in der Charité Kinder für die Rückfahrt nach Föhr abholen. In der Charité, ihrem und Billes ehemaligem Wirkungskreis. Hoffentlich würde sie die Kraft dazu haben, diesen Ort zu betreten, ohne loszuheulen. Die Kinder verstanden ihre Traurigkeit doch nicht.

Anni hörte, wie jemand in den Raum kam. Es war ihre Ziehmutter, die neben sie trat und ihrem Blick in den Hinterhof folgte. Keine von beiden sagte ein Wort. Die Beklommenheit im Raum schien spürbar. Anni fröstelte und schlang die Arme um ihren Oberkörper.

»Sie hat es immer geschafft, mich zum Lachen zu bringen, wenn die Welt mal wieder dunkel geworden war«, sagte Anni irgendwann. »Sie war wie ein heller Sonnenstrahl, den niemals eine Wolke verdecken konnte. Sie war so viel stärker als ich. Und sie hatte so viele Pläne, hatte ein Herz aus Gold, ach, aus tausend Diamanten. Sie war verrückt und verliebt. In Doktor Michels, der sie nicht einmal richtig gesehen hatte. Ich hätte sie bei mir auf Föhr behalten sollen. Dann hätte ich sie bestimmt nicht verloren.« In Annis Augen traten Tränen, und sie konnte nicht verhindern, dass sie über ihre Wangen liefen.

Ihre Ziehmutter antwortete nichts. Sie berührte sie auch nicht. Die alte Dame stand einfach nur neben ihr und schenkte Anni allein durch ihre Gegenwart und durch ihr Zuhören den Trost, den sie in diesem Moment brauchte. Anni wusste, weshalb sie schwieg. Weil sämtliche tröstenden Worte wie hohle Phrasen geklungen hätten. Bille war von einer heimtückischen Krankheit mitten aus dem Leben gerissen worden, da halfen keine Worte. Die Zurückgelassenen konnten sich nicht mit Sätzen wie »Sie hatte ein schönes langes Leben« trösten. Gott oder das Schicksal, wer auch immer, hatte es ihr verwehrt.

»Du musst dich noch für die Beerdigung zurechtmachen«, sagte Birgitta.

Anni nickte. In ihrer Kammer lag bereits das schlichte schwarze Kleid auf dem Bett. Bille wurde auf dem Dorotheenstädtischen Friedhof in einem Familiengrab beigesetzt. Anni wusste nicht, weshalb, aber plötzlich vermisste sie die Rituale, die es auf Föhr zu einer Beerdigung gab. Auf der Insel war der komplette Ablauf einer solchen Veranstaltung bis ins kleinste Detail geregelt. Als ihr Großvater zu Grabe getragen worden war, war ihr so manche der strickten Regelungen seltsam vorgekommen. Doch nun verstand sie plötzlich, weshalb die Insulaner so sehr an ihnen festhielten: Sie gaben Halt. Einen Halt, den sie glaubte, seit dem Eintreffen von Billes Todesnachricht verloren zu haben. Plötzlich fühlte sie sich, trotz der Gegenwart ihrer Ziehmutter, einsam, und sie brauchte einen Moment, bis ihr klar wurde, woran es lag. Ihr fehlten die Menschen, die am Vortag noch um sie gewesen waren und die auf ihre ganz eigene Art Anteilnahme gezeigt hatten. Ockeline hatte ihr einen starken Teepunsch für die Nerven gekocht. Kreske hatte ihr heiße Wecken gebacken. Aus Höflichkeit hatte Anni einen davon gegessen, obwohl sich ihr Magen wie zugeschnürt angefühlt hatte. Tesje hatte sie umarmt und ihr ein seidenes schwarzes Schultertuch für die Beerdigung geliehen. An Martins Schulter gelehnt hatte sie am Abend vor ihrer Abreise lange schweigend auf der Bank im Garten gesessen, den vertrauten Geräuschen um sie herum gelauscht, irgendwann hatten die Grillen zu zirpen begonnen, die Sterne über ihnen zu leuchten. Auch Martin hatte gewusst, dass reden nicht half, zuhören schon eher. Doch Anni hatten in diesen Stunden die Worte gefehlt. Sie wollte nicht über Bille in der Vergangenheitsform sprechen. Sie wollte nicht Abschied nehmen, nicht loslassen müssen. Und das tat man doch, wenn man Sätze sagte, die mit »Sie war« begannen. Sätze, wie sie ihr gerade eben zum ersten Mal über die Lippen gekommen waren. Momme hatte sie zum Fährdampfer gefahren. Er hatte so traurig ausgesehen, wie sie sich fühlte. Die Kinder hatten ihr die lange Reise leichter gemacht und sie mit ihrer Lebendigkeit und Arglosigkeit ein wenig von ihrem Kummer abgelenkt.

»Ich hab manchmal das Gefühl, Gott hat Freude daran, mir die Menschen zu nehmen, die mir wichtig sind«, sagte Anni plötzlich. »Meine Eltern, meinen Großvater, Bille, sie war so viel mehr als eine Freundin. Wieso tut er das?«

»Ich weiß es nicht«, antwortete Birgitta ehrlich. »Niemand von uns weiß, wieso manche Dinge passieren. Wir liegen alle in seiner Hand. Und Gott hat dir doch auch Gutes im Leben geschenkt. Du durftest Zeit mit Bille verbringen und hattest das Glück, sie für eine Weile bei dir zu haben. Du hast deinen Großvater wiedergefunden, du hast die Liebe deiner Eltern erfahren dürfen. Sie sind zu früh gegangen, doch du weißt, wie es sich anfühlt, von seiner Mama im Arm gehalten zu werden und ihre Wärme und Nähe zu spüren. Das ist ein großes Glück, das nicht jedem Menschen widerfährt.«

Anni nickte. Sie wusste, worauf Birgitta anspielte. Ihre Mutter war bei ihrer Geburt gestorben. Sie war von Kindermädchen erzogen worden, die sich wohl redlich bemüht hatten, doch ihr niemals die Liebe ihrer Mama zuteilwerden lassen konnten. So trugen sie wohl alle Narben auf ihren Seelen. Vielleicht hatte Birgitta recht mit dem, was sie eben gesagt hatte. Es war ein großes Glück gewesen, dass sie Bille hatte kennenlernen dürfen, dass sie eine Weile gemeinsam durchs Leben gegangen waren. An die schönen Zeiten sollte sie sich erinnern.

Anni nahm die Hand ihrer Ziehmutter, drückte sie und sagte: »Danke. Fürs Dasein und Zuhören.«

Birgitta drückte die Hand zurück. »Immer wieder gern, mein Goldstück. Aber das weißt du ja. Und jetzt geh und zieh dich um. Es ziemt sich nicht, sich von seiner besten Freundin im Morgenmantel zu verabschieden.«

Anni ließ die Hand ihrer Ziehmutter los und verließ den Raum.

Als sie eine Weile darauf den Friedhof betraten, riss der Himmel auf, die Sonne kam hervor und tauchte die Grabsteine in warmes Licht. Anni kam ein hübscher Gedanke in den Sinn, während sie durch die Gräberreihen zur Trauerhalle schritten: Bestimmt war es Bille gewesen, die die Wolken fortgeschoben hatte, um ihnen dadurch mitzuteilen, dass es ihr irgendwo in einer anderen Welt besser ging.

Am frühen Abend desselben Tages wusste Anni nicht so recht, was sie mit sich anfangen sollte, und beschloss, der Charité einen Besuch abzustatten. Sie hatte darauf gehofft, dass einige ihrer früheren Kolleginnen zur Beerdigung kommen würden, doch keine von ihnen war erschienen. Vermutlich war es die Arbeit in der Klinik, die sie davon abgehalten hatte. Am helllichten Nachmittag konnte sich nicht jeder einfach so freinehmen. Und das schon gar nicht in einer Kinderklinik, in der die Arbeit nie zu enden schien.

Birgitta hatte sich hingelegt, sie klagte über Kopfschmerzen. Ihr Ziehvater Wilhelm war zum Kartenspielen in seine Lieblingskneipe gezogen. Er hatte Anni jedoch zuvor gefragt, ob es ihr recht wäre. Sie hatte ihm versichert, dass er ruhig gehen könne. Was sollte sie mit ihm auch reden? Er hatte sich um sie nach dem Tod der Eltern gekümmert und für sie gesorgt, doch eine enge Beziehung hatten sie nie zueinander aufgebaut. Birgitta war stets diejenige gewesen, die ihr zur Seite gestanden hatte und die durchaus so etwas wie ein Muttterersatz für sie war.

Als Anni eine Weile darauf die Straßenbahn an der Haltestelle der Charité verließ, fühlte es sich plötzlich doch ein wenig wie ein Nachhausekommen an. Sie betrat das weitläufige Klinikgelände. Der rote Backstein der Gebäude schimmerte im warmen Licht der Abendsonne. Lächelnd grüßte sie zwei Schwesternschülerinnen, die ihr entgegenkamen. An der Bank unter dem großen Ahornbaum, die nicht weit von der Königlichen Universitäts-Kinderklinik, wie ihr ehemaliger Wirkungskreis offiziell hieß, entfernt stand, blieb sie stehen und betrachtete sie voller Wehmut. Hier hatten sie und Bille viele ihrer Pausen verbracht. Während sie so manche Stulle vertilgt hatten, hatten sie das getan, was Krankenschwestern am liebsten taten: Sie hatten getratscht. Auf dieser Bank hatte Bille Anni zum ersten Mal erzählt, dass sie in Dr. Michels verliebt war. Hier hatte sie ihr ständig ihren Liebeskummer geklagt. Anni war stets bemüht gewesen, ihr geduldig zuzuhören, doch manchmal war sie ihr damit gehörig auf die Nerven gegangen.

»Was würde ich dafür geben, genau jetzt mit dir hier sitzen zu können. Und ich würde dir auch ohne Murren zuhören, wie du von ihm schwärmst. Hauptsache, du wärst wieder bei mir.«

In Annis Augen traten Tränen. Bei der Beerdigung war sie seltsamerweise erstaunlich wenig emotional geworden, doch hier verlor sie nun wieder die Fassung.

»Guten Abend, Anni«, drang plötzlich eine vertraute Stimme an Annis Ohr, und sie wandte sich um. Es war Oberschwester Dorothea, die vor ihr stand. »Wie schön, dich schon heute hier zu treffen. Obwohl der Grund dafür ein trauriger ist.«

Anni nickte mit betretener Miene. »Es war ein Schock.«

»Wollen wir uns setzen und ein wenig plaudern?«, bot die Oberschwester an und deutete auf die Bank. Anni stimmte zu, und die beiden nahmen im Schatten des alten Ahornbaums Platz. Eine Weile lang schwiegen beide. Anni empfand diesen Moment als seltsam. Früher wäre sie niemals auf die Idee gekommen, mit der Oberschwester so vertraut umzugehen. Sie war ihre Ausbilderin und gestrenge Vorgesetzte gewesen, die, das musste sie zugeben, jedoch auch immer Menschlichkeit hatte durchblitzen lassen. Jetzt, da sie nicht mehr ihre Untergebene war, hatte sich ihr Verhältnis verändert, und diese Veränderung fühlte sich ungewohnt, aber gut an. Anni hatte plötzlich das Gefühl, endlich einen Menschen gefunden zu haben, der ihre Empfindungen nachfühlen konnte, denn Dorothea hatte auch Bille ausgebildet. Es fühlte sich an, als würde sie die Bank mit einer Verbündeten in ihrer Trauer teilen, und dieses Gefühl spendete ihr Trost.

»Ich wäre gerne zu ihrer Beerdigung gegangen«, war es die Oberschwester, die als Erste das Wort ergriff. »Aber du weißt ja, wie es hier ist. Aktuell grassiert mal wieder ein abscheulicher Magen-Darm-Infekt in der Stadt, und wir haben die Station voll. Deshalb konnte ich auch keiner von Billes ehemaligen Kolleginnen den Gang zur Trauerfeier erlauben. Es ist bitter, wenn ein so junger Mensch so plötzlich aus dem Leben gerissen wird.« Ihre Stimme klang wehmütig. »Manchmal denke ich, in unserem Beruf muss man mit solchen Schicksalsschlägen doch umgehen können. Ich meine, wir sind tagtäglich mit dem Tod von jungen Menschen konfrontiert. Von kleinen Herzchen, die der Herrgott viel zu früh zu sich nimmt. Aber so ist es nicht. Die Endlichkeit des Lebens trifft einen immer wieder tief im Herzen.«

Anni nickte. »Ich wünschte, ich hätte es früher erfahren«, sagte sie. »Ich konnte mich nicht einmal von ihr verabschieden. Sie ist weit weg von mir gestorben, und ich konnte mich nicht um sie kümmern, nicht für sie da sein. Vielleicht hätte ich ja etwas ändern können. Ich habe sie öfter dazu gebracht, bei einer Erkältung kürzerzutreten und auf sich zu achten. Sie ist in dieser Hinsicht oft achtlos mit sich umgegangen.«

»Ich weiß«, pflichtete Oberschwester Dorothea ihr bei. »Ich habe sie so manches Mal fortschicken müssen, weil sie krank zum Dienst erschienen ist und meinte, es würde noch gehen. Als sie mir vor einigen Wochen ihre Kündigung übergeben hat, wollte ich sie gar nicht annehmen. Aber ich weiß, warum sie es getan hat, ich kann ihre Beweggründe verstehen. Obwohl man sich durchaus daran gewöhnen kann, an der Seite eines Mannes zu arbeiten, für den man mehr empfindet.«

Anni sah die Oberschwester verdutzt an.

»Ja, ich habe gewusst, dass sie in Michels verliebt gewesen ist. Es war offensichtlich.«

Anni nickte. Wie hatte sie auch nur einen Moment lang annehmen können, Billes Schwärmerei wäre unbemerkt geblieben? Am liebsten hätte sie jetzt mehr über die Andeutung der Oberschwester von gerade erfahren. Doch sie ahnte, dass diese dazu nichts weiter sagen würde.

»Du wirst also morgen unsere Kinder auf die Insel begleiten«, wechselte Schwester Dorothea das Thema.

»Ja, zu Gmelin«, antwortete Anni. »Ohne die Kinderbetreuung hätte ich mir die Fahrt nach Berlin nicht leisten können.«

»Wieso das denn?«, hakte die Oberschwester nach. »Ich dachte, du hättest von deinem Großvater eine beträchtliche Summe Geld und ein Haus geerbt. Ich nahm an, du müsstest nicht mehr in der Kinderpflege tätig sein.«

Anni sah die Oberschwester irritiert an. Wusste sie etwa nichts von ihrem Dünenhof? Wie konnte das sein? Bille musste es doch erzählt haben. Sie hatte doch gewiss ihren Prospekt gesehen.

Sie erklärte die Sachlage, und die Augen der Oberschwester wurden groß.

»Nein, Bille hat mir gegenüber nichts davon erwähnt. Ich muss allerdings gestehen, dass ich vor ihrer Kündigung eine Weile nicht auf Station gewesen bin, weil ich mir böse den Knöchel verstaucht hatte und nicht laufen konnte. Dann war sie ja auch schon weg. Aber jetzt, wo du es sagst: Ich hatte irgendwo mal den Prospekt eines Dünenhofs gesehen. Wenn ich gewusst hätte, dass du dahintersteckst, hätte ich mich natürlich für dich eingesetzt. Das mit dem Baum ist ein abscheuliches Unglück. Ihr könnt von Glück reden, dass niemandem etwas passiert ist. Und natürlich tut es mir leid, dass das St. Hedwig-Krankenhaus euch daraufhin sogleich die Zusammenarbeit gekündigt hat. Obwohl das schon nachvollziehbar scheint, so schmerzhaft es für euch sein mag. Erzähl mir doch noch einmal genau, wo euer Haus liegt und wie ihr die Betreuung der Kinder gestaltet. Mir kommt da eine Idee.«

Anni überraschte die genaue Nachfrage der Oberschwester nach ihrem Anwesen. Was sollte es bringen, ihr näher von ihrem Dünenhof zu erzählen, schließlich arbeitete die Charité mit Gmelin zusammen, und soweit Anni wusste, waren sie mit der

Betreuung der Kinder in seinem Sanatorium äußerst zufrieden. Trotzdem fing sie an, von ihrem Dünenhof zu erzählen. Anfangs zurückhaltend, doch mit jedem Satz begann sie, offener zu sprechen. Sie beschrieb die Stube, die Schlafräume und schilderte in allen Facetten den Garten mit seinen alten Bäumen und den zu dieser Jahreszeit in Hülle und Fülle blühenden Rosen. Sie erzählte von Nieblum, beschrieb die Reetdachhäuser und den Zusammenhalt der Bewohner. Auch ihr unkonventionelles Hauspersonal bezog sie in ihren Bericht mit ein. »Sie sind weiß Gott keine Fachkräfte«, sagte sie. »Aber sie haben alle das Herz auf dem rechten Fleck. Ich weiß nicht, wie ich es in Worte fassen soll«, beendete Anni ihren am Ende recht lang gewordenen Bericht. »Es ist ein Seelenort. So kann man es wohl nennen. Ein besonderer Platz, der einen zur Ruhe kommen lässt. Einfach gehalten, ohne mondän zu sein, aber das macht ihn aus.«

»Das glaub ich gern«, antwortete Dorothea lächelnd. »Du hast alles so wunderbar beschrieben, es klingt herrlich. Ich wünschte, ich hätte die Möglichkeit, sofort dorthin zu reisen und mir alles persönlich anzusehen.«

»Sie sind jederzeit herzlich willkommen«, sagte Anni.

»Mir kommt da eine Idee«, sagte die Oberschwester plötzlich. »Wenn wir Glück haben, stellt sich die Verwaltung nicht quer. Ich nehme an, eure Preise sind günstiger als die von Gmelin?«

»Aber natürlich«, erwiderte Anni. »Um einiges sogar. Kost und Logis liegen bei uns pro Kind und Woche bei sieben Mark.«

»Na, das nenn ich mal ein Angebot«, freute sich die Oberschwester. »Dann kommst du am besten gleich mit mir, meine Liebe. Wenn wir Glück haben, können wir noch heute Nägel mit Köpfen machen.« Sie erhob sich von der Bank und bedeutete Anni, ihr zu folgen.

# 25. KAPITEL

## Dagebüll, 16. August 1902

Anni hatte es bereits kommen sehen. Nun stand sie im Licht der Abendsonne am Fähranleger, umringt von acht müden Kindern und einer resigniert aussehenden Hilfsschwester und blickte dem fortfahrenden Fährdampfer hinterher. Der Defekt einer Weiche war der Grund dafür gewesen, dass sich die Weiterfahrt um zwei Stunden verzögert hatte.

»Und was jetzt?«, fragte die Hilfsschwester. Ihr Name war Irene. Sie war achtzehn Jahre alt und hatte ihren Dienst in der Charité erst vor wenigen Wochen angetreten. Ihre Unerfahrenheit im Umgang mit den Kindern hatte sich während der langen Reise mehrmals gezeigt, und Anni hatte sich in Geduld üben müssen. Bedauerlicherweise hatte die Oberschwester so rasch keine andere Betreuerin für die Reise gefunden, und eine manches Mal überforderte Hilfsschwester war immerhin besser als nichts.

Anni hatte nicht glauben können, was an jenem Abend in der Charité geschehen war: Es hatte sich herausgestellt, dass die Zahl der erholungsbedürftigen Kinder auf Station die verfügbaren Plätze bei Gmelin weit überstieg, auch das auf Norderney genutzte Sanatorium war bereits belegt. Nachdem die Oberschwester und Anni vorgesprochen hatten, war alles recht rasch gegangen, und Anni hatte die sofortige Zusage zur Betreuung von acht Kindern für drei Monate erhalten. Sie hatte ihr Glück kaum fassen können und sogleich nach Föhr telegrafiert. Ihr Aufenthalt in Berlin war um einige Tage verlängert worden, schließlich hatten alle Formalitäten rund um die Abreise der Kinder auch mit den Eltern geklärt werden müssen. Durch die Intervention der Oberschwester stand ihr Dünenhof nun auf der Liste der Sanatorien, mit denen die Charité fest zusammenarbeitete. Es schien ein wenig so, als hätte Bille wie ein Schutzengel alles in die richtigen Bahnen gelenkt. Die letzten Tage hatte Anni mit dem Kennenlernen ihrer neuen Schützlinge in ihrem früheren Wirkungskreis verbracht. Beinahe alle der Schwestern kannten sie noch, und sie hatte alles über ihr neues Leben auf der Insel erzählen müssen. Die acht Kinder, die Anni zugeteilt worden waren, waren zwischen sechs und elf Jahre alt. Fünf Mädchen und drei Jungen. Die Oberschwester hatte extra darauf geachtet, dass es Kinder waren, die bestimmte Krankheiten wie Scharlach, Lungenentzündungen oder Diphtherie überstanden hatten. Für Fälle von Hauttuberkulose oder Asthma war Annis Einrichtung durch das Fehlen einer dauerhaft anwesenden ärztlichen Betreuung weniger geeignet. Zu ihnen nach Nieblum kamen ausschließlich Kinder, die wieder zu Kräften kommen mussten.

Anni konnte weit in der Ferne den Dampfer noch ausmachen. Sie hätte der Hilfsschwester am liebsten gesagt, dass sie keine Ahnung hatte, was sie jetzt tun sollten, denn bisher war ihr noch nie ein Fährdampfer davongefahren. Sie ließ ihren Blick über den Hafen schweifen. Da entdeckte sie plötzlich einen Kutter, dessen Name *Schwalbe* ihr bekannt vorkam. Der Kutter, der als Lustkutter bezeichnet wurde, gehörte Jens Jensen, einem Kapitän aus Wyk, der für die Sommerfrischler Segeltouren und Seehundjagden anbot. Just in diesem Moment erschien Jens an Deck. Anni kannte den aus Nieblum stammenden Mann zwar nur flüchtig, doch einen Versuch war es wert, ihn anzusprechen.

Sie wies die Hilfsschwester an, einen Moment lang auf die Kinder achtzugeben, und ging zu dem Kutter. Jens, ein stämmiger, großer Mann mit Bart und Kapitänsmütze, sah sie verdutzt an.

»Na, wenn das mal nicht die kleine Anni vom Rauert ist«, begrüßte er sie. »Moin, min Deern. Was hat dich denn zu dieser Stunde nach Dagebüll verschlagen?«

Anni reagierte erleichtert auf seine freundliche Rede. Sie deutete auf die Kinderschar, erklärte, was geschehen war, und erkundigte sich mit klopfendem Herzen, ob er heute noch nach Föhr fahren würde und sie mitnehmen könnte.

»Natürlich fahr ich noch rüber«, antwortete er. »Was auch sonst. Wenn ich nicht pünktlich zum Abendbrot am Tisch sitze, reißt mir meine Moild den Kopf ab. Du kannst gerne mit den Lütten mitfahren. Hast Glück, dass ich überhaupt hier bin. Ich hatte eine Sonderfahrt vom Hotel *Zur Börse*. Ganz wichtige Leute, die, aus welchen Gründen auch immer, nicht mit dem Fährdampfer fahren wollten.«

»Du bist meine Rettung, Jens. Hab vielen Dank«, freute sich Anni.

Nur wenige Minuten später startete die Fahrt mit der *Schwalbe*. Eine recht ordentliche Brise blähte das Segel auf, und Jens leisteten die drei Jungen mit strahlenden Augen am Steuerrad Gesellschaft. So eine Bootsfahrt mit einem richtigen Kapitän stellte für einen Jungen aus Berlin ein großes Ereignis dar. Der elfjährige Franz war besonders eifrig, denn sein Großvater mütterlicherseits war bei der Marine gewesen und auf seinen Reisen sogar bis ins ferne Australien gekommen. Voller Stolz erzählte er von ihm und fragte, ob Jens auch schon mal in Australien gewesen sei.

»Nein, min Jung«, antwortete Jens ehrlich. »Aber nach Grönland hat es mich öfter zum Walfang verschlagen. Bei meiner ersten Fahrt bin ich nicht viel älter als du gewesen. Das war recht gefährlich, das kann ich dir sagen. Da ist so mancher Seemann nicht mehr heimgekommen.«

»Das kann ich mir vorstellen«, gab Franz mit einem altklugen Unterton in der Stimme zurück. Sein Blick fiel auf die Mädchengruppe, die sich am Heck des Schiffes aufhielt, zwei von den jungen Fräuleins waren arg käsig im Gesicht, eine Dritte hatte bereits in einen Eimer gebrochen. Schaukelnde Untergründe vertrug nicht jeder Magen. »Also, ich finde es mutig, dass Sie Frauen überhaupt an Bord lassen. Mein Großvater hätte nie ein Weib auf seinem Schiff mitgenommen. Seiner Meinung nach bringen die auf See Unglück.«

Jens' Blick wanderte kurz zu Anni, die ein Grinsen nicht unterdrücken konnte. Sie ahnte, was der alte Kapitän nicht laut aussprach. Da hast du mir ja eine schöne Labertasche nebendran gestellt.

»Ach, das alte Seemannsgarn«, winkte Jens ab. »Bisher hatte ich noch mit keiner Frau auf meinem Kutter Probleme. Aber einmal, da hab ich anscheinend meinen Klabautermann benachteiligt. Das hat dem kleinen Burschen so gar nicht gefallen, und er hat arg auf dem Schiff gepoltert. Meine gesamte Ladung im Schiffsraum hat er durcheinandergeworfen. Ich kann dir sagen, min Jung, jeder gute Seefahrer weiß, dass er nett zu seinem Klabautermann sein muss, denn die kleinen Zwerge gelten als Glücksbringer. Doch verlassen sie ein Schiff, dann bringt das Pech.«

Franz' Augen wurden groß. Von Klabautermännern hatte ihm sein Großvater anscheinend nichts erzählt.

»Ist der jetzt auch an Bord?«, fragte Rudolf, der sich bisher zurückgehalten hatte.

»Aber natürlich«, erwiderte Jens grinsend. »Er ist ja mein Glücksbringer.«

»Kann man den sehen?«, erkundigte sich Gustav. »Wie groß ist der denn?« Sogleich guckte er sich suchend um.

»Nein, sehen kann man den nicht«, sagte Jens. »Aber mein Großvater selig soll mal einen dabei erwischt haben, wie er eine Kiste werfen wollte. Obwohl ich glaub, dass er da eher etwas geflunkert hat.« Er zwinkerte den Buben zu.

Anni überließ die Jungen Jens und seinen Geschichten vom Klabautermann und ging zu Irene und den Mädchen ans Heck des Kutters. Das Schlingern des Bootes machte ihr nichts aus. Sie fand die Fahrt auf dem kleinen Kutter sogar viel reizvoller als die auf dem großen Fährdampfer. Das milde Licht der tief stehenden Sonne zauberte Tausende Sterne auf die Wasseroberfläche. Möwen zogen ihre Kreise über ihnen und neben dem Kutter. Ihre Rufe hörten sich in Annis Ohren wie Musik an, und sie atmete die nach Salz schmeckende Luft tief ein. In diesem Augenblick wurde sie sich wieder klar darüber, wie sehr sie ihre Heimat liebte. Hier war sie zu Hause, in diese Welt gehörte sie. Während ihres Aufenthalts in Berlin hatte sie sich in den von Lärm erfüllten Straßen oftmals wie ein Fremdkörper gefühlt. Wie schnell sich Dinge doch ändern konnten.

»Wie lange dauert denn die Fahrt noch?«, fragte Irene, auch sie war etwas blass um die Nase.

»Nicht mehr lange«, beruhigte Anni. »Der Hafen von Wyk ist bereits in Sicht. Gleich werden wir wieder festen Boden unter den Füßen haben.«

»Habt ihr gehört, Mädchen?«, wandte sich Irene an die Kinder. »Bald ist es geschafft. Nur noch ein wenig durchhalten.«

Die kleine Johanna antwortete damit, dass sie sich erneut in ihr Eimerchen erbrach. Wahrlich, diese Kinder waren nicht seefest. Aber das mussten sie auch nicht sein.

»Mir graut schon jetzt vor der Rückfahrt«, sagte Irene.

»Das muss es nicht«, beschwichtigte Anni sogleich. »Auf dem größeren Fährdampfer schaukelt es nicht so sehr wie auf dem kleinen Kutter. Das verspreche ich euch.«

»Dein Wort in Gottes Ohr«, erwiderte Irene, die nun doch zur Reling eilte und ihren Mageninhalt wieder von sich gab. Annis Blick wurde mitleidig. Sie ließ ihn über die Mädchen schweifen. Einzig die kleine Elise schien von der Übelkeit nicht betroffen zu sein. Dafür war sie eingeschlafen. Der Anblick des auf einem leeren Seesack liegenden Mädchens sorgte dafür, dass auch sie sich schlagartig erschöpft fühlte. Die letzten aufregenden Tage in Berlin und die lange Reise zollten ihren Tribut. Es wurde Zeit, dass sie endlich ankamen und sie in ihrem alten Kapitänshaus zur Ruhe kommen konnten.

Als sie in den Hafen von Wyk einfuhren, war Anni erleichtert. Es begrüßte sie ein idyllisches Bild. Die Boote und Kutter schaukelten im Hafenbecken auf den Wellen, am Strand herrschte zu dieser Stunde kaum noch Betrieb. Die meist leeren Strandkörbe wurden von den Strandwärtern wieder in ihre Positionen gerückt, so manch stolze, nah am Wasser gebaute Strandburg würde die aufkommende Flut vermutlich nicht überleben. Nachdem Jens den Kutter am Kai festgebunden hatte, stellte sich für Anni das nächste Problem: Wie sollten sie mit den Kindern nach Nieblum kommen? Doch ihre Sorge war unbegründet, denn sie entdeckte unweit des Fähranlegers ihr Fuhrwerk mit Momme darauf. Wie hatte sie nur einen Moment annehmen können, dass der ehemalige Nachtwächter ohne sie zurück nach Nieblum fahren würde?

Am nächsten Tag erwachte Anni, als der Morgen gerade dämmerte, und ihr fiel auf, dass Martin nicht mehr neben ihr lag, was sie verwunderte. Normalerweise schliefen sie, wie es sich für ein nicht verheiratetes Paar gehörte, getrennt, und Martin nächtigte in einer der Kammern, doch dieses Mal war er bei ihr geblieben, und Anni war an ihn gekuschelt irgendwann eingeschlafen.

Anni ahnte, wo sie Martin finden würde, schlug die Decke zurück und schlüpfte in ihren Morgenmantel und barfuß in ihre Schlappen. Leise schlich sie die Treppe hinunter, denn im Haus herrschte noch Stille. Die Kinder waren nach ihrer Ankunft in Nieblum erschöpft gewesen, einige von ihnen waren sogar beim Abendessen über ihren gut gefüllten Tellern eingeschlafen.

Anni fand Martin dort vor, wo sie ihn vermutet hatte. Er saß auf der Bank hinter dem Haus und blickte gedankenverloren in den vom noch fahlen Licht des heraufziehenden Tages erhellten Garten.

Martin bemerkte sie erst, als sie sich neben ihn setzte und ihn ansprach.

»Moin. Was hat dich denn zu dieser frühen Stunde nach hier draußen verschlagen?«

Martin war in Gedanken versunken gewesen, weshalb er sie kurz verdutzt ansah, doch dann reagierte er und gab ihr zur Begrüßung einen kurzen Kuss. Er hatte sich einige Tage nicht rasiert, seine Bartstoppeln kitzelten ihre Wange. Anni konnte gar nicht sagen, wie sehr sie ihn und seine Nähe in Berlin vermisst hatte. Auch hätte sie ihn gerne ihren Zieheltern präsentiert. Ob es jemals zu einem Kennenlernen kommen würde, stand in den Sternen. Birgitta hatte ihr viele Fragen gestellt, Anni hatte ihr eine Fotografie von ihr und Martin mitgebracht, die kurz nach ihrer Verlobung entstanden war. Sie war von ihm begeistert gewesen und hatte ihn als gut aussehend gelobt.

»Ein neuer Plan, der mir gestern Abend eingefallen ist und der mir nicht mehr aus dem Kopf gehen will«, antwortete er.

»Ach wirklich«, sagte Anni. »Na, da bin ich aber gespannt.« Erst jetzt fiel ihr auf, dass vor ihnen auf dem Tisch Martins Notizbuch lag.

»Ich finde, wir sind noch ein wenig zu unorganisiert unterwegs, was die Betreuung der Kinder angeht. Ich hatte schon bei unseren ersten Gastkindern das Gefühl, dass irgendetwas nicht stimmt, wusste jedoch noch nicht so recht, was es war. Nun weiß ich es. Wir müssen einen Ablaufplan erstellen, an den wir alle uns jederzeit strikt halten. Wir können mit den Kindern nicht einfach so in den Tag hineinleben. Es muss feste Zeiten für gewisse Dinge geben. So ist es in der Schule ja auch.«

»Es ist verrückt«, gab Anni lächelnd zurück. »Wie wir beide häufig dieselben Gedanken haben. Genau darüber hatte ich während der Bahnfahrt nachgedacht. Unsere ersten Gastkinder hatten wir ja bedauerlicherweise nicht sonderlich lang, deshalb sind wir noch nicht so wirklich zum Pläneschmieden gekommen. Aber nun soll es anders und besser werden. Bei Gmelin gibt es ebenfalls genau strukturierte Ablaufpläne. Besonders wichtig sind natürlich auch die Ruhephasen. Wir sollten auf jeden Fall nach dem Mittagstisch einen Mittagsschlaf verordnen.«

»Daran dachte ich auch«, antwortete Martin eifrig und griff nach seinem Notizbuch. »Ich habe schon mal einen möglichen Tagesablauf notiert. Hier, siehst du?« Er zeigte Anni seine Notizen. Um sieben Uhr morgens wurde geweckt, um sieben Uhr dreißig gab es Frühstück. Danach folgten der Unterricht, Mittagessen und eine zweistündige Ruhezeit. Der Nachmittag sollte für Freizeitaktivitäten genutzt werden. Strandausflüge, Wanderungen, Ausfahrten oder andere Dinge, vieles hing ja auch vom Wetter ab. Um acht Uhr galt dann Bettruhe für alle. An den Wochenenden fand natürlich kein Unterricht statt. Hier sollte spontaner geplant werden können.

»Das ist großartig«, lobte Anni. »Durch diese Strukturierung wird der Tagesablauf bestimmt einfacher zu gestalten sein. Wir sollten das Ganze am besten gleich mit Ockeline und Kreske besprechen. Ich glaube, ich habe eben ihre Stimmen gehört. Bestimmt beginnen sie gerade mit den Frühstücksvorbereitungen.«

»Davon ist auszugehen«, vermutete Martin. »Doch lass uns noch einen Augenblick warten.« Er legte den Arm um sie. »Gerade geht die Sonne auf, und ich würde diesen Moment gerne in aller Ruhe und in der noch anhaltenden Stille unseres so herrlich verwunschenen Gartens genießen. Hatte ich dir eigentlich schon gesagt, wie sehr du mir in den letzten Tagen gefehlt hast?«

Er legte den Arm um Anni, und sie lehnte, ein Lächeln auf den Lippen, ihren Kopf an seine Schulter. Gemeinsam beobachteten sie, wie die warmen Strahlen der Morgensonne in den Garten wanderten und die Tautropfen der Nacht auf dem Gras und den Rosenblüten zum Funkeln brachten. Es war ein solch besonderer Zauber, den die Natur ihnen bot. Anni wünschte sich, sie könnte gerade jetzt die Zeit anhalten, um nur einen Augenblick länger diesen goldenen Moment im Leben dieses neuen Tages bewundern zu können. Doch der Stillstand klappte nicht. Es war der blechern klingende Ruf eines Fasans, der die Idylle störte, und keine Sekunde später kam Ockeline zu ihnen nach draußen. Nun war es mit der Ruhe endgültig vorbei.

# 26. KAPITEL

## Nieblum, 20. August 1902

Anni sah Momme mit großen Augen an.

»Du willst was?«

»Mit den Lütten einen Ausflug mit dem Wagen nach Amrum machen«, wiederholte er, was er vorgeschlagen hatte. »Über den Wattweg ist das gar kein Problem. Heute wären das Wetter und die Gezeiten perfekt dafür. Wir könnten an der Nordspitze ein Picknick machen und rechtzeitig vor dem Einsetzen der Flut wieder zurückfahren. Das wäre doch ein Riesenspaß.«

»Das wäre es bestimmt«, meinte Ockeline. »Allerdings nicht mit unserem Rüdi. Der Gute ist für eine solch weite Fahrt über das Watt schon zu alt und zu gemächlich unterwegs. Am Ende ist er zu langsam, und ihr schafft es nicht mehr rechtzeitig nach Föhr zurück. Oder noch schlimmer: Der Gaul bricht mitten auf dem Watt tot zusammen, und dann könnte die Sache übel ausgehen.«

»Daran habe ich doch längst gedacht«, winkte Momme ab. »Unser Rüdi darf auf seiner Weide bei seinem geliebten Federvieh bleiben. Ferdi will uns zwei seiner Pferde leihen, die es gewohnt sind, über das Watt nach Amrum zu laufen. Er hat gemeint, dass die beiden den Weg schon fast blind finden würden.«

»Na, das klingt doch toll«, sagte Kreske. »Wenn ich könnte, würde ich auch mitfahren, aber irgendjemand muss ja die vielen Pflaumen entsteinen und das Mus einkochen. So gut haben meine Bäume jahrelang nicht mehr getragen. Was bin ich froh, dass sich Göntje und der junge Friedhelm zur Ernte bereit erklärt haben. Ich altes Mädchen komme ja kaum noch die Leiter rauf.«

Ockeline, Anni, Kreske und Momme saßen in der Küche des Dünenhofs, in der sich in jeder Ecke Pflaumen befanden. Auf dem Tisch, in Töpfen auf dem Herd, in Körben auf dem Fußboden. Es war die reinste Steinobstschwemme, die ihnen Kreskes drei alte Pflaumenbäume gebracht hatten. »Und ich hatte im letzten Jahr noch darüber nachgedacht, die Bäume von Fietje fällen zu lassen, weil sie nix getragen haben und die Blätter so seltsam braun waren. Da war es gut, dass wir sie doch haben stehen lassen.«

»Also, ich bin ja der Meinung, dass Pflanzen so etwas hören«, kommentierte Ockeline Kreskes Aussage. »Ich kenne so viele ähnliche Beispiele von halb toten Bäumen oder verlausten Rosenstöcken. Droht man ihnen mit der Säge oder der Gartenschere, berappen sie sich flott wieder und sehen meist besser aus als vorher. Es ist bedauerlich, dass solche Todesdrohungen nicht auch bei so manch faulem Zeitgenossen funktionieren. Meinem Nickels, Gott hab ihn selig, hätte ich mit der Vierteilung drohen können, und trotzdem hätte er sich nicht von der Hausbank bewegt.«

Anni wusste nicht, was sie auf diese etwas derbe Ausführung antworten sollte. Du liebe Güte. Manchmal schoss Ockeline doch etwas über das Ziel hinaus. Zum Glück waren die Kinder nicht anwesend. Diese befanden sich gerade im Nebenzimmer und erhielten von Martin Mathematikunterricht.

»Allerdings gibt es, was die Ausfahrt betrifft, ein kleines Problem«, meinte Momme und kam damit wieder auf das eigentliche Gesprächsthema zurück. Er sah Anni direkt an, und sein Blick ähnelte plötzlich dem eines Dackels, der ein Leckerli erbetteln wollte.

Anni ahnte bereits, worauf er hinauswollte, bevor er es aussprach.

»Ich weiß«, sagte sie. »Wenn wir uns an den normalen Zeitplan halten, wird es nichts mit der Ausfahrt, und ich soll das Ganze Martin beibringen.«

»Genau«, meinte Momme. »Wir müssten spätestens in einer Stunde von hier wegkommen, damit alles perfekt passt. Schließlich müssen wir mit dem Wagen ja auch noch nach Dunsum.«

»In einer Stunde schon«, meinte Ockeline mit entsetztem Blick. »Bis dahin soll ein Picknick für acht Kinder und Betreuer fertig gerichtet sein? Na, du hast ja Vorstellungen. Als hätten wir sonst nichts zu tun.« Sie deutete auf die Pflaumenberge.

Momme zog den Kopf ein. »Ich gebe zu, der Zeitplan ist kurzfristig. Aber solch eine Überfahrt kann man nicht längerfristig planen, das wisst ihr auch. Nun habt euch doch nicht so. Früher, wenn schönes Wetter war, hat der Lehrer auch manchmal den Unterricht verändert, manches Mal haben wir sogar eher freibekommen. Zu den Erntezeiten ist auch heute noch meist schulfrei. Da interessiert sich keiner für Geometrie und den ganzen Unfug.«

Anni brachten Mommes Ausführungen zum Schmunzeln, und sie musste ihm recht geben. Eine Überfahrt nach Amrum, wie er sie vorhatte, konnte man nur kurzfristig ins Auge fassen. Auch würde ein solches Unterfangen bereits in wenigen Wochen durch den beginnenden Herbst vermutlich nicht mehr möglich sein. Da brauchte es schon viel Glück, um noch einen solch windstillen und perfekten Tag wie den heutigen zu finden. Für die Kinder wäre es ein großartiges Erlebnis. Martin würde jedoch nicht begeistert sein. Akribisch hatte er die Tagespläne ausgearbeitet und alle darauf eingeschworen, dass diese zum Wohle der Kinder strikt eingehalten werden mussten. Aber Martin war eben auch ein Festländer, der noch keine Ahnung davon hatte, dass an der See das Wetter und die Gezeiten Pläne durcheinanderwirbeln konnten.

»Ich gehe und rede mit Martin«, sagte sie. »Ich finde deine Idee großartig, Momme. Die Kinder werden große Freude an dem Ausflug haben. Außerdem steht hier die Erholung an der frischen Luft im Vordergrund. Für Mathematik bleibt noch genügend Zeit, wenn es regnet und stürmt.« Sie legte das Küchenmesser zur Seite und erhob sich.

»Es müsste dann alles recht flott gehen. Ich kümmere mich um das Zurechtmachen der Kinder, und Ockeline und Kreske bekommen es bestimmt hin, uns ein kleines Picknick einzupacken.«

»Kleines Picknick«, grummelte Ockeline. »Für zehn Personen. Na, du hast leicht reden. Da muss Momme aber noch mal flott zu Nomm in die Bäckerei laufen und drei Laib Brot holen. Butter hab ich noch genug. Wäre nett, wenn du auf dem Rückweg Göntje vom Baum in Kreskes Garten pflücken könntest«, wandte sie sich an den ehemaligen Nachtwächter. »Wenn die Kinder weg sind, kann sie immer noch Pflaumen ernten. Jetzt soll sie beim Schmieren der Brote helfen.«

Momme nickte eifrig und verließ raschen Schrittes das Friesenhaus.

Anni straffte indes die Schultern und atmete tief durch. Es galt, Martins Unterricht zu stören.

Eine knappe Stunde später kletterte das letzte der Kinder, es war Agnes, auf das Fuhrwerk. Ihr folgte Göntje, die selbstverständlich zur Unterstützung und Betreuung mitfuhr. Auch Anni und Martin nahmen an der Überfahrt teil. Martin hauptsächlich deshalb, weil er der Meinung war, dass ein weiterer männlicher und vor allen Dingen nüchterner Betreuer unbedingt mit an Bord sein müsste.

»Hier kommt noch das Picknick«, rief Ockeline. Sie eilte mit einem großen Korb in Händen aus der Tür. »Meine Güte. Diese Stunde hat sich wie eine Sekunde angefühlt. Aber nun ist alles gut. Wir haben flott fünfundzwanzig Butterbrote geschmiert, dazu hab ich noch Streuselkuchen eingepackt, den hatte ich eigentlich für den Nachmittagskaffee vorgesehen. Auch etwas Fleischwurst ist dabei. Die hat es heute früh bei Tesje im Sonderangebot gegeben, und die Jungen haben sie doch so gern. Pflaumen habt ihr auch welche und natürlich etwas zu trinken. Gebt gut acht, dass nix verloren geht, und lasst euch nichts von den diebischen Möwen klauen.«

Sie reichte Anni den bis zum Rand gefüllten Korb, den diese mit großen Augen betrachtete. Mit so viel Essen hatte sie innerhalb solch einer kurzen Vorbereitungszeit nicht gerechnet. Sie bedankte sich bei Ockeline und versprach, dass sie pünktlich zu dem ausflugsbedingt etwas später angesetzten Abendbrot wieder zurück sein würden.

»Wenn ihr es nicht rechtzeitig schafft, ist es auch nicht so schlimm«, sagte Ockeline etwas abgekämpft. Aus ihrem grauen Dutt hatten sich einige Haarsträhnen gelöst, und ihre Schürze war fleckig. »Ich habe rasch den Speiseplan geändert. Heute gibt es das für morgen geplante Würstchengulasch. Da ist es egal, wenn es noch ein büschen länger auf dem Herd steht. Habt eine schöne Zeit mit den Lütten. Wollen wir hoffen, dass das Wetter hält.«

Kreske kam nun auch nach draußen, um zum Abschied zu winken. Sie sah ebenfalls etwas mitgenommen aus. Ihre runden Wangen waren gerötet, und ihre sonst stets akkurat sitzende Haube war ein Stück nach hinten gerutscht.

Momme lenkte den Wagen den Babendörpstieg hinunter, und es ging durch die Poststrat zur Jens-Jacob-Eschels-Straße. Die Straße war nach dem weit über die Insel hinaus bekannten und Mitte des 18. Jahrhunderts geborenen Seefahrer und Kapitän benannt, der sich einen Namen durch das Verfassen seiner Kapitänsautobiografie gemacht hatte. Seine *Lebensbeschreibung eines alten Seemannes* konnte man noch heute in der Buchhandlung in Wyk kaufen. Anni musste zu ihrer Schande gestehen, dass sie das Werk bisher noch nicht gelesen hatte.

Die Fahrt ging flott voran, und die Kinder hatten ihre wahre Freude an ihr. Es war aber auch ein herrlicher Sommertag wie aus dem Bilderbuch. Die Sonne schien von einem wolkenlosen Himmel, auf den Weiden und Wiesen standen unzählige Kühe und Schafe, auch Kaninchen gab es zu bestaunen, was besonders bei den Mädchen für Entzücken sorgte. In Borgsum waren die Bewohner ebenfalls mit der Obsternte beschäftigt. Dieses Jahr hatte ihnen einen wahren Früchtesegen beschert. Am Rand des Weges blühten Strandrosen und Strandhafer, auf den Feldern brachten Bauern die Ernte ein. Mit großen Augen beobachteten die Stadtkinder, wie gleichaltrige Inselkinder mit Mistgabeln das Heu zusammenrafften und es auf bereitstehende Wagen geschafft wurde. Anni hielt versonnen lächelnd ihre Nase in die Luft. Wie sehr sie doch den Geruch des trockenen Heus zu dieser Jahreszeit liebte. Es gab keinen anderen Duft, den sie so sehr mit Sommer verband, als diesen.

Sie erreichten alsbald den aus nur wenigen Bauernhäusern bestehenden und ganz im Westen der Insel gelegenen Ort Dunsum. Von hier aus ging es nun aufs Watt hinaus.

»Fahren wir jetzt so richtig über den Meeresboden?«, fragte Franz, der Anni gegenübersaß. Der Junge trug, wie alle anderen Jungen auch, einen Matrosenanzug. Auch die Mädchen trugen allesamt Matrosenkleider, entweder in Dunkelblau mit hellen Kragen oder in Weiß mit blauen Kragen. Diese militaristisch anmutende Kleidung war eng mit der wilhelminischen Begeisterung für die Marine verknüpft. Keine andere als Königin Victoria hatte dafür gesorgt, dass sie so bedeutungsvoll wurde. Sie hatte ihrem dreijährigen Enkel Wilhelm einen Matrosenanzug zum Geschenk gemacht. Der Adel war begeistert, und die Begeisterung schwappte rasch auf das Bürgertum über. Die Uniformkleidung war die beherrschende Kindermode.

»Ja, wir fahren über den Meeresboden«, erklärte Anni. »In einigen Stunden wird hier wieder alles voller Wasser sein.«

»Aber wo sind denn dann jetzt die ganzen Fische?«, fragte Minna. »Ohne Wasser müssen sie doch sterben.«

»Die Fische kennen das schon«, antwortete Anni. »Sie schwimmen einfach mit dem Wasser mit. Es verschwindet ja nicht. Es hat sich nur zurückgezogen. Dort vorne ist es. Seht ihr?« Sie deutete in Richtung Sylt. Dort konnte man das funkelnde Meer sehen. Aber auch noch etwas anderes. Auf einer Sandbank lagen einige Seehunde faul in der Sonne.

»Ui, da sind Seehunde«, rief Gustav sogleich. »Guckt doch mal.« Er deutete eifrig zur Sandbank.

Momme hatte die Tiere wohl auch gesehen, denn er hielt den Wagen an. »Na, die wollen wir uns aber mal genauer ansehen«, sagte er. »Ich hab auch ein Fernglas dabei. Ihr könnt gerne mal gucken, Kinder.«

Reihum wurde durchs Fernglas geguckt und groß gestaunt. Dann mahnte Martin zur Weiterfahrt.

»Nicht, dass wir es am Ende nicht mehr zurückschaffen.«

»Ach«, wiegelte Momme ab. »Das bekommen wir entspannt hin. Wir sind ja gleich auf Amrum. Mit dem Wagen geht es schon flotter als zu Fuß. Da muss man über zwei Stunden einplanen.« Er trieb die Pferde wieder an, und sie setzten die Fahrt fort. Als es kurz vor Amrum durch einen etwas tieferen Priel ging, hatte Anni kurz die Sorge, dass ihr Fuhrwerk zu einem Boot werden könnte, doch es ging alles gut. Bald darauf rollte der Wagen auf den Amrumer Strand, und Momme beschloss, mit der Kindertruppe einmal um die sogenannte Nordspitze herum zur anderen Seite zu fahren, denn auf der Westseite der Insel lag der hübsche Sandstrand mit dem kräftigen Wellenschlag, mit dem die Insel Kurgäste anzog.

Momme hielt den Wagen in der Nähe der Strandkörbe an, und es stiegen alle ab. Hier wehte, im Gegensatz zur anderen Seite der Insel, eine leichte Brise, und es gab tatsächlich eine richtige Meeresbrandung. Momme verkündete, dass sie drei Stunden bleiben könnten, was freudig aufgenommen wurde. Während Anni und Göntje die Picknickdecken ausbreiteten, liefen die Kinder gemeinsam mit Martin und Momme zum Flutsaum, und die kräftigen Wellen wurden mit großen Augen bestaunt. Am Strand fanden sich zahlreiche Strandkörbe, die meist von aufgeschütteten Sandwällen umgeben waren, die den Privatbereich der Erholungssuchenden noch einmal sicherten. Gelächter und fröhliche Stimmen schwangen im Wind mit. Möwen kreisten über dem Strandidyll, vermutlich auf der Suche nach etwas Essbarem. Anni entdeckte sogar einen Strandkiosk mit Sonnenterrasse, zu dem auch ein Strandbasar zu gehören schien.

»Ach, ist es nicht herrlich hier?«, sagte Göntje mit einem seligen Lächeln auf den Lippen. »Als ich klein war, bin ich mit meinem Großvater mal hier gewesen. Er kam von Amrum, und ihn hat es durch die Heirat mit meiner Großmutter nach Föhr verschlagen. Er hat mir und meinem Bruder damals den großartigen Weststrand mit der Brandung zeigen wollen. Aber die ganzen Strandkörbe hat es damals noch nicht gegeben. Wir waren ganz alleine. Als wir hier gewesen sind, hat er uns davon erzählt, wie sie ein gestrandetes Schiff wieder flottgemacht haben, das auf eine Sandbank gelaufen ist. Bergelohn haben sie damals dafür bekommen.« In ihrer Stimme schwang Wehmut mit. Anni hörte gerade zum ersten Mal, dass Göntje Geschwister hatte. Sie wollte sich gerade danach erkundigen, was aus ihrem Bruder geworden war, wurde jedoch unterbrochen.

»Gud Dai, zusammen. Wo kommt ihr denn her?«, fragte ein älterer Mann mit einer Schiebermütze auf dem Kopf, der näher getreten war. »Also, so einfach geht das mit dem Pferdefuhrwerk hier nicht. Der Strandabschnitt ist für unsere Badegäste reserviert. Da muss schon alles seine Ordnung haben. Könnte ja jeder kommen und einfach seine Gäule hier abstellen und alles volläppeln lassen. Und wer räumt die Sauerei dann weg?« Er deutete auf die Pferdeäpfel, die eben eines der Pferde fallen gelassen hatte.

Anni wollte Antwort geben, kam jedoch nicht mehr dazu, denn Momme kam ihr zuvor. Er begrüßte den Mann freudig.

»Na, wenn das mal nicht mein alter Freund und Weggefährte Jasper Hansen ist. Mensch, min Jung, wir haben uns ja ewig nicht gesehen. Wie ist es dir denn in all den Jahren ergangen?«

Der alte Mann sah Momme verwundert an.

»Ja, ist es denn die Möglichkeit! Momme, mein alter Freund. Was treibt dich denn mal wieder zu uns nach Amrum?«

»Meine neue Aufgabe«, antwortete Momme stolz. »Ich arbeite jetzt als Fahrer und Hausmeister für das Kinderhaus Dünenhof in Nieblum. Das ist was ganz Feines, das kann ich dir sagen. Die Lütten dort vorne gehören zu uns. Kommen alle aus Berlin und sollen wieder zu Kräften kommen.«

»Dann haben wir ja fast dasselbe zu tun«, freute sich Jasper. »Ich arbeite schon eine Weile für das Hotel Stockmann hier in

Norddorf. Früher war ich auch der Fahrer, aber jetzt bin ich offizieller Strandwart. Nichts für ungut wegen gerade eben«, wandte er sich an Anni. »Das mit dem Wagen geht schon in Ordnung. Die paar Äppel hab ich nachher flott hinten in den Dünen vergraben.«

Anni sah zu Göntje, die ein Schmunzeln nicht unterdrücken konnte. Da hatte jemand seine Meinung ja schnell geändert. Momme sei Dank.

»Die junge Deern hier ist meine Chefin«, sagte Momme stolz und deutete auf Anni. »Stell dir vor: Sie ist die Enkeltochter von Rauert. Der ist bedauerlicherweise kürzlich verstorben. Aber die Deern weiß ja gar nicht, woher wir uns alle kennen. Wir waren früher beim gleichen Seemann, dem Olaf Christiansen in der Lehre. Wir sollten ruhmreiche Kapitäne werden, wie es sich für anständige Insulaner gehört. Am Ende hat es nur unser Rauert tatsächlich auf die sieben Weltmeere geschafft.«

»Für mich waren schwankende Schiffsplanken eben nix«, sagte Jasper. »Ein ständig spuckender Kapitän bringt niemandem was. Das hat auch der alte Christiansen, Gott hab ihn selig, irgendwann einsehen müssen, auch wenn er es zuerst nicht wahrhaben wollte, der alte Sturschädel. Also, ich finde, wir sollten unser Wiedersehen begießen. Wie lange bleibt ihr denn auf der Insel?«

»Bedauerlicherweise nur wenige Stunden. Wir müssen nachher über den Wattweg noch zurück nach Föhr«, berichtete Momme.

»Das ist schade. Sonst hätten wir heute Abend in den *Lustigen Seehund* nach Steenodde gehen und wie in alten Zeiten eine Runde Skat kloppen können. Aber begießen können wir uns Wiedersehen ja trotzdem. Obwohl ich meiner Chefin, der Marta Stockmann, eine ganz feine Deern, hoch und heilig versprochen hab, dass ich tagsüber keinen Tropfen mehr anrühre. Es gab da nämlich so einige Problemchen, wenn ich büschen zu viel getrunken hab. Aber für dich kann ich bestimmt eine kleine Ausnahme machen. So ein Wiedersehen geht ohne einen anständigen Köm doch gar nicht. Komm, mein Freund. Unsere Frauke wird bestimmt nicht so sein und uns zwei Gläser füllen. Weißt ja, auf einem Bein kann man nicht stehen.« Er legte den Arm um Momme und führte ihn von Anni und Göntje fort in Richtung Strandkiosk. »Du wirst Frauke mögen. Sie hatte früher mal einen Laden in Wittdün. Für ihr Alter ist sie noch eine recht hübsche Deern. Das kann ich dir sagen.«

Kopfschüttelnd sahen ihm Anni und Göntje nach.

»Na bravo«, meinte Göntje. »Dann wollen wir mal hoffen, dass er halbwegs nüchtern wiederkommt.«

»Ja, das wollen wir …« Anni stieß einen Seufzer aus. »Aber es wird schon werden. Zum Glück haben wir ja Ferdis Pferde. Wie hat Momme so schön gesagt: Die finden den Weg nach Hause auch fast blind.«

# 27. KAPITEL

## Nieblum, 2. September 1902

Anni stand in der Waschküche und ließ ihren Blick über die vor ihr liegenden Wäscheberge schweifen, die sich in ungeahnte Höhen stapelten.

»Manchmal habe ich das Gefühl, dass sich täglich neue Baustellen auftun«, sagte sie und seufzte. »Wie sollen wir denn bitte schön ohne unsere beiden Wäscherinnen das alles sauber bekommen? Wieso muss bei Olsens denn ausgerechnet heute die Magen-Darm-Grippe ausbrechen?«

»Die wütet nicht nur dort, hab ich gehört«, wusste die neben ihr stehende Kreske zu berichten. »Tesje und Sönk haben sie auch, weshalb der Laden heute geschlossen bleibt. Ich könnte dir so viele Namen aufzählen, da würde ich gar nicht mehr fertig werden. Auch die Schule hat dicht, weil fast alle Lütten kotzen. Es kommt einem Wunder gleich, dass wir noch nicht betroffen sind. Wenn du mich fragst, sollten wir heute niemanden ins Haus und keinen rauslassen. Aber bei dem abscheulichen Wetter jagt man ja sowieso keinen Hund vor die Tür. Wenn man da hinausguckt, möchte man gar nicht meinen, dass wir gestern noch das schönste Sommerwetter hatten. Mit einem Schlag ist es Herbst geworden.« Sie deutete zum Fenster, und Anni pflichtete ihr bei. Der Wetterumschwung war über die Nacht gekommen. Es hatte zu stürmen und zu tosen begonnen, und bereits in den frühen Morgenstunden hatte es geschüttet, was es auch jetzt noch tat. Heute war eindeutig ein Tag zum Drinbleiben.

»Ich befürchte, wir werden heute einen Waschtag einlegen müssen«, sagte Anni. »Wenigstens die Kinderkleidung müssten wir sauber bekommen. Um die Bettwäsche und die Tischtücher können sich Marie und Krassen kümmern, wenn es ihnen wieder besser geht. Was hoffentlich bald der Fall sein wird.«

»Also, ich werde kaum Zeit dafür finden«, warf Kreske sogleich ein. »Ockeline und ich wollten heute Fliederbeerensaft machen. Für die Lütten steht dann auch gleich eine leckere Fliederbeerensuppe mit Grießnockerl auf dem Speiseplan. Da werden die Stadtkinder große Augen machen. So etwas Feines haben die bestimmt noch nicht gegessen. Und gesund ist der Fliederbeerensaft auch. Wenn sich bei mir eine Erkältung anbahnt, nehme ich ein paar Löffel davon, und schwups, schon ist sie verflogen. Vielleicht hättet ihr den Lütten in Berlin auch davon geben sollen, dann wären sie am Ende gar nicht erst so krank geworden. Gibt es in Berlin denn Fliederbeeren?«

»Natürlich«, sagte Anni. »Allerdings heißen sie dort Holunderbeeren. Bestimmt wird auch dort eingekocht, aber nicht jeder hat die Möglichkeit dazu, denn es gibt oftmals keine Gärten. In den Hinterhöfen lassen sich selten Obst und Gemüse anbauen.«

»Also in einer solchen Welt möchte ich nicht leben. Das müssen Zustände sein.« Kreske schüttelte den Kopf. »Ich hoffe ja, die Kinder essen die Suppe. Letztens bei den Krabben sind einige der Lütten äußerst mäkelig gewesen. Die kleine Elise hat geguckt, als wollten wir sie vergiften.«

»Die meisten Berliner Kinder haben in ihrem Leben niemals zuvor eine Krabbe gesehen. Da wäre ich vermutlich auch skeptisch. Sie werden sich schon noch daran gewöhnen. Da bin ich mir sicher.«

Göntje erschien mit einer Miene, die so finster wie das Wetter war.

»So kann das nicht weitergehen«, sagte sie. »Ockeline ist unausstehlich, und ihre Backe ist inzwischen richtig dick und rund. Ihr müsst mit ihr reden. Sie muss unbedingt zum Arzt gehen. Sie schimpft auch ständig mit den Lütten. Die können einem schon fast leidtun. Ehrlich gesagt tu ich mir selber schon leid.«

Anni nickte. Zusätzlich zu den Wäschebergen waren Ockelines seit einer Woche anhaltenden Zahnschmerzen die nächste Baustelle. Es war ein Backenzahn auf der rechten Seite, der sie plagte, doch sie weigerte sich vehement, zum Arzt zu gehen. Anni konnte das durchaus verstehen, denn Zahnbehandlungen waren kein Vergnügen. Vermutlich musste der Übeltäter gezogen werden. Aber Göntje hatte schon recht mit dem, was sie gesagt hatte: So konnte es nicht weitergehen.

»Ich rede mit ihr«, fügte sich Anni in ihr Schicksal und machte sich, Kreske und Göntje als Verstärkung im Schlepptau, auf den Weg in die Küche, um mit Ockeline zu reden. Normalerweise leistete ihr zu dieser Stunde Momme gerne Gesellschaft. Aber er hatte anscheinend ebenfalls Reißaus genommen, was Anni gut verstehen konnte. Ockeline stand mit finsterer Miene am Ofen und rührte in einem großen Topf voller Fliederbeeren. Sie hatte ein Tuch um ihren Kopf gewickelt, darin befand sich ein feuchter Umschlag, der die starke Schwellung jedoch auch nicht mehr vollends abdecken konnte.

»Na, wie steht es mit den Fliederbeeren?«, fragte Anni, um einen besonders freundlichen Tonfall bemüht.

Wenn Blicke töten könnten, hätte es der, den Ockeline Anni nun zuwarf, mit Sicherheit getan.

»Wie soll es schon stehen?«, nuschelte sie. »Sind halt Fliederbeeren. Ach, du hast Kreske mitgebracht. Lässt du dich auch endlich mal wieder hier blicken. Denkst wohl, die Arbeit macht sich von allein, was?«

Kreske antwortete mit einem Grummeln.

Anni straffte die Schultern. Es half nichts. Sie musste das leidige Thema Zahnschmerzen ansprechen.

»Wie geht es denn der Backe?«, fragte sie vorsichtig.

»Blendend«, bekam sie postwendend zur Antwort. Ockeline drehte ihren Kopf ein Stück weiter nach rechts, als wollte sie ihre Wange den Blicken entziehen.

»So sieht sie aber nicht aus«, meldete sich Kreske zu Wort. »Sie ist so geschwollen, wenn sie noch dicker wird, könnte man meinen, du hättest zwei Köpfe.«

»Wenn ich sage, es ist besser, dann ist es das auch«, entgegnete Ockeline. »Ich gurgle immer brav mit meinem Melissengeist. Der wird schon helfen, dauert eben bloß ein wenig.«

»Kurzfristig kann Melissengeist durch seinen hohen Alkoholgehalt die Schmerzen durchaus lindern«, kommentierte Anni Ockelines Aussage nun in dem fachmännisch klingenden Tonfall der Krankenschwester. »Aber wenn der Zahn wirklich entzündet ist, wird er nicht für eine Heilung sorgen. Ich denke, es wird besser sein, wenn sich das ein Arzt mal ansieht. Doktor Hennings hat doch heute Sprechstunde bei Witt. Er kann dir bestimmt helfen.«

»Zu dem Quacksalber geh ich auf gar keinen Fall. Wie die Hilfe von den feinen Herren Landschaftsärzten bei Zahnschmerzen aussieht, weiß ich nur zu gut. Da kann ich gerne drauf verzichten.« Ockeline verschränkte die Arme vor der Brust. »Außerdem kenn ich diesen Hennings doch gar nicht. Am Ende ist der wie der Hitscher, dieser Stinker. Meine Mutter hat den nur ins Haus gelassen, wenn es gar nicht mehr anders ging, und geholfen hat er auch nie sonderlich. Meist war es danach schlimmer als zuvor. Aber was will man von einem kauzigen Arzt auch erwarten, der sich höchstens einmal im Monat wäscht und mit dem Gesicht voller Bartstoppeln durch die Gegend läuft? Der bringt einem mehr Krankheiten ins Haus, als einem lieb ist. Und dann hat es der auch noch fünfzig Jahre bei uns ausgehalten. Das muss man sich mal vorstellen. Den haben seine Flöhe am Leben gehalten, das kann ich euch sagen.«

Anni stieß einen Seufzer aus. Wenn man die längste Zeit seines Lebens den Beruf des Arztes mit dem lange Jahre in Nieblum ansässigen Landarzt Dr. Georg Ludwig Hitscher verband, dann konnte man die Vorbehalte gegen eine medizinische Behandlung durchaus verstehen.

»Also, ich versichere dir, dass Doktor Hennings nicht unangenehm riecht«, versprach sie, um Fassung bemüht. »Er ist ein studierter Mediziner und äußerst versiert. Er kann dir bestimmt helfen. Nun komm schon. Du weißt doch selbst, dass es mit dem Melissengeist allein nicht besser werden wird.« Sie sah Ockeline mit einem beinahe schon flehenden Blick an.

»Wenn sie ihn immer wieder ausspuckt, bestimmt nicht«, war es Momme, der sich nun in das Gespräch einmischte. Er hatte gerade den Raum betreten. An seiner Wachsjacke lief das Wasser in Rinnsalen hinunter. »Das ist heute mal ein Schietwetter. Da jagt man keinen Hund vor die Tür. Aber wat mut, dat mut, sagt man ja so schön. Ich hatte doch dem Ferdi versprochen, ihm beim Streichen der neu ausgebauten Zimmer unterm Dach zu helfen. Seine Keike und ihr Mann wohnen neuerdings mit auf dem Hof, und es ist büschen eng für alle zusammen, besonders wenn die Lütte noch auf der Welt ist. Das kann jetzt jeden Tag so weit sein.«

»Also, ich denke nicht, dass es sinnvoll ist, Melissengeist zu trinken«, kommentierte Anni seine erste Aussage.

»Da ist was dran«, befand Momme. »Ich mein, nach so einer Flasche merkt man die Schmerzen zwar nicht mehr, aber man kann ja auch nicht den ganzen Tag knülle durch die Gegend laufen. Allerdings hilft es, wenn man knülle zum Doktor geht. Wenn der einem dann den Zahn zieht, kriegt man es gar nicht mehr mit. So hat es letztens der Ole gemacht. Er hat gemeint, er hätt gar nix gespürt. Er hat vorher so zwei Flaschen Korn getrunken. Nu is der Zahn draußen, und er ist wieder ganz fidel. Also bei dir würde vielleicht eine Flasche reichen, Ockeline. Vielleicht noch ein, zwei Gläschen mehr, wenn du ganz auf Nummer sicher gehen willst. Dann merkst du bestimmt nix mehr.«

»Zwei Flaschen Korn. Du liebe Zeit«, sagte Kreske. »Wenn ich die alleine trinken würde, würden die Lichter vermutlich komplett ausgehen, da bräuchte es dann auch keine Zahnbehandlung mehr. Wo trinkt ihr das Zeug nur immer hin, Momme?« Sie schüttelte den Kopf.

»Ach, das läuft so durch«, antwortete er. »Was ist denn nun, Ockeline? Das mit der Backe wird von allein nicht mehr gut, und das weißt du auch. Korn trinken und Augen zu. Dann wird das schon wieder. Oder willst du uns jetzt bis in alle Ewigkeit triezen?«

»Ach, das ist doch alles total dumm«, murrte Ockeline und sank auf einen Küchenstuhl. Sie sah nun aus, als würde sie gleich in Tränen ausbrechen. »So ein dösbaddeliger Zahn aber auch. Wieso kann der nicht einfach von allein Ruhe geben? Ich hab ihm doch gar nix getan. Und ich hab gedacht, der Melissengeist würde helfen.« Sie hielt sich die schmerzende Backe.

»Manchmal tut er das ja auch«, tröstete Anni. »Aber leider nicht immer. Ich halte Mommes Idee für gar nicht so schlecht. Was meinst du? Es müssen ja nicht gleich zwei Flaschen sein. Aber ein bisschen Mut antrinken kann gewiss nicht schaden.

Bestimmt geht alles ganz schnell, und dann kannst du dich den Rest des Tages in der Kammer ausruhen. Kreske, Göntje und ich bekommen das mit der Fliederbeerensuppe auch alleine hin.«

»Also gut«, gab Ockeline nach. »Dann gebt mir mal den Korn und ein Glas.«

Drei Stunden später schloss Anni behutsam die Tür zu Ockelines Haus.

»Dann wollen wir sie mal ihren Rausch ausschlafen lassen«, sagte Martin. »Sie hat sich wahrlich tapfer gehalten. Die Prozedur des Zahnziehens ist wahrlich eine unschöne Angelegenheit.«

»Ja, das ist es«, gab ihm Anni recht. »Aber sie war so betrunken, ich glaube, sie hat nicht viel davon mitbekommen. Dass sie überhaupt noch laufen konnte, kam einem Wunder gleich. Immerhin hat sie tatsächlich innerhalb weniger Minuten eine komplette Flasche Korn getrunken.«

»Ja, dieser Umstand erstaunte mich auch«, sagte Martin. »Allerdings bewundere ich immer wieder, was hier in Nordfriesland vertragen wird. Ich wäre schon nach Mommes Morgenkaffee komplett betrunken und könnte die Kinder nur noch lallend unterrichten.«

Mit vereinten Kräften hatten sie, Momme und Martin die vollkommen betrunkene Ockeline zum Arzt gebracht. Dort angekommen, hatten sie ein ganzes Weilchen in der zum Wartezimmer umfunktionierten Gaststube warten müssen, denn es hatten sich eine Menge von dem Magen-Darm-Infekt heimgesuchten Patienten gemeldet. Während sie im Gastraum saßen, übergaben sich zwei Mädchen, und Anni wünschte sich in diesem Augenblick, sie hätten Ockeline noch einige Tage länger gewähren und ihre Melissengeistkur machen lassen. Sie bewunderte die Gemeindeschwester, die sich tapfer um die Patienten bemühte, Spuckschalen verteilte und Erbrochenes vom Boden aufwischte. Momme, der den sauren Geruch im Raum nicht ertragen konnte, verabschiedete sich entschuldigend und etwas blass um die Nase. Anni war es lieber so gewesen. Einen spuckenden Hausmeister konnte sie jetzt nicht auch noch gebrauchen.

Der Arzt entdeckte rasch den Übeltäter in Ockelines Mund. Es war ein Backenzahn oben rechts, der gezogen werden musste. Erstaunlich schnell gelang dieser Vorgang, wofür Anni dankbar war. Ockeline hatte ein wenig gestöhnt, doch tapfer den Mund aufgehalten.

Nun lag sie in ihrem Bett und schlief ihren Rausch aus.

Anni und Martin huschten rasch über die Straße, denn der Regen, der um die Mittagszeit etwas nachgelassen hatte, war nun wieder stärker geworden. Der gesamte Babendörpstieg war von großen Pfützen überschwemmt. An einen Spaziergang an der frischen Luft mit den Kindern war heute nicht mehr zu denken.

Als sie das Haus betraten, staunten sie nicht schlecht, was für ein Anblick sich ihnen in der Stube bot. Sämtliche Kinder saßen einträchtig mit Kreske und Momme um den Tisch herum, zupften die Holunderbeeren von den Stängeln und verfrachten sie in große Schüsseln.

»Gud Dai, Kinder«, begrüßte Anni die Gruppe lächelnd. »Das ist aber lieb von euch, dass ihr uns helft.«

»Das machen wir doch gern«, antwortete die kleine Elise eifrig. Ihre Fingerchen waren von den Beeren ganz blau gefärbt, und zu Annis Bedauern hatten sich auch einige Flecken auf ihr weißes Matrosenkleid gestohlen. Sie wieder herauszubekommen, würde eine Herausforderung werden.

»Göntje hat uns auch gesagt, dass wir die Beeren auf gar keinen Fall essen dürfen«, sagte Agnes. »Erst gekocht geht das. Roh bekommt man von ihnen Bauchweh.«

»Aber die Suppe schmeckt echt lecker«, sagte Franz. »Davon hätte ich noch viel mehr Teller essen können. Die ist viel besser als diese komischen Würmer.«

»Das sind keine Würmer, sondern Krabben«, korrigierte Momme sogleich. »Und du wirst dich schon noch an ihren Geschmack gewöhnen. Die gibt es noch öfter. Föhr ohne Krabben geht nämlich nicht. Wenn ihr wollt, können wir gerne mal mit einem der Krabbenkutter rausfahren, und ihr könnt sehen, wie sie gefangen werden, danach pulen wir dann gemeinsam. Selbst gepult schmecken sie nämlich am besten. Was meint ihr?«

»Also, mir schmecken die Würmer auch ohne Bootfahren«, meinte Johanna. »Pulen helfe ich mit, was auch immer das ist. Aber auf so ein wackeliges Boot bringt mich keiner mehr. Da wird's mir bloß wieder schlecht.«

Anni brachten die Aussagen der Kinder zum Schmunzeln. Es würde vermutlich noch ein ganzes Weilchen dauern, um dem einen oder anderen von ihnen die norddeutsche Küche schmackhaft zu machen.

Während Martin sich zu der eifrigen Küchentruppe gesellte, erkundigte sich Anni nach dem Verbleib von Göntje.

»Sie ist in der Waschküche«, antwortete Kreske. »Sie meinte, sie würde schon mal mit den Matrosenanzügen der Jungen anfangen. Sonst hätten wir hier bald lauter Kinder ohne Kleidung im Haus.«

Kreskes Worte brachten die Kinder zum Kichern, und auch Anni musste schmunzeln.

»Das wäre natürlich unschön«, sagte sie. »Dann werde ich mal gehen und ihr helfen.«

Sie verließ den Raum und betrat wenig später die Waschküche. Dort fand sie Göntje jedoch nicht bei der Arbeit vor. Das arme Ding saß, den Rücken an die Wand gelehnt, kreidebleich auf dem Boden, und vor ihr lag ihr halb verdauter Mageninhalt, den sie anscheinend gerade eben wieder von sich gegeben hatte. Sie sah Anni mit Tränen in den Augen an und sagte: »Es tut mir so leid. Ich glaub, mich hat dieser dumme Infekt jetzt auch erwischt.«

# 28. KAPITEL

## Nieblum, 5. September 1902

Anni befand sich in der warmen Wohnstube des Dünenhofs in einem gemütlichen Sessel und wartete mit der kleinen Elise auf dem Schoß darauf, dass Momme damit begann, seine abendliche Gutenachtgeschichte zu erzählen. Auf den Fensterbänken stehende Lampen sorgten für warmes Licht, sämtliche Kinder trugen bereits ihre Schlafanzüge oder Nachthemden. Ihre Füße steckten allesamt in dicken Strickstrümpfen, die Ockeline und Kreske gemacht hatten.

»Die armen Lütten haben alle nur so dünne Strümpfe eingepackt bekommen«, hatte Ockeline kurz nach der Ankunft der Kinder festgestellt. »So geht das nicht. In Berlin kennen die wohl keine kalten Fußböden in den Häusern.« Somit hatten sie jetzt eine ganze Kiste voller Kinderstrümpfe in den unterschiedlichsten Größen und Farben in der Kammer stehen, damit auch ja jedes Kind stets warme Füße hatte. Selbstverständlich waren auch Anni und Martin bestrickt worden. Obwohl Anni das neueste Werk von Ockeline, es waren lila-blau geringelte Kniestrümpfe, nur ungern trug, denn die Wolle war arg kratzig.

Momme hatte es sich zur Gewohnheit gemacht, den Kleinen jeden Abend vor dem Zubettgehen eine alte Inselsage zu erzählen. Er tat das so herrlich, dass sowohl die Kinder als auch die Erwachsenen an seinen Lippen hingen.

»Heute möchte ich euch von den Odderbaantjes berichten«, begann Momme. Wie immer, wenn er seine Gutenachtgeschichte zum Besten gab, saß er in dem mit blauem Stoff bezogenen Ohrensessel im hinteren Bereich des Raumes, und bis auf Elise hatten es sich alle Kinder auf Kissen und Decken um ihn herum auf dem Dielenboden gemütlich gemacht.

»Vielleicht habt ihr ja schon von ihnen gehört, denn die Odderbaantjes sind von allen Zwergen auf der Insel zweifellos die bekanntesten, und es gibt ganz viele Geschichten über sie.«

»Das ist aber ein lustiger Name«, rief Rudolf dazwischen.

»Ja, das ist er«, antwortete Momme. »Aber vermutlich finden die Odderbaantjes die Bezeichnung Mensch auch lustig.« Er zwinkerte Rudolf zu. »Ich muss zugeben, dass mir persönlich noch nie ein Odderbaantje begegnet ist. Aber es gibt natürlich Erzählungen von Leuten, die sie irgendwann einmal gesehen haben. Sie sollen klein sein und einen ungewöhnlich großen Kopf haben, dazu lange Arme und dünne, krumme Beine.«

»Meine Oma würde sagen, die sehen aus wie ein Hutzelmännchen«, rief Clara dazwischen und kicherte.

»Das könnte natürlich sein«, meinte Momme geduldig. »Allerdings weiß ich nicht, wie ein Hutzelmännchen aussieht. Unsere Odderbaantjes verfügen trotz ihrer Missgestalt über eine große Körperkraft. Sie tragen auch, wie es bei Zwergen üblich ist, Zipfelmützen, diese sind entweder weiß oder rot. Meist tragen sie rote Jacken und grüne Hosen, und in ihrem Gürtel oder in der Tasche befindet sich ein kleines Messer. Am liebsten halten sie sich in den einsamen Hügeln der Heide auf, wo sie in Steinstuben wohnen.«

»Sind die Odderbaantjes denn liebe Zwerge?«, fragte Agnes.

»Nein, das sind sie bedauerlicherweise nicht«, sagte Momme wahrheitsgemäß. »Sie mögen die Menschen gar nicht und ärgern sie, wo sie nur können. Die Odderbaantjes sind auch immer mit irgendetwas beschäftigt. Meist ist dies die Suche nach Nahrungsmitteln. Aber des Nachts kommen sie auch mal gerne aus ihren Hügeln heraus und spielen und tanzen auf den Kornäckern, wobei sie natürlich das Korn und Gras niederstampfen.«

»Aber wo kamen die Zwerge her?«, fragte Gustav, der stets alles ganz genau wissen wollte. »Gab es die schon immer auf der Insel?«

»Nein, natürlich nicht. Aber es gibt da so eine alte Geschichte, die erzählt wird. Vor vielen Hunderten von Jahren ist einmal unser Herr Jesus Christus auf Föhr gewesen, und er kam in ein Haus, wo eine Frau wohnte, die fünf hübsche und fünf hässliche Kinder hatte. Die Frau schämte sich für ihre unansehnlichen Kinder, versteckte diese im Keller und zeigte Jesus nur die hübschen Kinder. Der Herr ließ die Kinder zu sich kommen, erfreute sich an deren Schönheit und fragte die Frau, ob das alle ihre Kinder wären. Die Frau sagte Ja. Da segnete Christus die schönen Kinder und verwünschte die hässlichen, indem er sprach: ›Was unten ist, soll unten bleiben, und was oben ist, soll oben bleiben.‹

Nachdem der Herr fort war, ging die Frau in den Keller. Ihre fünf hässlichen Kinder waren fort. Aus ihnen waren die Odderbaantjes geworden. Ich kann jetzt nicht genau sagen, ob die Geschichte stimmt. Aber es muss schon etwas Wahres dran sein, denn die Odderbaantjes können bis heute noch keinen Glockenschlag ertragen, und sie mögen es gar nicht, wenn der Name Gottes oder Christus ausgesprochen wird.«

»Also, ich weiß nicht recht«, sagte Franz zweifelnd. »Ob das so stimmt? Im Religionsunterricht haben wir nix davon gelernt, dass Jesus mal auf Föhr gewesen ist. Der wohnte doch ganz weit weg.«

Anni brachte das Argument zum Schmunzeln.

»Und der Jesus, der ist doch ein Lieber. Der hat die hässlichen Kinder bestimmt auch gern«, meldete sich nun auch Johanna zu Wort.

»Ich kann nur wiedergeben, was überliefert ist«, glaubte Momme seine Geschichte verteidigen zu müssen. Mit Gegenargumenten dieser Art hatte er vermutlich nicht gerechnet. »Vielleicht stimmt das mit dem Jesus ja auch nicht, und sie sind anders entstanden. Vielleicht kamen sie auch von Amrum übers Meer herüber. Vorstellen könnte ich es mir schon ganz gut, denn von Amrum kommt ja bekanntlich nur selten etwas Gutes.« Er zwinkerte den Kindern grinsend zu, griff nach seiner neben sich auf einem Beistelltisch stehenden Teeschale und nahm einen kräftigen Schluck seines inzwischen kalt geworden Teepunschs.

»Ich denke, wir haben für heute genug Geschichten gehört«, beendete Martin die Erzählrunde nun. »Es wird Zeit zum Schlafengehen. Vielen Dank für deine tollen Erzählungen, Momme. Es war uns mal wieder eine Freude, dir zuzuhören. Und vielleicht gibt es die Odderbaantjes ja tatsächlich. Wer weiß. In alten Sagen findet sich oft ein wahrer Kern.« Er lächelte verschwörerisch und erhob sich.

Bald darauf waren sämtliche Lütten im Bett, und es begann die Zeit des Tages, die Anni besonders schätzte. Martin und sie setzten sich in der gemütlichen Küche des Dünenhofs noch mal zusammen und besprachen bei einer Schale Teepunsch, was in den nächsten Tagen alles anfiel und was erledigt werden musste. Ockeline und Kreske waren nach Hause gegangen, Göntje hatte sich in ihre Kammer zurückgezogen, und Momme war noch einmal los zum Gasthaus Witt, um mit seinen Freunden eine Runde Karten zu spielen. Anni hatte die Küche des alten Kapitänshofsserngehabt, denn sie hatte viele Kindheitserinnerungen mit sich gebracht. Doch die neu geschaffene Küche, das musste sie sich eingestehen, mochte sie fast noch ein wenig mehr.

»Ich hatte mir überlegt, wir könnten mit den Kindern morgen Nachmittag nach Wyk fahren. Ich dachte, es wäre nett, wenn sie sich Postkarten für ihre Liebsten zu Hause aussuchen würden«, schlug Martin vor.

»Das ist eine wunderbare Idee«, befand Anni. »Bei der Gelegenheit könnten wir mit ihnen dann auch gleich ins Kasperltheater gehen. Ich habe gehört, dass es morgen eine Aufführung im Kurhaus geben soll.«

»Fein. Dann machen wir das so.« Martin trug das Vorhaben in seinen Kalender ein.

Anni beobachtete lächelnd sein Tun. Es war ihm stets wichtig, alles zu notieren. Selbst Pläne, die noch am selben Tag stattfanden, wurden in seinem Kalender festgehalten. Anni empfand seine akribische Dokumentation als eine Marotte. Aber sie liebte sie, so wie sie ihn liebte.

»Gibt es sonst noch etwas?«, fragte er, nachdem er alles notiert hatte, und sah sie mit seinen hübschen blauen Augen an.

»Ja, das gibt es.« Anni nahm seine Hand. »Ich liebe dich, und wir sollten uns endlich um die Festlegung unseres Hochzeitstermins kümmern. Tesje meinte neulich, dass sich unser wildes Verlobungsleben nicht mehr schicken würde.«

»Wo sie recht hat«, antwortete er. »Allerdings sieht es im Moment für ein großes Hochzeitsfest im Dünenhof eher schlecht aus, wie du weißt. Aber sobald unsere Rasselbande wieder fort ist, wird mich nichts mehr daran hindern, dich zum Traualtar zu schleppen.«

Er rückte noch näher an Anni heran, und seine Lippen näherten sich den ihren. Sie öffnete bereitwillig ihren Mund. Genau in dem Moment, als er sie enger an sich zog, wurde ihr intimer

Moment jedoch jäh durch ein Kinderstimmchen gestört, und sie ließen abrupt voneinander ab. Es war die kleine Elise, die mit nackten Füßen und geröteten Wangen in der Tür stand und mit Tränen in den Augen sagte: »Ich will zu meiner Mama.«

Anni erhob sich von der Küchenbank, ging zu ihr und nahm die Kleine sogleich auf den Arm.

»Ich weiß, Kleines«, sagte sie tröstend. »Aber so schnell wird das noch nicht gehen, denn deine Mama wünscht sich, dass du wieder ganz gesund wirst. Was denkst du denn, wie sehr sie mit uns schimpfen würde, wenn wir dich nicht anständig genesen nach Hause schicken? Und außerdem würdest du eine ganze Menge verpassen, wenn du jetzt zurück nach Berlin fährst. Wir wollen morgen den Kasperl in Wyk besuchen und auch an den Strand gehen. Wenn du magst, können wir für deine Eltern eine hübsche Postkarte aussuchen, und wir schreiben sie gemeinsam.«

So ganz schienen Annis Worte Elise noch nicht zu überzeugen. »Das ist mir egal. In Berlin werd ich bestimmt auch gesund.«

»Aber hier gibt es Kakao und Friesenkekse«, war es nun Martin, der einen Tröstversuch startete und das Mädchen aufmunternd ansah. »Und da wir ganz allein in der Küche sind, können wir so viele Kekse essen, wie wir möchten.«

»Ehrlich?«, meinte Elise. »Aber dann wird Ockeline schimpfen. Sie mag es nicht, wenn wir Kekse mopsen.«

»Ich weiß«, stimmte Martin ihr zu. »Aber das lass ruhig meine Sorge sein. Also möchtest du jetzt Kakao und Kekse?«

Die Kleine nickte, und Anni setzte sie auf die Küchenbank.

Ihre Traurigkeit schien nun wie weggeblasen zu sein. Während Martin damit begann, mit Elise ein Bilderbuch anzusehen, holte Anni die Keksdose aus der Speisekammer, und sie bereitete den Kakao zu. Aus dem Augenwinkel beobachtete sie, wie liebevoll Martin mit der kleinen Elise umging, und plötzlich wurde ihr ganz warm ums Herz. In diesem Augenblick wurde ihr zum ersten Mal bewusst, dass er ein wunderbarer Vater werden würde. Bald darauf war der Kakao fertig, und die Kekse lagen auf einem Teller. Doch Elise kam nicht mehr in den Genuss der süßen Köstlichkeiten, denn sie war über der Lektüre des Buches eingeschlafen. Anni betrachtete das kleine Mädchen lächelnd und meinte: »Wir heben ihr einen Keks für morgen auf.«

»Ja, das tun wir«, antwortete Martin. Behutsam nahm er die Kleine hoch und ging mit ihr vorsichtig die Treppe nach oben. Nachdem sie den Raum verlassen hatten, nahm sich Anni einen der Friesenkekse und schenkte sich von dem Kakao ein. Eigene Kinder, kam es ihr in den Sinn. Es war verrückt, dass sie tatsächlich zum ersten Mal darüber nachdachte, denn immerhin war sie verlobt und würde bald heiraten. Sie legte versonnen lächelnd eine Hand auf ihren Bauch. Vielleicht würde darin schon bald ihr persönliches kleines Wunder heranwachsen. Der Gedanke zauberte ihr ein Lächeln auf die Lippen, und während Martin wieder die Treppe herunterkam, begann sie, darüber nachzudenken, wie ihr Nachwuchs heißen könnte.

# 29. KAPITEL

## Nieblum, 15. September 1902

»Also ich finde, dieser Tanzabend ist eine nette Idee von Martin«, sagte Ockeline. Sie stand am Ofen und rührte in einem großen Topf voller Haferbrei, den sie bereits für das Frühstück am nächsten Tag vorkochte. »Ihr seid doch junge Leute, ihr müsst auch mal ausgelassen sein dürfen. Diesen einen Abend bekommen wir mit den Lütten auch allein geschaukelt. Du musst wirklich keine Sorge haben, Anni. Mach dich hübsch für deinen Verlobten. Ihr beiden habt euch diese Auszeit nach den stressigen Wochen mehr als verdient.«

»Wenn du meinst«, erwiderte Anni, die von der Idee des Tanzvergnügens noch immer nicht so recht angetan war.

Eine Gruppe junger Bewohner aus dem Dorf wollte zu einem in Wyk stattfindenden Tanzabend gehen, und Martin hatte vorgeschlagen, dass sie mitgehen sollten. Eine kurze Auszeit vom Alltag würde ihnen guttun, hatte er gemeint. Anni hatte mit einer Zusage jedoch gezögert, denn ihr Dünenhof war ja nicht irgendein Geschäft, das man einfach so zusperren konnte, wie es einem gerade gefiel. Doch ihm abzusagen, hatte sie auch nicht so recht übers Herz gebracht.

»Du musst unbedingt deine Sonntagstracht anziehen«, merkte Kreske sogleich an. »So gehört sich das für eine Föhrer Deern, wenn sie ausgeht.«

»Ich denke nicht, dass das notwendig sein wird«, meinte

Anni. »Der Abend wird mit Sicherheit etwas ungezwungener sein. Normale Kleidung wird es bestimmt auch tun.« Anni hatte sogleich ihre neue hellblaue Bluse im Sinn, die sie sich erst vor einigen Tagen in Wyk gekauft hatte.

Tesje und Sönk betraten, wie es üblich war, ohne Anklopfen das Haus und kamen zu ihnen in die Küche. Sie guckten Anni, die noch auf der Küchenbank in ihrer Alltagskleidung und mit der Küchenschürze saß, verdutzt an.

»Du bist ja noch gar nicht für den Tanz zurechtgemacht«, rügte Tesje sie sogleich. »Nun aber flott, sonst fahren die anderen noch ohne uns los, und wir müssen laufen.«

»Also sollte das so sein, dann kann ich euch auch fahren«, meldete sich Momme zu Wort, der neben Anni auf der Bank saß, vor ihm lag der aufgeschlagene *Inselbote*. »Unser neues Pferdchen ist jung und kräftig, manchmal büschen übermütig, aber das ist nicht so tragisch. Damit sind wir flott in Wyk.«

In den letzten Tagen waren Momme und Martin übereingekommen, Rüdi seinen wohlverdienten Ruhestand zuzugestehen. Sie hatten damit begonnen, sich nach einem Ersatz für ihn umzusehen, und sie waren wieder in Utersum fündig geworden. Rüdis Nachfolger war ein hübscher Friese namens Pico, der von sämtlichen Bewohnern des Dünenhofs sofort ins Herz geschlossen worden war.

Im nächsten Moment öffnete sich die Haustür, und es stürmten die Kinder an der Küche vorbei in Richtung Waschräume, ihnen folgte Martin. Er hatte mit ihnen einen Ausflug zu einem nahen Bauern gemacht, und sie hatten dort einiges über die ländliche Tierhaltung und die Herstellung von Käse erfahren.

Göntje erhob sich von der Küchenbank. Es galt, die Rasselbande im Waschraum zu beaufsichtigen, denn erst neulich waren sie dort etwas übermütig geworden, und sie hatten am Ende durchnässte Kinder und einen regelrechten See auf dem Fußboden gehabt.

Martin begrüßte Tesje und Sönk freudig.

»Dann klappt das mit dem Tanz heute bei euch also auch? Wer achtet denn auf eure Lütte?«

»Die Deern unserer Nachbarin«, antwortete Tesje. »Sie passt ja nicht zum ersten Mal auf und ist für die Tanzerei noch zu jung«, antwortete Tesje. Sie hatte sich extra für den festlichen Anlass ihr Haar geflochten und es kunstvoll aufgesteckt. »Ihr müsstet jetzt aber wirklich zu Potte kommen. Sonst ist unser Wagen weg, und ihr wollt doch Momme nicht extra bemüßigen.«

»Dann werde ich mich mal umziehen gehen.« Anni erhob sich. Bevor sie zur in den ersten Stock führenden Treppe ging, suchte sie noch einmal kurz den Blick von Martin. Seine blauen Augen strahlten, und sie verspürte wieder dieses herrlich kribbelige Gefühl in ihrem Inneren, das sie so sehr liebte und von dem sie nicht genug bekommen konnte. Bestimmt würde es ein schöner Tag werden. Ockeline hatte schon recht: Sie waren junge Leute, und da durften sie auch mal ausgelassen sein.

Es war spät am Abend, als Anni und Martin beschwingt vom Tanz und von der fröhlichen Musik vor dem Dünenhof von Ferdis Wagen kletterten und sich von Tesje, Sönk und den anderen verabschiedeten. Leise kichernd schlichen die beiden zum Haus. Hinter ihnen lag ein fröhlicher Abend mit viel Tanz und Heiterkeit in der gut gefüllten Centralhalle. Allen Aufforderungen ihrer Begleiter zum Trotz hatten beide jedoch nur wenig Alkohol getrunken, denn Anni wusste aus Erfahrung, dass ein Kater am Morgen in Gesellschaft einer lauten Kinderschar eine unschöne Angelegenheit darstellte.

Hand in Hand legten die beiden den kurzen Weg vom Wagen

zur Haustür zurück. Doch als sie die Haustür öffneten, stand da plötzlich ein Kind mitten im Flur. Anni brauchte einen Moment, um in dem dämmrigen Licht zu erkennen, dass es die kleine Elise war.

»Elise, Kind. Was machst du denn hier?«, fragte Anni. »Solltest du nicht längst in deinem Bettchen liegen?«

»Ich hab sie gehört«, sagte Elise, ohne auf Annis Frage einzugehen.

»Wen hast du gehört?«, hakte Martin nach.

»Na, Gustav und Franz. Die dachten, sie sind leise, aber ich hab sie trotzdem gehört. Die haben sich die Treppe runtergeschlichen. Die haben was davon gesagt, dass sie diese Zwerge sehen wollen. Weil die sollen doch bloß nachts rauskommen. Der Gustav will sogar einen fangen, hat er gesagt.«

Annis Herzschlag beschleunigte sich sogleich. Alarmiert blickte sie zu Martin, doch dieser blieb erst einmal ruhig und ging vor Elise in die Hocke.

»Denkst du wirklich, dass die beiden so dumm sind und sich im Dunkeln einfach so rausschleichen?«, fragte er. »Vielleicht hast du das Ganze nur geträumt? Wollen wir mal nachgucken gehen, ob sie in ihren Betten liegen?«

»Das hab ich schon gemacht«, antwortete Elise kess. »Sie sind nicht da. Ich hab das nicht geträumt.« Ihre kleine Stimme klang nachdrücklich. »Ich wollte gerade zu Ockeline gehen.« Sie deutete zu der nur angelehnten Tür des Aufenthaltszimmers.

Martin öffnete die Tür. Ockeline saß in einem der Ohrensessel und schlief. Die neben ihr auf dem Tisch stehende Petroleumlampe war ausgegangen. Ihr leistete Momme Gesellschaft. Er schnarchte in dem zweiten Ohrensessel.

»Ockeline, Momme, aufwachen«, rief Martin sogleich und sorgte für Licht. Ockeline war die Erste, in die Leben kam.

Verdutzt sah sie Martin, Anni und die kleine Elise an. Sie brauchte einen Moment, um aus dem Schlaf in die Realität zu finden.

»Anni, Martin. Ihr seid zurück, wie schön. Aber was macht denn die Lütte bei euch? Kannst du nicht schlafen, min Deern? Soll ich dir eine heiße Milch mit Honig machen?«

Nun erwachte auch Momme.

Er benötigte ebenfalls einen Moment, um sich zu orientieren.

»Gud Inji«, grüßte er mit verklärtem Blick. Er trug keine Mütze, sein graues Haar war zerzaust. »Wie war es denn beim Tanz?«

»Ihr müsst sofort aufstehen und uns suchen helfen. Gustav und Franz haben sich aus dem Haus geschlichen.«

Sogleich schossen die beiden in die Höhe.

»Aber, das kann gar nicht sein!«, rief Ockeline. »Wir waren doch die ganze Zeit hier. Ich hätte die beiden sehen oder hören müssen.«

»Ihr habt geschlafen«, antwortete Martin mit ernster Miene.

»Aber erst kurz, also nur ein wenig«, verteidigte Momme sich und Ockeline sogleich.

Anni eilte nun in die Schlafkammern der Kinder ins Obergeschoss, und wie Elise es bereits gesagt hatte, waren die Betten der beiden Jungen leer. Ihr Tun sorgte dafür, dass auch die anderen Kinder erwachten. Panisch weckte Anni die in ihrer Kammer schlafende Göntje, die sogleich in ihre Kleider schlüpfte.

Anni polterte die Treppe wieder nach unten. Sie bebte nun regelrecht vor Aufregung. Elise hatte zu weinen begonnen, doch niemand nahm von der Kleinen so recht Notiz.

»Deine Schauermärchengeschichten müssen ein für alle Mal ein Ende haben«, blaffte Anni Momme an.

»Aber die Lütten wissen doch, dass das nur Märchen sind und es die gar nicht gibt«, entgegnete er kleinlaut.

»Anscheinend nicht«, widersprach Anni. »Wir müssen raus

und sie suchen. Es kann sonst was passieren. Was ist, wenn sie bis zum Strand und aufs Watt hinauslaufen, wenn sie ertrinken? Der Wind frischt immer weiter auf, und es sieht nach einem der ersten Herbststürme aus. Wir hätten niemals zum Tanz gehen sollen, Martin. Es ist alles meine Schuld. Wären wir doch hiergeblieben.«

»Nun mal den Teufel nicht gleich an die Wand«, suchte Martin Anni zu beruhigen. »Wir werden die beiden bestimmt rasch finden.«

Die anderen Kinder waren die Treppe nach unten gekommen. Sie waren durcheinander, auch Clara begann nun zu weinen. Anni bat Göntje und Ockeline, sich um die Kinder zu kümmern. Sie hielt hier jetzt nichts mehr. Sie musste los und die Jungen suchen.

»Wir brauchen Stalllaternen«, wies sie Momme an. »Was denkst du, wo könnten sie hingelaufen sein?«

Momme stand der Schreck ins Gesicht geschrieben. Er schlüpfte rasch in seine Jacke und setzte eine Schiebermütze auf.

»Ich gebe Martin recht. Wir sollten nicht zu panisch werden. Sie können es nicht weit geschafft haben. Wir werden sie bestimmt schnell finden, oder sie kommen von allein wieder nach Hause. So dumm werden die beiden schon nicht sein und allein bis zum Strand oder sogar aufs Watt hinauslaufen. Wir haben ihnen doch mehrfach gesagt, wie gefährlich das sein kann.«

Anni, Martin und Momme eilten nach draußen. Ihre lauten Rufe nach den Jungen blieben nicht lange unbemerkt, und es gesellten sich weitere Helfer zu ihnen. Bald waren die Rufe der Suchenden weithin zu hören. Doch sie erhielten nicht die erhofften Antworten.

Anni stolperte über die Felder, längst hatte sie den Anschluss zu den anderen Suchenden verloren. Sie trug keinen Mantel, doch kalt war ihr trotz des immer mehr auffrischenden Windes nicht, der dichte Wolkenfelder über den nächtlichen Himmel und vor den abnehmenden Mond trieb. Immer wieder rief Anni die Namen der beiden Jungen, doch es wollte keine Antwort kommen. Das konnte doch nicht sein. Sie hatten nicht richtig achtgegeben, sie hätte besser aufpassen müssen. Sie hätten die Haustüren abends abschließen müssen. Aber niemand auf der Insel schloss seine Türen ab. Sie wollten die Odderbaantjes suchen. Solch ein Unsinn, diese dummen alten Inselsagen. Sie hätte Momme verbieten sollen, sie den Kindern zu erzählen. Aber wer hätte denn ahnen können, dass die Jungen sich einfach so davonstehlen würden? Dieser vermaledeite Tanzabend war an allem schuld. Sie hätten niemals dorthin gehen sollen. Wäre sie doch nur zu Hause geblieben, dann wäre das alles nicht geschehen. Sie hatte Verantwortung zu tragen. Der Dünenhof gehörte ihr, sie hatte sich zu kümmern. Und das hatte sie nicht. Sie war fortgegangen und hatte die Kinder allein gelassen. Wenn ihnen etwas zustieß, würde sie sich das niemals im Leben verzeihen.

Sie erreichte den Strand, und Tränen stiegen in ihre Augen. Vor ihr lag das Watt. Der Wind blies nun immer kräftiger und wirbelte den Sand auf. Der Lichtschein des Amrumer Leuchtturms war zu sehen. Anni rief laut die Namen der Kinder. Und da glaubte sie plötzlich eine Antwort zu erhalten. Hatte da jemand Hilfe gerufen? Sogleich rannte sie los und aufs Watt hinaus. Sie durchquerte Pfützen und Priele, ihr Rock wurde nass und schwer. Der Wind frischte nun immer weiter auf und peitsche Anni erste Regentropfen ins Gesicht. Doch sie lief weiter und rief immer wieder die Namen der Jungen.

»Gustav, Franz. So antwortet doch! So hört doch! Ich bin es, Anni. Kommt zu mir. Gustav, Franz. Könnt ihr mich hören? Wo seid ihr?«

Irgendwann blieb sie vollkommen außer Puste auf einer Sandbank stehen, inzwischen schüttete es wie aus Kübeln, und der stürmische Wind peitschte den Regen gegen ihren bebenden Körper. Die Verzweiflung brach sich nun endgültig Bahn, und sie sank auf die Knie. Sie hörte ihre Stimmen nicht mehr. Doch sie waren irgendwo dort draußen. Allein und hilflos, weil sie nicht richtig achtgegeben hatte, weil sie selbstsüchtig gewesen war und nur an sich gedacht hatte. Der Wind toste und brauste, und das Wasser um sie herum wurde immer mehr. Sie musste zurückgehen, sonst würde sie ertrinken. Doch sie haderte. Wenn sie jetzt ging, gab sie die beiden auf. Doch es half nichts. Sie musste zurück. Sie schaffte es irgendwie, auf die Beine zu kommen, und watete durch das inzwischen bis zu ihrer Taille reichende Wasser zurück zum Strand. Dort angekommen, sank sie in den Sand und blieb liegen. Sie schloss die Augen und lauschte in den Sturm.

»Es tut mir so leid«, sagte sie zwischen ihren Schluchzern. »Es tut mir so verdammt leid. Ich hätte besser aufpassen müssen. Ich hätte hierbleiben müssen. Ich hätte euch nicht allein lassen dürfen.« Sie bewegte sich nicht vom Fleck, ihr fehlte die Kraft, um aufzustehen. Irgendwann dämmerte sie weg.

Es waren die Stimmen von Sönk und Martin, die sie aus wirren Träumen rissen.

»Sie ist hier. Wir haben sie gefunden!«, rief Sönk.

»Anni, Liebes. Anni, meine Güte. Was machst du nur für Sachen?«, drang Martins Stimme an ihr Ohr.

Anni öffnete halb ihre Augen und sah Martins Gesicht.

Er hob sie vom Boden auf, sie spürte seinen Atem auf der Wange und nahm den vertrauten Geruch wahr.

»Wir sind jetzt da. Ich bin bei dir.«

»Die Jungen«, brachte sie irgendwann heraus. »Habt ihr sie gefunden?«

»Leider, nein«, antwortete Martin. »Du musst nach Hause, Liebes. Es wird sicher alles gut werden. Bestimmt haben sie sich, als der Regen und der Sturm einsetzten, nur irgendwo verkrochen.«

»Ich hab sie gehört«, sagte Anni. »Auf dem Meer. Ich hab sie gehört. Ich weiß es bestimmt.« Sie schloss erschöpft die Augen und lehnte ihren Kopf an seine Schulter.

»Jetzt bringe ich dich erst einmal nach Hause«, suchte Martin sie zu beruhigen. »Bestimmt hat dir der Sturm einen Streich gespielt. An etwas anderes wollen wir gar nicht denken.«

# 30. KAPITEL

## Nieblum, 20. September 1902

Anni stand am Strand von Nieblum und blickte aufs Meer hinaus. Der Sturm hatte sich wieder verzogen, doch es wehte noch ein strammer Wind, der unzählige weiße Wolken über den Himmel trieb und an ihrem Rock zerrte. Gerade herrschte Flut, und die Wellen schlugen vor ihr ans Ufer. Hier auf Föhr taten sie das sanfter, die See war weniger aufgewühlt als an den Weststränden von Amrum und Sylt. Doch das Meer konnte auch hier grausam sein. Wer sich nicht an seine Spielregeln hielt, verlor. Am gestrigen Nachmittag hatten sie die Gewissheit erhalten. Die Leichname von Gustav und Franz waren am Strand von Utersum angespült worden. Sie waren also doch aufs Watt hinausgelaufen.

Anni konnte nicht sagen, weshalb sie an den Strand gekommen war. Sie war bereits seit dem Morgen rastlos gewesen und hatte es im Haus nicht mehr ausgehalten. Erst war sie ziellos durch die Straßen von Nieblum gelaufen, über die Felder bis zur Mühle nach Borgsum und zurück, irgendwann war sie dann plötzlich hier gewesen. An dem Ort, an dem sie zuletzt die Stimmen der Jungen vernommen hatte. Oder hatte ihr der tosende Wind einen Streich gespielt? War es Wunschdenken gewesen? Der Schmerz saß tief, und ihre eben noch empfundene Rastlosigkeit wich nun, da sie den Blick auf den Ozean und die vertrauten Warften der Hallig Langeneß richtete, einer seltsamen Form der

Erstarrung. Plötzlich kamen Anni Worte ihrer Mutter in den Sinn, die sie irgendwann einmal in Berlin zu ihr gesagt hatte.

»Kaum jemand auf Föhr geht an den Strand. Doch ich bin immer gerne dort gewesen, denn das Meer beruhigte mich, es streichelte meine Seele und nahm so manchen Kummer mit sich fort. Es ist beständig, Ebbe und Flut wechseln sich ab, es gibt Halt, wenn man glaubt, ihn verloren zu haben.«

Anni schloss die Augen, lauschte auf die Rufe der Seevögel und atmete die salzige Luft tief ein. Sie öffnete die Augen wieder, doch es veränderte sich nichts. Das seltsame Gefühl der Leere in ihrem Inneren blieb.

Anni hatte, nachdem sie am Strand von Martin und Sönk gefunden worden war, lange erschöpft geschlafen. Als sie erwacht war, hatte Ockeline sie mit Kräutertee und heißen Wecken versorgt, doch sie hatte kaum einen Bissen hinunterbekommen. Im Haus herrschte eine beklemmende Stimmung. Göntje und Kreske kümmerten sich, so gut es ging, um die verbliebenen Kinder, die durch die Ereignisse ganz verschreckt waren. Anni wäre am liebsten sogleich wieder zur Suche der Jungen aufgebrochen, doch Ockeline hatte sie nicht gehen lassen. Beinahe ganz Nieblum und auch Helfer aus anderen Dörfern waren auf den Beinen gewesen, um die beiden zu suchen. Anni sei keine gute Hilfe, außerdem müsse sie sich noch immer ausruhen, nicht dass sie noch krank werde. So hatte es Ockeline zu ihr gesagt. Tesje war gekommen und hatte ihr eine Weile lang Gesellschaft geleistet. Sie hatten nur wenig geredet, das Schweigen im Raum hatte sich unheilvoll angefühlt. Mit jeder vergehenden Minute zeichnete sich mehr ab, dass sie die Jungen nicht mehr lebend finden würden. Hätten sie sich nur irgendwo versteckt, wären sie doch längst reumütig zurückgekehrt. Es waren Martin und Momme gewesen, die ihnen kurz vor Einbruch der Dunkelheit die traurige Nachricht von dem Tod der beiden überbracht hatten.

Anni fühlte sich seitdem wie betäubt. Als wäre sie von einem undurchdringlichen Nebel umgeben, der die Stimmen um sie herum dämpfte und sie seltsam lähmte. Was sollte nun werden?

Martin trat neben Anni. Sie hatte gewusst, dass er irgendwann kommen würde. Schweigend blickten beide aufs Meer hinaus, das heute seinen Schrecken verloren hatte. Hie und da fiel ein Sonnenstrahl herab und ließ die Stelle, auf die er traf, hell schimmern. Die Rufe der Austernfischer, Möwen und anderen Seevögel erfüllten die Luft. Föhr zeigte sein herbstliches, harmloses und friedfertiges Gesicht, der Blanke Hans verhielt sich still.

»Warum nur sind die beiden aufs Watt hinausgelaufen?«, brach Anni irgendwann die Stille. »Ich verstehe es nicht. Wir haben den Kindern so oft gesagt, dass sie niemals allein an den Strand und ins Watt dürfen.«

»Sie werden uns keine Antworten mehr geben«, erwiderte Martin und seufzte tief. Er legte den Arm um Anni, doch sie wich vor ihm zurück. Es war sonderbar, aber sie ertrug im Moment keine körperliche Nähe. Sie wollte nicht in den Arm genommen werden, wollte nicht, dass jemand sie an sich drückte und Sätze sagte wie: Es wird alles wieder gut. Denn das wurde es nicht. Die beiden waren tot, gestorben, weil sie nicht richtig auf sie achtgegeben hatte.

Sie hielt ihren Blick nach vorne gerichtet, weshalb sie Martins Reaktion auf ihr Tun nicht wahrnahm. Sie wusste, dass sie ihn damit verletzte. Doch sie konnte nicht anders. In ihrem Inneren war, während sie durch die Gegend gelaufen war, ein Gedanke herangereift, der ihm nicht gefallen würde, der ihr selbst nicht gefiel, jedoch immer mehr Besitz von ihr ergriff. Sie musste fort von hier. Von den Geschehnissen, von dieser Welt, in der jeder jeden kannte und jeder wusste, was passiert war. Sie kam gegen das Gefühl nicht an, dass sie irgendwohin fliehen und sich verstecken wollte. Nachdem der Baum auf das Haus gefallen war, hätte sie bereits einen Schlussstrich ziehen müssen. Sie war nicht dazu bestimmt, die Besitzerin des alten Kapitänshofs zu sein. Das Schicksal hatte es so nicht vorgesehen und hatte ihr damit den richtigen Weg weisen wollen. Doch sie hatte es nicht wahrhaben wollen. Ihr Leben hier war eine einzige Farce. Sie wollte nur noch fort und Nieblum mit all seinen vertrauten Bewohnern entfliehen, ihr Mitleid ertrug sie nicht. In Berlin könnte sie wieder das tun, was sie bereits nach dem Tod ihrer Eltern getan hatte. Sie konnte in der Anonymität der Großstadt verschwinden. Niemand würde sie wahrnehmen, sie würde zu einem Schatten werden. Zu einem Schatten, der in diesem Moment auch an der Beziehung zu dem Mann neben sich zweifelte. War es richtig gewesen, sich so schnell verloben zu wollen? Oder war es nicht eher der Druck der Dorfgemeinschaft gewesen, der sie zu diesem übereilten Schritt veranlasst hatte? Liebte sie Martin tatsächlich? Sie fand keine klare Antwort für diese Frage. Vielleicht war es dann besser, auch ihn hinter sich zu lassen, denn er gehörte zu Föhr, er gehörte zu diesem Zeitraum ihres Lebens, den sie für immer aus ihrem Gedächtnis streichen wollte. Doch wie sollte sie es ihm sagen? Wie sollte sie es all den anderen sagen? Ockeline und Momme, Kreske und Göntje. Oder gab es überhaupt etwas zu sagen? Wussten sie es nicht längst? Der Dünenhof war eine kurze Episode gewesen, es hätte gut werden können. Doch es hatte nicht sein sollen. Den Tod der Jungen würde sie sich niemals verzeihen.

»Morgen früh mit der ersten Fähre werden Gustav und Franz aufs Festland gebracht«, sagte Martin. »Von dort aus geht es dann mit der Bahn nach Berlin weiter.«

Anni nickte und antwortete: »Ich werde sie begleiten. Das bin ich ihnen schuldig.«

»Das musst du doch nicht tun, Liebes«, er nahm nun ihre Hand, widerwillig ließ Anni die Berührung dieses Mal zu.

»Doch, das muss ich«, war sich Anni sicher. »Es gebietet der Anstand, dass ich an ihrer Seite bin, wenn sie nach Hause kommen. Und ich werde auch ihren letzten Weg mit ihnen gehen.«

»Dann begleite ich dich«, sagte Martin.

»Nein, das wirst du nicht«, widersprach Anni. »Du musst hierbleiben und dich um die restlichen Kinder kümmern. Sie sind noch immer ganz verstört, ebenso wie Ockeline und die anderen. Wir können sie jetzt nicht allein lassen.«

Martin nickte, und er stellte die Frage, die schon in der Luft hing, seitdem die Jungen tot aufgefunden worden waren, die sich aber niemand bisher zu stellen getraut hatte.

»Was wird nun aus dem Dünenhof werden?«

»Ich weiß es nicht.« Anni entschuldigte sich beim Herrgott für diesen kleinen Schwindel, denn natürlich wusste sie es bereits, und Martin wusste es ebenfalls, auch wenn er es noch nicht wahrhaben wollte. Es würde keinen Dünenhof mehr geben. Wer würde seine Kinder monatelang Menschen überlassen, die nicht richtig auf sie achtgeben konnten? Eine Kündigung der Zusammenarbeit von der Charité hatten sie noch nicht erhalten. Aber es war nur noch eine Frage der Zeit, bis diese bei ihnen eintraf und sie jemanden schicken würden, der die Kinder vorzeitig abholte.

»Es war ein Unfall«, antwortete er. »Niemand kann etwas dazu. Die beiden haben sich aus dem Haus geschlichen. Das wäre auch geschehen, wenn wir da gewesen wären«, wiederholte Martin Sätze, die er in den letzten beiden Tagen mehrfach ausgesprochen hatte.

Anni ging nicht auf seine Worte ein, obwohl sie wusste, dass er recht hatte. Sie hätten ebenfalls geschlafen, die Tür war nicht abgeschlossen gewesen. Niemand tat das auf der Insel. Bisher war das nie vonnöten gewesen. Aber die Kinder waren aus Berlin gewesen. Sie waren keine Föhrer, die sich auskannten. Sie waren Fremde gewesen, die sie nicht hatten beschützen können. In Berlin würde niemals jemand auf die Idee kommen, eine Tür nachts nicht zu verriegeln.

»Es wird besser sein, wenn wir zu den anderen gehen«, erwiderte Anni, ohne auf seine Worte einzugehen. »Ich muss noch meinen Koffer packen und mich von den Kindern verabschieden. Sei mir nicht böse«, sagte sie und legte ihre Hand auf seinen Arm, »aber ich muss jetzt Abstand gewinnen. Von Föhr, von allem hier. Ich werde eine Weile in Berlin bleiben, und nach meiner Rückkehr werden wir weitersehen.«

Fassungslos sah er sie an.

»Du lässt mich also zurück und verkriechst dich in deiner alten Heimat? Am Ende wirst du niemals wieder zurückkehren. Und was wird dann aus mir? Was wird aus Ockeline und den anderen? Sie leiden ebenfalls. Sie brauchen dich, wir brauchen alle einander. Niemand muss diesen Schmerz mit sich allein ausmachen, diese Last trägt sich gemeinsam leichter. Und ist dir eigentlich schon mal der Gedanke gekommen, dass mich der Tod der Jungen ebenfalls hart triff? Dass ich ebenso hadere wie du? Dass ich mir genauso die Schuld daran gebe? Du kannst mich jetzt nicht mit allem hier allein lassen. Du bist die Seele des Dünenhofs, du bist die Tochter des alten Kapitäns Rauert Nissen. Er hätte bestimmt nicht gewollt, dass es so endet.«

»Was er gewollt hätte, weiß ich nicht«, entgegnete Anni, Verzweiflung lag in ihrer Stimme. Durch seine Worte fühlte sie sich wie ein in die Ecke gedrängtes Tier, und ihre Stimme wurde laut.

»Ich kannte ihn nicht einmal richtig, und er gab mir auch nicht die Möglichkeit, ihn besser kennenzulernen, weil ich die Tochter seines Sohnes gewesen bin, von dem er sich im Streit getrennt hatte. Vielleicht hätte er niemals ein Kinderhaus gewollt. Wir werden es nicht erfahren. Und was weißt du schon, was er gewollt hätte. Nichts weißt du. Du bist nicht mal ein richtiger Insulaner. Vielleicht wäre es sogar besser gewesen, wir hätten uns niemals verlobt. Ich weiß doch eigentlich gar nicht, wie sich richtige Liebe anfühlt. Ach, ich weiß gar nichts mehr.«

Sie raffte ihren Rock und rannte fort. Er rief ihren Namen, sie versuchte, ihn auszublenden. Sie hastete die Strandstraße hinunter, als wäre der Teufel persönlich hinter ihr her und nicht der Mann, den sie doch eigentlich liebte.

Es war Momme, der Anni am nächsten Morgen zum Wyker Hafen begleitete. Anni hatte sich nach ihrer Rückkehr in den Dünenhof in ihrer Schlafkammer eingeschlossen und auf nichts und niemanden reagiert. Ockeline hatte sie dazu bewegen wollen, die Tür zu öffnen, doch all ihr gutes Zureden hatte nichts geholfen. Auch sie hatte die üblichen Phrasen gebracht, am Ende ebenso davon gesprochen, dass ihr Großvater das bestimmt nicht gewollt hätte. Doch auch sie konnte das nicht wissen.

Anni hatte das Tablett mit dem Essen nicht angerührt, das Kreske ihr vor die Tür gestellt hatte, ihr Magen hatte sich wie zugeschnürt angefühlt. Sie hatte ihre Kleider gepackt, die Trachten ihrer Mutter jedoch im Schrank hängen lassen. Es stand ihr nicht zu, sie nach Berlin mitzunehmen. Dorthin gehörten sie nicht.

»Es tut mir leid, Mama«, hatte sie leise geflüstert, als sie sie ein letztes Mal betrachtet und berührt hatte. »Ich kann das nicht mehr. Du musst das verstehen. Irgendwie scheint es so, als würde diese Insel uns beiden nur Kummer bringen.«

Martin hatte mehrfach an ihre Tür geklopft, sie gebeten zu öffnen, sie sollten miteinander reden. Doch Anni hatte ihm keine Antwort gegeben. Tesje war ebenfalls gekommen, auch sie hatte versucht, sie zum Herauskommen zu bewegen. Die vertraute Stimme der Freundin hatte Anni zum Weinen gebracht. Auch sie war ein Teil des Lebens, von dem sie beschlossen hatte, es hinter sich zu lassen. Sie wollte keine rührseligen Abschiedsszenen, keine Umarmungen, keine flehenden Bitten. Sie wollte keine vernünftig klingenden Worte, nicht die immergleichen Sätze hören. »Es war ein Unfall. Du kannst nichts dafür. Du musst dir keine Vorwürfe machen.« Sie wollte nicht mehr mit Martin streiten, und sie würden es unweigerlich tun, weil er sie nicht verstand und es niemals verstehen würde.

Damals, als sie ihre Eltern verloren hatte, da hatten die Leute ebenso geredet. Es sei ein Unfall gewesen, niemand könne etwas dafür. Aber natürlich konnte irgendjemand etwas dafür. Bei ihnen war es die dumme alte Erna gewesen, die im Stock über ihnen eingeschlafen war und die Kerze auf dem Tisch vergessen hatte. Sie war gerettet worden, ihre Eltern nicht.

Eisiges Schweigen hatte geherrscht, als Anni mit ihrem Koffer in der Hand am Morgen die Treppe nach unten gekommen war. Sie hatte Martin wie Luft behandelt und sich mit einem bemühten Lächeln von den Kindern verabschiedet, die gerade beim Frühstück saßen. Elise drückte sie fest an sich und sagte ihr, dass sie sie lieb habe. Anni rührten die Worte der Kleinen zu Tränen. Sie wusste, dass ihr ablehnendes Verhalten falsch war. Ockeline, Kreske und Göntje hatten es nicht verdient, dass sie so mit ihnen umging. Aber sie konnte in diesem Augenblick nicht aus ihrer Haut.

Martin begleitete sie bis zum Fuhrwerk. Er verstaute ihren Koffer darauf, half ihr beim Aufsteigen, hielt ihre Hand einen

Augenblick länger fest als nötig. Sein Blick ging ihr durch und durch. Sie wusste, dass er sie am liebsten hatte zurückhalten wollen und dass er sich nur wegen der Kinder zusammengerissen hatte, die an den Fenstern hingen, Elise auf Ockelines Arm. Die Worte, die sie ihm am Strand gesagt hatte, wogen schwer. Sie waren ausgesprochen, es gab kein Zurück mehr.

Nun saß sie neben Momme auf dem Kutschbock ihres Fuhrwerks am Hafen und beobachtete, wie sich der Fährdampfer näherte. Es war ein düsterer Tag, tiefe Wolken hingen über der grauen See. Über dem Wasser zogen die Möwen ihre Kreise, es herrschte nur wenig Betrieb. Vorne auf dem Anleger befanden sich bereits die beiden Kindersärge, neben weiterem Gepäck und Waren, die auf ihre Verladung warteten. Ihr Anblick war für Anni kaum zu ertragen. Doch sie wusste, dass es ihre Pflicht war, die beiden Jungen nach Hause zu geleiten.

»Ich hab es dir nie gesagt, weil es ja vorbei ist und ich fand, es war nicht wichtig. Aber ich glaube, jetzt solltest du es doch wissen, min Deern«, brach Momme das Schweigen, das von Nieblum bis hierher zwischen ihnen geherrscht hatte. »Dein Großvater hat bis zu seinem Tod darauf gehofft, dass sein Sohn heimkommen würde. Das wusste im Dorf jeder. Es hat ihn fürchterlich gegrämt, dass er nichts von seinem Verbleib erfahren hatte. Er hat sich über deine Rückkehr unbändig gefreut, auch wenn er es dir nicht gezeigt hat. Er hat zu mir gesagt, dass seine Deern jetzt endlich wieder zu Hause ist. ›Hierher gehört sie‹, hat er gesagt. Von dem Tod deines Vaters zu erfahren, hat ihn schwer getroffen. Ich weiß, du spielst mit dem Gedanken, nicht mehr wiederzukommen, und ich kann das schon verstehen. Das war eine schlimme Sache. Aber solche Dinge passieren nun mal. Wir können es nicht immer verhindern. Was ich sagen will: Bleib nicht dort. Komm wieder zurück. Dein Großvater hatte recht mit dem, was er gesagt hat. Föhr ist dein Zuhause. Nieblum ist es, der Dünenhof ist es. Gib uns nicht auf.«

Anni rührten seine Worte, und sie legte ihre Hand auf die seine.

»Danke dir«, sagte sie. »Aber ich muss gehen. Ich kann nicht anders.«

Der Fährdampfer hatte nun den Anleger erreicht, und sie kletterte vom Wagen. Momme begleitete sie bis zum Schiff und reichte ihren Koffer mit den Worten einem Matrosen, dass er gut darauf achtgeben solle. Schweigend beobachteten sie, wie die beiden Särge an Bord gebracht wurden.

»Danke dir für alles, Momme«, sagte Anni. Den alten Nachtwächter drückte sie nun doch zum Abschied. Seine Joppe fühlte sich rau an ihrer Wange an, er roch wie immer nach einer Mischung aus Pfeifentabak und Alkohol. Sie würde ihn vermissen. Nachdem sie sich aus der Umarmung gelöst hatte, wischte sie sich eine Träne aus dem rechten Augenwinkel und ging an Bord.

Bald darauf legte das Schiff ab, und Anni stand, genau wie damals, als sie ein kleines Mädchen gewesen war, am Heck des Bootes und hielt sich an dem Geländer fest. Sie beobachtete, wie der Hafen mit seinen vielen Kuttern und Booten immer kleiner wurde. Momme stand noch immer am Anleger. Er sah so verloren aus, wie sie sich fühlte.

# 31. KAPITEL

## *Potsdam, 29. Oktober 1902*

Jetzt geht es mir wieder richtig gut«, sagte die kleine Marie freudig. »Ich hab gar keinen dummen Husten mehr.«

»Ja, der ist davongelaufen«, antwortete Anni lächelnd. »Der Arzt hat eben gesagt, dass du heute wieder nach Hause darfst. Wir werden deine Eltern gleich informieren. Sie werden sich sehr freuen und dich bestimmt so schnell wie möglich abholen kommen.« Sie streichelte der Sechsjährigen liebevoll über ihren blonden Schopf und spürte die vertraute Erleichterung darüber in sich, dass sie es mal wieder geschafft hatten, einen der kleinen Engel zu retten. Noch vor einer Woche hatte es nicht danach ausgesehen, dass die Kleine rasch gesund werden würde. Es hatte sogar die Befürchtung im Raum gestanden, dass sich aus ihrer Bronchitis eine ausgewachsene Lungenentzündung entwickeln könnte. Doch dies war zum Glück nicht geschehen.

Anni befand sich in einem der Krankensäle auf der Kinderstation des St. Josefs-Hospitals, das unweit des Schlosses Sanssouci in Potsdam lag. Hier hatte sie bereits zwei Wochen nach ihrer Rückkehr von Föhr eine Anstellung angetreten. Potsdam war für sie der perfekte Zufluchtsort gewesen. In der ein Stück von Berlin entfernten Stadt war alles neu, hier kannte sie niemand, hier konnte sie Föhr hinter sich lassen und, wie damals nach dem Tod ihrer Eltern, zu einem Schatten werden.

»Schön, wer Eltern hat«, kam eine maulig klingende Stimme

aus dem Nachbarbett. Sie gehörte einem achtjährigen Jungen namens Paul, der an Tuberkulose erkrankt war. Er lebte in dem der Klinik angeschlossenen Waisenhaus. In diesem war Anni in den letzten Tagen zusätzlich tätig gewesen, denn durch die Verbreitung einer scheußlichen Erkältung waren dort händeringend Betreuer gesucht worden. Der Junge begann, kräftig zu husten, und Anni trat zu ihm ans Bett. Sie richtete ihn auf und hielt ihn so lange, bis der Anfall nachließ. Paul japste und röchelte, in seiner Brust rasselte es. Erschöpft sank er zurück in die Kissen. Anni strich ihm sein vom Schweiß nasses Haar aus der Stirn. Seine Wangen waren gerötet, seine Stirn vom Fieber warm.

»Geht es wieder?«, fragte sie.

Der Junge nickte, und Anni schob in diesem Moment den Gedanken nach hinten, dass er es vielleicht nicht schaffen könnte. Sie wusste, dass Paul die ersten Jahre seines Lebens bei seiner Großmutter gelebt hatte. Was genau mit seinen Eltern geschehen war, hatte ihr niemand sagen können. Die Mutter war wohl krank gewesen. Sie entschloss sich dazu, den Jungen zu ermutigen, indem sie von ihrem eigenen Schicksal erzählte.

»Ich habe meine Eltern ebenfalls verloren, als ich noch ein Kind war. Es war damals ein schrecklicher Unfall, und ich vermisse sie jeden Tag. Aber es gab liebe Menschen, die sich um mich gekümmert haben. Und die hast du doch auch um dich, oder? Die Schwestern im Heim geben sich alle Mühe, und du hast viele Freunde, die mich übrigens gefragt haben, wie es dir geht. Sie wünschen sich, dass du bald wieder zu ihnen zurückkommst. Sie vermissen dich.«

»Ich vermisse sie auch«, erwiderte Paul. »Dieser dumme Husten macht alles kaputt.«

»Er wird bestimmt bald verschwinden«, antwortete Anni und strich ihm noch einmal über die warme Stirn.

Paul nickte und schloss nun erschöpft die Augen.

Anni hoffte, er würde im Schlaf etwas Erholung finden. Sie erhob sich leise und zog den Vorhang zu, durch den die Betten voneinander getrennt werden konnten, damit mehr Privatsphäre entstand.

Die Schwester Oberin betrat den Raum. Sie war um die sechzig und eine Ordensschwester. In ihrem resoluten Auftreten konnte sie durchaus mit Oberschwester Dorothea aus der Charité mithalten.

»Die Eltern von Marie Krause sind bereits informiert«, sagte sie zu Anni. »Ihr Kindermädchen ist schon auf dem Weg, um die Kleine abzuholen. Bitte machen Sie sie doch so weit fertig und bringen Sie die Kleine nach unten in die Eingangshalle.« Sie nickte Marie kurz mit einem Lächeln zu und wandte sich dann wieder an Anni. »Ich weiß, Ihre Schicht ist gleich zu Ende, aber es wäre nett, wenn Sie noch einmal im Waisenhaus aushelfen könnten. Diese Erkältung ist wirklich hartnäckig, und uns sind zwei weitere Schwestern ausgefallen. Es ist ein Trauerspiel, und die kalte Jahreszeit hat eben erst begonnen. Wie soll das erst im Januar werden?« Sie stieß einen Seufzer aus und verließ den Raum.

Anni hatte es geahnt. Es galt also, noch eine Weile länger durchzuhalten, auch wenn sie sich erschöpft fühlte. Nachdem sie Marie ihrem Kindermädchen übergeben hatte, würde sie sich erst einmal auf die Suche nach einer Tasse starkem Kaffee machen.

Bald darauf saß Anni allein im Aufenthaltsraum der Schwestern und starrte aus dem Fenster. Die Bäume hatten ihre herbstlich bunten Blätter inzwischen beinahe komplett verloren, und ihre Äste ragten in den grauen Himmel. In der letzten Nacht hatte es geregnet. Ende Oktober begann die trostlose Zeit des Herbstes, dann waren die goldenen Tage voller Licht meist endgültig vorbei. Annis Gedanken wanderten mal wieder zurück nach Föhr. Wie es jetzt wohl gerade auf der Insel war? Wieder einmal schlich sich Nieblum mit seinen beschaulichen Reetdachhäusern und seiner Friedlichkeit in ihre Gedanken. Sie vermisste den verwunschenen Garten des Dünenhofs, obwohl sie wusste, dass er zu dieser Jahreszeit in herbstlicher Tristesse versunken war, doch selbst diese barg ihren ganz eigenen Zauber. Martin fehlte ihr so sehr, dass es wehtat. Sein Verlust war wie ein brennender Schmerz, den sie nicht abschütteln konnte. Ihr fehlten seine Wärme und Nähe, ihre abendlichen Gespräche auf der Hausbank, sein Humor und sein vertrauter Geruch. Sie vermisste Ockeline und Kreske, sogar ihre Zankereien. Momme mit seiner ruhigen Art. Sie sah ihn immer noch vor Augen, wie er am Tag ihrer Abreise verloren aussehend am Anleger gestanden hatte.

Nach ihrer Ankunft in Berlin hatte sie bei ihren Zieheltern Zuflucht gesucht und irgendwann deren mitleidige Blicke und unzählige Ratschläge nicht mehr ausgehalten. Sie wusste, dass sie wider alle Vernunft reagierte. Aber sie konnte nicht anders. Sie hatte all ihren Mut zusammengenommen und war bei beiden Beerdigungen der Jungen gewesen. Sie hatte, von ihrem schlechten Gewissen geplagt, in einem schwarzen Kleid, mit einem schwarzen Hut auf dem Kopf und einen durchsichtigen Schleier vor dem Gesicht, wie eine Voyeurin im Hintergrund gestanden und den Schmerz irgendwie ertragen. Franz' Beerdigung war schwer gewesen, seine trauernden Eltern, Großeltern, Geschwister und weitere Familienmitglieder und Freunde am Grab des Jungen zu sehen, hatte Anni beinahe das Herz gebrochen. Sie hatte darüber nachgedacht, zu den Eltern zu gehen, um sich für ihren niemals wiedergutzumachenden Fehler zu entschuldigen. Doch ihr hatte der Mut dazu gefehlt, und sie schämte sich noch immer dafür, dass sie zu feige gewesen war, seinen Eltern ins Gesicht zu blicken. Die Beerdigung von Gustav war für Anni beinahe noch unerträglicher gewesen. Sein Onkel und seine Tante, bei denen er aufgewachsen war, hatten so teilnahmslos gewirkt, als würden sie einen Fremden und nicht ihren Neffen bestatten. Es war niemand anderer erschienen, um sich von dem Kleinen an diesem grauen und kühlen Tag zu verabschieden. Als der Pfarrer und die Angehörigen fort gewesen waren, war Anni an das noch offene Grab getreten und so lange schweigend davor stehen geblieben, bis die Totengräber mit dem Zuschütten begonnen hatten.

Eine ihrer Kolleginnen riss sie durch ihr Eintreten aus ihren düsteren Gedanken.

»Anni, du bist noch hier?«, fragte sie erstaunt. »Hast du nicht längst Feierabend?«

Die Worte ihrer Kollegin sorgten dafür, dass sie alarmiert auf die Uhr blickte.

»Ach du je«, sagte sie und erhob sich. »Jetzt hab ich doch tatsächlich die Zeit vertrödelt. Ich müsste längst drüben im Waisenhaus sein. Dort ist wegen der Erkältungswelle mal wieder Land unter, und ich wurde gebeten auszuhelfen.« Sie leerte rasch ihren restlichen, inzwischen kalt gewordenen Kaffee und verließ den Raum.

Als sie nur wenige Minuten später den großen Aufenthaltsraum des Waisenhauses betrat, zog eine der Betreuerinnen, ihr Name war Inge, und sie war von der üblen Erkältung bisher verschont geblieben, den Kindern gerade Mäntel und Jacken an. Anni gefiel ihr Tun so gar nicht, denn aufgrund ihrer Müdigkeit stand ihr der Sinn nicht nach einem Spaziergang.

»Da bist du ja endlich, Anni«, sagte Inge freudig. »Ich hatte schon Sorge, du kommst heute gar nicht. Ich bin der Meinung, dass jetzt Zeit für etwas frische Luft ist. Ständig im Zimmer zu sitzen, ist nicht gesund. Du kommst doch mit in den Park, oder?« Sie schenkte Anni ihr schönstes Lächeln. Inge war Ende dreißig und als Frohnatur zu bezeichnen. Sie war ein Stück kleiner als Anni, zierlich gebaut und hatte braunes, lockiges Haar, das sich nur schwer bändigen ließ. Von den Männern hatte sie nach eigener Angabe die Schnauze voll, nachdem sie ihre große Jugendliebe wegen einer anderen sitzen gelassen hatte. Sie hatte früher als Kindermädchen in einem Haushalt gearbeitet, doch die Tätigkeit im Waisenhaus gefiel ihr besser. Anni hatte Inge vom ersten Augenblick an ins Herz geschlossen. Sie sprach mit ihr allerdings nur über Belanglosigkeiten und Angelegenheiten, die ihre Arbeit betrafen. Erkundigungen nach ihrem Vorleben hatte sie vage beantwortet. So hatte sie es anfangs auch in der Charité gehalten. Bis Bille auf der Bildfläche erschienen und zu ihrer Vertrauten und Freundin geworden war. Vielleicht könnte Inge ja irgendwann ihren Platz einnehmen. Anni war sich jedoch noch nicht sicher, ob sie sich ihr gegenüber öffnen wollte. Zu sehr überwog die Angst, dass sie erneut vom Schicksal enttäuscht werden könnte.

Anni fügte sich und stimmte dem Ausflug ins Freie, es würde in den nahe gelegenen Park des Schlosses Sanssouci gehen, zu.

Bald darauf saßen Anni und Inge auf einer Bank an einem der hübsch angelegten Teiche der Parkanlage, die Anni selbst an diesem tristen Tag wie eine Märchenwelt erschien. Der Park bestach durch seine Größe und seine Vielfältigkeit. Der südliche Teil war im englischen Landschaftsstil gehalten, und darin befand sich das Schloss Charlottenhof, das Friedrich Wilhelm IV. als Sommersitz gedient hatte. Besonders beeindruckend war jedoch das Schloss Sanssouci selbst, das seit bald dreißig Jahren musealen Zwecken diente und somit als eines der wenigen

Schlösser besichtigt werden konnte. Die Potsdamer genossen es ganz besonders, dass auch die wunderschöne Parkanlage, die sogar einen Weinberg enthielt, frei zugänglich war.

Unweit von ihrem Sitzplatz entfernt waren zwei Parkangestellte damit beschäftigt, das gefallene Herbstlaub zusammenzurechen. Schon bald würden die Bäume endgültig kahl sein und es für quälend lange Monate bleiben. Die Kinder, es waren sechs an der Zahl, befanden sich vor ihnen am Ufer und hatten ihre Freude daran, die Enten und Schwäne mit Brotkrumen zu füttern. Der Anblick sorgte dafür, dass Annis Gedanken erneut nach Föhr wanderten. Besonders im Wyker Königsgarten wurden die Enten und Schwäne ebenfalls von den Kindern gefüttert. In Wyk war es nun gewiss ruhig, die meisten Cafés und Strandbasare hatten zu dieser Zeit geschlossen. Das Seebad fiel in seinen wohlverdienten Winterschlaf, und wenn erst einmal das Wattenmeer gefror und kein Fährdampfer mehr fahren konnte, dann wurde es endgültig ruhig.

In diesem Jahr würde Tesje ihre Weihnachtsauslage allein dekorieren müssen. Wann es wohl den ersten Schnee auf der Insel geben würde? Die Erinnerung daran, wie sie Martin im Schnee zum ersten Mal geküsst hatte, kam ihr in den Sinn. In diesem Moment hatte sie sich so glücklich wie lange nicht gefühlt. Rückblickend schmeckte dieses Glück bitter.

»Sag mal«, fragte Inge plötzlich neben ihr, »wie steht es eigentlich so um dich? Du bist immer so schweigsam und siehst oft traurig aus. Entschuldige, dass ich so indiskret bin. Aber ehrlich gesagt gibt es im Waisenhaus und auch in der Kinderklinik Gerede über dich. Ich halte das Ganze ja nur für Getratsche, aber an so manchem Klatsch ist schon etwas Wahres dran. Es wird gemunkelt, dass du in der Charité etwas verbockt hast und deshalb nach Potsdam gekommen bist. Oder läufst du etwa vor einem Ehemann davon? Eine der Schwestern, sei mir nicht böse, wenn ich keine Namen nenne, meinte, er könnte dir gegenüber gewalttätig geworden sein.«

Na bravo, dachte Anni. So schnell wurde man also zum Stationsgespräch. So hatte sie sich ihr neues Leben in Potsdam nicht vorgestellt. Andererseits hätte sie es besser wissen und sich sorgfältiger vorbereiten sollen. Ein gut erdachter Lebenslauf, der möglichst nah an der Realität war, hätte geholfen. Geheimniskrämerei sorgte nur für Neugierde und Tratsch. Das hatte sie nun davon.

Anni wollte Antwort geben, doch genau in diesem Moment brach am Teich Chaos aus. Der kleine Fritz war einem der Schwäne zu nahe gekommen, und nun ging das Tier fauchend und mit flatternden Flügeln auf die Kinder los. Kreischend wichen alle zurück.

Sogleich eilten Anni und Inge zu den Kindern. Anni nahm die Hand der kleinen Grete, die vor Schreck wie zur Salzsäule erstarrt dastand, und zog sie rasch von dem aufgebrachten Tier weg, das es seltsamerweise auf das siebenjährige Mädchen abgesehen zu haben schien und ihm fauchend nachsetzte.

»Schnell, Kleines. Wir verschwinden besser. Mit so einem wütenden Vogel ist nicht zu spaßen.«

Flotten Schrittes eilte die Gruppe den Parkweg Richtung Schloss davon. Erst als sie ein ganzes Stück von dem Teich entfernt waren, blieben sie nach Atem ringend stehen.

»Hui, der war aber sauer«, war es Peter, ein elfjähriger Blondschopf mit Unmengen an Sommersprossen auf der Nase, der als Erster etwas sagte.

»Das kannst du aber laut sagen«, bekräftigte Fritz. »Und derweil hab ich gar nix Schlimmes gemacht. Ich hab ihm nur einen Stein hingeworfen, mehr nicht.«

»Es ist ja noch einmal gut gegangen«, sagte Inge, die eine ganze Weile gebraucht hatte, um wieder Luft zu bekommen. »Also diese Rennerei ist nichts für mich. Ich denke, wir sollten unseren Spaziergang für heute beenden. Es wird ja sowieso bald Zeit fürs Abendessen, und zuvor müssen Anni und ich noch eure Hausaufgaben kontrollieren.«

»Ach, ich wäre noch so gerne ein bisschen auf den Treppen vor dem Schloss rumgesprungen«, maulte einer der Jungen.

»Ein anderes Mal«, versprach Inge. »Außerdem wird es auch bald dunkel.«

Die Gruppe setzte sich in Bewegung. Anni und Inge sorgten dafür, dass die Kinder gesittet in Zweierreihen liefen, damit sie keine anderen Parkbesucher störten. Anni lief am Anfang der Reihe und hatte die kleine Grete an der Hand, die sich von dem Angriff des Schwans recht flott wieder erholt hatte. Sie war froh, dass sie durch den Wutausbruch des Vogels dem privaten Gespräch mit Inge vorerst entgangen war. Sie musste nun erst einmal darüber nachdenken, was sie jetzt tun und wie viel von der Wahrheit sie preisgeben sollte. Doch was würde dann geschehen? Würde die Gerüchteküche nicht erneut aufleben? Was das Getratsche anging, konnte dieses Haus durchaus mit den Föhrern mithalten. Anni war sich sicher, dass auch eine geschönte Wahrheit rasch verbogen werden würde. Aber was sollte sie sonst tun? Sie kannte die Antwort, doch sie wollte ihr keinen Raum geben. Sie war nicht bereit dazu, sich ihren Dämonen zu stellen und nach Föhr zurückzukehren. Obwohl sie die Insel mit jedem Tag, der verging, mehr vermisste. Obwohl sie mit jedem Tag Martin mehr vermisste.

# 32. KAPITEL

## Berlin, 15. November 1902

Anni lief durch die Gräberreihen des Dorotheenfriedhofs. Nebel hing zwischen den Grabsteinen und Bäumen. Der Tag war so trostlos, wie Anni sich fühlte. Auf den meisten Gräbern brannten Grablichter, Stille hüllte Anni ein. An diesem nasskalten Tag trieb es kaum jemanden auf den Friedhof. Doch Anni hatte den Weg nach einer unruhigen Nacht an ihrem freien Tag hierher gefunden. Eigentlich hatte sie ihre Zieheltern besuchen wollen, Birgitta hatte ihr zum wiederholten Male eine Nachricht hinterlassen. Sie mache sich Sorgen, sie wolle wissen, wie es ihr gehe. Die beiden standen trotz aller Unruhe, die sie stiftete, zu ihr. Sie hatten es verdient, dass sie ihnen das Mindeste an Höflichkeit entgegenbrachte. So hatte Anni noch vor wenigen Stunden gedacht, als sie in Potsdam aufgebrochen war. Doch nachdem sie eine ganze Weile vor deren Haus gestanden hatte, war sie wieder gegangen. So leid es ihr tat, aber sie brachte es nicht fertig, auf Menschen zu treffen, die wussten, was geschehen war. Die wussten, dass sie vor sich selbst davonlief. Sie erreichte das Grab von Bille und blieb davor stehen. Es war das letzte einer Reihe. Neben ihm wuchs eine große Linde, die ihr im Sommer Schatten spenden würde, und der Duft ihrer Blüten, den Bille stets gerngehabt hatte, würde über allem liegen. Auf einem schlichten, aus grauem Marmor gefertigten Grabstein standen ihr Name, ihr Geburtsdatum und ihr Todestag. Es brannte kein

Grablicht, die Blumen auf dem Grab waren verwelkt, einige Schneereste lagen noch darauf.

»Ich weiß, ich hätte längst kommen sollen«, begann Anni irgendwann zu sprechen. »Aber du weißt ja, wie das ist. Es gibt immer irgendetwas zu tun. Du wunderst dich bestimmt, warum ich hier bin und nicht auf Föhr. Oder vielleicht ja auch nicht, weil du bestimmt von dort oben alles gesehen hast. Also weißt du auch, was Schreckliches geschehen ist und dass ich jetzt in Potsdam bin. Mir gefällt es in der Kinderklinik und in dem Waisenhaus sehr gut. Besonders schön ist es, dass der Park Sanssouci direkt nebenan liegt. Du hättest ihn geliebt. Er ist so wunderschön, ebenso wie das Schloss, das man sogar besichtigen kann, denn es ist ein Museum. Man fühlt sich ein wenig wie eine Prinzessin, wenn man durch die prunkvollen Räume läuft.«

Schritte auf dem bekiesten Weg waren zu hören, und Anni verstummte. Unweit von ihr liefen zwei Frauen in schwarzen Mänteln vorüber, die sich leise unterhielten. Als sie weit genug entfernt waren, setzte Anni ihre Rede fort: »Ich frage mich, was du mir jetzt sagen, wozu du mir raten würdest. Ich hätte damals doch mit dir zurückgehen sollen. Ja, ich weiß, du hattest es gesagt.« In Annis Augen stiegen nun Tränen. »Ich vermisse dich so sehr. Gerade jetzt. Mir fehlen dein Zuspruch, deine Unerschütterlichkeit und deine Umarmungen. Was soll ich nur tun?« Eine der Tränen kullerte über Annis Wange.

»Die Toten geben uns keine Antworten mehr«, sagte plötzlich eine kratzig klingende Stimme hinter Anni, und sie drehte sich erschrocken um. Es war ein alter, hagerer Mann, der auf einen Spazierstock gestützt vor ihr stand und sie mit ernster Miene ansah. »Die Lebenden müssen sie finden.«

Anni sah ihn verwundert an. Er hielt ihren Blick einen Moment lang fest. Er hatte graublaue Augen, die von unzähligen

Falten umgeben waren, die die Geschichte eines Lebens erzählten. Er ging, ohne ein weiteres Wort zu sagen.

Anni sah ihm so lange nach, bis ihn der Nebel beinahe ganz verschluckt hatte. Dann wandte sie sich wieder Billes Grab zu, und Wehmut stieg in ihr auf.

»Er hat recht«, sagte sie. »Du wirst mir keine Antworten mehr geben. Ich muss sie selbst finden.«

Plötzlich hörte Anni erneut Schritte auf dem bekiesten Weg, und sie wandte sich erneut um. Ihre Augen wurden groß, als sie sah, wer vor ihr stand. Es war Martin. Er trug einen dunklen Mantel, sein blondes Haar war zurückgekämmt. Annis Hände begannen zu zittern, und sie wusste nicht, was sie sagen sollte. Die Überraschung war ihm gelungen.

»Guten Tag, Anni«, grüßte er. »Deine Ziehmutter hat also richtig mit ihrer Vermutung gelegen, dass ich dich hier finden könnte. Sie hat dich vor einer Weile auf der Straße stehen sehen und meinte, du könntest hierhergegangen sein.«

Wie hatte sie nur einen Moment lang annehmen können, dass Birgitta sie nicht bemerken könnte, kam es Anni in den Sinn. Ihre Ziehmutter kannte sie gut.

»Hier liegt also Bille begraben«, sagte Martin und trat näher.

Anni machte einen Schritt zur Seite. In ihrem Inneren bebte nun alles. Er war hier. Martin war wegen ihr gekommen. Was sollte sie jetzt tun?

Schweigend standen sie eine Weile vor dem Grab nebeneinander. Martin war derjenige, der als Erster erneut etwas sagte:

»Deine Ziehmutter hat erzählt, dass du jetzt in einer Kinderklinik in Potsdam arbeitest.«

Anni nickte. Sie überlegte kurz, dann fragte sie:

»Wie ist es zu Hause?« Nachdem sie die Frage ausgesprochen hatte, wurde ihr sogleich ihre Bedeutung bewusst. Sie hatte zu

Hause gesagt. Und so war es doch auch richtig. Sie konnte sich noch so sehr verstecken, vor dem Heimweh konnte sie nicht fortlaufen. Dessen wurde sie sich in diesem Augenblick endgültig bewusst.

»Du fehlst«, antwortete Martin und nahm ihre Hand. »Komm mit zurück. Bitte. Wir bewältigen das gemeinsam. Und wenn du kein Pensionat mehr führen möchtest, ist das in Ordnung. Es finden sich andere Lösungen. Aber bitte komm mit mir heim nach Föhr.«

Anni spürte, wie der Widerstand in ihrem Inneren bröckelte. Martin war hier, er war wegen ihr gekommen, er war gekommen, um sie heimzuholen. In diesem Moment wusste sie, dass es nun ein Ende hatte. Ihr Versteckspiel war vorbei, sie konnte damit aufhören, ein Schatten werden zu wollen.

Sie nickte also und antwortete: »Ja, ich komme mit zurück.« Nun lächelte sie sogar ein wenig und drückte seine Hand. Das Leben und Martin fingen sie auf und halfen ihr dabei, aus der Düsternis ins Licht zurückzutreten.

Martin umarmte sie voller Freude, und sein Kuss war ungestüm und so voller Leidenschaft, dass Anni nicht wusste, wie ihr geschah.

Am nächsten Tag verspürte Anni Erleichterung, als sie am Arm von Martin das Krankenhaus in Potsdam verließ und in das helle Licht der Nachmittagssonne trat, die sich heute tatsächlich gegen das Dauergrau der letzten Wochen behauptet hatte. Ihre sofortige Kündigung war anstandslos akzeptiert worden. Reisende solle man nicht aufhalten, hatte der Personalleiter gesagt. Sie hatte sich noch kurz von der Belegschaft und auch von einigen ihrer kleinen Patienten und von den Kindern im Waisenhaus verabschiedet.

Martin war, seitdem sie auf dem Friedhof wieder zueinandergefunden hatten, nicht mehr von ihrer Seite gewichen, und er hatte ihr bis ins Detail berichtet, wie es nach ihrem Weggang auf dem Dünenhof weitergegangen war. Die Kinder waren durch seine Intervention zu Gmelin nach Wyk verlegt worden. Dort, so hatte er gehofft, könnten sie die schrecklichen Geschehnisse besser verarbeiten. Ockeline und Kreske kamen noch immer jeden Tag, obwohl es eigentlich kaum noch etwas zu tun gab. Meist saßen sie klönend in der Küche beisammen. Momme hatte neuerdings wieder die Tätigkeit als Nachtwächter inne, denn sein Nachfolger hatte sich das Bein gebrochen. Martin unterrichtete auch wieder, allerdings nicht mehr in Nieblum, sondern aushilfsweise im Nachbarort Alkersum. Der dortige, bereits über siebzigjährige Lehrer war bedauerlicherweise vor einigen Wochen an einem Schlaganfall gestorben. Mehrfach hatte Martin betont, dass der Tod der Kinder von allen Beteiligten als tragisches Unglück eingestuft worden sei und niemand daran Schuld habe. Auch von der Charité waren keine Schuldzuweisungen gekommen, und niemand hatte von einem Ende ihrer Zusammenarbeit gesprochen. Im Gegenteil: Es war sogar angefragt worden, wann sie wieder neue Kinder aufnehmen könnten, was Anni verwundert hatte.

Ihre Ziehmutter hatte es ihnen gestattet, dass sie gemeinsam ihr Gästezimmer bewohnten, obwohl sie immer noch kein Ehepaar waren. Ihre Versöhnung hatte dazu geführt, dass sie einander nun doch bereits vor der offiziellen Heirat geliebt hatten, obwohl Anni das in all den Monaten vehement abgelehnt hatte. Ein sittsames Mädchen war mit einem Mann nicht vor der Heirat intim. Sie hatte während ihrer Tätigkeit als Krankenschwester, eine Weile lang war sie auch in der Frauenklinik tätig gewesen, oft genug erlebt, was es für junge, ledige Mädchen bedeutete, ein Kind zu bekommen, oder, noch schlimmer, welche Folgen das Verbrechen einer Abtreibung haben konnte. So manche junge Frau hatte ein solches Tun mit dem Tod bezahlt. Allerdings hatte Anni niemals angenommen, dass Martin ein Frauenheld sein könnte, der keine Verantwortung übernehmen würde. Trotzdem musste alles seine Ordnung haben. Nun war diese Ordnung verrutscht. Gefühle und Verstand, das funktionierte nicht immer. So hatte es Bille irgendwann einmal zu ihr gesagt, und wie recht sie doch damit gehabt hatte. Doch Anni hatte sich gerne den Gefühlen der Leidenschaft hingegeben. Martin auf solch innige Weise zu spüren, hatte endgültig dafür gesorgt, dass auch die letzte Düsternis in ihrem Inneren verschwunden war. Als sie, nachdem sie einander geliebt hatten, in seinem Arm gelegen hatte, hatte sie sich geborgen wie lange nicht gefühlt, und ihn auch jetzt hier in Potsdam bei sich zu haben, fühlte sich richtig an.

»Ein wenig werde ich die Arbeit hier schon vermissen«, sagte Anni wehmütig. »Diese Klinik und das Waisenhaus gefielen mir sogar noch ein wenig besser als die Charité. Es ist alles etwas kleiner und gemütlicher. Dazu die Lage neben dem herrlichen Schlosspark. Wenn du magst, kann ich ihn dir gerne zeigen. Er ist ganz bezaubernd.«

»Das mag sein«, antwortete Martin. »Aber für einen Parkspaziergang haben wir heute keine Zeit, denn wir haben heute Nachmittag andere Pläne.«

»Welche Pläne?«, fragte Anni verdutzt.

»Wir werden heiraten.«

Anni sah ihn erstaunt an. »Wie, heiraten? Heute? Aber das geht doch gar nicht, ich meine …«

»Doch, das geht«, ließ er sie nicht ausreden. »Als du heute früh noch geschlafen hast, habe ich spontan mit deiner Ziehmutter darüber gesprochen, und sie war von der Idee angetan. Sie kennt zufällig einen der Standesbeamten persönlich und hat ihn auch gleich ans Telefon bekommen. Er hat uns einen Trauungstermin für vier Uhr heute Nachmittag im Rathaus zugesichert. Ich weiß, das kommt jetzt etwas überstürzt, aber ich finde, wir sollten es tun.«

»Und was ist mit den anderen auf Föhr?«, fragte Anni. »Sie werden traurig sein, wenn sie mit uns nicht Hochzeit feiern können.«

»Ich weiß, das ist ein Wermutstropfen«, gab er zu. »Andererseits empfand ich unsere Verlobung schon beinahe wie ein Hochzeitsfest. Sie werden es verschmerzen können. Ich denke, die Erleichterung darüber, dass du wieder heimkehren wirst, wird überwiegen. Und ein wenig feiern können wir mit ihnen dann ja auch noch. Bitte sag Ja.« Er schloss sie erneut in seine Arme und sah sie mit seinen blauen Augen eindringlich an. »Ich liebe dich, Anni Nissen. Mehr als mein Leben. Wir hätten diesen Schritt längst tun sollen.«

»Ja, das hätten wir«, antwortete Anni, und ihre Gefühle überwältigten sie in diesem Moment. Die spontane Eheschließung auf dem Standesamt würde gewiss nicht so werden, wie sie sich ihr Hochzeitsfest vorgestellt hatte, aber das war in diesem Moment nicht wichtig. Sie liebte Martin, und das war alles, was zählte. »Ja, ich meine: Ich will. Dann heiraten wir also heute. Um vier Uhr, auf dem Standesamt in Berlin. Das ist verrückt …« Sie wollte noch etwas hinzufügen, doch sie kam nicht mehr dazu, denn er zog sie in seine Arme, und seine Lippen bedeckten die ihren. Bereitwillig öffnete sie ihren Mund und ließ seine Zunge eindringen. In wenigen Stunden würde sie Frau Wagner sein. Der Gedanke gefiel ihr.

# 33. KAPITEL

## *Berlin, 20. November 1902*

Es war früh am Tag, als Anni und Martin am Lehrter Bahnhof eintrafen. Dem Ort, an dem Anni vor nicht allzu langer Zeit von Traurigkeit und Verzweiflung erfüllt und mit dem gefassten Entschluss, Föhr und ihr dortiges Leben hinter sich zu lassen, angekommen war. Nun betrat sie ihn als frisch vermählte Braut an der Hand ihres Ehemanns. In der Bahnhofshalle herrschte selbst zu dieser frühen Stunde schon Geschäftigkeit. Vor einem der Zeitungsstände hatte sich bereits eine lange Schlange gebildet. Die Frühausgaben lockten die Kundschaft, schließlich musste man informiert bleiben. Der Geruch von frisch Gebackenem stieg Anni in die Nase. Eben war ein Zug eingefahren, und unzählige Menschen strömten an Anni vorüber und Richtung Ausgänge. Der Großteil von ihnen kam vermutlich zum Arbeiten in die Stadt. Die Großstadt Berlin lockte verheißungsvoll mit einem besseren Leben. Anni wusste jedoch, dass nach der Ankunft meist rasch die Ernüchterung kam. Die Arbeit in den Fabriken war hart und die Bezahlung dürftig. Junge Frauen wurden als Zimmermädchen und Hausmädchen ausgebeutet, und auch hier wurden Hungerlöhne bezahlt. Die meisten Träume von einem besseren Leben endeten in den düsteren Hinterhöfen. Sie und Martin zog es in den östlichen Bereich des Bahnhofs, wo sich der Abfahrtsbereich der Züge befand. Auf dem Bahnsteig angekommen, setzten sie sich auf eine Bank, denn sie mussten noch eine Weile auf ihren Zug warten.

Nach ihrer Eheschließung im kleinen Kreis, nur ihre Zieheltern waren anwesend gewesen und hatten als Trauzeugen fungiert, waren sie in einem Restaurant in der Nähe des Rathauses essen gegangen und hatten auf das junge Glück angestoßen. In den letzten Tagen hatten sie sich in der Großstadt noch ein wenig treiben lassen. Sie waren durch den Tiergarten spaziert, zum Tanztee gegangen und hatten Varieté-Vorstellungen besucht. Jede Nacht hatten sie sich leidenschaftlich geliebt. Es hatte sich ein wenig wie Flitterwochen angefühlt.

Bei ihrem Abschied hatten ihre Zieheltern Anni fest versprochen, sie so bald wie möglich auf Föhr zu besuchen.

Martin holte nun eine Zeitung hervor und schlug sie auf. Anni las interessiert die Schlagzeilen auf der ersten Seite mit. Doch dann ließ sie eine vertraute Stimme aufmerken. Sie konnte kaum glauben, wen sie sah. Es war Oberschwester Dorothea von der Kinderstation der Charité, die in ihrem resoluten Tonfall gerade eine sie umgebende Kinderschar zur Ruhe aufforderte. Sie befand sich in Begleitung einer jungen Hilfsschwester, die einen etwas überforderten Eindruck erweckte. Als die Oberschwester Anni bemerkte, guckte sie sie verdutzt an.

»Anni, Kind. Was treibt dich denn zu dieser frühen Stunde an den Bahnhof?«, fragte sie. Noch ehe Anni Antwort geben konnte, setzte die Oberschwester ihre Rede jedoch fort: »Was stelle ich nur für dumme Fragen. Du fährst zurück nach Föhr, oder?«

Anni nickte. »Es wird Zeit, dass ich wieder nach Hause komme.«

»Ja, ich hab davon gehört, dass du die Insel nach dieser fürchterlichen Tragödie verlassen hast. Wir haben damals ja einen genauen Bericht des Vorfalls von der zuständigen Polizeistation erhalten und kamen während einer extra deshalb einberufenen Sondersitzung zu dem Entschluss, dass euch als Verantwortliche keine Schuld trifft. Bei uns in der Kinderklinik laufen auch hin und wieder Kinder weg. Es gab Fälle, in denen sie nicht zurückgekehrt sind. Nimm es dir nicht zu sehr zu Herzen, meine Liebe. Ich nehme an, deine Rückkehr auf die Insel bedeutet, dass wir unsere Zusammenarbeit fortsetzen können?«

Anni konnte kaum glauben, was die Oberschwester zu ihr gesagt hatte. Die Charité gab ihnen tatsächlich keine Schuld an dem Tod der Jungen. Und natürlich hatte sie recht mit dem, was sie sagte. Auch während ihrer Beschäftigungszeit dort hatte es Kinder gegeben, die fortgelaufen waren. Daran hatte sie in ihrer Verzweiflung und Traurigkeit nicht gedacht.

Der Blick der Oberschwester blieb an Martin hängen, und er kam nun endlich dazu, sich vorzustellen.

»Ach, wie nett«, erwiderte die Oberschwester und reichte Martin die Hand. »Dann lernen wir uns auch endlich persönlich kennen. Sie unterrichten die Kinder, nicht wahr?« Martin wollte Antwort geben, doch die Oberschwester ermahnte mit ihrem nächsten Atemzug einen der Jungen, der einem der Mädchen frech die Zunge herausstreckte und die Kleine sogar an den Haaren zog.

»Markus, hör auf mit dem Unfug! Schwester Bernadette«, wandte sie sich mit strenger Miene an die Hilfsschwester. »So achten Sie doch besser auf die Kinder.« Die Oberschwester rollte die Augen. »Das kann ja eine heitere Reise werden. Eigentlich wollte ich gar nicht als Begleitperson mitfahren, aber uns ist heute früh spontan unsere Betreuerin vom Sozialdienst weggefallen, und ich musste auf die Hilfsschwester zurückgreifen, denn eine weitere Krankenschwester können wir auf Station nicht entbehren. Eigentlich sollte ich dort auch nicht fehlen. Du weißt ja, was zu dieser Jahreszeit bei uns los ist.«

»Wieso fahren Sie überhaupt mit?«, fragte Anni.

»Weil der Blondschopf dort vorne der Sohn unseres Chefarztes ist und ich mich in der Verantwortung gesehen habe, den Jungen unbeschadet auf die Insel zu bringen. Die Kinder kommen mal wieder zu Gmelin, und sie werden dort sogar ein halbes Jahr bleiben.«

»Verstehe«, murmelte Anni.

»Aber wenn ich es mir recht überlege«, sagte die Oberschwester plötzlich und musterte Anni von der Seite. »Ihr beiden fahrt nach Föhr, und du bist eine erfahrene und ausgebildete Krankenschwester, die bereits Kinder dorthin gebracht hat, dazu ist dein Begleiter Lehrer von Beruf. Könntet ihr beiden euch vorstellen, spontan meinen Platz einzunehmen? Das wäre wirklich hilfreich.«

Anni überrumpelte die Frage der Oberschwester etwas. Damit, dass sie auf ihrer Rückreise nach Föhr zehn Kinder und dazu auch noch den Sohn des Chefarztes betreuen sollte, hatte sie wahrlich nicht gerechnet. Doch da sie erahnen konnte, wie sehr die Tatkraft der Oberschwester auf Station fehlte, stimmte sie nach einem kurzen Blickwechsel mit Martin, der nickte, zu.

Die Oberschwester ließ erleichtert die Schultern sinken.

»Das vergesse ich dir nie, Anni. Wenn ich zurück in der Klinik bin, werde ich gleich damit beginnen, die nächste Kindergruppe für euer Haus zusammenzustellen. Wenn alles klappt, können wir die Kleinen schon Ende Januar zu euch schicken.«

Anni stimmte freudig zu, und die Oberschwester tat nun etwas, was sie noch niemals zuvor getan hatte: Sie umarmte Anni.

Eine unendlich lange Zugfahrt und eine schaukelige Überfahrt später erreichten Anni und Martin gemeinsam mit den Kindern Wyk, und obwohl sich Anni als durchaus seefest bezeichnete, war sie froh darüber, wieder festen Boden unter den Füßen zu haben. Zu ihrem Glück war es zwar windig, aber trocken. Am Hafen wurden sie bereits von einem Fahrer samt Fuhrwerk erwartet, der sie, die Kinder und die Hilfsschwester das kurze Stück zu Gmelins am Südstrand gelegenen Sanatorium brachte. Trotz der Tatsache, dass sie sich wieder auf der Insel befanden, fühlte es sich für Anni noch nicht wie ein Nachhausekommen an. Von der Reise erschöpft, kletterte sie vor dem Sanatorium vom Wagen, und sie reagierte erleichtert darüber, dass ihr eine der von Gmelin beschäftigten Schwestern den vierjährigen Michael aus den Armen nahm, der die gesamte Fahrt nicht von ihrem Schoß gewollt hatte. Nun war er so übermüdet, dass ihm gar nicht mehr auffiel, wer sich um ihn kümmerte. Nachdem die Kinder mit den Schwestern und der Hilfsschwester ins Haus gegangen waren, blieben Anni und Martin zurück.

»Und ihr zwei beiden?«, fragte der Fahrer, der mit dem Abladen des Gepäcks nun so weit fertig war. Anni kannte den Mann vom Sehen, doch sie konnte sich nicht an seinen Namen erinnern. »Wo wollt ihr denn zu nachtschlafender Zeit noch hin? Seid ihr nicht aus Nieblum? Ihr gehört doch zum Dünenhof, oder?«

»Ja, dorthin gehören wir«, erwiderte Anni, die sich nicht darüber wunderte, dass der Mann so genau Bescheid wusste. »Bestünde vielleicht die Möglichkeit, dass Sie uns heute noch dorthin bringen?«

Beide wussten, dass sie die Nacht auch bei Gmelin verbringen könnten, doch sowohl Anni als auch Martin wünschten sich in diesem Augenblick nichts sehnlicher als ihre Heimkehr nach Nieblum.

»Das ist kein Problem«, meinte der Mann, dessen Name Anni noch immer nicht einfallen wollte. »Ich muss sowieso nach Alkersum, und da ist Nieblum kein großer Umweg. Dann wollen wir mal los. War ein langer Tag heute.« Er kletterte zurück auf den Kutschbock, und Anni und Martin setzten sich neben ihn.

Als sie eine Weile darauf Nieblum erreichten, verspürte Anni ein nicht geahntes Glücksgefühl. Voller Freude betrachtete sie die im Dunkeln liegenden Friesenhäuser, nur in wenigen Fenstern brannte noch Licht. Als sie vor dem Dünenhof ankamen, war es Momme, der vor dem Haus stand und sie erstaunt ansah. Anni irritierte es nicht, dass er zu dieser späten Stunde noch unterwegs war, denn Martin hatte ihr ja davon berichtet, dass Momme die Tätigkeit des Nachtwächters wieder aufgenommen hatte, und es war seine Gewohnheit, zu dieser Zeit noch mal eine Kontrollrunde durchs Dorf zu drehen.

Anni stieg vom Wagen und umarmte ihn sogleich freudig. »Momme, mein lieber Momme. Was ist es eine Freude, dich hier zu sehen.« Der alte Nachtwächter löste sich aus der Umarmung und strahlte nun über das ganze Gesicht.

»Gud Inji, Anni«, grüßte er. »Ach, was ist das schön, dass du wieder heimgefunden hast. Das hast du gut gemacht, mein Freund.« Er klopfte Martin auf die Schulter. »Jetzt ist alles wieder gut. Jetzt ist alles wieder so, wie es sich gehört.«

# 34. KAPITEL

## Nieblum, 20. Januar 1903

Anni richtete sich auf und schob sich eine Haarsträhne aus der Stirn. Nun schien es endlich vorbei zu sein. Sie hatte so sehr darauf gehofft, von Schwangerschaftsübelkeit verschont zu bleiben. Anfangs hatte es auch danach ausgesehen, doch seit einer Woche plagte sie nun doch jeden Morgen ein starkes Unwohlsein, und soeben hatte sie sich zum ersten Mal übergeben müssen. Sie befand sich im Garten des Dünenhofs, gerade eben war es hell geworden. Den vor wenigen Tagen gefallenen Schnee hatte starker Regen in der Nacht beinahe vollständig weggeschwemmt, nur noch wenige, traurig aussehende Reste waren übrig geblieben, und es war spürbar wärmer geworden. Dieser Winter war bisher allgemein äußerst mild verlaufen, was auch gut war. Strengen Frost konnten sie im Moment nicht gebrauchen, denn für den heutigen Tag war die Ankunft neuer Kinder geplant. Diese hätte nicht stattfinden können, wenn das Wattenmeer zugefroren gewesen wäre. Ihre Schwangerschaft hatte Anni nicht lange für sich behalten können. Bedauerlicherweise hatte irgendjemand beobachtet, wie sie bei Regine gewesen war, um nach dem Ausbleiben ihrer Zeit Gewissheit zu erhalten. Ockeline hatte sie bereits am nächsten Tag beim Frühstück erwartungsvoll angesehen, und sie hatte sich in ihr Schicksal ergeben und es ihr gesagt. Seitdem beschäftigte sich Ockeline mit dem Stricken von Babysachen. Ihrer Meinung nach konnte man mit dem Anfertigen der Säuglingsausstattung nicht früh genug beginnen. Immerhin hatte Anni, noch vor ihrem Gang zur Hebamme, ihren Verdacht schon im Privaten Martin mitgeteilt. Er hatte sich riesig gefreut und sie so fest an sich gedrückt, dass ihr für einen Moment die Luft weggeblieben war. Zu Annis Bedauern behandelten, seitdem bekannt war, dass sie schwanger war, alle sie wie ein rohes Ei, was ihr so gar nicht gefiel. Schließlich war eine Schwangerschaft keine Krankheit, auch wenn es sich gerade danach anfühlte.

Ockeline trat zu ihr nach draußen. Sie trug, wie gewohnt, ihre Alltagstracht und brachte den Geruch von frisch Gebackenem mit.

»Oje«, sagte sie mit Blick auf das in den Schneeresten liegende Erbrochene. »So ein Kindchen kann einem schon mal auf den Magen schlagen. Komm, min Deern. Ich koch dir einen feinen Kamillentee mit Rum, der rückt deinen Magen rasch wieder gerade. Schließlich musst du nachher gut beieinander sein, wenn die Lütten kommen. Ach, ich bin ja schon so aufgeregt. Es gilt zu hoffen, dass nun endlich alles glattläuft. Aber wie sagt man ja immer so schön: Aller guten Dinge sind drei.« Sie legte den Arm um Anni und führte sie, als wäre sie ein kleines Mädchen, in die Küche, in der sie die wohlige Wärme des Ofens empfing. Ockeline hatte Anni eben auf der Küchenbank platziert, da erschien Martin, der bereits die noch fehlenden Einkäufe für das heutige Willkommensessen in Tesjes Kolonialwarenladen erledigt hatte. Die Kinder sollten nach ihrer Ankunft mit einem Rotkohl-Wirsing-Eintopf verköstigt werden. Zum Nachtisch waren Quarkklößchen mit Pflaumenkompott geplant. Bedauerlicherweise fiel heute Kreske als Küchenhilfe aus, denn sie weilte bereits seit einigen Tagen in Toftum, um ihre Großnichte Talke zu unterstützen, die sich das Bein gebrochen hatte und sich nun nicht mehr um ihre drei Kinder kümmern konnte.

Aber immerhin war Göntje schon voller Tatkraft bei der Arbeit. Sie hatte eben einen ganzen Stapel Bettwäsche nach oben gebracht und wollte nun die Schlafräume der Kinder zurechtmachen. Anni freute sich auf die Ankunft der fünf Mädchen und drei Jungen, doch auch die Sorge darum, ob dieses Mal alles gut gehen würde, schwang mit. Auf die eben von Ockeline ausgesprochene Weisheit »Aller guten Dinge sind drei« hätte sie gerne verzichtet. Eine weitere Tragödie könnte sie nicht ertragen. Doch sie wollte die Zweifel nicht zulassen. Der Tod der Jungen war und blieb ein schreckliches Unglück, und es galt, in Zukunft wachsamer zu sein. Schon jetzt waren sie dazu übergegangen, in den Abendstunden die Türen zu verriegeln, damit es ihnen zur Gewohnheit werden würde und sie es nicht vergessen würden. Außerdem mussten sie den Kindern noch schärfer einbläuen, dass sie nach einer bestimmten Uhrzeit nicht allein das Haus verlassen dürften, selbst der Garten war nach dem Einbruch der Dunkelheit tabu. Darüber hinaus war geplant, die Kinder nach ihrer Ankunft mit den Gefahren des Meeres vertraut zu machen. Nie, aber auch niemals sollte eines von ihnen noch einmal allein an den Strand oder, noch schlimmer, aufs Watt hinauslaufen. Anni wusste allerdings auch, dass sie noch so viele Regeln aufstellen könnten, es würde Kinder geben, die sie missachteten.

Die von Oberschwester Dorothea ausgewählten Patienten waren zwischen sechs und zehn Jahre alt. Am Vortag waren die notwendigen Informationen zu jedem Kind eingetroffen, und Anni und Martin hatten für jedes Kind eine eigene Akte angelegt. Oberschwester Dorothea hatte sich alle Mühe gegeben und zu jedem ihrer Schützlinge sogar ein wenig über die soziale Herkunft notiert. Die meisten von ihnen kamen aus gut situierten

Haushalten, zwei jedoch stammten aus ärmlichen Verhältnissen, der Vater Hilfsarbeiter, die Mutter Hausfrau, beide hatten mehrere Geschwister, die kleine Annemarie hatte erst vor Kurzem ihren einjährigen Bruder an Diphtherie verloren. Die Trauer um das Geschwisterchen musste beachtet werden. Es galt, genauestens über die Veränderungen des Gesundheitszustands Buch zu führen. Die Kinder würden dieses Mal sogar ein halbes Jahr bei ihnen auf der Insel bleiben. Für ein Kind war diese Zeitspanne unendlich lang, und gewiss würden auch wegen Heimweh viele Tränen fließen.

Ockeline begann sogleich, die von Martin mitgebrachten Einkäufe zu inspizieren.

»Alles da«, sagte sie erfreut, nachdem sie den gesamten Inhalt des Korbes auf den Küchentisch gestellt hatte. »Dich kann man schicken. Sogar an den Kümmel hast du gedacht. Ohne den schmeckt der Eintopf nämlich nicht. Kaffee?« Sie sah Martin fragend an. Er antwortete nicht sofort, denn sein Blick war an Anni hängen geblieben und besorgt geworden.

»Anni, Liebes. Du bist ja ganz blass um die Nase. Plagt dich wieder diese abscheuliche Übelkeit?«

»Dieses Mal hat sie sogar gebrochen«, gab Ockeline anstatt Anni Antwort. »Aber wir bekommen das schon wieder hin. Ich hab schon den Kamillentee aufgesetzt, er muss nur noch einen Moment ziehen. Angeblich soll es ja dem Kindchen im Bauch der Mutter immer gut gehen, wenn es ihr schlecht geht. Das sollten wir beherzigen.«

Anni erwiderte nichts auf Ockelines seltsamen Tröstversuch, und sie war froh darüber, dass Martin das Thema wechselte.

»Wo steckt denn eigentlich Momme?«, fragte er. »Zu dieser Zeit ist er doch längst wach.«

»Stimmt, Momme fehlt«, fiel es nun auch Ockeline auf. »Seltsam, das ist so gar nicht seine Art. Sollten wir nach ihm gucken gehen? Nicht, dass noch etwas passiert ist.«

»Ich werde das übernehmen«, meinte Martin. »Vermutlich hat er nur etwas länger geschlafen. Wir sollten uns keine Gedanken machen.« Er verließ den Raum, und es folgte ein kurzer Blickwechsel zwischen Ockeline und Anni, beide dachten in diesem Moment dasselbe. Sie würden Martin begleiten.

Kurz darauf standen sie in Mommes bescheidener Behausung vor Mommes Bett. Der alte Nachtwächter lag darin, sein Gesicht war schmerzverzerrt.

»Ich weiß auch nicht, was ich heute Nacht gemacht hab«, sagte er. »Aber ich komm nicht hoch. Jedes Mal, wenn ich es versuche, schießt mir so ein elender Schmerz ins Kreuz. Es ist zum Verrücktwerden. Und das ausgerechnet heute, wo doch die Lütten ankommen.«

»Das ist bestimmt ein Hexenschuss«, konstatierte Ockeline sogleich.

»Das fängt ja heute gut an«, meinte Anni. »Ich muss mich übergeben, Momme hat einen Hexenschuss. Ich hoffe, das ist kein schlechtes Omen.«

»So solltest du nicht denken«, beschwichtigte Ockeline. »Deine Übelkeit ist normal, und Momme bekommen wir schon wieder flott. Dein Großvater hat öfter einen Hexenschuss gehabt, und meist war der Spuk im Laufe des Tages schon wieder fast vergessen. Ich mach dir jetzt erst einmal eine schöne Wärmflasche, Momme«, wandte sie sich an den alten Nachtwächter. »Dann nimmst du noch flott eine Aspirin und siehst zu, dass du aus dem Bett kommst. Liegen ist in so einem Fall nämlich nicht zuträglich.«

Anni brachten Ockelines Ausführungen zum Schmunzeln. Wie man am besten einen Hexenschuss behandelte, wusste sie als Krankenschwester selbstverständlich auch. Allerdings kamen diese auf Kinderstationen eher seltener vor.

»Dann überlassen wir dich mal Ockelines Fürsorge«, sagte Anni und tätschelte Momme liebevoll den Arm. »Und sollten alle Stricke reißen, dann werden Martin und ich die Kinder eben heute Abend allein vom Hafen abholen.«

Sie verließen Mommes bescheidene Bleibe, und draußen empfing sie nun dichter Schneefall. Die plötzliche Wetterveränderung trübte Annis Laune weiter ein. »Das auch noch«, grummelte sie. »Wo kommt den plötzlich der Schnee her? Es war doch milder geworden.«

»Bestimmt ist es nur ein kurzer Spuk«, sagte Martin hoffnungsvoll, und sie gingen zum Haus zurück.

Bedauerlicherweise ließ der Schneefall den Tag über nicht nach, und mit jeder vergehenden Stunde sank die Laune der Dünenhoftruppe. Momme war durch Ockelines Fürsorge tatsächlich wieder auf die Beine gekommen, lief aber noch immer wie ein lahmer Käfer durch die Gegend, und seine Stimmung war dementsprechend schlecht. Ockeline kochte Eintopf und backte Kekse, Anni und Göntje gingen ihr dabei zur Hand. Zu all dem Übel des Tages schnitt sich Göntje beim Schneiden des Wirsings auch noch in den Daumen.

Martin war derjenige, der als Nächster eine Hiobsbotschaft überbrachte. Er hatte nach Pico gesehen und festgestellt, dass das Pferd lahmte.

»Das auch noch«, sagte Anni. Sie war nun den Tränen nahe. So hatte sie sich den Willkommenstag ihrer neuen Schützlinge nicht vorgestellt. »Wie sollen wir denn ohne Pferd die Kinder vom Hafen abholen?«

»Vielleicht ist es ja gar nicht so schlimm«, beschwichtigte

Momme sogleich. »Ich kann mal gucken gehen. Am Ende ist es nur ein verlorenes Hufeisen. Das könnte der Fietje schnell beheben. Hast du da was gesehen?« Er sah Martin fragend an.

»So genau hab ich gar nicht geguckt«, gestand Martin, der sich mit Pferden nicht sonderlich gut auskannte. »Ich hab nur bemerkt, dass er eines der Hinterbeine etwas nachzieht.«

»Na, dann lass uns das mal gemeinsam überprüfen. Wenn wir Glück haben, bekommen wir das Problem flott aus der Welt geschafft.« Momme erhob sich behäbig von der Küchenbank, und die beiden gingen nach draußen.

Im Raum herrschte nun betretene Stille. Selbst Ockeline schien langsam ihren guten Mut zu verlieren. Sie setzte sich auf einen der Küchenstühle und stieß einen Seufzer aus.

»Manchmal ist einfach der Wurm drin«, sagte sie.

»Das kannst du laut sagen«, stöhnte Anni mit finsterer Miene und blickte erneut aus dem Fenster. Noch immer fielen dicke weiße Schneeflocken vom Himmel, und die Welt war längst wieder in ein weißes Kleid gehüllt. »Den Kindern wird der Schnee gefallen«, sagte sie irgendwann.

»Das stimmt«, pflichtete Ockeline ihr bei. »Schnee mögen alle Kinder. Obwohl unsere ja geschwächt sind, da werden sie wohl nicht darin spielen können.«

Anni nickte. Kinder, die gerade Krankheiten wie Lungenentzündung oder Scharlach überstanden hatten, schickte man besser nicht bei solch nasskaltem Wetter nach draußen. Plötzlich sah sie, wie Martin und Momme mit Pico auf die Straße kamen und davongingen, und sie deutete ihr Tun positiv. Es schien doch nur ein verlorenes Hufeisen gewesen zu sein. Den Weg der drei kreuzte plötzlich Kreske, die nur wenige Minuten später das Haus betrat und sich den Schnee von ihrem Mantel klopfte.

»Moin, zusammen«, grüßte sie in die Runde. »Da guckt ihr, was? Ich dachte, ich kann unmöglich den heutigen Willkommenstag der Kinder verpassen, weshalb ich eine Vertretung für mich aufgegabelt hab. Merle Hansen kümmert sich den Rest des Tages um alles, und ich kann euch hier zur Hand gehen. Wie steht es denn? Also wegen dem Schnee da draußen müsst ihr euch keine großen Gedanken machen. Der will auf der Straße nicht so recht liegen bleiben, und der Ferdinand, dem bin ich gerade begegnet, hat gemeint, dass es eh bald aufhören wird, das hat der im Gefühl.«

Es dauerte nicht lange, bis weitere Freunde eintrafen. Tesje brachte ihnen noch kleine Schokoladentafeln für die Lütten und erkundigte sich sogleich bei Anni nach ihrem Befinden. Hardina ließ es sich nicht nehmen, ihnen einen Stapel handgestrickte Bettsocken zu schenken. »Die armen Kleinen sollen es ja schön warm haben«, meinte sie. Miele Jacobsen wusste zu berichten, dass der Fährdampferbetrieb trotz des schlechten Wetters normal laufen würde.

Als es dann am späten Nachmittag zu schneien aufhörte, Momme wieder recht ordentlich aufrecht lief und Pico vor den Wagen gespannt war, wich Annis schlechte Stimmung froher Erwartung. Schon bald würden sie neue Kinder in ihrem Dünenhof haben. Und dieses Mal würde sie alles nur Erdenkliche dafür tun, dass es gut ging.

# 35. KAPITEL

## Nieblum, 15. Februar 1903

»Eine Masche so, die andere so«, erklärte Ockeline mit einer Engelsgeduld. »Und du musst die Nadeln etwas gerader halten. Und immer schön darauf achten, dass dir keine Masche runterfällt.«

»Das passiert mir bestimmt nicht«, versicherte die braunhaarige Margarete, die etwa zehn Jahre alt war und mit Ockeline in der Küche saß und ihren Blick konzentriert auf das Strickzeug in ihren Händen richtete. Den beiden leisteten die neunjährige Paula und die gleichaltrige Henni Gesellschaft, die ebenfalls Strickunterricht von Ockeline bekamen. Annemarie und Frieda hatten anfangs auch mitmachen wollen, jedoch recht rasch die Geduld verloren. Die zwei blonden Mädchen waren mit ihren sechs und sieben Jahren einfach noch zu klein für die Handarbeit. Die beiden hatten ihre Freude daran gefunden, Kreske in der Küche zu unterstützen. Eine ihrer liebsten Beschäftigungen bestand darin, Friesenkekse zu backen. Auch heute zog der süße Duft des Gebäcks wieder durchs Haus, von dem die Kinder nicht genug bekommen konnten. Anni leistete Ockeline und den älteren Mädchen mit einer Näharbeit Gesellschaft, und Göntje beschäftigte sich damit, mit den Jungs hohe Türme aus Bausteinen zu errichten. Es war ein ruhiger Nachmittag ohne besondere Begebenheiten. Der Februar zeigte sich von seiner eisigen Seite, es war bedeckt, und ein unangenehmer Ostwind sorgte dafür, dass sie im Haus blieben. Anni liebte die Alltäglichkeit, die sich inzwischen immer mehr breitmachte. Die Kinder hatten sich gut eingewöhnt, nur hie und da wurde das eine oder andere von ihnen von Heimweh geplagt. Häufig war es Frieda, die weinte. Doch sie bekamen sie meist rasch wieder abgelenkt, sodass die Momente der Traurigkeit nicht lange anhielten.

Es war der Postbote Boy, der die ruhige Nachmittagsidylle durch sein Auftauchen störte.

»Moin, zusammen«, grüßte er in die Runde. »Heute gibt es mal wieder mehr Post, sind eine Menge Pakete für die Lütten dabei.« Er stellte eine gut gefüllte Kiste auf dem Tisch ab. »Deshalb komm ich auch erst jetzt. Ihr seid der Abschluss meiner Runde.«

»Post von zu Hause«, plärrte Paula sogleich Richtung Aufenthaltsraum. Es dauerte keine Sekunde, da kamen die Jungen angerannt. Anni sichtete sämtliche Päckchen und Briefe und verteilte sie an die Adressaten. Zu ihrem Bedauern ging eines der Kinder zum wiederholten Male leer aus. Es war Henni. Während alle anderen Kinder ihre Post öffneten, zog sie sich zurück und lief in die Schlafkammer. Anni sah ihr mitleidig nach und beschloss, ihr zu folgen. Sie fand die Kleine auf ihrem Bett liegend vor, sie blätterte mit ernster Miene in einem Bilderbuch.

Anni setzte sich neben Henni und versuchte zu trösten: »Bestimmt wird auch für dich bald Post ankommen.« Eigentlich wusste sie, dass das so schnell nicht passieren würde, aber es fielen ihr keine anderen ermunternden Worte ein. Henni war eines der aus schwierigen Verhältnissen stammenden Kinder. Sie hatte sechs Geschwister, und die Familie hauste, wohnen konnte man es nicht nennen, in einem Hinterhof in einer schäbigen Kellerwohnung. Da blieb kein Geld für Briefe oder Pakete an die Nordsee. Henni konnte von Glück reden, dass sie durch die Unterstützung einer Hilfsorganisation überhaupt zu ihnen gedurft hatte.

»Du weißt doch längst, dass das nicht passieren wird«, gab Henni in einem missmutigen Tonfall zurück. »Mama und Papa haben ja nicht einmal das Geld, um uns alle satt zu bekommen. Das kommt, weil er es ständig zum Wirt trägt. Sie streiten viel ...« Tränen stiegen in Hennis Augen.

Anni versetzten ihre Worte einen Stich ins Herz. Sie wünschte sich, sie könnte die Lebenswelt in Berlin für das Mädchen verändern. Doch das konnte sie nicht. In wenigen Monaten würde sie gemeinsam mit den anderen zurückkehren müssen, ob es ihr nun gefiel oder nicht.

Annemarie kam jetzt zu ihnen gelaufen. Sie hatte zwei Tafeln Schokolade in Händen und hielt eine von ihnen Henni hin.

»Die ist für dich. Ich hab auch noch Kaubonbons geschickt bekommen. Wenn du magst, können wir uns die auch teilen.«

Henni sah kurz zu Anni, und sie nickte lächelnd. Das Leben in Berlin mochte für Henni nicht leicht sein, aber hier auf der Insel hatte sie eine Freundin gefunden. Und vielleicht würde diese Freundschaft ja erhalten bleiben, denn soweit Anni wusste, lebten die Mädchen im selben Stadtteil.

Im nächsten Moment kratzte sich Annemarie am Kopf. Auch Henni tat dies. Bildete es sich Anni nur ein, oder kratzten sich die Kinder heute ständig? Ihr Blick wanderte zurück zum Tisch. Auch die kleine Frieda kratzte sich gerade kräftig, ebenso Paula, die von ihrer Mama eine handgestrickte Jacke der Großmutter zugesandt bekommen hatte, die mit hübschen rosa Blümchen bestickt war.

Anni schwante Übles, und sie trat näher an Annemarie heran, um ihren Kopf in Augenschein zu nehmen. Sie musste nicht lange suchen, um die für Kopfläuse typischen Nissen zu finden.

»O nein«, sagte sie, »wir haben Läuse.«

Sogleich ging sie zu den anderen und tat ihre Feststellung

kund. Ockelines Augen weiteten sich vor Entsetzen, und ihr fiel prompt ihr Strickzeug aus den Händen.

»Nicht doch. Bloß nicht diese Viecher. Das kann gar nicht sein.« Sogleich begann sie, Margaretes Kopf in Augenschein zu nehmen, und auch sie wurde rasch fündig. »Liebe Güte. Da wurlt es ja regelrecht. Wie konnten wir das nur übersehen?«

Anni begann, sich sogleich selbst am Kopf zu kratzen, überall schien es plötzlich zu jucken. Momme, der sich für einen kleinen Mittagsschlaf in sein Häuschen zurückgezogen hatte und sich just in diesem Moment wieder zu ihnen gesellte, blickte verdutzt in die Runde.

»Was ist denn hier los?«, fragte er. »Ihr guckt aber miesepetrig aus der Wäsche.«

»Wir haben die Kopfläuse«, beantwortete Anni seine Frage und kratzte sich dabei am Arm.

»Oje, das kenn ich«, antwortete Momme. »Die hatte ich als kleiner Bub öfter. Sind nicht so leicht totzukriegen, die Quälgeister.«

»Essig«, sagte Ockeline, und sie stand auf. »Wir brauchen viel Essig. Und heißes Wasser. Sofort. Kreske!«, begann sie, lauthals zu rufen und eilte in Richtung Waschküche davon.

»Na, das kann ja heiter werden«, kommentierte Momme das Geschehen, und auch er begann, sich jetzt am Kopf zu kratzen.

Eine ganze Weile darauf war Anni damit beschäftigt, Handtuchturbane zu produzieren. Beinahe die gesamte Belegschaft des Dünenhofs befand sich im Waschraum. Ockeline und Kreske hatten die Ärmel ihrer Blusen hochgekrempelt, und ihre Schürzen waren bereits durchweicht. Es hing der beißende Geruch von Essig im Raum. Momme war beauftragt worden, bei Tesje im Laden möglichst viele Flaschen zu kaufen. Zehn Stück hatte er angeschleppt, und Tesje hatte zugesichert, möglichst rasch für Nachschub zu sorgen. Annemarie und Margarete hielten gerade die Köpfe über die Waschzuber gebeugt, und ihre Haare wurden von Ockeline und Kreske kräftig mit Essigwasser eingeweicht. Anni kratzte sich, seitdem sie die Übeltäter entdeckt hatte, ständig irgendwo, obwohl Ockeline bei einer eingängigen Untersuchung ihres Kopfes keine Läuse gefunden hatte.

»Bei uns zu Hause hatte mal meine Schwester Lieselotte Läuse«, sagte der achtjährige Hugo, dem Anni gerade sein feuchtes rotes Haar wieder abtrocknete. »Das war kein Spaß. Unser Kindermädchen hat ihr stundenlang mit dem Kamm die Nissen aus den langen Haaren gekämmt. Eine ganze Woche hat es gedauert, bis wir die Viecher wieder losgeworden sind.«

»Ich hoffe, wir bekommen sie schneller weg«, sagte Anni. Sie wusste jedoch, dass sie sich einer Illusion hingab. Die nächsten Tage würden sie mit ziemlicher Sicherheit mit dem allgegenwärtigen Essiggeruch im Haus leben müssen. Sämtliche Mädchen hatten lange Haare, Frieda entzückende Löckchen, die bei Kopfläusen gar nicht mehr so entzückend waren. Es war ein Graus.

»Man fragt sich ja immer, wo diese Viecher herkommen«, meinte Kreske, während sie erneut Essig in eine Kanne kippte und diesen mit warmem Wasser verdünnte. »Wir haben doch wirklich auf Hygiene geachtet.«

»Also, unsere Köchin, die Trudi, hat gesagt, dass das nix mit der Sauberkeit zu tun hat«, meldete sich Oskar zu Wort. Der aus Berlin-Spandau stammende Junge war der Nächste, der für eine ausgiebige Essigspülung bereitstand. »Das kommt eben manchmal einfach so. Da kann keiner was für. Aber bei Flöhen, da sieht das ganz anders aus. Oder bei Wanzen.«

»Schluss damit«, mahnte Ockeline. »Ich will nichts von Flöhen oder Wanzen hören. Mir reichen schon die Krabbeltiere auf euren Köpfen. Und nun komm her, min Jung. Es wird Zeit, dass wir dem Übel zu Leibe rücken.«

Oskar beugte sich über die Waschschüssel, und Ockeline kippte eine große Ladung des Essigwassers über sein Haar.

Göntje erschien. Sie hatte einen vollen Wäschekorb in Händen und sah recht abgehetzt aus. Ihr Zopf hatte sich halb gelöst, und ihre Wangen waren gerötet.

»Das wäre dann der letzte unserer Wäschekörbe«, sagte sie und stellte ihn auf dem Boden neben den Waschzubern ab. »Ich hab sämtliche Betten abgezogen, auch die gesamte getragene Kleidung hab ich aussortiert, und so leid es mir tut, es mussten auch sämtliche Kuscheltiere weg. Die Teddys brauchen ebenfalls eine Essigwaschung.«

»Nein, nicht mein Puschel«, rief Frieda sogleich. »Der hat bestimmt keine Läuse. Der darf nicht in den Waschzuber, da könnte er ertrinken.«

»Ich werde höchstpersönlich auf deinen Puschel achtgeben«, versprach Ockeline rasch.

»Ich vermelde, dass wir jetzt nicht mehr genügend frische Laken und Bettbezüge haben«, sagte Göntje. »Waschtag wäre ja auch erst morgen gewesen.«

»Das auch noch«, stöhnte Kreske. »Und was nun? Wir können die Kinder doch nicht ohne Bezüge schlafen lassen.«

»Wir finden eine Lösung«, antwortete Anni, die sich langsam erschöpft fühlte. Normalerweise wäre inzwischen längst Abendbrotzeit gewesen. Doch daran dachte im Augenblick niemand. Auch die übliche Zeit zur Nachtruhe würden sie heute nicht einhalten können.

»Vielleicht können wir uns Wäsche bei Witt leihen«, schlug Anni vor. »Das wäre eine Lösung. Ich schicke gleich mal Momme rüber. Bei der Gelegenheit kann er auch bei den Olsens vorbeilaufen und Marie und Krassen fragen, ob sie noch heute Abend für eine Sonderschicht vorbeikommen können. Wir müssen das Problem, so schnell es geht, in den Griff bekommen.« Sie verließ, sich am Arm kratzend, den Raum.

Im Flur lief sie in Martin, der den Nachmittag in der Druckerei in Wyk wegen des Drucks eines neuen Hausprospekts verbracht hatte. Nach einiger Überlegung hatten sie beschlossen, diesen noch einmal mit detaillierteren Erklärungen zum Dünenhof drucken zu lassen. Der erste Entwurf war nach Martins Meinung doch etwas zu rasch hingeworfen worden.

»Moin, Anni«, grüßte er. »Was ist denn hier los? Wieso sitzen die Kinder noch nicht beim Abendbrot, und weshalb riecht es nach Essig?«

Anni erklärte ihm den Sachverhalt.

»Das auch noch«, sagte Martin.

»Wieso auch noch?«, hakte Anni nach.

»Krüger ist seine Druckerpresse kaputtgegangen, und die Reparatur wird wohl eine ganze Weile dauern. Wir haben den ersten Druck unseres Prospekts durchgesehen, und er ist auch so weit in Ordnung. Allerdings kann er jetzt nicht drucken. Wenn wir Pech haben, braucht er eine neue Presse.«

»Das ist ja dumm«, meinte Anni. »Dann wird auch keine Zeitung erscheinen, oder?«

»Die wird wohl auf einer anderen Presse gedruckt, die ist allerdings für die kleineren Drucksachen nicht geeignet. Wenn es nicht anders geht, werden wir unseren Prospekt in Tondern drucken lassen müssen.«

»Da ist es doch gut, dass wir durch unseren Kontakt zur Charité nicht wirklich auf den Hausprospekt angewiesen sind. Also kann es auch noch ein wenig länger dauern. Unser dringlichstes Problem stellen jetzt erst einmal die Läuse dar. Juckt es dich am Kopf?«

Verdutzt sah Martin Anni an. Mit einer solchen Frage hatte er anscheinend nicht gerechnet.

»Also, ich weiß nicht recht. Wenn ich darüber nachdenke. Ein wenig gekratzt hab ich mich schon.«

»Am besten gehst du gleich zu Ockeline, Kreske und den Kindern in den Waschraum und unterziehst dich ebenfalls der Essigbehandlung. Sicher ist sicher. Wir sehen uns gleich.« Sie gab ihm einen kurzen Kuss.

»Essigbehandlung«, wiederholte Martin. »Mir bleibt aber auch nichts erspart.« Er ging, und Anni trat in den Garten, wo sie die kühle Luft des Abends empfing. Momme fand sie in der Remise, wo er Pico und dem alten Rüdi gerade das Abendessen gab.

»Hier steckst du, Momme«, sagte Anni, und sie erklärte, was sie von ihm wollte.

Momme nickte. »Das mach ich natürlich sofort, min Deern. Die paar Laken und Bezüge werden wir schon organisiert bekommen.« Im nächsten Moment lüpfte Momme seine Schiebermütze und kratzte sich am Kopf.

Anni seufzte innerlich.

»Planänderung«, sagte sie. »Ich kümmere mich um die Laken und gehe zu den Olsens, und du siehst zu, dass du zu Ockeline und Kreske in die Waschküche kommst und dir die Läuse vom Kopf waschen lässt.«

Nur wenige Minuten später lief Anni durch die im Dunkeln liegenden Straßen. Der Wind hatte noch weiter aufgefrischt und fuhr unter ihren Rock und ihren Mantel. Die Gerüche von Holzrauch hingen in der eisigen Luft. Plötzlich fühlte sie sich, trotz der Kopfläuse und all der anderen Unwägbarkeiten, die ihr das Leben hin und wieder etwas schwer machten, glücklich, und ihr Schritt wurde beschwingter. Sie hatte ihre Aufgabe im Leben gefunden und fühlte sich in ihrem Dünenhof und in Nieblum endgültig angekommen. Sie würde alles dafür tun, damit das auch so blieb. Und sie war guten Mutes, dass sie es gemeinsam mit ihrer neu gefundenen Familie und mit der Hilfe der Dorfbewohner schaffen würde.

Da kreuzte Hardina ihren Weg.

»Gud Inji, Anni«, grüßte sie. »Ich nehme an, du bist auf dem Weg zu Tesje. Ist es nicht schrecklich?«

Verdutzt sah Anni Hardina an und fragte: »Was ist schrecklich?«

»Na, die kleine Ida ist heute nach ihrem Mittagsschlaf nicht mehr aufgewacht. Einfach so hat sie tot in ihrem Bettchen gelegen.«

»Großer Gott«, stieß Anni aus. »Ich muss sofort zu Tesje.« Sie ließ Hardina stehen und rannte los.

# 36. KAPITEL

## Nieblum, 27. Februar 1903

Anni stand neben Tesje auf dem Nieblumer Friedhof im kalten Wind, der an ihren Röcken zerrte und einige vereinzelte Schneeflocken mit sich brachte. Beide schwiegen, denn es gab nichts zu sagen. Anni hatte Tesje durch Zufall auf dem Friedhof am Grab stehen sehen, und sie war zu ihr gegangen. Um bei ihr zu sein und den Trost zu spenden, den die Freundin jetzt brauchte. Tesje sah aus wie ein Gespenst, sie war leichenblass, unter ihren Augen lagen dunkle Schatten. Sie hatte die kleine Ida an jenem Nachmittag erst später ins Bett gelegt, da sie länger im Laden geblieben waren und Ida noch recht munter gewesen war. Nachdem sich die Kleine nach drei Stunden noch immer nicht gemeldet hatte, war Tesje nach ihr sehen gegangen, und sie hatte das kleine Mädchen leblos in seinem Bettchen vorgefunden. Diese Art des Kindstods war etwas Fürchterliches, etwas Heimtückisches, eine Gefahr, die jede Mutter fürchtete. Anni kannte Familien, die sogar mehrfach davon betroffen waren. Was die Ursache dafür war, konnten selbst die Ärzte in der Kinderklinik nicht sagen. Es schien, als wollte der Herrgott diese besonderen Seelen besonders früh wieder bei sich im Himmelreich haben. Solche Aussagen, von Priestern oder so manch Angehörigen getroffen, spendeten den Eltern im Angesicht dieses sinnlosen Todes selten Trost.

Anni hatte nur wenig mit Tesje geredet. »Ich bin jetzt hier«, hatte sie nach ihrer Ankunft an jenem Abend gesagt und sie in den Arm genommen und gehalten. Sie hatte sie gewiegt und ihr Weinen so lange ertragen, bis Tesje vor Erschöpfung irgendwann eingeschlafen war. Sönk ging mit seiner Trauer anders um. Er hatte es im Haus nicht ausgehalten und war ziellos umhergelaufen, wie Anni später berichtet worden war. In der Dunkelheit durch die vom Mond beschienenen vertrauten Straßen, doch Antwort auf seine quälende Frage nach dem Warum hatten sie ihm nicht geben können.

So standen sie nun hier auf dem Friedhof im kalten Wind, der immer mehr Schneeflocken mit sich brachte. Anni las die Namen der Familie Jansen auf dem Grabstein. Seit dem 17. Jahrhundert waren die Mitglieder dieser Familie an diesem Platz bestattet worden. Obenauf prangte ein Schiff, früher waren auch die Männer der Familie Jansen zur See gefahren.

Es waren auch einige Kinder unter den Sterbefällen. Ein Mädchen mit dem Namen Talke war vor einhundert Jahren nicht älter als wenige Tage geworden. Was damals wohl geschehen war? Vielleicht war die Kleine eine Frühgeburt gewesen. Sie würden es nicht mehr erfahren. Die Grabsteine der Föhrer Friedhöfe erzählen mit wenigen Angaben zum Geburts- und Todestag so viele Geschichten aus längst vergangenen Tagen. Sie erinnerten oftmals mit einfach formulierten Sätzen an die liebevolle Mutter und Großmutter, an den fleißigen Vater oder das geliebte Kind. An große Seefahrer, die es auf den Weltmeeren zu Ruhm und Ehre gebracht hatten. Nun würde bald ein weiterer Name auf dem Grabstein stehen. Noch waren es ein schlichtes Holzkreuz mit dem Namen Ida darauf, das frisch aufgeschüttete Grab und die vielen Blumenkränze, die daran erinnerten, dass hier ein kleines Menschlein viel zu früh seine letzte Ruhestätte gefunden hatte.

Der Satz, den Tesje nun sagte, überraschte Anni.

»Ich bin wieder schwanger«, sagte sie in einem gleichgültig klingenden Tonfall. »Ist das nicht der blanke Hohn? Gott schenkt mir ein weiteres Kind. Wie soll ich das jetzt nur schaffen? Ich konnte auf mein Mädchen nicht aufpassen, ich hab es allein gelassen. Ich kann nicht noch ein Kind kriegen, ich kann das nicht.« Ihre Stimme brach. Tränen rannen ihre Wangen hinab, und sie schlang die Arme um ihren Oberkörper. Anni wusste nicht so recht, was sie zu Tesje sagen sollte. Das neue Kind ist ein Segen? Es wird dieses Mal bestimmt alles gut gehen? Für Tesje war das Entdecken einer erneuten Schwangerschaft gewiss eine Freude gewesen, doch nun war es eher eine Belastung, denn sie hatte den Verlust der kleinen Ida noch lange nicht verarbeitet. Verarbeitete man einen solchen Verlust überhaupt jemals? Vermutlich nicht. Und ob dieses Mal alles gut gehen würde, wusste niemand. Sie lagen alle in Gottes Hand.

Das Leben schritt unerbittlich voran, und es gab diese Zeiten, in denen es einem nicht gefallen wollte, in denen es einen mit Nadelstichen traktierte. Anni kannte die Dunkelheit und den Schmerz, sie wusste, dass sich die Schatten niemals ganz würden vertreiben lassen, doch oftmals ließen sie sich in die Ecken zurückdrängen. Tesjes Schatten würden noch für eine Weile bleiben, da half auch die neue Schwangerschaft nichts. Doch irgendwann würden sie zurücktreten und auch sonnigeren Tagen, erfüllt mit Glück, wieder Raum geben.

»Seit wann weißt du es?«, stellte Anni eine eher belanglose Frage.

»Vermutet hab ich es schon vor einem Monat, bestätigt hat es Regine kurz vor Idas Tod. Ich hab mich so gefreut. Ich hab ihr erzählt, dass sie ein Geschwisterchen bekommt. Und nun? Wird es kein Geschwisterchen geben. Nun gibt es wieder nur ein Kind. Ich hab neulich am Fenster gestanden und in den Garten geblickt. Ich hab meine beiden Mädchen vor Augen gesehen, wie sie wie wir damals unter dem Birnbaum sitzen, umgeben von einem Blütenmeer im hellen Sonnenlicht, und sich Kränze für ihr Haar flechten. Und jetzt wird es niemals dazu kommen. Ida wird niemals unter dem Birnbaum im hellen Sonnenlicht sitzen.« Tesje verschränkte die Arme vor der Brust und schluchzte laut auf.

»Ich weiß.« Anni zog Tesje nun in ihre Arme und drückte sie fest an sich. Nur ganz langsam ließ das Schluchzen der Freundin nach. »Aber vielleicht wird es irgendwann doch so sein. Vielleicht wirst du irgendwann zwei Töchter haben, die gemeinsam unter einem Birnbaum im hellen Sonnenlicht sitzen. Und Ida wird als Schutzengel auf sie achtgeben. Das weiß ich bestimmt.«

Tesje löste sich aus der Umarmung, und sie wischte sich die Tränen von den Wangen.

»Und wenn es Jungen werden, dann werden sie vermutlich auf dem Birnbaum sitzen«, fügte Anni hinzu und lächelte jetzt sogar ein wenig. »Dann ist es umso besser, dass es im Himmel eine Ida gibt, die auf sie achtgibt.«

»Ja, das glaub ich auch«, sagte Tesje. Auch auf ihren Lippen zeigte sich nun ein Lächeln. Doch rasch wurde ihre Miene wieder ernst. Sie nahm Annis Hand und sah ihr direkt in die Augen. »Ich bin so froh, dass du wieder hier bist. Meine beste Freundin aus Kindertagen, du bist wie eine Schwester für mich. Ich wüsste nicht, wie ich das alles ohne dich durchstehen sollte.«

Anni rührten Tesjes Worte. Es waren nur wenige Kindheitsjahre gewesen, die sie miteinander hatten verbringen dürfen. Doch das sie verbindende Band hatten die Jahre der Trennung nicht lösen können.

»Du würdest es auch ohne mich durchstehen«, war sich Anni sicher. »Aber du musst es zum Glück nicht. Denn ich bin wieder bei dir, und wir schaffen das gemeinsam. Weiß Sönk schon von dem Baby?« Sie deutete auf Tesjes Bauch.

»Nein, ich wusste nicht, wie ich es ihm sagen soll. Er ist noch so sehr in seiner Trauer gefangen. Er redet kaum, tut, was notwendig ist. Heute früh hat er gesagt, dass wir morgen den Laden wieder aufsperren. Schließlich muss es ja weitergehen.«

»Ja, das muss es«, pflichtete Anni ihr bei. »Du musst es ihm sagen. Ich bin mir sicher, dass er sich darüber freuen wird.« Sie nickte Tesje aufmunternd zu.

»Ja, das wird er wohl«, vermutete Tesje. »Ich werde es ihm gleich nachher sagen. Fest versprochen.«

»Fein«, sagte Anni. »Wollen wir dann gehen? Der Schneefall wird immer stärker.«

Tesje nickte und fragte: »Willst du noch auf einen Teepunsch mitkommen? Es wäre schön.«

»Würde ich gerne. Aber ich müsste längst zu Hause sein. Ockeline wartet bestimmt schon auf mich. In meinem Korb liegt der Schweinebauch für die Grünkohlsuppe.«

»Dann vielleicht morgen?«, fragte Tesje.

Sie hatten sich inzwischen in Bewegung gesetzt, und Anni öffnete eines der schmiedeeisernen Friedhofstore.

»Ja, das wäre schön. Abends zum Aufsitzen. Ich bringe auch mein Strickzeug mit, und vermutlich Ockeline und Kreske, wenn es recht ist. Wenn es ums Aufsitzen geht, sind sie immer gerne mit von der Partie.«

»Sie können gerne kommen«, sagte Tesje. »Jede Ablenkung ist willkommen. Am schlimmsten ist die Stille im Haus. Sönk läuft immer noch davor weg.«

Die beiden verabschiedeten sich mit einer Umarmung.

Anni blieb noch einen Moment stehen und blickte Tesje nach, wie sie den Karkstieg hinabging. Das sich ihr bietende Bild hatte etwas von einem traurigen Gemälde. Eine schwarz gekleidete Frau lief an diesem grauen Tag an trostlos erscheinenden Reetdachhäusern vorüber, denen man die Last der Jahrhunderte ansah. Es würde noch eine Menge Kraft brauchen, um den Schmerz zu überwinden. Doch das heranwachsende neue Leben in Tesjes Innerem würde dabei helfen. Dessen war sich Anni sicher.

# 37. KAPITEL

*Berlin, 27. Februar 1903*

*Meine liebe Anni,*

*ich habe gerade Deine ausführlichen Berichte über den Genesungsprozess unserer Schützlinge gelesen, und ich bin hocherfreut, dass die Kinder sich so großartig bei euch auf dem Dünenhof erholen. Ich schreibe Dir aber eigentlich nicht wegen der Berichte, sondern weil ich euch gerne einen spontanen Besuch abstatten möchte. Ich werde nun doch ebenfalls eine Kindergruppe auf die Insel begleiten, denn ich möchte mir endlich ein Bild vor Ort machen. Dies ist möglich geworden, da sich endlich eine versierte Kraft als Vertretung für mich gefunden hat, der ich meine Station guten Gewissens für einige Tage überlassen kann. Ich werde also eine Kindergruppe am 3. März nach Föhr begleiten, die Nacht bei Gmelin im Sanatorium verbringen und euch am Folgetag einen Besuch in Nieblum abstatten. Ich bin schon sehr auf euern Dünenhof gespannt und freue mich auf ein Wiedersehen.*

*Beste Grüße*
*Oberschwester Dorothea*

# Nieblum, 4. März 1903

Anni betrachtete mit finsterer Miene den verkohlten Kuchen, den sie eben aus dem Ofen geholt und auf den Tisch gestellt hatte, und stieß einen Seufzer aus. Wieso musste die Oberschwester ausgerechnet jetzt auf die Idee kommen, ihnen einen spontanen Besuch abzustatten? Ockeline und Kreske plagte beide ein abscheulicher Husten, und Anni hatte ihnen bis zur Besserung Hausverbot erteilt. Schließlich hatten sie das Haus voller Kinder, die schreckliche Krankheiten hinter sich hatten und sich erholen sollten. Da mussten sie sich nicht gleich wieder eine Bronchitis von der Küchentruppe einfangen. Anni hatte angenommen, das Kochen für die Kinder mit der Hilfe von Göntje allein hinzubekommen. Momme half auch mit. Er konnte ausgezeichnet Kartoffeln schälen und Krabben pulen. Doch die Bewirtung eines solch wichtigen Gastes wie der Oberschwester stellte eine zusätzliche Herausforderung dar, und der Dünenhof musste selbstverständlich auch auf Hochglanz gebracht werden. Oberschwester Dorothea musste einen guten Eindruck von ihrem Haus haben, damit die Zusammenarbeit mit der Charité auch weiterhin so gut laufen würde. Mit einem solchen Brikettkuchen würde das allerdings schwer werden.

»Was riecht denn hier so verbrannt?«, fragte Momme, der gerade den Raum betrat.

»Ein Teil der Friesentorte, die ich backen wollte«, gestand Anni.

Momme betrachtete eingängig die von Anni vollbrachte Backmisere und meinte: »Könnte ein knuspriger Kuchen werden.«

Anni gab ein »Grmpf« von sich und warf Momme einen finsteren Blick zu. Mit solchen Kommentaren war ihr jetzt auch nicht geholfen.

Momme zog den Kopf ein. »Tut mir leid, min Deern«, entschuldigte er sich sogleich. »Und was machen wir jetzt? Zum Kaffee keinen Kuchen anzubieten, wäre unhöflich.«

»Ich weiß. Aber mir fehlt die Zeit, um noch einmal alles neu zu machen. Und Eier hab ich auch nicht mehr genug. Es ist zum Haareraufen. Wieso müssen Kreske und Ockeline auch ausgerechnet jetzt so einen dämlichen Husten haben?«

Anni konnte nicht anders, sie brach in Tränen aus. Momme sah sie erschrocken an.

»Oh, min Deern. Da musst du doch nicht gleich weinen. Wegen so einem dummen Kuchen doch nicht«, tröstete er. »Wir werden schon eine Lösung finden.«

»Das weiß ich doch«, schniefte Anni. »Das sind die Hormone, zurzeit könnte ich ständig losheulen.«

»Also, du meinst, das ist wegen der Lütte in deinem Bauch?«, hakte Momme vorsichtig nach. Mit Hormonen kannte er sich nicht aus.

»Ja, deshalb«, war sich Anni sicher. Sein verdutzter Blick sorgte dafür, dass sie lächelte.

Göntje betrat mit einem Putzeimer und einem Wischmopp in Händen den Raum und stellte beides ab.

»Im Obergeschoss ist jetzt alles sauber. Die unsägliche Unordnung ist beseitigt, sämtliche Kleider der Kinder sind entweder in ihren Truhen oder in der Wäschekammer, die Betten sind gemacht, die Teddys und sonstige Kuscheltiere oder Puppen sitzen hübsch darauf, und ich hab sogar die Fenster geputzt. Was riecht denn hier so angebrannt?«

»Annis Friesentorte«, erwiderte Momme und deutete auf das schwarze Etwas auf dem Tisch.

»Ach du je«, meinte Göntje. »Und was nun? Wir haben noch Kekse, aber die werden flott in den Mägen der Kinder landen.«

»Also beim Nomm gibt es viel guten Kuchen«, merkte Momme an. »Auch Friesentorte. Dann holen wir eben von ihm eine. Oder legt diese Oberschwester Wert darauf, dass du den selber gebacken hast?« Er sah Anni fragend an.

»Nein, das tut sie nicht«, entgegnete Anni. »Aber ich dachte eben, ich bekomme es hin. Das Backen scheint bei mir genauso schlecht zu funktionieren wie das Stricken. Dann mach ich mich mal auf den Weg. Bei der Gelegenheit kann ich ja auch gleich noch bei Tesje im Laden vorbeigehen und die Würstchen für das Mittagessen abholen.«

Sie verließ den Raum und trat nur wenige Augenblicke später, einen Einkaufskorb am Arm, nach draußen, wo sie, obwohl sie bereits den Monat März hatten, frostige Luft empfing.

Während sie den Babendörpstieg hinablief, legte sie mal wieder instinktiv ihre Hand auf den Bauch und spürte dieses wunderbar warme Glücksgefühl in ihrem Inneren. In ihr wuchs ein kleiner Mensch heran, ihr Baby, das sie, wenn alles gut ging, noch in diesem Jahr im Arm halten durfte. Martin und sie hatten neulich schon über einen Namen für das Kind diskutiert. Aber so recht einig waren sie sich darüber nicht geworden. Anni wünschte sich, dass das Kind nach ihren Eltern, also entweder Keike oder Jan genannt wurde. Doch mit beiden Namen konnte sich Martin nicht so recht anfreunden. Seine Mutter hatte Sophie geheißen, das gefiel ihm viel besser. Immerhin einen Jan konnte er sich vorstellen, auch wenn er den Namen etwas zu schlicht fand. Ein Friedrich oder ein Sebastian würden ihm mehr zusagen. Doch beide Namen fand Anni schrecklich. Es würde also noch zu weiteren Diskussionen kommen.

Anni beschloss, zuerst zu Tesje zu gehen. Wenn sie Glück hatte, hatte sie ebenfalls eine Friesentorte oder anderen guten Kuchen in der Auslage, und dann könnte sie sich den Weg zu

Nomm sparen. Als sie an dem Kolonialwarengeschäft ankam, stand ein Fuhrwerk davor, und Sönk und ein junger Bursche waren gerade dabei, Warenpakete abzuladen und ins Lager zu räumen, in das man auch durch einen Nebeneingang gelangte. Sönk grüßte Anni nur knapp. Anni wusste von Tesje, dass er es in den Abendstunden noch immer nicht zu Hause aushielt und die meiste Zeit beim Wirt saß, wo er häufig zu tief ins Glas schaute. Der Kummer über das verlorene Kind war in dem kleinen Laden noch immer allgegenwärtig, und daran würde sich in den nächsten Monaten vermutlich nur wenig ändern.

Anni betrat den Laden, und sie wäre am liebsten gleich wieder gegangen, denn Ockeline stand vor dem Verkaufstresen. Das Nachhauseschicken wegen des Hustens hatte der alten Friesin so gar nicht gefallen, und sie hatte anfangs nicht gehen wollen. Schließlich könne sie sich in der Küche ja von den Kindern fernhalten, so schlimm sei es gar nicht. Ockeline schenkte daher Anni einen abweisenden Blick, und ein knappes »Moin« kam über ihre Lippen. Im nächsten Moment begann sie zu husten. Der Husten klang trocken und abscheulich, und es dauerte einen Moment, bis sie sich wieder beruhigt hatte.

»Das hört sich aber nicht gut an, Ockeline«, meinte Tesje. »Vielleicht solltest du dich doch mal untersuchen lassen. Soweit ich weiß, ist Gmelin heute bei einem Hausbesuch bei Miele. Wenn du Glück hast, hört er dich ab.«

»Wegen dem büschen Husten renn ich doch nicht gleich zum Quacksalber«, entgegnete Ockeline unwirsch. »Obwohl es hier ja schon gewisse Leute gibt, die glauben, ich hätte eine tödliche Seuche.« Sie warf Anni einen finsteren Blick zu, dem Anni auswich. Liebe Güte, Ockeline war wahrlich gut darin, einem ein schlechtes Gewissen einzureden. »Ich hab alles, was ich brauche. Mit meinem Thymiantee und dem Zwiebelsud hab ich noch jeden Husten in den Griff bekommen.« Sie verfrachtete entschlossen die drei neben der Registrierkasse liegenden Gemüsezwiebeln zu den Kartoffeln, die sich bereits in ihrem Einkaufskorb befanden.

»Ja, solche Hausmittel sind doch immer wieder hilfreich«, Tesje zeigte ein verbindliches Lächeln. »Bestimmt wird es bald wieder gut sein, und du kannst zurück zu Annis Lütten.«

»Wenn ich da noch hinwill«, entgegnete Ockeline und schenkte Anni erneut einen bösen Blick.

»Jetzt ist aber mal gut«, begehrte Anni nun auf. »Du verhältst dich schlimmer als eine bockige Lütte. Du weißt ganz genau, dass wir bei den Kindern besonders achtsam sein müssen. Dir mag der Husten nicht sonderlich wehtun, aber für den einen oder anderen unserer Schützlinge könnte er das Todesurteil bedeuten. Also hör endlich damit auf, die beleidigte Leberwurst zu spielen.«

Ockelines Miene verfinsterte sich noch mehr. Nachgeben lag nicht in ihrer Natur, auch wenn sie wusste, dass sie auf dem Holzweg war. So oder so ähnlich hatte es Momme neulich gesagt.

»Das wären dann fünf Kartoffeln, drei Gemüsezwiebeln und eine Flasche Sahne, macht eins vierzig«, versuchte Tesje, mit ihrem alltäglichen Tun des Abkassierens die Situation zu entschärfen. Mit einem handfesten Streit war jetzt niemandem geholfen.

Ockeline kramte das Geld aus ihrer Börse, legte es auf den Tresen und rauschte, ohne ein weiteres Wort zu sagen, aus dem Raum. Laut schlug sie die Ladentür hinter sich zu. Ihr Abgang war bühnenreif, das musste man ihr lassen. Anni atmete erleichtert auf.

»Danke dir, Tesje. Ich hätte mich mäßigen müssen und nicht so mit ihr reden sollen.«

»Du hast das schon richtig gesagt«, meinte Tesje. »Dieser

dumme Sturschädel. Aber ich weiß schon, weshalb sie so reagiert. Sie hasst es, allein zu sein. Wegen dem Husten lädt sie auch sonst niemand im Dorf zum Aufsitzen ein. Aber er wird schon wieder fortgehen. Sie bellt jedes Jahr um diese Zeit, und jedes Jahr bekommt sie den Husten mit ihrem teuflischen Zwiebelsud wieder weg. Wenn sie sich beruhigt hat, solltest du sie nach dem Rezept dafür fragen. Er wirkt tatsächlich Wunder.« Tesje zwinkerte Anni zu, und sie lächelte nun sogar ein wenig, was Anni freute. Die Arbeit im Laden schien ihr gutzutun und sie ein wenig von dem Kummer um das verlorene Kind abzulenken. Annis Blick wanderte zur Kuchenvitrine, und zu ihrer Freude war sie gut bestückt. Es gab zwar keine Friesentorte, dafür ausreichend Streuselkuchen sowie frisch aufgeschlagene Sahne und Kekse. Gewiss war die Oberschwester auch damit zufriedenzustellen.

»Kommt heute nicht diese Oberschwester aus Berlin zu euch?«, fragte Tesje.

»So ist es«, bestätigte Anni und berichtete in knappen Worten von ihrem missglückten Backversuch.

»Das könnte mir auch passiert sein«, meinte Tesje. »Mit dem Kuchenbacken hab ich es ebenfalls so gar nicht. Einfache Rühr- oder Streuselkuchen bekomme ich gerade noch hin, aber an eine Friesentorte würde ich mich niemals wagen. Aber zu unserem Glück gibt es im Ort ja genügend Menschen, die das besser können als wir. Wie viel Kuchen soll ich dir denn einpacken? Deine Würste hab ich schon zurechtgelegt.«

Anni überlegte kurz, dann beschloss sie, den gesamten Streuselkuchen zu nehmen. Es gab unterschiedliche Füllungen, mit Mohn, mit Äpfeln oder Vanillepudding. So hatte die Oberschwester etwas Auswahl. Zu dem Streuselkuchen in ihrem Einkaufskorb gesellten sich noch einige Schokoladenkekse und natürlich die Würste für das Gulasch. Tesje tippte rasch den Rechnungsbetrag in die Kasse. Anni fiel erst jetzt auf, dass sie ihre Börse nicht dabeihatte.

»Wie dumm von mir«, sagte sie. »Ich hab das Geld zu Hause vergessen. Das muss an den Hormonen liegen. Vor der Schwangerschaft wäre mir so etwas niemals passiert. Vergisst du auch Sachen?« Sie sah Tesje fragend an.

»Nein, das nicht«, antwortete Tesje. »Aber bedauerlicherweise ist mir besonders in den Morgenstunden wieder übel, und ich hatte gehofft, dass ich dieses Mal davon verschont bleibe.« Sie stieß einen Seufzer aus, und plötzlich entstand ein Moment der Stille, und Tesjes Miene trübte sich ein. Anni verfluchte sich dafür, die Freundin auf ihre Schwangerschaft angesprochen zu haben. Die Tatsache, dass sie erneut ein Kind erwartete, empfand Tesje nach dem tragischen Verlust der kleinen Ida noch immer als Belastung.

Eine weitere Kundin vertrieb durch ihr Eintreten die Stille im Raum. »Dann will ich mal los«, sagte Anni und nahm ihren Korb auf. »Drück uns die Daumen, dass alles gut laufen und die Oberschwester begeistert sein wird.«

»Ach, das klappt bestimmt«, war sich Tesje sicher. »Mach dir nicht zu viele Gedanken. Sie wird euren Dünenhof lieben. Etwas anderes ist nicht möglich.« Sie wandte sich ihrer Kundin zu, und Anni verließ das Geschäft.

Anni hatte das Gröne Eck gerade hinter sich gelassen, da verspürte sie plötzlich ein sonderbares Ziehen in ihrem Unterleib. Wo kam das denn plötzlich her, dachte sie beunruhigt und blieb stehen. Das Ziehen ließ nach, und sie entspannte sich wieder. Vielleicht war es ja normal, dass es zog. Sie musste Regine so bald wie möglich darauf ansprechen. Sie setzte ihren Weg fort und erreichte alsbald die Jens-Jacob-Eschels-Straße, auf der an diesem kalten Tag niemand unterwegs war. Als sie in die Poststrat einbog, verspürte sie erneut das Ziehen, dieses Mal fühlte es sich um einiges schmerzhafter an, und sie hatte das Gefühl, dass sich ihr gesamter Unterleib plötzlich verkrampfte. Sie blieb stehen, und im nächsten Moment war es ein stechender Schmerz, der sie mit einem Aufschrei zu Boden sinken ließ. Heiße Tränen stiegen in ihre Augen und liefen über ihre Wangen. Sie umfing voller Angst ihren Bauch mit den Händen, ahnend, was gerade geschah.

»Bitte, bitte nicht. Bitte lass das nicht passieren. Bleib bei mir. Bitte, bleib bei mir.« Erneut raubte ihr ein stechender Schmerz den Atem, und plötzlich hörte sie eine Stimme und spürte Hände.

»Anni, Liebes, was ist mit dir?«, war es Ockelines Stimme, die an ihr Ohr drang. Im nächsten Moment wurde es Anni schwarz vor Augen.

# 38. KAPITEL

## Nieblum, 7. März 1903

Martin saß an ihrem Ehebett in der vom dämmrigen Licht eines grauen Tages erfüllten Schlafkammer und betrachtete ihr blasses Gesicht mit einer tiefen Sorgenfalte zwischen den Augen. Seitdem sie von Ockeline und zwei weiteren zu Hilfe geeilten Dorfbewohnern an jenem schicksalhaften Vormittag nach Hause gebracht worden war, hatte er kein Auge mehr zugetan. Unter ihrem Rock war überall Blut gewesen, Ockeline hatte Göntje sogleich losgeschickt, die Hebamme zu holen. Regine hatte sich, so gut es ging, gekümmert. Anni hatte eine Fehlgeburt erlitten und dabei viel Blut verloren. Ob sie jemals wieder aufwachen würde, stand in den Sternen. Dieser niederschmetternde Befund hatte dafür gesorgt, dass sich Martin fühlte, als hätte man ihm den Boden unter den Füßen weggezogen. Er wich nicht mehr von Annis Seite, die meiste Zeit hielt er ihre Hand. Manchmal las er ihr auch aus einem Buch vor, zu schlafen verbot er sich. Er musste wach bleiben und für sie da sein. Er musste jetzt stark bleiben und ihr zeigen, dass sie nicht allein war.

Um die beiden herum ging das Leben weiter, Martin nahm es kaum wahr. Ockeline, deren Husten mit einem Schlag unwichtig geworden war, brachte ihm zu essen. Er rührte es kaum an. Jedes Mal blieb sie noch einen Moment im Raum, betrachtete Anni voller Mitleid und stieß einen tiefen Seufzer aus.

Martin wusste, dass er sich auch außerhalb dieses Raumes, in dem die Zeit stehen geblieben zu sein schien, kümmern sollte, doch er brachte es nicht fertig, Anni allein zu lassen. Die Oberschwester aus Berlin war angekommen, und sie hatte mit Bestürzung auf die Geschehnisse reagiert. Sie hatte Regine ohne groß Federlesens sogleich ihre Hilfe bei der Krankenpflege von Anni angeboten und unterstützte sie nun bei der Betreuung der Kinder, wofür Martin ihr dankbar war. Obwohl es dafür eigentlich keine Oberschwester aus Berlin gebraucht hätte, denn beinahe das gesamte Dorf war in den letzten Tagen zu ihnen in den Dünenhof gekommen, und jeder Besucher hatte auf seine Weise und im Rahmen seiner Möglichkeiten seine Hilfe angeboten. Unmengen an eingemachten Lebensmitteln stapelten sich in ihrer Vorratskammer, als ob eingelegte Gurken, Kompott und Marmeladen es besser machen würden. Ferdi hatte sich angeboten, den Kindern das Schnitzen beizubringen. Die Jungen waren sogleich Feuer und Flamme gewesen, und jetzt stellten sie gemeinsam Holzschiffe her, die sie auf dem Dorfteich schwimmen lassen wollten. Andine hatte eine Kiste voller Muscheln und Treibholzstücken angeschleppt und bastelte mit den Kindern Windspiele. Die Ablenkung tat den Kleinen gut, denn die gedrückte Stimmung im Haus spürten auch sie. Immer wieder fragten sie nach Anni und wollten wissen, ob es ihr bald wieder gut gehe. Margarete, sie war mit ihren zehn Jahren die Älteste, ahnte sogar, was geschehen war, denn ihre Mutter hatte anscheinend schon mehrere Fehlgeburten hinter sich. Mit dem Mädchen hatte sich Oberschwester Dorothea irgendwann hingesetzt und es ihr erklärt, und sie hatte sie beschworen, den anderen Kindern keine Angst zu machen, indem sie ihnen davon berichtete. Eines war sowieso bereits so verunsichert, dass es ins Bett gemacht hatte. In dieser Hinsicht war es gut, dass die

Oberschwester mit ihrer Erfahrung und ihrer Geduld bei ihnen war.

Göntje war in einen Putzwahn verfallen. Es schien ihre Art zu sein, mit der Unsicherheit und Angst umzugehen. Sie bezog die Betten neu, rannte ständig mit einem Staubwedel durch die Gegend und scheuerte jeden Tag einen anderen Fußboden. Kreske war auch wieder da, ihr Husten war nun fort, dafür plagte sie ein übler Schnupfen, doch niemand hielt es mehr für notwendig, sie deshalb nach Hause zu schicken. Sie könne unmöglich zu Hause sitzen bleiben, hatte sie gesagt und beschäftigte sich, wenn sie nicht gerade gemeinsam mit Ockeline das Essen für die Hausgemeinschaft kochte, mit dem Backen von Keksen. Einer ihrer besten Abnehmer für die süßen Köstlichkeiten war Momme, der wie ein unruhiger Geist durchs Haus zog und mal hier, mal dort nach dem Rechten sah und des Nachts durch die Straßen von Nieblum wanderte. Niemand wollte den Gedanken zulassen, dass Anni nicht mehr aufwachen könnte.

Tesje betrat mit sorgenvoller Miene die Schlafkammer. Sie blieb Martin gegenüber am Bett stehen, und ihr fiel auf, wie mitgenommen er aussah. Sein Haar war zerzaust, dunkle Schatten lagen unter seinen Augen, und auf seinen Wangen und an seinem Kinn zeigten sich Bartstoppeln.

»Moin«, grüßte sie. »Ich dachte, ich komme mal wieder vorbei und sehe, wie es steht. Sie schläft also noch immer. Was sagt der Arzt?«

Martin zuckte die Schultern und antwortete, ohne den Blick von Anni abzuwenden: »Er wollte wiederkommen, keine Ahnung, wann. Regine war gestern Abend hier. Sie meinte, wir brauchen Geduld.«

Tesje nickte, und ihre Miene zeigte Betroffenheit. »Was hältst du davon, wenn ich für eine Weile bei ihr bleibe und du dich etwas ausruhst? Ich hab den restlichen Tag frei, Sönk kümmert sich um den Laden«, schlug sie vor. »Anni ist mit einem übermüdeten und ungewaschenen Ehemann nicht geholfen. Sie soll dich doch in aller Pracht sehen, wenn sie wieder zu sich kommt.« Sie bemühte sich um ein aufmunterndes Lächeln, doch so recht gelang es ihr nicht.

»Ich weiß nicht«, zögerte Martin. »Ich möchte unbedingt bei ihr sein, wenn sie zu sich kommt.«

»Sollte sich auch nur die kleinste Kleinigkeit verändern, werde ich dich sogleich holen«, versprach Tesje. »Geh und nimm dir etwas Zeit für dich. Ich werde gut auf sie achtgeben.«

Martin nickte und erhob sich. »Gut. Aber bei der kleinsten Veränderung holst du mich.«

Er wollte an Tesje vorübergehen und den Raum verlassen, doch Tesje hielt ihn zurück und legte ihm die Hand auf den Arm.

»Sie ist eine Kämpferin. Sie schafft das. Davon bin ich überzeugt.« Tesje sprach diese Worte nicht nur aus, um Martin zu trösten, sondern auch um ihrer selbst willen.

»Ja, das ist sie«, stimmte er ihr zu. »Aber manches Mal verliert auch ein Kämpfer seinen größten Kampf. So ist nun mal das Leben.« Seine Stimme klang hoffnungslos, und seine Worte erschreckten Tesje. Hatte er Anni etwa bereits aufgegeben?

»So darfst du nicht reden, nicht einmal denken«, erwiderte sie. »Anni wird wieder gesund werden, und ihr werdet, so Gott will, noch ein langes Leben und viele Kinder miteinander haben.«

Seine Antwort war nur ein Nicken und ein trauriger Blick, dann verließ er endgültig den Raum.

Nachdem er fort war, setzte sich Tesje zu Anni ans Bett und nahm ihre Hand. Sie betrachtete ihr blasses Gesicht und seufzte.

»Ach, Anni«, begann sie, mit ihrer Freundin zu sprechen. »Was sind wir zwei beiden doch für Unglücksraben. Das Muttersein will uns anscheinend nicht so recht gelingen. Meine kleine Ida starb einfach so, niemand konnte uns sagen, weshalb sie zu atmen aufgehört hat. Und du durftest dein Kind nicht einmal in den Armen halten. Es scheint wie ein böser Fluch, obwohl ich weit davon entfernt bin, abergläubisch zu sein, wie du weißt. Schon als kleines Mädchen hab ich die alten Inselsagen stets hinterfragt und die Anwesenheit von Puken und anderen Zwergen für Humbug gehalten. Du hast das anders gesehen und immer an sie geglaubt, sogar die Milch mit Butter hast du eurem Hausgeist jeden Abend hingestellt, damit er euch wohlgesinnt ist. Und dann bist du fortgegangen, und ich habe mich oftmals gefragt, ob du dort, wo du bist, immer noch Milch mit Butter einem Hausgeist hinstellst, in welcher Welt du lebst, wie es dir geht. Ich war oft hier und hab einfach so vor dem Haus gestanden und es angesehen. Einmal hab ich mich auch im Garten unter den Birnbaum gesetzt, doch dein Großvater hat mich verscheucht. Er war so wütend damals, er hat euren Weggang nie verarbeitet. Ich habe ihn nie verarbeitet. Anfangs hab ich gedacht, ihr kommt bald wieder. Ich bin die ersten Wochen jeden Tag nach Wyk zum Hafen gelaufen und hab gehofft, du würdest mit einem der Dampfer zurückkehren. Doch das bist du nicht, und irgendwann hab ich es dann aufgegeben, und mit den Jahren habe ich auch den Glauben an ein Wiedersehen verloren. Mama hat mich damit getröstet, dass das auf unserem Inselchen eben so ist. Viele gehen und kommen nicht mehr wieder. Doch du bist heimgekehrt, es erschien wie ein Wunder. Ich hab dich zurück, meine beste Freundin aus Kindertagen, meine beste Freundin bist du auch heute noch. Du darfst mich nicht schon wieder verlassen, hörst du! Das darfst du einfach nicht.« In Tesjes Augen traten Tränen. Sie beobachtete, wie zarte Sonnenstrahlen in den Raum fanden. Seit Tagen war es das erste Mal, dass es aufriss. Die hellen Strahlen wanderten über die Fensterbank bis zu dem alten Dielenboden und brachten die durch den Raum schwirrenden kleinen Staubteilchen zum Funkeln. In diesem Moment kam es Tesje so vor, als wollte Anni ihr Antwort geben und sie beruhigen.

Sie drückte ihre Hand und betrachtete ihr Gesicht nun eingängig. Bewegten sich etwa ihre Augenlider? Doch das Wunder, dass Anni ihre Augen öffnete, geschah nicht. Es war die sich öffnende Tür, die Tesje erschrocken aufblicken ließ.

Oberschwester Dorothea betrat in Begleitung von Dr. Gmelin den Raum.

»Moin«, grüßte Gmelin und stellte seinen Arztkoffer auf einer Kommode ab. »Ich dachte, ich sehe noch einmal nach unserer Patientin. Ich nahm an, den Ehegatten anzutreffen.«

»Martin ist sich für einen Moment ausruhen und frisch machen gegangen«, erklärte Tesje. »Seitdem er fort ist, hat sich ihr Zustand nicht verändert.«

»Hm«, machte der Arzt nur und öffnete seinen Untersuchungskoffer.

»Es ist besser, wenn Sie draußen warten, meine Liebe«, befand die Oberschwester. »Ärztliche Untersuchungen sind doch privater Natur.« Sie sah Tesje auffordernd an. Tesje fügte sich und verließ den Raum. Auf dem Flur lief sie in Göntje, die, so vermutete es Tesje, tatsächlich vorgehabt hatte, an der Tür zu lauschen. Göntje, die sich ertappt fühlte, zog den Kopf ein.

»Ich hatte gehofft, etwas Gutes zu erfahren«, glaubte sie sich entschuldigen zu müssen.

»Darauf hoffen wir alle«, meinte Tesje. »Aber Lauschen hilft auch nicht. Komm. Wir gehen zu den anderen.« Sie legte den Arm um Göntje, und sie liefen die Treppe nach unten.

In der Küche empfing sie die vertraute Behaglichkeit. Momme

saß neben Kreske auf der Küchenbank und pulte Krabben. Heute sollte es eine deftige Kartoffelsuppe mit Krabben geben, zum Nachtisch Pflaumenkompott, denn davon hatten sie jetzt reichlich.

Ockeline würfelte Zwiebeln und heulte deshalb wie ein Schlosshund. Wer nicht wusste, was geschehen war, könnte meinen, in eine ganz normale Alltagswelt geraten zu sein. Doch wenn man genauer hinsah, bemerkte man die betretenen Mienen.

Tesje setzte sich neben Momme, und weil sie nicht so recht wusste, was sie sonst tun sollte, begann sie, ihm beim Krabbenpulen zu helfen. Göntje blieb nicht lange. Nachdem sie einen Pott Kaffee geleert hatte, verschwand sie mit den Worten, jetzt endlich mal im Aufenthaltsraum Ordnung machen zu können.

Hardina und Ferdinand hatten vor einer Weile beschlossen, das trockene und milder gewordene Wetter auszunutzen und eine Ausfahrt mit den Kindern zu machen. Sie wollten nach Wyk. Ferdinand hoffte darauf, dass, wenn sie Glück hatten, vielleicht sein alter Freund Marten ihnen eine Privatvorstellung im Kasperltheater geben würde, das seine Tore eigentlich erst wieder ab Ende April regelmäßig für die Kurgäste öffnete. Die Ablenkung würde den Kindern guttun, hatte er gemeint. Ockeline war dankbar dafür, dass die beiden die Kinder für eine Weile aus dem Haus schafften. Bedenken, sie könnten sich nicht richtig um die Lütten kümmern, hatte nur die Oberschwester gehabt, doch sie hatten sie rasch zerstreuen können. Sowohl Hardina als auch Ferdinand waren den Kindern bekannt, und sie hatten ein Händchen für die Lütten, wie es Ockeline ausgedrückt hatte. Auf Ferdinands Hof waren sie in letzter Zeit häufiger wegen der vielen Tiere gewesen. Besonders die von ihm gehaltenen Kaninchen hatten es den Kleinen angetan, und sie halfen auch schon mal beim Ausmisten des Stalls mit. »Bei uns bedeutet Zusammenhalt noch etwas«, hatte Ockeline der Oberschwester versichert. »Das ist nicht so wie in einer großen Stadt.« Obwohl Ockeline, die Föhr noch niemals im Leben verlassen hatte, eigentlich gar nicht wusste, wie es in einer Stadt wie Berlin war. Aber gehört hatte sie davon, und das musste genügen.

Es waren nur wenige Minuten, die der Arzt und die Oberschwester bei Anni gewesen waren, doch Tesje und den anderen waren sie wie eine halbe Ewigkeit vorgekommen. Als sie zu ihnen kamen, war an ihren ernsten Mienen zu erkennen, dass es nicht zum Besten stand. Der Arzt blickte in die Runde und erkundigte sich nach Martin, der für ihn selbstverständlich der Erste war, dem er seinen Befund mitteilen wollte.

»Er ist sich frisch machen gegangen«, war es Momme, der über seinen Verbleib informierte. »Bestimmt ist er im Waschraum. Vielleicht hält er aber auch ein Schläfchen in meinem Häuschen. Ich hab ihm angeboten, dass er dort ein Nickerchen machen kann. Hier im Haus kommt er ja doch nicht zur Ruhe. Ich kann ihn flott holen gehen. Obwohl, wenn er schläft, würd ich ihn nur ungern wecken, wenn es nicht richtig wichtig ist. Dann natürlich schon, also ich meine …«

»Was Momme meint«, fiel Ockeline dem alten Nachtwächter ins Wort, »gibt es eine Veränderung? Hat sich ihr Zustand verschlechtert? Oder vielleicht sogar verbessert? Wenn nicht und alles gleichbleibend ist, können Sie auch uns sagen, wie es steht, und wir teilen es ihm nachher mit. Wir sind doch hier unter uns, also quasi Familie.« Sie wischte sich ihre Hände an einem Geschirrtuch ab, und Tesje fiel auf, wie sehr sie zitterten.

Der Arzt tauschte kurz einen Blick mit der Oberschwester, dann antwortete er: »Also gut: Dann teile ich Ihnen eben den Befund mit. Bedauerlicherweise ist er gleichbleibend, was ich für bedrohlich halte. Sollte in den nächsten beiden Tagen keine grundlegende Verbesserung eintreten, ist, so leid es mir tut, mit dem Schlimmsten zu rechnen. Der Blutverlust war, wie es mir von der Hebamme geschildert wurde, äußerst hoch. Es kommt einem Wunder gleich, dass Frau Wagner überhaupt noch am Leben ist. Ich empfehle mich.«

Nachdem die Haustür hinter ihm ins Schloss gefallen war, herrschte betretene Stille im Raum.

Momme meldete sich als Erster zu Wort: »Also, ich sag dem Martin das nicht.«

»Was wirst du mir nicht sagen?«, fragte plötzlich Martin, und sämtliche Anwesenden zuckten erschrocken zusammen. Er war unvermittelte aufgetaucht und sah Momme nun fragend an. Momme senkte den Blick, und so recht schien sich in diesem Moment niemand im Raum zu getrauen, Martins Frage zu beantworten. Es war Tesje, die sich irgendwann ein Herz nahm und in knappen Worten wiederholte, was Gmelin gesagt hatte. In ihre Augen traten Tränen, während sie die letzten Worte aussprach: »Wenn sie innerhalb der nächsten beiden Tage nicht zu sich kommt, müssen wir mit dem Schlimmsten rechnen.«

# 39. KAPITEL

## Nieblum, 10. März 1903

Martin setzte sich in eine der Kirchenbänke der St. Johannis-Kirche. Er war der einzige anwesende Gläubige, den es an diesem verregneten Märzabend hierhergeführt hatte. Die Dunkelheit war längst hereingebrochen, und nur wenige Kerzen erhellten den Friesendom, wie das Gotteshaus von den Insulanern bezeichnet wurde. Die Stille der Kirche umhüllte Martin, doch sie schaffte es dieses Mal nicht, sein aufgewühltes Inneres zu beruhigen. Es war das Ende des zweiten Tages, und Anni war noch immer nicht erwacht, wie sie es sich alle erhofft hatten. So, wie es aussah, würden sie sie, trotz allen Hoffens und Betens, verlieren. Die Hebamme hatte vor einer Weile gemeint, dass es wohl besser sei, den Pastor zu verständigen, damit er Anni in der Stunde ihres Todes geistlichen Beistand leisten könne. Martin hatte kaum glauben können, was sie gesagt hatte. Er hätte Regine am liebsten geschüttelt und sie angeschrien, was ihr einfalle, so zu reden. Doch dann hatte er es gelassen und war davongelaufen. Fort aus diesem Zimmer, fort von Anni, die kalkweiß in den Kissen lag, die den Kampf gegen den im Raum stehenden Tod zu verlieren schien. Wieso nur war das Leben so ungerecht? Gerade eben hatte er sie doch erst aus Berlin zurückgeholt. Sie waren glücklich miteinander gewesen und hatten sich auf ihr Kind gefreut. Und nun war das kleine Wesen in ihrem Inneren gestorben, noch ehe es seinen ersten Atemzug hatte tun dürfen, und

Anni würde ihm, so, wie es aussah, in den Tod folgen. Martin war im kalten Nieselregen durch Nieblum geirrt, das alte Dorf hatte so müde und traurig ausgesehen, wie er sich fühlte. Das Laufen hatte ihn nicht ruhiger werden lassen. Wie sollte es auch? Er war dabei, den wichtigsten Menschen in seinem Leben zu verlieren. Eine Weile lang hatte er vor der Kirche gestanden und sie einfach nur angestarrt, mit sich gehadert, ob er hineingehen und nachsehen sollte, ob der Pastor dort war. Im danebenliegenden Pastorat brannte kein Licht, also hatte er ihn dort vermutet. Irgendwann hatte er mit klopfendem Herzen den Friesendom betreten. Doch den Pastor hatte er nicht vorgefunden, worüber er seltsamerweise erleichtert war. Er musste noch nicht mit ihm reden, musste das Unvorstellbare noch nicht aussprechen. Er hatte noch einen Aufschub erhalten. Kirchen waren für ihn als Pastorensohn ein vertrauter Ort, obwohl sich der prachtvolle und jahrhundertealte Friesendom mit der kleinen Kirche seines Heimatdorfes nur schwer vergleichen ließ. Er war als Sohn eines Pastors die Zwiesprache mit Gott gewohnt. Sein Vater hatte ihm die Gewohnheit vermacht, sich mit dem Herrn, wie er ihn stets bezeichnete, zu unterhalten, als säße er einem gegenüber. »Er ist der beste Zuhörer, den es gibt«, hatte er einmal zu Martin gesagt. Martin hatte damals erwidert, dass davon auszugehen sei, denn er würde schließlich nie Antworten geben, die einem missfallen könnten. Daraufhin hatte ihm sein Vater erklärt, dass ein guter Zuhörer sich gerade in diesem Punkt auszeichnete. Es brauchte nicht immer den Rat eines Gegenübers. Oftmals fand man durch das Erzählen selbst zu einer Erkenntnis und entdeckte den richtigen Weg. Gott ließ ihnen absoluten Freiraum für ihre Entscheidungen. Ob er überhaupt existierte, stellte Martin schon länger infrage. Als Pastorensohn sollte er dies nicht tun, aber sein logisches Denken verleitete ihn oftmals dazu, an der überirdischen anderen Macht zu zweifeln. Laut auszusprechen, wagte er diesen Gedanken, in einer vom christlichen Glauben geprägten Umgebung, nicht.

»Deine Wege sollen ja oftmals unergründlich sein«, begann er nun zu sprechen. »So sagt man jedenfalls. Ob du das auch so siehst, werden wir wohl nie erfahren. Vermutlich wirst du mir auch nie sagen, weshalb du mir Anni wegnimmst, und was der Grund dafür war, unser Kind zu dir zu nehmen. Gerade jetzt wäre es wünschenswert zu wissen, was dich zu deinem Tun verleitet. Aber ich weiß ja, dass von deiner Seite keine Antworten oder Erklärungen kommen werden. Ich liebe sie, weißt du.« In Martins Augen stiegen nun Tränen. »Ich weiß nicht, ob du diese Gefühle nachvollziehen kannst, denn soweit ich mich erinnere, sind dir solche Empfindungen fremd. Aber sie sind besonders und einzigartig, Anni ist es. Sie ist das Licht meines Lebens, und bitte, nimm sie mir nicht weg. Sie wird auch nicht nur von mir gebraucht, sondern von so vielen Menschen dort draußen. Sie ist stark und kümmert sich um kranke Kinder, du hast sie doch bereits genug gestraft, indem du ihr auf so grausame Art ihre Eltern geraubt hast und sie vor die Prüfung gestellt hast, den Tod der beiden Jungen im Watt zu verarbeiten. Sollte es nicht langsam genug sein? Sie hat es verdient, ein glückliches, langes Leben zu führen. Findest du nicht?« Ohne es zu bemerken, war seine Stimme mit jedem Wort lauter geworden. Sein letzter Satz hatte herausfordernd geklungen. Er lauschte in die Stille, die ihm keine Antwort gab, schlug nun die Hände vors Gesicht und begann zu schluchzen.

»Wir wissen beide, dass er dir keine Antwort geben wird.« Es war die Stimme des Pastors, die Martin irgendwann aufblicken ließ. Neben ihm stand der Pastor Johannes Hansen, der erst vor wenigen Jahren das Pastorat in Nieblum übernommen hatte.

Sein Blick aus seinen von vielen Falten umgebenen Augen war voller Mitleid. »Ich nehme an, Anni ist noch immer nicht zu sich gekommen?«, zog er die richtigen Schlüsse.

Martin nickte, und der Pastor fragte, ob er sich zu ihm setzen dürfe. Martin rückte zur Seite, und der Geistliche nahm neben ihm Platz. Eine Weile lang schwieg er nun. Sein Blick war auf den Altar gerichtet.

»Ich mag diese Perspektive«, sagte er irgendwann. »Als ich mein Amt hier übernommen habe, saß ich häufig in einer der Kirchenbänke, und ich betrachtete den Altar, der meiner Meinung nach ein wahres Meisterwerk menschlicher Begabung ist. Er stammt aus dem 15. Jahrhundert, und manchmal frage ich mich, was er während seiner Lebensdauer bereits alles hat mitansehen müssen. Wie oft ihn vermutlich Menschen ebenso angefleht haben, wie du es gerade eben getan hast. Mir ist zugetragen worden, du seist der Sohn eines Pastors, stimmt das?« Er sah Martin fragend an.

Martin nickte.

»Also ist dir der Umgang mit Gott vertrauter als so manch anderem Menschen, denn er fand überall in deinem Alltag statt. Ich nehme an, du hast deinen Vater oftmals dabei beobachtet, wie er auf der Suche nach den richtigen Worten für eine Predigt war oder wie er mit sich haderte, weil er Menschen wie dir in schwierigen Lebenssituationen Trost spenden musste. Wie er Worte dafür suchte, Gottes Tun und die im Raum stehende und von den Menschen empfundene Ungerechtigkeit zu rechtfertigen. Wir wissen beide, dass Gott nicht nur dafür da ist, Gutes zu tun. Dass er nicht dafür da ist, uns zu gefallen. Er leitet uns, und er gibt uns Regeln vor, die uns Halt geben, die uns in manch dunkler Stunde den Glauben an uns selbst nicht verlieren lassen. Doch er ist nicht dafür zuständig, unser aller Schicksal zu bestimmen, auch wenn wir uns das wünschen. Ich verabscheue nichts mehr als die Aussage: ›Wir liegen alle in Gottes Hand.‹«

»Die mochte mein Vater auch nicht«, berichtete Martin. Er wusste nicht, warum, aber der Pastor hatte es tatsächlich geschafft, dass er ruhiger wurde und die Verzweiflung in ihm nachließ, die ihn in den letzten Stunden immer ruheloser hatte werden lassen und ihn aus dem Haus getrieben hatte.

»Eine Gemeinsamkeit, wie schön«, erwiderte der Pastor und lächelte kurz. Doch dann wurde seine Miene wieder ernst, und er sagte: »Wollen wir nun gemeinsam zu deiner Frau gehen und sie, wenn es denn tatsächlich so sein sollte, auf ihrem letzten Weg begleiten?«

Martin atmete tief durch, dann nickte er. Es war an der Zeit, dass er Stärke zeigte und der Wahrheit ins Auge blickte, auch wenn sie noch so sehr schmerzte. Anni hatte es verdient, dass er jetzt an ihrer Seite stand und ihre Hand hielt.

Gemeinsam mit dem Pastor verließ er das Gotteshaus, und sie überquerten den im Dunkeln liegenden Friedhof. Genau in dem Moment, als Martin das schmiedeeiserne Friedhofstor hinter sich schloss, kam Ockeline aufgeregt mit den Armen wedelnd auf sie zugelaufen. Nach Atem ringend blieb sie vor ihnen stehen und brachte heraus: »Ein Wunder ist geschehen. Anni ist aufgewacht.«

Martin konnte nicht glauben, was er hörte. Er umklammerte Ockelines Schultern ganz fest und fragte: »Sie ist aufgewacht? Wirklich so richtig wach?«

»Ja, wenn ich es doch sage«, entgegnete Ockeline mit strahlenden Augen. »Und sie hat nach dir gefragt.«

»Oh, welch eine Freude, welch ein Glück!«, rief Martin, und er schloss Ockeline in die Arme und begann, sich übermütig mit ihr im Kreis zu drehen.

»Liebe Zeit«, rief Ockeline erschrocken. »Hör auf damit. So hör doch auf!«

Er ließ von ihr ab, und Ockeline taumelte etwas.

»Großer Gott«, sagte sie und griff sich an die Stirn. »Also so viel Freude ist dann doch nichts mehr für mich alte Deern.«

»Sie ist wach!«, wandte sich Martin nun an den Pastor. »Haben Sie das gehört, mein Freund? Sie hat nach mir gefragt. Ist das nicht eine Freude? Das heißt, Sie müssen nicht mehr mit mir gehen. Wir brauchen keinen göttlichen Beistand, denn sie ist aufgewacht. Sie ist endlich aufgewacht!« Nun umarmte Martin auch den Priester, und er drückte ihm vor lauter Freude sogar einen Kuss auf die Wange. Dann eilte er in Richtung Dünenhof, verfolgt von Ockeline, die ihm hinterherrief, dass sie nicht so schnell könne, und der Pfarrer sah den beiden schmunzelnd hinterher.

Im Dünenhof angekommen, hastete Martin sogleich in die Schlafkammer, und er konnte kaum glauben, was er dort vorfand. Anni saß aufrecht im Bett und begrüßte ihn mit den Worten: »Da bist du ja endlich, mein Liebster. Ich habe schon auf dich gewartet.«

Da stürmte er auf sie zu, schloss sie in seine Arme und drückte sie fest an sich.

»Du bist wach. Du bist tatsächlich wach!«, sagte er, und Tränen der Freude rannen über seine Wangen.

Als er von ihr abließ, lächelte Anni ihn noch etwas müde an und wischte ihm eine Träne von der Wange. »Schwester Dorothea hat mich geweckt. Sie hat irgendetwas fallen lassen.« Sie deutete auf Oberschwester Dorothea, die sogleich meinte, ihr Tun, das doch so hilfreich gewesen war, entschuldigen zu müssen: »Mir ist die dumme Waschschüssel runtergefallen, und sie ist bedauerlicherweise zu Bruch gegangen. Aber dieses Mal hat das laute Scheppern etwas Gutes gehabt.«

»Ja, das hat es wohl«, erwiderte Anni und grinste. Doch dann trübte sich ihre Miene plötzlich ein, und sie sagte: »Unser Kleines hat es nicht geschafft.«

»Ich weiß, Liebes«, erwiderte Martin und zog sie erneut in seine Arme. In diesem Moment begann Anni zu weinen, und die Freude im Raum wich Betroffenheit. Anni hatte die Fehlgeburt überstanden, doch das kleine Wesen in ihrem Inneren war von ihnen gegangen. Ockeline bekreuzigte sich, und viele andere im Raum, der gesamte Hausstand des Dünenhofs war anwesend, taten es ihr gleich. Glück und Unglück lagen manchmal nah beieinander. So war nun mal das Leben. Es war ihnen allen zu wünschen, dass in Zukunft die hellen Momente im Dünenhof überwiegen würden. Daran galt es festzuhalten, und an nichts anderem. Ockeline war diejenige, die die betretene Stille irgendwann durchbrach und meinte: »Also, ich weiß ja nicht, wie es euch geht, aber ich brauch jetzt einen Schnaps.«

# 40. KAPITEL

## Nieblum, 4. August 1904

Ja, so hängt er gerade«, sagte Tesje und reichte Anni einen weiteren bunten Lampion, den Anni ein Stück von seinem Pendant entfernt ebenfalls in die Zweige der Rotbuche hängte. »Perfekt«, lobte Tesje, nachdem Anni von der Leiter geklettert war. »So sieht es hübsch aus. Jetzt müssen wir nur noch rasch die Kaffeetische mit den Blumen dekorieren, und dann sind wir fast fertig.«

Anni nickte, und ihr Blick wanderte noch einmal zu dem unter einem der Birnbäume stehenden Kinderwagen, in dem ihre kleine Tochter Namine friedlich schlief. Das Mädchen war inzwischen acht Wochen alt und ein äußerst braver Säugling, der nur selten weinte. Die Geburt der kleinen Maus hatte sich jedoch als kompliziert herausgestellt, denn sie hatte quer gelegen, weshalb sie nicht von Regine auf die Welt geholt worden war, sondern Anni einen Kaiserschnitt im Wyker Krankenhaus beschert hatte. Als die Entscheidung dafür endgültig gefallen war, war die Sorge im Dünenhof groß gewesen. Besonders bei Ockeline und Momme, die von den Quacksalbern ja so gar nichts hielten. Zum Glück war der Eingriff komplikationslos verlaufen, und Anni hatte sich recht rasch wieder von der Operation erholt. Auch die Narbe verheilte gut, die Gemeindeschwester hatte sie anfangs nach ihrer Rückkehr täglich kontrolliert, doch seit einer Weile hielt Anni diese ihrer Meinung nach etwas überzogene Fürsorge für nicht mehr notwendig. Obwohl alles so gut verlaufen war, wurde Anni von dem Hausstand des Dünenhofs noch immer wie ein rohes Ei behandelt, was ihr langsam, aber sicher auf die Nerven ging. Schließlich hatte sie ein Kind geboren und war nicht krank, und sie fühlte sich so gut und glücklich wie lange nicht. Im Dünenhof weilten aktuell acht Kinder, die ebenfalls fleißig bei den Vorbereitungen für den heutigen Kindertag mithalfen. Dieses Mal waren es vier Mädchen und vier Jungen, die ihnen von zwei Betreuerinnen vor vier Monaten aus Berlin gebracht worden waren. Inzwischen waren die Wangen ihrer Schützlinge runder geworden, und sie hatten allesamt wieder Farbe im Gesicht. Es war doch immer wieder erstaunlich zu beobachten, wie rasch sich die Kinder in der guten Seeluft erholten. Die meisten von ihnen beschäftigten sich damit, Blumenbogen für den bevorstehenden Umzug anzufertigen, nur zwei der Jungen hielten von dieser Beschäftigung nicht viel und stocherten lieber mit Stöcken im nahe gelegenen Bach herum.

Die Idee, den diesjährigen, in Nieblum jedes Jahr traditionell stattfindenden Kindertag nicht auf dem Gelände der Schule, sondern im Dünenhof zu feiern, hatte Anni sogleich für gut befunden und freudig zugestimmt. Somit würde ihr Garten an diesem wunderbaren Sommertag, die Sonne strahlte von einem wolkenlosen Himmel, und es wehte nur ein laues Lüftchen, alsbald von fröhlichem Kinderlachen erfüllt sein. Ockeline und Kreske hatten fleißig gebacken, Martin und Momme bauten gerade die Tische für das Kuchenbüfett auf. Für die Kinder gab es reichlich gekühlte Zitronenlimonade, für die Erwachsenen hatten sie Bowle angesetzt. Allerdings hatte Anni Ockeline gebeten, mit dem Korn dieses Mal etwas sparsamer umzugehen, denn das Kinderfest sollte nicht in einem feuchtfröhlichen Gelage enden. Sie hatten auch bereits die Kinderspiele vorbereitet. Es wurde Eierlauf angeboten, es gab Sackhüpfen, Ballwerfen auf Dosen und Topfschlagen. Selbstverständlich wurden auch in diesem Jahr in den jeweiligen Disziplinen ein König oder eine Königin gekrönt, und es würde einen fröhlichen Umzug durchs Dorf geben.

Ockeline kam in den Garten, und ihre Miene zeigte Hilflosigkeit. Auf dem Arm hielt sie den kleinen Paul, Tesjes Sohn, der herzzerreißend weinte. Im Moment war der kleine Mann recht wehleidig und fing ständig aus unerfindlichen Gründen zu heulen an. Meist konnte ihn dann nur Tesje trösten.

Tesje und Anni gingen sogleich zu ihr, und Tesje nahm Ockeline ihren Sohn ab, der seinem Vater wie aus dem Gesicht geschnitten war. Sönk konnte dem Kinderfest nicht beiwohnen, schließlich musste sich jemand um den Laden kümmern.

»Na, mein Schatz«, sagte sie zu dem Blondschopf. »Was ist denn nun geschehen? So schlimm kann es doch gar nicht sein.«

Paul beruhigte sich wieder, doch Anni ahnte, dass die Pause nicht von langer Dauer sein würde. Bestimmt würde er bei der nächsten Gelegenheit, es reichte schon aus, wenn jemand das Wort ›Nein‹ zu ihm sagte, erneut in die Arme seiner Mama flüchten.

Tesje ging, obwohl Paul gerade anstrengend war, äußerst geduldig und liebevoll mit ihrem Sohn um, was Anni rührte. Sie konnte in solchen Momenten nicht umhin, an den großen Verlust zu denken, den Tesje und Sönk erlitten hatten. Doch der Gedanke, dass die kleine Ida vom Himmel aus wie ein Schutzengel über ihren kleinen Bruder wachte, erleichterte ihnen allen den Kummer etwas.

Sie trat zu Namines Kinderwagen, und der Anblick ihres kleinen Mädchens sorgte erneut dafür, dass sie dieses unbändige

Glücksgefühl in ihrem Inneren verspürte, das mit nichts anderem auf der Welt vergleichbar war. Ihr kleiner Schatz sah so wunderhübsch aus. Namine hatte dunkles Haar, ein entzückendes Stupsnäschen, und ihr kleiner Mund zuckte im Schlaf. Anni konnte sich an ihrem Anblick gar nicht sattsehen.

Ein Fuhrwerk hielt vor dem Dünenhof, und Anni riss sich von dem Anblick ihrer kleinen Tochter los. Es waren endlich die Gäste eingetroffen, von denen Anni geglaubt hatte, dass sie niemals nach Föhr kommen würden. Momme kletterte, äußerst behände für sein Alter, vom Kutschbock, ihm folgte Martin, der ihn dieses Mal zum Hafen begleitet hatte. Bei solch besonderem Besuch wollte er es sich nicht nehmen lassen, ihn als Mitinhaber des Dünenhofs persönlich in Empfang zu nehmen. Vom Wagen stiegen Annis Zieheltern, Birgitta und Wilhelm Kraus, ihnen folgte Oberschwester Dorothea, die es doch tatsächlich geschafft hatte, sich mal einige Tage Urlaub zu gönnen. Anni lief den Ankömmlingen freudig entgegen, und es folgten innige Umarmungen.

»Ach, was habt ihr es schön hier«, sagte Birgitta, nachdem sie sich aus Annis Armen gelöst hatte. »Also für diese hübsche Insel hat sich die weite Anreise wahrlich gelohnt. Obwohl mir der Aufbruch zu nachtschlafender Stunde nicht leichtgefallen ist, das kann ich dir sagen. Und wie hübsch du aussiehst! Diese Tracht ist wirklich ganz entzückend.«

Anni freute sich über das Kompliment. Extra für das Fest hatte sie ihre Sonntagstracht angelegt. Tesje, Ockeline und Kreske hatten es ihr gleichgetan. Nur Göntje trug ihre übliche schlichte Kleidung. Doch Anni und Tesje hatten sich fest vorgenommen, Göntje eine Tracht zu schenken. Schließlich wurde das Mädchen im nächsten Jahr konfirmiert, und zu diesem feierlichen Anlass konnte sie nur in einer Föhrer Festtagstracht erscheinen.

»Schon die Überfahrt mit dem Fährdampfer war ein Erlebnis«, sagte Birgitta freudig. »Obwohl mir von dem Geschaukel doch ein wenig schwummrig geworden ist. Ich hab es bisher ja noch nicht einmal auf eines der Ausflugsboote auf der Spree geschafft. Was sollte ich auch auf so einem Ding?«

»Hübsch habt ihr es hier«, meldete sich nun auch Wilhelm zu Wort.

»Hübsch«, entgegnete Birgitta sogleich in einem vorwurfsvollen Unterton. »Das ist das reinste Paradies. Die Promenade in Wyk und der wunderschöne Strand haben uns schon begeistert, aber dieses Nieblum schlägt alles. Diese Häuser sind ganz entzückend, dazu die herrlichen Gärten. Es sieht aus wie in einer Puppenstube.«

»Ja, unser Nieblum ist schon etwas Besonderes«, bestätigte Anni gerührt. »Und hier wohnt auch das kleine Fräulein, das euch unbedingt kennenlernen möchte.« Sie ging zum Kinderwagen und nahm die schlafende Namine behutsam heraus. Mit strahlenden Augen legte sie die Kleine Birgitta in die Arme, die den Säugling bewundernd anblickte.

»Ach, was ist sie wunderschön, Anni«, sagte sie sogleich. »So ein süßes kleines Menschlein, und sie sieht dir ähnlich.« Auch die Oberschwester und Wilhelm bewunderten die Kleine, die sich durch das Herumreichen nicht in ihrem Schlaf stören ließ. Behutsam legte Birgitta sie wieder in den Kinderwagen.

»Lassen wir sie weiterschlafen«, sagte sie lächelnd. »Wir sind ja noch einige Tage hier, es wird sich gewiss noch genügend Zeit für ein Kennenlernen finden.«

Nun ging es an das große Vorstellen der restlichen Dünenhoftruppe, und es wurden freudig Hände geschüttelt. Das Gepäck wurde in die Zimmer verfrachtet, Göntje musste für die Aufenthaltsdauer der Gäste zu Ockeline umziehen. Ockeline ließ es sich natürlich nicht nehmen, die Neuankömmlinge sogleich mit einem vorbereiteten Imbiss zu versorgen. Gemütlich saß die Berliner Gruppe wenig später auf der Hausbank und beobachtete das fröhliche Treiben um sich herum. Der Garten des alten Kapitänshauses füllte sich inzwischen immer mehr mit Kindern und Müttern. Oberschwester Dorothea konnte nicht lange still sitzen und half alsbald fröhlich bei den Kinderspielen mit. Es wurde geklönt, Beifall geklatscht, und nachdem sämtliche Wettbewerbe ausgetragen waren, startete, wie es Tradition war, der Umzug der Kinder durchs Dorf. Die Sieger durften auf Ferdis Wagen sitzen, der hübsch mit Blumen dekoriert war. Anni und Tesje gingen im Zug mit. Beide schoben ihre Kinderwagen vor sich her. Auch Paul war nun eingeschlafen. Sie liefen durch Nieblum, das sie an diesem warmen Sommertag mit seiner Beschaulichkeit umgarnte. Viele Bewohner der Häuser kamen nach draußen, oder sie standen an geöffneten Fenstern und Klöntüren, um den Kinderzug anzusehen, einige winkten ihnen auch zu. Die Runde lief beinahe durch das gesamte Dorf, vorbei am Friesendom mit seinen alten Grabsteinen, die so viele Geschichten aus vergangenen Zeiten erzählten, an Tesjes und Sönks Laden, auch Sönk und eine angestellte Verkäuferin winkten ihnen freudig zu. Es ging vorbei an Bi de Mare, auf dem Teich schwammen wie üblich unzählige Schwäne und Enten. Sonnenflecken tanzten auf den Wegen, einige Hühner und schnatternde Gänse nahmen vor dem lauten Zug Reißaus. Als sie zum Ende kamen, wieder in den Babendörpstieg einbogen und ihr geliebter Dünenhof mit seinem noch immer etwas verwunschen erscheinenden Garten in Sicht kam, fühlte sich Anni so glücklich wie lange nicht.

Am Abend desselben Tages saßen Anni und Martin gemeinsam auf der Hausbank, wie es ihnen zur Gewohnheit geworden war.

Er hatte den Arm um sie gelegt, und sie hatte ihren Kopf an seine Schulter gelehnt. Die Sonne sandte ihre letzten Strahlen in den Garten des alten Kapitänshauses und erfüllte ihn mit goldenem Licht. Einige Mücken tanzten durch die noch immer von sommerlicher Wärme erfüllte Luft, die Kaffeetische des Nachmittags waren wieder verschwunden, auch die Kuchentheke war bereits abgebaut worden. Nur die bunten Lampions in den Bäumen erzählten noch davon, dass hier heute ein fröhliches Fest stattgefunden hatte.

Anni fühlte sich erschöpft, doch sie trug noch immer das Glücksgefühl des Nachmittags in sich, und ein Lächeln lag auf ihren Lippen.

»Es war ein wunderbarer Tag. Die Kinder hatten so viel Freude. Es ist immer wieder schön, ihre strahlenden Augen zu sehen«, sagte Martin irgendwann. »Und deine Zieheltern sind ganz reizende Leute. Und es ist so nett, dass auch die Oberschwester wieder unser Gast ist. Ihr Umgang mit den Kindern ist so herzlich, obwohl ich mir gut vorstellen kann, dass sie recht resolut werden kann.«

»Ja, das kann sie durchaus«, bestätigte Anni. »Bille und ich haben sie früher oft verflucht. Ach, hätte sie nur diesen Tag heute mit uns erleben dürfen. Sie fehlt mir noch immer.«

»Ich weiß.« Martin strich Anni zärtlich eine Haarsträhne aus der Stirn.

»Aber so ist das Leben«, sagte Anni, und plötzlich verspürte sie das Gefühl von Wehmut. »Es läuft bedauerlicherweise nicht immer alles glatt. Wir müssen das Glück also festhalten, solange wir es können, denn es ist ein flüchtiger Geselle. Es kann schneller fort sein, als es einem lieb ist.«

»Dann sollten wir es tun«, meinte Martin. Er drehte Anni zu sich und legte beide Arme um sie. Der Blick aus seinen wunderschönen blauen Augen sorgte noch immer dafür, dass es in Annis Bauch zu kribbeln begann. Wie sehr sie diesen Mann tatsächlich liebte, war ihr erst bewusst geworden, als sie geglaubt hatte, ihn verloren zu haben. Seine Lippen näherten sich den ihren, doch genau in dem Moment, als sie sich berührten, kam Ockeline nach draußen und sorgte dafür, dass sie auseinanderstoben.

»Hier draußen steckt ihr mal wieder«, sagte sie und wischte sich die Hände an einem Geschirrtuch ab. »Ihr denkt wohl, die Arbeit macht sich von allein! Der kleine Johannes hat gerade gebrochen. Ich glaub, der arme Bub hat was von der Erwachsenenbowle erwischt. Derweil hab ich aufgepasst wie ein Luchs, ich schwöre es.«

Anni antwortete nicht gleich, sondern sie und Martin tauschten kurz Blicke aus und schafften es nicht, ein Grinsen zu unterdrücken. Mit der Zweisamkeit war es mal wieder vorbei. Aber das waren sie ja schon gewöhnt.

Momme erschien nun ebenfalls.

»Also, ich glaub nicht, dass der Jung von der Bowle getrunken hat. Das hätte ich gerochen. Mit Korn kenn ich mich aus. Vielleicht war die Sahne nicht mehr ganz frisch.«

»Aber die ist doch heut früh frisch angeliefert worden«, entgegnete Ockeline entrüstet. »Also wenn die schlecht war, dann kann Fiete aber was erleben. Das sag ich dir. So eine Plörre kann man doch nicht an ein Kinderhaus liefern. Anni, dann musst du dein Geld zurückfordern.«

»Also, ob der Fiete das zurückgibt, wage ich zu bezweifeln«, gab Momme zu bedenken. »Du weißt doch, was der für ein Geizhals ist.«

Anni und Martin erhoben sich gleichzeitig, und sie sagten wie aus einem Mund: »Wir kommen.«

# NACHWORT

Wieder einmal durfte ich Gast auf einer nordfriesischen Insel sein. Dieses Mal ist es das bezaubernde Föhr, das mich sogleich mit seiner Beschaulichkeit in seinen Bann gezogen hat. Besonders der Ort Nieblum mit seinen vielen Reetdachhäusern ist unbeschreiblich schön. Ich hatte das Glück, den Ort im Herbst mit bunten Blättern und im Frühjahr mit blühenden Gärten erleben zu dürfen, und habe so viele Eindrücke mitgenommen, er ist zu einem Sehnsuchtsort für mich geworden. Die Insel Föhr ist ruhiger, es gibt keine Weststrände und keine hohen Dünen wie auf Amrum oder Sylt, dafür mehr Grün und viel Landwirtschaft. Aus diesem Grund und aufgrund ihrer runden Form wird sie auch als Fettauge in der Nordsee bezeichnet. Beeindruckend sind die alten Kirchen und ihre Friedhöfe, auf denen die alten Grabsteine Geschichten aus längst vergangenen Seefahrertagen erzählen. Ich habe viel Zeit auf dem Friedhof der St. Johannis-Kirche in Nieblum verbracht, es ist ein ganz besonderer Ort.

Das Seebad Wyk wurde bereits im Jahr 1819 gegründet, und es hatte prominente Besucher wie den dänischen König Christian VIII. oder den Dichter Hans Christian Andersen, der Wyk 1884 besuchte. Auch Dichter wie Theodor Fontane und Christian Morgenstern besuchten die Insel. Nachdem Föhr preußisch geworden war, hielten sich auch der preußische Kronprinz Friedrich und seine Familie als Gäste in Wyk auf.

Nieblum erhielt im Jahr 1931 die offizielle Anerkennung als Nordseebad. Fremdenverkehr gab es jedoch bereits viel früher.

Natürlich habe ich wieder mit viel Recherchematerial aus der Zeit gearbeitet. Dazu gehört ein alter Reiseführer aus dem Jahr 1903 des Ortes Wyk, in dem das Nordseesanatorium des Dr. Gmelin, direkt am Südstrand gelegen, in den höchsten Tönen beworben wird. Ein ehemaliger Einwohner des Ortes Nieblum hat mir durch seine Aufzeichnungen über ein Föhrer Inseldorf meine Arbeit erleichtert, und ich konnte durch seine Bücher tiefe Einblicke in das Leben des Dorfes und seiner Bewohnerinnen und Bewohner erhalten. Er hat mit viel Liebe einen Ortsplan angefertigt. Er schildert unzählige Lebenswege von deren Bewohnern, oftmals bis ins 18. Jahrhundert zurück. Deshalb stimmt so manche Schilderung im Roman mit der Realität überein. Zum Beispiel gab es im Dorf tatsächlich einen Nachtwächter mit dem Namen Momme. Der Leiter der Sparkasse war Broder, seine Frau Namine war tatsächlich eine bekannte Künstlerin. Harro Bohn schildert auch die Bräuche, und es gibt viele tolle Fotografien aus alten Zeiten, von Dorfstraßen, Hochzeitszügen und Kindervergnügen. Ohne seine Überlieferungen hätte ich Nieblum niemals so zum Leben erwecken können, wie es in diesem Buch geschehen ist. Bedauerlicherweise kann ich mich nicht mehr bei ihm persönlich dafür bedanken.

In seinen Unterlagen steht natürlich auch, wann es in Nieblum erste Kinderheime gegeben hat. In der Realität gab es eine solche Einrichtung erst in den Zwanzigerjahren. Da habe ich mir also ein wenig künstlerische Freiheit mit meinem Dünenhof genommen, für den es in Nieblum natürlich eine optische Vorlage gibt. Ein altes Reetdachhaus mit roten Hauswänden und einem verwunschenen Garten, in dem viele alte Bäume und natürlich auch eine Rotbuche stehen. Ich konnte mich daran gar nicht sattsehen, so wunderschön war es. Ein besonderer Ort, der einen zur Ruhe kommen lässt, so wie ganz Nieblum, ja ganz Föhr, einen ruhiger werden und den Alltag vergessen lässt. Eines habe ich auf meiner Reise über die nordfriesischen Inseln gelernt: Jede von ihnen hat ihren ganz eigenen Charakter, und es lohnt sich, jede auf ihre Art kennenzulernen.

Wir lesen uns wieder – auf Föhr und in einem der schönsten Dörfer Deutschlands, in Nieblum und im Dünenhof.

*Sehnsuchtsziel Sylt: Der Auftakt der großen Saga um ein Café in Keitum*

ANKE PETERSEN

# Der Kaffeegarten

# SALZ IM WIND

Obwohl sie ihre Eltern früh durch eine Sturmflut verloren haben, wachsen die Schwestern Matei und Elin behütet und geliebt beim Kapitäns-Ehepaar Paul und Anna Hansen auf. Als Paul jedoch Anfang 1914 überraschend stirbt, stellt sich heraus, dass kaum noch Geld übrig ist. Anna beginnt, Gästezimmer an Künstler zu vermieten, und entwickelt gemeinsam mit den Mädchen die Idee, einen Kaffeegarten zu eröffnen. An einem wunderschönen Sommertag ist es so weit und das Haus endlich wieder voller fröhlicher Stimmen. Doch kaum ist das Glück zu den Hansens zurückgekehrt, ziehen mit dem 1. Weltkrieg erneut dunkle Wolken auf …

»Das Rauschen der Wellen, der Duft der Rosen und viel Romantik – einfach zum Wegträumen ist diese Sylt-Saga von Anke Petersen!«
*Anne Jacobs, Autorin des Bestsellers »Die Tuchvilla«*

*Die große Sylt-Saga um zwei Schwestern und ihren Lebenstraum geht in den stürmischen 20er Jahren weiter*

# ANKE PETERSEN

## Der Kaffeegarten

# DIE FARBE DES MEERES

Der Kaffeegarten erstrahlt in neuem Glanz und bringt den Schwestern Matei und Elin den verdienten Erfolg. Elin ist glücklich, doch Matei zieht sich immer mehr aus dem Geschäft zurück und geht ganz in ihrer Malerei auf. Ihre Gemälde beeindrucken den Künstler Hannes von Bransbeck so sehr, dass er sie einem befreundeten Galeristen in Hamburg vorstellen will, der Kontakt nach Paris, Mailand und sogar New York habe. Als Matei sich entscheidet, Sylt zu verlassen und mit Hannes nach Hamburg zu gehen, kommt es zu einem schlimmen Streit zwischen den Schwestern. Aber kann eine ohne die andere wirklich glücklich werden?

Sehnsuchtsziel Sylt – Urlaub in Buchform
für alle, die historische Familiensagas lieben.